ADIEU RÊVES?
(MAMAN)

Domnita Georgesco-Moldoveanu

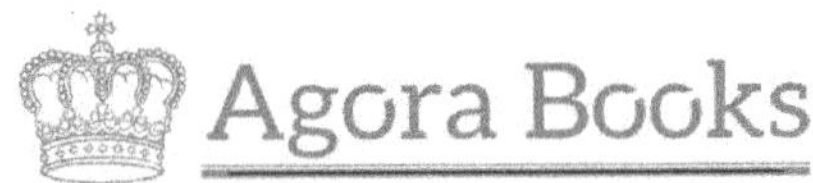

Agora Books

Agora Books™
Ottawa, Canada

Adieu rêves?

© 2020 par Domnita Georgesco-Moldoveanu

Les points de vue, opinions et perceptions de l'auteur du livre ci-inclus exprimés dans ce texte visent à soutenir une discussion sociale civile et créative au Canada et à l'étranger.

On a pris soin de retrouver la propriété / la source de toutes les références faites dans ce texte. L'éditeur accueille toute information qui permettra une rectification dans les éditions ultérieures de toute référence ou crédit incorrect ou omis.

Agora Éditeurs

B.P. 24191

300, chemin Eagleson

Kanata, Ontario K2M 2C3 CANADA

Agora Éditeurs est une marque commerciale de l'Agora Cosmopolite, une société à but non lucratif.

ISBN 978-1-927538-59-3

Imprimé au Canada

Édition présentée par : Liliana Hoton

Un emu remerciment à ma merveilleuse sœur Natalie, mon plus exigent et minutieux critique qui, avec les deux grandes amies Liliana Hoton et Mirela Barclay m'ont soutenue à cette publication dans les meilleures conditions.

Domnita Georgesco-Moldoveanu

Un mot au sujet de l'auteur et ses oeuvres

Née en Roumanie, Domnita Georgesco-Moldoveanu fait partie d'une famille nombreuse d'intellectuels. Ce milieu favorise chez elle la créativité. À trois ans, elle invente des jeux; à quatre ans - son premier conte, et à six ans - son premier poème. Depuis, elle n'arrêta plus d'imaginer des contes et c'est à l'école primaire qu'elle commencera véritablement à écrire. À quinze ans, Domnita publie sa première nouvelle. Elle fait des études de littérature à la faculté des lettres à l'Université de Bucarest. Elle a été assistante dans l'enseignement universitaire à la chaire d'Esthétique du Conservatoire de musique de Bucarest et chargée de cours de littérature roumaine à la faculté de cinématographie de Bucarest. En 1972, elle devient membre de l'Union des écrivains de la Roumanie. La même année, elle s'établit en France. Depuis, elle écrit uniquement en français (deux romans, des nouvelles, des réflexions, des notes, un journal, un roman en forme de journal, des scénarios de dessin animé).

ŒUVRES EN ROUMAIN

1955 - Le puits de Floriette - prose, 77 pages (nouvelles pour les enfants de 9 à 13 ans). Premier grand succès, vendu dès qu'il est apparu sur le marché. Neuf petites histoires: des drames, parfois imprégnés d'humour, où les enfants sont de vrais héros.

1956 – Le petit grillon - un best-seller, conte en vers de 32 pages, avec des belles illustrations. Neuf éditions (1956, 1959, 1965, 1967, 1970, 1997, 2009, 2007, 2018), en roumain et en traduction anglaise. Sa traduction en allemande a été commandée à la Foire internationale du livre de Leipzig après sa première édition. Souhaitant offrir un sourire aussi aux enfants qui parlent l'anglais, l'auteur a rendu possible que Le petit grillon soit aussi traduit en anglais. Il s'agit des péripéties d'un petit grillon violoniste qui, par orgueil, refuse l'invitation de petites « bêtes » et se retrouve seul face au grand vent qui lui vole son unique bien, le violon. Ce sont les amis qu'il avait méprisé qui l'aideront à le récupérer. Le poème est un message au sujet de l'amitié et l'harmonie sociale.

1961 - Quatre enfants dans la grande forêt – roman d'aventures, 216 pages, qui a attiré non seulement des enfants, mais aussi les adultes et les amoureux de chevaux. Paru en Roumain, puis traduit en Bulgare; épuisé dès le premier mois de sa parution. Dans un grand élevage de chevaux de course, des voleurs s'emparent d'un groupe de pur-sang et s'enfuient dans la forêt proche. Au cours de nombreux rebondissements, quatre enfants feront preuve d'initiative, de courage et d'humanité, et sortiront victorieux de l'aventure, ramenant avec eux les chevaux, sains et saufs.

1973 - La lyre aux étoiles (Chants des berceaux vides) - poésie; 125 pages; Poèmes préfacés à la deuxième édition (1997) par El. Folea, professeur de littérature roumaine à Bucarest:

Traduction: « La création poétique de l'auteur est une marche majeure dans l'évolution de la poésie roumaine contemporaine: ses poèmes et son style marqueront la poésie du 8e décennie, du siècle passé à nos jours… L'art de Domnita est lumière, beauté et perfection. Par l'antithèse ombre-lumière exprimée dans des fantastiques images de relativité du temps et des distances abyssales, le poète-génie de ces poèmes devient elle-même un démiurge… Comme dans toute grande poésie, Domnita Georgesco-Moldveanu a le don des métaphores uniques, des images complexes, picturales et à la fois musicales… Elle possède la dynamique intérieure du vocabulaire et réactualise des anciens mots, en créant des nouveaux aussi. »

Première édition en 1973, avec la publication préalable de plusieurs de ses poèmes.

2001 – Les contes des étoiles ou « Il y aurait une fois… » - contes, 274 pages; (Contract retiré auparavant par l'auteur en 1959 et remplacé par le roman d'aventures Quatre enfants dans la grande forêt, publié en 1961.

Inscription au dos du recueil des contes:

Traduction: « De vrai poèmes en prose enchanteurs, imprégnés
de philosophie, d'éthique et d'esthétique, et d'une créativité débor-
dante. Ces contes s'adressent à un large public: enfants, adolescents,
adultes… Imagination pleine de charme, personnages d'une fraicheur surprenante, noblesse du message, aspirations héroïques, humour, intelligence, sagesse, humanisme… Ces contes pousseront à
la méditation parents, éducateurs, et professeurs… »

Ana-Maria Sireteanu, Directrice des émissions culturelles,
Radio Bucarest, Roumanie.

« L'auteur, par son grand talent de conteur, donne vie aux
problèmes humains universels… Par de larges visions symboliques,
elle sait nous rendre transparente une profonde sagesse nuancée
d'aphorismes et de proverbes populaire. »

Louis Kaiser, Paris, 1973, professeur à l'Université Perpignan,
France

ŒUVRES EN FRANÇAIS

Coeur d'or (roman, 275 pages); première édition en 1987, retiré de
la vente à cause des erreurs typographiques.

Traduction: « Le roman convainc qu'à travers le sacrifice, on peut
réaliser le beau et rendre l'homme meilleur… Tout ceci est un crescendo émotionnel de tourment et profonde sagesse, poésie et charme. »

Louis Kaiser, Paris, 1973

2007 - Adieu rêves? (roman, 361 pages); raconte la vie meurtrie
d'une femme tourmentée (la mère de l'auteur, mère de huit enfants),
qui connaîtra le rêve, l'espoir et l'amour grâce aux grandes valeurs
d'humanité et au milieu musical qui l'entourent. Raconté à la première personne, ce roman qui se déroule en Roumanie nous fait
vivre l'occupation durant la Grande Guerre, la grippe espagnole et
la crise financière de 1930. Ce roman est une quintessence musicale
de beauté et de nobles réflexions.

2006 – Quatorze nouvelles (Les anciens du terroir m'ont raconté) - (nouvelles, 221 pages)

« Les histoires de ce volume se passent dans la campagne roumaine, aux alentours espacés de la première guerre mondiale. À travers les qualités morales des adolescents et des jeunes roumains de la campagne, ces nouvelles mettent en valeurs les qualités universelles de la jeunesse: la pureté du cœur, la bonté, le courage et le stoïcisme qui vont jusqu'au sacrifice. Les nouvelles se présentent sous forme des histoires contées par les anciens d'un village, étant d'un dramatisme complexe, qui va du tragique jusqu'à l'humour, en pouvant atteindre le sens héroïque, parfois ironique. Chaque histoire courte présente un autre aspect de vie bouleversante, recouverte par l'air de simplicité. C'est une éternité aux profondes résonances de sanglot, même de rire; un portrait musical et à la fois pictural d'un coin du monde. C'est l'offrande vive, le souffle de la force de l'âme humaine, à rendre l'homme meilleur pour l'harmonie de la société. »

2018 – Voyage à Lille (nouvelles posthumes) – une recueil des nouvelles marquée par la fraicheur des personnages et la pureté de leurs sentiments.

ŒUVRES EN ANGLAIS

2007 et **2018 – Little Cricky** – poème épique, 34 pages. Liliana Hoton et Miruna Nistor ont traduit *Le Petit Grillon* réussissant à rendre en anglais son vers musical avec fidélité et charme.

ŒUVRES EN BULGARE

1964 et 2014 - Quatre enfants dans la grande forêt – roman d'aventures, 216 pages, paru en Roumain en 1963 et puis traduit en Bulgare.

*

J'aimerais remercier à Jeff Barclay, un précieux ami qui a aidé tout au long pendant la re-publication de certains des oeuvres de Domnita.
Natalia Moldoveanu

Je remercie Dieu,
ma famille, mon peuple de Roumanie,
ceux qui m'ont soutenue.
Je remercie la Grande France, ma deuxième patrie,
…L'humanité entière…

C'est moi,
Mienne est l'âme de la Sainte Cène.
...je suis l'idée du pain rompu,
Mise à genoux,
Crucifiée de peine
Le rêve, l'espoir, l'amour, au lieu de clous...

Table de matières

Première partie

*

*   *

SERAIS-JE ENCORE SUR LA TERRE?

...Ou bien perdue ailleurs?

J'avais dix-huit ans. Le sublime rêve de rendre l'Homme meilleur, par mon écrit. La flamme au cœur pour accomplir ce rêve.

Au temps de la cruelle outrance, j'enfourchai le désespoir. Et sous les âges de l'âpreté, dans un mortel remous pour protéger mon Idéal, je cavalai vers nulle part. Durant que tout autour poussaient les crocs des ténèbres.

Soudain, la géante rondeur d'un astre inconnu, à l'instar d'une épaule salvatrice, frôla silencieuse notre globe.

D'une seule impulsion, je m'élance à cheval-de-feu parmi les grilles. Je m'envole en arc-en-ciel. J'y saute!... et me réveille... du cauchemar!

Sur l'ancienne? Sur la nouvelle planète?

Où est-ce que je bobine l'écheveau de mes jours, qui se dévide à mon premier abord improbable?

Ou bien, les deux corps célestes ont-ils convergé?

La forte affection pour mon pays natal, pour ma famille, pour maman, me donne toujours la certitude que je me trouve sur ma terre initiale.

Pourtant, comme un météore accaparé par une autre constellation, je m'accorde au rythme d'un autre mouvement de lumière et m'enracine chaque jour davantage au centre d'un autre soleil. D'un royal peuple.

Alors ma vie, ma souche?

Alors maman?...

...Chuuut!...

Écoutez l'écho de son soupir : il fend le bruit de dehors. Traverse les murs. Plane dans l'air. Me confine. Pénètre mes oreilles. Me blesse le cœur.

L'entendez-vous?

Vous n'entendez rien...

Maintenant l'écho a péri. Les silences tombent en moi comme les neiges.

Mais de loin, de très loin, derrière les farouches frontières, je perçois le soupir de maman. Il tourne aux pleurs. Aux sanglots.

Maman frappe à des portes fermées. Fait secouer les gonds, cliqueter les cadenas.

Sa détresse devient cris. Nuage de cris. Avalanche de nuages!

— Ouvrez!…

Laissez-moi sortir et prendre dans mes bras ma fille chérie! J'irai la voir par monts et par vaux! À pied. À la nage. Au-delà des fleuves, des mers et des terres!…

En dépit de sa peine, les portes restent closes. Les gardes la repoussent. La brusquent.

Chaînes de fer et féroces fauves se déchaînent.

Ferrailles... et « fauvailles »!

Maman s'évanouit d'épuisement. De mal d'aimer.

Encore un soupir et sa vie s'évapore...

Les appels de mes sœurs percent les lointaines frontières. Les docteurs, les infirmières accourent. Mes frères s'agenouillent, brisés.

Que les cloches tintent! Que les cloches sonnent le glas pour maman!

Petites églises, ermitages, monastères, cathédrales, tourmentez vos gros bourdons, plus fort, plus fou! Pleurez pluies, roulez vos lamentations et vos clameurs, cours d'eau!

Vents et vagues de mer, jetez vos bras jusqu'au ciel! Hurlez! Mugissez! Rugissez!

Adieu rêves?

...Lilas fut cet instant du crépuscule, où maman, dépêtrée d'elle-même, franchit libre les frontières, fragile et délicate sur mon seuil mauve, au soir :
— Enfin, j'ai pu venir te voir.
— C'est vous, maman?
— C'est moi...
— Vraiment??...

Elle s'approcha. Impalpable, mais réelle. Un souffle printanier m'effleura le front, les joues. Se glissa dans mon cœur. Me remplit la poitrine comme une caresse. Comme une ivresse. Comme un parfum infini...
Ce parfum m'éleva, à la durée d'un perpétuel demain.
Récit rêveur au lire d'un livre,
Maman, crucifiée sur un zénith à vivre!
Je pris ma plume, pour que sa présence me donne encore une fois la vie. Et que mes songes deviennent marée, comme ses mains d'antan, cousait et recousait les instants vrais de son éternité :

*

*   *

AIMERAS-TU, AIMEREZ-VOUS, mes enfants chéris, comme au temps de vos frêles années, que je raconte?

Réitérer des jours si éloignés, pendant que vous entamez l'avenir, ce sera vous faire évoluer sur deux existences.

Et puis, la flèche de mon sort, ailée vers paradis, souvent est obliquée pour l'envers du ciel.

Saura l'un de vous contenir la démesure et l'exprimer à sa façon?...

...Mon père était la Conscience d'être!

Fils et petit-fils de Grands Giaours, héritier, par descendance paternelle de la couronne de Pierre, lui-même éleva au paroxysme de la spiritualité.

Pourtant, mon père fut contraint à la vie d'exilé.

L'hostilité l'assaillit de front quand il n'était qu'une petite tête blonde.

...L'enfant dut ceindre la marge du ciel et fut tenu à chausser les routes lointaines.

Je me l'imagine des yeux, d'après ses propres récits:

C'est son dernier jour d'enfance dans ces montagnes qui vont s'assombrir. C'est son dernier rire...

Sa ville natale, au joli nom de jeune fille, se situe sur un plateau entouré de cimes. Hormis la Cité des empereurs, cette ville est consignée par les chroniques depuis les premiers nids humains au sud de Danube.

Adieu rêves?

À la sortie des classes, l'enfant aux boucles blondes se hâte de traverser la cour de la monumentale maison de son grand-père, Pop Pierre les Sauvegardeurs, prince de souche et prince de guerre.

Par accoutumance, les écoliers, en folâtre essaim, le suivent tapageux pour parcourir avec lui ce corridor souterrain, jusqu'à l'onde au pied de la montagne.

Là, au bout du tunnel, sous le ciel bleu, quelle exaltation!

Ce petit prince est leur chef au jeu. Pour l'avenir, leur espoir!

Avant qu'ils ne se retirent pour le laisser rentrer seul par le canyon réservé aux Sauvegardeurs, les écoliers le retiennent et feuillettent ensemble le calendrier de plus récentes annales, de vieilles traditions. Tous connaissent l'histoire. Cependant, ils s'en enquièrent encore, comme si ce benjamin ensoleillé leur verse à boire de l'assurance et de la foi.

— Est-ce que votre grand-père de prince a élevé l'église de là-haut après la victoire sur les oppresseurs?

— Le sultan a sorti un firman : Pop Pierre les Sauvegardeurs surnommé le Giaour, ce grand danger pour la Porte-Ottomane, qu'il soit tué où qu'il soit trouvé... Dites! Avez-vous lu le firman?

— C'est pour cela que sa Sainteté lui a conseillé d'habiller le froc. Et de construire ce tunnel pour s'y reprendre à chaque attaque inattendue.

— Votre père, Stojan Pierre, est son fils aîné, appelé aussi Grand Giaour, né avant que son père soit prêtre!

— C'est votre père qui continue à frapper toujours notre monnaie. Nous montrez-vous le machin?

Avec un joyeux rire, le fils et petit-fils d'une illustre souche, ressort de son paragraphe historique, et se détache du groupe. Il entame le sentier d'en marge d'eau en descente.

La suite enfantine répand des étincelles sur l'onde avec ses bonds, ses pirouettes, les saluts de la main et autant de vœux.

Le soleil même agrippe le prince dans un tourbillon de lumière, comme pour ajourner son destin.

Malgré tout, le nimbe du prince échappe aux bons auspices et dégringole dans les arcanes de la fatalité.

L'enfant « s'attient » au ruisseau en chute vers leur manoir qui est planté comme un joyau sur le versant boisé.

Soudain, il aperçoit, de l'autre côté du manoir, tout en aval et très loin encore, un attroupement pédestre et à cheval remontant le torrent de pierre en pierre.

Fougueux, il rentre et gravit, ou plutôt escalade les marches, pour donner l'alerte.

Et voilà que son père, Stojan Pierre, fils aîné du Grand Giaour Pop Pierre les Sauvegardeurs, est debout à la fenêtre de la chambre d'en haut.

L'homme a le maintien statuaire. Le visage austère. Dans ses yeux bruns, tout le tourment et la vertu d'un grand chef, soupesant, mais défiant le danger.

À ses côtés, graves, les deux fils aînés. Leur mère avec les deux filles, blondes comme les étoiles, s'y attachent muettes.

À travers les vitres, il observe la multitude vindicative qui s'avance dans le défilé montant. Il murmure aux fils aînés :

— Pour m'empêcher l'assaut contre leur joug, ils m'ont harcelé sans cesse. Craignent-ils que notre affranchissement approche, pour arriver en si grand nombre?

Son regard se tourne adouci vers les femmes qui lui embrassent les mains :

— Vous allez descendre le petit par l'ogive qui s'ouvre sur la forêt. Le fidèle Ion y est vigile à chaque attaque ottomane. C'est lui seul qui a le repère du trésor. Ion va faire appeler l'autre petit, Stojan, qui s'attarde au lycée, pour les sauver de représailles. Notre postérité ne doit et ne peut tomber aux rangs des janissaires!

...Ensuite, vous mes bien-aimées... Glissez-vous dans l'antre dont vous avez le triste usage. Non, ne pleurez pas. Les larmes n'ont jamais été les mots de nos chroniques!

Puis, le Grand Giaour se précipite. Il étreint le benjamin sur sa poitrine, et lui confie les secrets dessous des choses :

Adieu rêves?

— Tu sais que nos ancêtres Pierre et Assan sont deux princes daces issus de la Transylvanie. Tu sais qu'il y a sept siècles ils sont venus en aide aux Roumains du sud du Danube. Qu'ils ont fondé ici l'empire roumaino-bulgar...

— Oui Père.

— Tiens ces précieuses reliques : trois inscriptions en or et en cuivre du temps de Décéné; un papyrus romain; la liasse de lettres, rangées d'avant Jésus-Christ. Ensuite les ententes de notre lignée avec les voïvodes du nord du Danube. Une correspondance tout au long de siècles. Ces armoiries en plus.

— Oui Père.

— Tu auras aussi la garde exceptionnelle de la myrrhe que j'ai sous ma protection. L'un des sceaux. Si un jour vous libérez le pays, tu vas régner avec ton frère Stojan, comme Pierre et Assan.

— Comme Pierre et Assan...

— Mais ne laissez personne vous désunir!

— Personne!

— Surtout, restez dans les confins de cet empire, aussi ravagé qu'il soit!

...Franchir le Danube à l'envers et retourner au nord, au pays des Carpates, ce serait vous enclaver dans l'épopée de tous les Roumains aux racines au milieu et aux entours de leurs montagnes. Tu es l'effigie vivante qui pourra soit maintenir notre lignée de Pierre ici, soit la refermer dans un cercle, et la parapher à jamais... dans une archive!...

— Je suis l'effigie vivante...

— De l'histoire! compléta son père.

Encore une forte embrassade. Encore un regard de feu comme une estampille sur le cœur de l'enfant.

— Allons-y faire front! s'adresse enfin le Grand Giaour à ses premiers fils. Notre sang va crier : liberté!

Et le benjamin sursaute et s'accroche aux fenêtres jusqu'à ce que dehors, les héroïques défenseurs, les sabres comme les éclairs, s'écroulent sous les centaines de coups féroces.

En larmes est la petite tête blonde. Ses rêves naissants s'émiettent en larmes. Il y a dans son regard la secousse du choc, le douloureux acquis, le grand serment de foi pour l'avenir. Les sœurs doivent l'arracher des vitres pour le sortir par l'ogive latérale dans la forêt.

Je couvrirai toujours sous mes paupières son dernier rire. La scène où le Giaour lui transmit reliques et sceau. Et la sainte myrrhe. Le très cher sang qui noyait l'herbe devant la porte et qu'il devait fuir.

Combien de temps ces enfants délurés surent-ils retenir les pleurs devant les fidèles qui les dévisageaient? Combien de fois ces petits pèlerins évoquèrent les magnifiques tombés sous les yatagans?

Ion avait rallié plusieurs descendants des branches majeures et cadettes et les hommes de confiance pour accompagner les deux héritiers avec les richesses consignées.

Ce fut dans les montagnes que pendant la nuit, sa Sainteté, ami de la lignée, serait venu hâtif pour oindre les deux frères.

La petite tête blonde faisait douze ans. Son frère Stojan venait d'en avoir treize.

Durant la pérégrination, à la couchée autour du feu, Stojan serrait la main du plus jeune. Et le plus jeune haussait le front, courageux, pour ne pas infléchir la hardiesse de son aîné.

Envers et contre cette force d'âme, l'automne les bouscula. Le vent froid dénuda les abris feuillus. Les oppresseurs pourchassaient les fuyants.

Aussi, des révoltés, de même que bon nombre de persécutés, venaient chaque jour s'y adjoindre. Le rassemblement ne trouva plus de tanière.

En vain, les enfants s'opposèrent à la traversée du fleuve. Sous la forte pression de l'affluence humaine, ils furent forcés à suivre l'étoile Polaire vers le nord du Danube et, contrairement au conseil du Grand Giaour, franchirent les confins de l'empire qui fut.

Les héritiers de Pierre et Assan retrouvèrent la terre roumaine d'où les deux ancêtres descendirent sept cents ans auparavant.

Adieu rêves?

Depuis, le frère Stojan serrait plus fort la main de l'autre. Parfois, ses yeux devenaient verts sombre, pareils aux mystérieux étangs qui auraient englouti toutes les lumières de la vie.

Pressentait-il que l'ennemi le frapperait en premier?

Graduellement, la plupart des compagnons se dispersèrent. Constellèrent les courants d'eau par le biais desquels les anciens descendirent au sud. Peut-être certains d'entre eux se reliaient à ces endroits par le fil généalogique? D'autres rentrèrent chez eux, en Transylvanie.

Les augustes enfants firent un arrêt provisoire à Moulin-aux-Violettes, un lieu entouré de forêts, ouvert comme l'œil de l'intelligence. Ensuite, ils temporisèrent, émerveillés par les autochtones–le cœur sur la main.

Ainsi grandirent-ils, chaperonnés par l'anonymat et quelques fidèles serviteurs!...

Les deux rêvaient d'un empire, unis dans un grand Idéal de beauté...

Mais les amis, sinon sûrement les ennemis, poussèrent Stojan au mariage précoce. L'immense forêt roumaine sépara les frères. Les traces de Stojan furent couvertes par les feuilles mortes. Ressurgirent peut-être dans les chaînes impérissables.

Quand, à seize ans, le cadet tenta de s'engager dans la guerre d'Indépendance commencée en 1877, son volontariat fut refusé.

...Et sans retard, les gens lui firent connaître Fleurile, ma mère. Un visage rose, aux traits de déesse. La discrétion lui donnait l'air d'une simple fleur qui poussait avec le blé, avec les arbres; sous le cadran solaire, à la charte immuable des saisons.

Elle vivait sur son terroir, en harmonie avec la nature et soumise à la divinité.

Mère se maintenait sereine et sensée. Je ne vis ma mère sangloter, ni en colère. Ni rire aux éclats.

Il paraissait que tout en accompagnant l'aïeule et sa propre mère aux accouchements, les femmes s'attachèrent à son sourire de chauds arômes. Entraînèrent Fleurile à leur prêter main-bénie.

Le mystère de la vie devint peu à peu pour ma mère sa raison d'être. En bref, elle ressentit l'investiture divine en tant que protectrice de la naissance.

Père était le démiurge, à transmuer vers son zénith la vie.

— Fleurile, aurait dit Père, ne croyez-vous pas que notre destinée, même secrète, ait besoin de convenance et de disponibilité? Abandonnez cet humble travail.

Les yeux penchés avec pudeur, Mère sut rétorquer :

— Si Celui-que-vous-êtes se donne la peine d'ennoblir l'Homme, je pourrais lui amener à parfaire l'innocence de chez-nous...

Rien de plus merveilleux que ce mariage, où le rêve de mon père poussait libre. Rien de plus néfaste, pour que ce rêve ne s'accomplisse jamais!

Un matin d'avril, Mère, en deuil, comme une pâle corolle issue d'un calice noir, me conduisit toute propre à la porte du jardin, à l'arrière de notre cour. J'étais habillée d'une longue robe de soie blanche paysanne. Mes ondulations châtaines ruisselaient sagement sur mon dos.

Père m'attendait, majestueux. Dans son regard, l'immensité verte, lumineuse, des ondes immortelles.

— À douze ans, cette enfant me paraît trop jeune pour une telle tâche, murmura Mère.

Ensuite, elle baissa mes paupières.

— C'est l'onction! souligna Père.

Elle ne répondit rien. Mais les traits de son visage furent animés d'un sourire de détachement. Et je saisis, dès ce tendre âge, que pour Mère tout était passager. Les violences hivernales, comme les âpres sécheresses, les inondations, les tremblements de terre, les éclipses, les invasions rendaient pour elle si éphémère, même illusoire, une telle cérémonie! La seule qui devait être sauvée était la vie de l'Homme, suivie avec générosité par Mère depuis la venue au monde. À part qu'en hiver, elle avait perdu ses deux jumeaux, après la première fille bien-aimée.

— Allons-y, Marie-Élise! Tu vivras!

Ma mère s'effaça pour broder, autant que ses aïeules, qui marquèrent sur les tissures la liaison cyclique des générations.

Père me prit par la main.

Le verger fleurissant, épanoui pour notre accueil, pencha jusqu'à la terre l'éclat des branches. Remua fort et nous voila de ses pétales.

Je me sentis à côté du tout jeune prince aux boucles blondes, couronné dans un lieu lointain, avec son frère.

Un exubérant survol, une danse, m'orientait tout au fond de l'ouche. Là où notre clairière passait outre l'orée, afin « d'irrompre » dans la vieille forêt, comme un rire de libération.

Dans ce clair sauvage de hautes fleurs, Père abandonna un brocart sur un tronc renversé.

— Ce sera ton trône fictif... plaisanta-t-il.

Puis Père sortit d'une corbeille dissimulée dans l'herbe quelques joyaux qu'il me demanda d'accrocher dans mes cheveux, à mes oreilles, aux poignets, au cou. J'émaillai ma collerette de fibules. Une des minuscules agrafes arrivait de la profonde antiquité!

Parée comme une icône, je m'élevai sur le tronc supposé grand siège.

Depuis mes années d'innocence première, je connaissais l'histoire de mon père. Et je prenais tout pour un jeu avec son enfance. Néanmoins, Père me donna un conseil d'âge mûr :

— Ne crains jamais ta montée, mais ta descente!

...Maintenant, tiens-toi droite.

Après un regard circonspect, il posa ses yeux tout près, sur une marge touffue. Ion, l'homme de confiance qui surveillait l'endroit, s'éclipsa dans un bosquet.

Ce fut de cet abri qu'un prélat tout blanchi se détacha, prestant et accoutré de vêtements sacerdotaux.

Les mèches de ses cheveux s'enlisaient vers la nuque.

Par-dessus les orbites aux yeux profonds, ses sourcils ployés. Sur sa poitrine, la barbe déployée.

Presqu'interdite, je m'interrogeai :

S'il ne s'agit pas d'un simple jeu, Père, est-il si important que cet évêque vienne à la dérobée à sa rencontre?

Après avoir agréé la bénédiction, Père me présenta :

— Notre ange, Marie-Élise, qui a compris notre dessein. À la mort des jumeaux, malgré la crainte qu'ils soient empoisonnés, c'est d'elle-même que cette merveilleuse enfant s'est remise entre nos mains.

Je fis la révérence. Le prélat tendit ses doigts que j'embrassai respectueuse, mais avec mon air candide, je réussis à soutenir son regard transperceur.

— En vérité, déclara l'évêque d'une voix aux résonances inégales, notre princesse Marie-Élise a de fins traits d'ange rose. Mais son noble front n'attend que la couronne, et dans ses yeux bruns, ardents comme ceux du dernier prince Giaour, c'est le souffle du Très Haut qui palpite.

Les mouvements du prélat devenaient par la suite solennels et mesurés. Dans une succession précise, accompagnée de prières, il alluma un cierge. Fit brûler des grains aromatiques pour m'encenser.

Père esquissa une génuflexion. D'une fine écharpe, il dévoila une miniature de flacon bleuâtre et l'offrit en contemplant les cieux.

Le prélat prit avec précaution la minuscule amphore à myrrhe. Les doigts trempés dans son baume, il fit le signe de la croix sur mon front. Me toucha les tempes, la nuque. Apposa la main entière sur le sommet de ma tête, comme un sceau. Une fois. Deux fois. Trois.

Je discernais les plus appuyées des paroles pendant l'imposition des mains :

— Au nom du Père et du Fils et du Saint-Esprit.

...Marie-Élise, fille bénie de Paraschève Pierre les Sauvegardeurs, possesseur de nos saintes reliques...

Je te sanctifie par l'onction…

Père sortit de son sein et déplia d'une longue et luisante gaze l'unique diadème préservé de père en fils aîné.

Le soleil surgit au-dessus des arbres et flamboya dans ce nimbe.

Soudain, mon souffle s'arrête.

Avec les yeux blessés d'éclats, je sens comme dans un rituel ésotérique le diadème alourdir ma tête, la délicate frappe d'un précieux bâtonnet qui glisse dans ma main. Je m'entends répéter :

— Je promets… Je le jure…

Le prélat achève :

— Que cette consécration de mille neuf cent un dure jusqu'à l'accomplissement de notre rêve qui marchera comme l'archange devant Dieu...

Étourdie par cette ambiance de conte, par mes serments chimériques, par le poids de tous les joyaux, je chancelle. Je m'accroupis sur mon piédestal improvisé pour m'asseoir.

Mais Père m'incite avec force :

— Debout, auguste enfant, debout! Tu dois rester droite, même quand le monde entier s'agenouille. Regarde en face et domine la forêt pour qu'un jour tu oses tenir les rennes d'un monde spirituel.

— Tu es ointe!

Relève-toi!

Et dans cet ordre je perçois une sollicitation.

Les fragiles feuilles frémissent alors.

Elles se mettent ensuite à flotter, à bruire. Il y a un ramage, un tumulte, qui vient du fond du bois ; du tréfonds des temps :

— ... lève-toi!...

— ... lève-toi!

— ... lève-toi!

Et je me suis levée...

L E SOIR, LA PLUIE CINGLAIT DRU NOS FENÊTRES. Strangulé par les branches d'arbres, le vent poussait de minces cris.

À l'intérieur, sous la clarté d'une simple lampe à gaz, Père gardait son expression de grand chef qui attendrait son heure propice.

Il prit sa plume.

J'avais souvent épié ses écrits secrètement gardés.

À l'invitation de Père, je lus pour la première fois :

Pour Marie-Élise:

Marque ton surpassement

Déploie tes ailes.

Perce les mesures

À ta noble échelle!

Ces vers me fascinèrent et leur sens révélateur fut l'aiguillon de toute ma vie.

Cependant, Père ne me laissa pas le temps d'éloges. Il déplia de vieux documents pour les replier, les ranger l'un après l'autre. Sa minutie, sa contention, frôlaient la prévenance à l'égard des hauts personnages qui structurèrent cette mémoire.

Et au fur et à mesure de cette mise en file, Père défilait ses racines historiques.

Je fus tellement émerveillée, qu'entre l'étrange, mais l'admirable solemnité du matin et les signatures impérissables du souvenir, la réalité de notre mas paysan me parut fantaisiste : un jouet pour les géants.

Néanmoins, ma conclusion immédiate fut puérile :

— On devrait habiter un château!

— La cachette aux trésors ne doit pas briller, répondit Père avec un sourire.

— Mais, pourquoi mon onction?

— Chut! les foudres à heurter par mon bras ne doivent pas détruire le symbole de notre continuité. N'ai-je donc pas reçu le sacre avec mon frère? Sa Sainteté craint en plus son grand âge. Il tient que je donne à l'humanité mes réflexions morales. Car l'Homme doit se ressaisir de sa propre valeur, pour y puiser le plus haut de soi même. Et toi, aussi, tu es sur le chemin de la spiritualité…

Cette nuit-là, je me réveillai en clignant des yeux. La lueur de la lampe à l'huile, suspendue, jouait ses ailes sur le plafond.

Dans un coin, Père déterrait un petit chaudron de cuivre, fouillait, déballait.

Je quittai mon lit. Père chuchota :

— On doit mettre dans un lieu plus secret le trésor des empereurs.

Peu rassuré, Père plaça les inscriptions, la liasse de documents, un blason, quelques insignes et le sceau dans leur minuscule coffre. Monta sur une chaise, déverrouilla la portelette à l'autel figuratif qui doublait l'icône et disposa le reliquaire derrière la petite amphore à myrrhe. Ensuite, il prit dans un récipient replet, rougeâtre, le cœur d'une mythique histoire.

À notre sortie, je ne fus pas surprise que mes frères ne se montrèrent pas. Mon merveilleux père était-il si seul?

Mère mit sur ma tête un capuchon, sur les épaules de Père une pèlerine et se retira.

J'avais depuis longtemps compris que Mère ne le soutenait pas dans ses rêves. Après la disparition de l'aînée Catherine, la très sensible joliesse, qui fut suivie par une double perte, Mère se désolidarisa de mon père.

Pour les deux garçons restés vivants, elle choisit, avec ses beaux-frères, l'humble travail à leurs potagers!

Il y eut dans ce monde beaucoup d'exilés dont le vouloir ne fut pas étouffé par les inconnus, mais par les proches. Car on se bat rarement contre ceux qu'on aime. Et parmi les plus aimés, mon père me faisait sentir que je sois son ultime espoir.

La pluie nous accablait par ses gerbes de chaume liquides, en chutes infatigables.

Père me guida silencieux dans l'obscurité jusqu'à la grange.

Brun, moustachu, taciturne et soupçonneux, Ion vint y prêter main-forte. Malgré la perte de sa femme et de son petit garçon lors d'une descente ottomane au nid des Pierre les Sauvegardeurs, Ion avait pris les deux enfants princes par la main, pour les affranchir du joug.

Maintenant, ils masquèrent la petite chaudière de cuivre en enveloppe de paille, la placèrent sur le dos d'un cheval. Sur un autre, me soulevèrent en selle. Puis, plein les bras d'outils, enfourchèrent les juments favorites.

Les animaux surchargés empâtaient mollement leurs sabots dans la boue.

J'avais l'impression qu'au lieu de nous frayer un chemin dans la nuit, c'était la nuit qui s'infiltrait, nous transperçait d'outre en outre. S'emparait de nous. Nous faisait ses prisonniers.

La rivière, un fauve captif, se traînait sur son inconfortable lit. Secouait ses chaînes comme un avertissement.

On ne pouvait pas traverser à gué. Les sabots de nos chevaux résonnèrent par-dessus le pont tremblant.

En aval, se trouvait le grand plateau des potagers. Les rayons de végétation tirés sur la terre morne s'épanouissaient lumineux. Mais le bord abrupt, endigué vers l'eau, la grande roue pour l'irrigation et les annexes ouvrières, dormaient immobiles. Aussi, la hutte enfouillée à trois quarts dans le sol, était vide. Alentours, aucune âme qui vive.

Père descendit de cheval et s'éloigna vers les saules pleureurs d'en marge de plant. Vérifia le gros couvercle du puits abandonné. Revint. Déchargea les chevaux, aidé par Ion.

J'avais glissé seule sur la croupière pour les suivre dans la hutte, quand Ion sortit pour faire la ronde. Après avoir fermé la porte, Père découvrit le précieux récipient.

Aux faibles rayons d'un falot, des brillances magiques tressaillirent en mille facéties : colliers, bracelets, fibules, médaillons, coupes et poignées de sabre aux incrustations. Surtout de géantes pièces d'or qui pouvaient circonscrire ma petite paume.

Je m'émerveillai aussi devant les morceaux de pierres maladroitement gravées aux anciens sigles.

— C'est le message des ancêtres, petite princesse, me confia Père. Vois-tu les figures de Décenné, de Boérebiste, de Décébal, ces grands rois Daces? Les Daces, les Gètes, les Traces, les Pélasges, ces grandes branches de l'humanité, dont on a les empreintes sûres depuis tant de millénaires!

Un jour, quelqu'un va déchiffrer leurs écritures...* Parce qu'il y a d'autres preuves, que nous ne possédons pas...et puis, combien de vestiges n'ont été trafiqués, surtout fondus par de sordides vautours? À ce grand avoir, comme à la grande intelligence, mon enfant, il sied leur utilisation responsable, face à la Conscience personnelle et face au jugement collectif. Car d'après les indices de ces inscriptions il y avait une seule aire linguistique, un noyau de vie, de langue et d'écriture, du nord des Carpates jusqu' à la Méditéranée. Peut- être plus loin?...

J'écoutais Père, ses paroles qui furent si lourdes à porter. Ensuite, j'ajoutai :

— Ce vieil or qui vient des saintes mains est immaculé parce qu'il est destiné aux grandes œuvres.

— Mais ce n'est pas curieux, ma princesse? L'or le plus pur, matériel ou intellectuel, salit toujours les mains des voleurs!

Qu'on veille à la pureté de nos cœurs et de nos richesses.

Père verrouilla le vase pour le sortir avec Ion. Ils s'éloignèrent vers les saules pleureurs et descendirent dans le puits, s'accrochè-

---

* Il s'agit du savant I. Moldoveanu, père de la Daco-Tracologie.

rent aux barres intérieures pour placer le rarissime trésor dans une
« défonçure ».

La nuit demeurait pluviale et morose, comme si elle pleurait ses
étoiles perdues, comme si on lui avait arraché les étoiles pour les
enfouir au tréfonds.

Je perçai du regard l'obscurité par-dessus les abords de notre
plateau, vers les sombres, les basses terres d'herbe. Ces immensités
« pâturales » qui s'étendaient loin, jusqu'à la grande forêt du sud, me
donnèrent une inexplicable prémonition.

Quand Père et son fidèle réapparurent à la surface, j'eus la crainte
que le trésor y soit abandonné à jamais. J'aurais voulu qu'on le reprenne, qu'on le garde et qu'on le défende.

Pourtant, une volonté plus grande que la mienne m'empêcha toute
initiative. Une force écrasante, comme la nuit. L'autorité intraitable
du destin.

Je n'osais rien dire à mon père. Mais avant même que mon admiration pour lui touche à la vénération, le découragement s'acheminait
dans mon esprit.

À cet instant, la retenue de ma mère me sembla une sagesse. La
courbe de la vie me récupérait, abaissait mes ailes dans le réalisme
fataliste de ma mère.

Alors que Père m'entraînait en flèche verticale, à transpercer
toutes les courbes de la vie, vers le zénith.

*

*   *

LE JOUR SUIVANT IL PLEUVAIT À SCEAUX. Vers la tombée du soir, Ion qui était aussi l'homme-clé de nos réunions, reçut les conseillers par le fond du jardin.

Ils étaient pour la plupart en force de l'âge, rivés aux confluences des rivières, les lointains suivants des guerriers qui dans le temps descendaient avec Pierre et Assan au sud.

Autant d'années en arrière, ces hommes avaient accompagné les augustes enfants pour les sauver, ou bien les arrachèrent-ils à leur nid?

Tous devinrent de braves amis. Peut-être certains d'entre eux, des ennemis?

Des hommes dévoués. Des traîtres aussi?

Conduits par Ion, ils traversèrent sur les pointes des pieds nos chambrettes au bas plafond, vers la grande chambre de fête.

Connaissaient-ils, ou pour le moins ils soupçonnaient les douze amphores aux pièces d'argent, l'avoir personnel de Père enfoui dans le sol et couvert de tapis!

Mon plumard, à l'aspect de large causeuse, avait été fixé là, au-dessus de ces richesses.

Père m'installa dans une chaise à dos sculpté dressé contre le mur, une broderie à la main.

Et aucun des hommes qui entourèrent la table n'osa lui demander pourquoi j'étais là!

Comme si tous avaient compris, comme si tous avaient accepté, comme si tous avaient soutenu Père de garder notre secret.

Vite la chambre fut comble et Père debout.

Sans être très grand, Père ressemblait au sommet des montagnes. Solitaire et pensif. Qui répand jusqu'au loin sa beauté altière.

Adieu rêves?

Le signe de la croix qu'il fit au-dessus de ce petit monde symbolisait la tradition dont il était issu, la loi qu'elle engendrait.

Mais quand il rompit le silence, j'eus l'impression qu'il se détachait des gens et s'élevait « rayonneur » comme le soleil.

Dans chaque parole Père mettait une vie.

Dans chaque instant, il vivait une vie.

Les vieux l'écoutaient avec religiosité en caressant leur barbe. Les autres buvaient son verbe. Un jeune homme éclata en pleurs.

Mais la voix de mon père qui s'emportait, qui transportait, c'était d'abord sur moi qu'elle portait.

— Je ne veux pas soumettre ces peuples, mais les réunir spirituellement. Ce n'est pas la convoitise qui me pousse à l'action, mais l'amour pour mon prochain.

...L'Homme est divin quand il crée le bien matériel et moral sans sacrifier aucun autre Homme, sans le dépouiller, sans l'abuser. La larme d'un être injustement vaincu coûte au vainqueur l'auréole de sa victoire.

Sans avertissement, Ion ouvrit la porte et laissa libre la voie d'un fidèle de Père. Tout essoufflé, trempé par la pluie.

— On a été attaqués à la traversée du fleuve, annonça-t-il. Sa Sainteté est sauve, malgré que sa besace aux vêtements d'or ait coulé. Votre voyage au sud du Danube devra être remis...

Père leva la main pour interrompre la phrase.

Contrariés, les conseillers se mesurèrent des yeux, se penchèrent les uns vers les autres, chuchotèrent.

— Pourquoi, demanda quelqu'un, sa Sainteté a pris de tels risques?

Père demeura un temps silencieux. Il promena son regard par-dessus l'assemblée :

Lequel d'entre eux avait connu l'arrivée du prélat? Lequel put livrer le secret du sacre? Comme les passages nuageux, les doutes ombraient la transparence verte, irréelle de ses yeux.

— Mes amis, lança Père, enfin.

La vie d'un vrai Homme doit tout valoir, pour tous ; mais pour lui-même, un grand Idéal vaut plus que sa propre vie.

*

*   *

CETTE NUIT-LÀ MON SOMMEIL NE FUT QU'UN FRISSON. À l'aube, je me réveillai en sursaut. Mon cœur entre les serres de l'angoisse.

Parmi les sanglots de la pluie de dehors, une clameur pénétrait de loin, doublée d'un grondement orageux.

Comme ma mère m'avait fait soigner mes cheveux et prendre un bain le soir passé, je tressai en vitesse mes nattes. Et la robe enfilée, je pris la porte.

À la sortie, Mère me tendit vite une cruche de lait chaud. Elle murmura son désaccord :

— Tu n'as pas fait tes prières...

Ensuite, Mère précipita ses menus pas dans sa chambre, au berceau de ma petite sœur, la prit dans ses bras et me suivit.

À travers le tissage mouvant de l'averse, on distinguait les ombres fugitives des gens, une vraie courre d'hommes, sur nos ruelles vers la rivière.

Mais pourquoi la panique?

Cet écart humain de sous-bois, qui tenait les champs de blé à ses pieds, se protégeait à droite par une haute berge contre la rivière.

Ainsi, les crues périodiques débordaient d'habitude seulement la rive opposée. Tout en contournant l'oblong plateau de nos potagers, l'inondation se répandait alors vers le sud, sur la prairie voisine, roulait ses ondes jusqu'à l'autre grande forêt, la traversait. Stagnait enfin, loin, devant la pente d'un autre village.

Brusquement, je reçus en pleine figure un souffle vaporeux. La pluie cessait. L'aube trouble s'argentura, mais les vapeurs froides continuèrent à m'assaillir jusqu'au bord de la rivière, où elles se subtilisaient en rafales bruineuses.

Père, à la pâleur de nacre, se tenait droit sur la plus haute protubérance du front d'eau. Ses cheveux blonds foncés me parurent une couronne d'épines sèches, au début d'un calvaire.

Des gens inquiets lui parlaient à forte voix pour couvrir le chahut d'eau. Il s'agissait de récentes digues, mal construites en amont, en dépit de ses sages conseils.

Pendant la nuit, la rivière incitée aux sources par la fonte de neiges et fouettée par ces mauvaises digues, avait commencé avec fureur l'attaque du vieux pont.

Soudain, sous nos yeux, le parapet de ce pont ébranlé cède. Les lattes sont égrenées. Le squelette en troncs de bois s'effondre dans un assourdissant vacarme.

Femmes, enfants, jeunes filles se retirent et poussent des cris effarés. L'immanquable lamentation amplifie, prolonge le tintamarre de la chute.

Les vagues jaillissent et débordent par-dessus la rive opposée pour se dissiper avec les menus morceaux de bois sur les vastes herbages, tout en évitant comme depuis toujours notre plateau de potagers.

Mais comme jamais auparavant, les géants pieds du pont s'entrecroisent et se massent en bloc au milieu de la rivière, alourdis par quelques ligatures de fer.

— Cet obstacle va modifier la direction du courant! Notre plateau est en danger, annonce Père.

Sans rien ajouter, lui, le couronné, enlève sa veste et se laisse glisser sur l'abrupt bord pour passer outre, à la nage. Son homme de confiance et plusieurs de ses fidèles ouvriers le suivent.

Maintenant sur l'étendue cultivée de la rive droite, hissés au-dessus de l'inondation, tous roulent des poutres, des échalas et des pierres. Ils plient des arbustes, les renforcent avec des sceaux et des corbeilles remplis de sable pour davantage barrer l'offensive de l'eau.

Par dessus le tumulte, on entend les impératifs de Père :

— Vite! Vite!

...Mais peut-il enfreindre le revers d'une inondation?

Père surprend la massive convulsion de l'eau qui s'accumule comme un nœud et bouillonne à l'assaut du grand obstacle en bois croisés.

Il commande avec désespoir :

— Sauvez-vous!

Ses fidèles plongent dans la rivière montante et nagent vers nous, regagnent la berge peuplée. Ion, le tout dernier.

Pour revenir, Père entame la traversée au moment où quelques violents méandres s'échappent au nœud convulsif de l'obstacle.

Pareilles aux êtres vivants, les éjections de vagues deviennent crochues, brutales, et agressent mon père. Il se bat contre ces fauves tressautants qui arrivent en troupeau, en meute! Il est envahi par les démoniaques flots, mordu, enfoncé. On ne voit de Père que le front. Les boucles mouillées d'un blond enfant. Les doigts levés! L'avalanche d'eau le recouvre! Les torrents! Les torrents! Les torrents!

C'est la rancœur matérialisée. La haine de l'inconscience liquéfiée. Les torrents!!!...

Sur notre rive, les gens paraissent abasourdis. Nul homme n'ose le secourir.

La terreur me saisit, me choque! Mais à l'instant, quelque chose de plus responsable me pousse à l'action. Je m'adresse aux autres :

— Jetez des cordes vers l'eau, qu'il s'en empare! Faites-le avec deux perches! Et je me précipite farouche pour moi-même improviser le cordage!

Ion, à peine sorti de l'eau, veut y redescendre. Mais Père se débat à nouveau, s'arrache avec brusquesse du tourment. Il fustige de ses coudes les flots assaillants, vainc la horde liquide, ressort seul et remonte enfin l'éminence où je me trouve.

Derrière lui la force de l'eau se déchaîne. Le lourd déluge, le maudit déluge mugit, bondit haut, explose furibond par-dessus les inutiles digues et nouvelles barrières, et retombe en cataracte sur nos potagers.

Le déluge du mal. Du destin, peut-être.

Adieu rêves?

Car le gigantesque jet en chute sur nos terres est une hache!

Le plateau crève.

Le lit de la rivière semble se retourner. La rage des flots se renverse avec ses sables, en arc, au-dessus du plateau.

Arbres, annexes, roue d'irrigation, tout est emporté par les torrents. La deuxième moitié de nos terres fendues s'effondre pour offrir un creux, un nouveau lit au courant majeur de la rivière. La moitié restante de nos terres n'est qu'un îlot tronçonné.

Le diluvien continue à déferler sur le vis-à-vis, dans une triomphale huée. Sous nos pieds, l'ancien cours d'eau reste comme une simple déviation de réserve. À l'avenir, une vallée tarie, sûrement.

Mais sur le reliquat du relief potager d'en face, où est le puits secret?

L'emplacement du puits au trésor n'existe plus.

Père gémit. Ruisselant, un châle jeté par-dessus sa chemise, il contemple ma mère.

Elle est la fille du terroir et de ses changements climatiques. Elle a poussé avec la végétation et la faune de cette nature, avec les crues d'eau, sous le ciel de la plaine roumaine. Depuis que l'Homme est Homme.

Et Mère penche les cils et me chuchote :

— La petite a faim... J'enverrai des vêtements secs pour ton père et pour les autres. Aussi, je dois veiller sur la voisine d'en face qui va mettre au monde! Sa grossesse annonçait un difficile accouchement.

Mère s'éloigne avec le bébé contre sa poitrine, comme une digne déesse. Et sa démarche légère, mais chancelante, aux petits pas, donne l'impression qu'elle glisse par-dessus l'herbe comme l'ombre d'un arbuste fidèle aux aiguilles solaires.

Le visage enfoncé dans les mains, je veux m'enfuir.

Quand j'entends Père :

— Où vas-tu? Reviens et approche... Approche.

Haut la tête!

Haut le front!

Face au péril, sache que la peur prépare derrière toi une seule cachette sûre : le tombeau.

Sois courageuse et va au-devant du danger, toujours en avant et plus haut, pour défendre l'Idéal!

Pendant ce temps les torrents continuent leur infernale exaltation.

...Père... le souci de perfection lui ordonnait toujours son noble trajet, même pendant le désastre.

À la maison Mère m'accueillit avec de la chaleur dans sa voix :

— La voisine va bien et son enfant est rudement costaud...

Père se trouvait dans la salle de fête, penché sur ses cahiers, sur ses registres.

Pour dédommager les compagnons, il dut déterrer de ses amphores aux pièces d'argent, dont l'homme de confiance remplissait les trous pour les enduire de glaise.

Ensuite, combien de fois serais-je venue scruter l'immense noyade?

Pendant des semaines, l'eau stationna limpide sur la terre saturée.

Je me mettais à genoux sur la plus haute protubérance de la rive. Et je pleurais.

Par-dessus le vaste miroir de l'inondation, papillotait la lumière du soleil.

Les saules aux chamarrures pendantives, les peupliers d'argent et au loin, l'ample forêt Vlasia, qui ceinture toute la plaine roumaine, émergeaient de l'eau avec une vigueur nouvelle. Un étonnement de mirer sur l'onde leur propre résurrection. La joie d'exister! Comme pour davantage me dépiter.

Un dimanche matin, après le service religieux, je dévalai jusqu'à l'ancien lit de la rivière, face au plateau mutilé. Là-bas, sur le tchernoziom ensablé, il y avait les récents signes de cultures adaptées, à l'initiative de Père.

Adieu rêves?

Aux alentours, la noyade aux vives cadences d'étincelles.

Un bruissement de hautes herbes me fit tourner la tête.

— Mère... vous, ici?

Les yeux de ma mère, sages et presque toujours penchés, pétillèrent devant l'onde infinie :

— On dirait... le commencement du monde. Dieu a laissé la beauté pour nous consoler de toutes nos peines...

Je ne comprenais pas ses dires. Je refusais d'en comprendre.

— Beauté, appelez-vous ce sinistre?

Mère m'indiqua d'un geste, au loin :

— La prairie comme la haute futaie aux chênes si vieux, qu'on doit faire une ronde à quatre pour les enlacer, pourront résister pendant la sécheresse à venir, petite fille à maman...

Mère déposa des vêtements secs pour homme sur la saillie de notre rivage. Ensuite, elle regarda vers le lieu imprécis du puits au trésor, là où Père et son fidèle surgirent de l'eau, les visages épuisés d'effort et de désolation. Père, comme un saint auréolé.

— Pourvu qu'il ne s'enrhume... chuchota Mère et fit quelques pas pour s'éloigner.

Je m'accrochai à ses prévisions :

— La sécheresse? Il y en aura donc? Alors la rivière va baisser son débit pour qu'on récupère le chaudron sacré.

Mère me reprit à sa façon pleine de bon sens, mais à l'expression de minerve outragée :

— Connais-tu ce qu'une grande sécheresse?

...Moi, je l'ai vécue. Pendant mon enfance, quand on était devenus tributaires aux Ottomans. Il y a eu l'enfer sur la terre. On broyait l'écorce d'arbres secs pour en préparer une bouillie. Les bébés mouraient au sein décharné des femmes.

Que Dieu nous en épargne!

*

*   *

LE QUATORZE OCTOBRE FUT LE JOUR DE MES TREIZE ANS. Mais aussi l'anniversaire de mon père. On célébrait surtout son deuxième prénom (la fête était patronnée par les deux Saintes Paraschèva, ce qui signifie la parfaite).

Pour lui verser du baume sur le cœur, ma mère prépara un repas de conte avec–parmi les arbres–des guirlandes en feuilles cuivrées de chêne.

Car au début de l'été, la sécheresse avait beau guetter le pays, les neiges de l'hiver et les pluies, les grands déversements d'eau tenaient humide le tchernoziom fertile de la plaine.

Les moissonneurs étaient passés parmi les hautes flammèches des épis sous l'incandescence de l'été, avec la même joie de vivre et de travailler la terre dace. Pourtant le maïs bien parti ratatina ses épis avant de mûrir. Les vignobles amoindrirent le grain.

Peut-être que Mère voulut soutenir aussi le village pour mieux affronter l'imminente sécheresse.

Mère avait fait venir ses coquettes nièces qui habitaient la capitale : Marie, à l'altier de médaille romaine, Douia, aux fragiles joues de porcelaine, les deux de mon âge. Puis la petite Violette au charme de la discrétion mature. Et la fillette Venus, avec une grâce de déesse miniaturisée. (On aurait pu deviner que ses yeux bruns, humectés de mystère, devaient plus tard provoquer le suicide.)

Je les entrevoyais à travers les vitres, pendant que Mère m'agençait devant la glace la nouvelle robe, dont les volants aux nuances de l'aurore, froufroutaient à chaque mouvement.

Adieu rêves?

Sans plus me parer, à la manière paysanne, d'une minuscule fleur blanche de géranium, j'accrochai dans la couronne de mes nattes une rose, juste au-dessus du front, comme une étoile.

Dans l'entrée, notre fidèle Ion m'attendait, ceint avec soin d'une large courroie garnie d'armes, dissimulés sous le hoqueton national.

— Notre princesse... murmura-t-il avec la voix et les yeux en larmes.

Il s'agenouilla pour embrasser l'ourlet de ma robe.

— Ah non, non, je protestai.

L'homme prit alors entre ses poings osseux mes doigts que je tendis, pour ajouter :

— Cette petite main sacrée, qui tenait le sceptre...

Ensuite il ouvrit soucieux.

Dehors, j'entrai dans une vraie clairière de marguerites : les jolies cousines du village, à côté de celles de la ville. Toute une jeunesse choyée, comblée par son propre bonheur.

Les garçons, pour la plupart des lycéens, m'accueillirent avec des applaudissements, des embrassades. Ils entonnèrent l'hymne d'anniversaire:

— Des années fleuries. Des années fleuries... qu'ils vivent longue vie!

— On dit que nous sommes une lignée de gens beaux déclara celui qui dirigeait le chœur, avec fierté. Je me demande si le nom du village n'est pas une référence à nos merveilleuses aïeules...

— Mais de toutes les violettes poussées de ce terroir, la plus distinguée reste Marie-Élise, la superbe!

Vive Élise, longue vie! Hourra!

Et à nouveau, il y eut des vœux, des acclamations, des accolades, la reprise de l'hymne.

Émue, flattée, une flamme au cœur, je me tournai vers l'affluence mêlée, plutôt inconnue, qui hésitait à la clôture extérieure. En réponse, je sentis un essaim de regards, voltiger, frôler mon visage. Aux ailes de caresses. Aux pointes aiguës, prêtes à piquer.

Mais ces gens-là, qui étaient-ils? Soupçonneux, Ion fit quelques pas dans leur direction.

C'est alors que Père sortit.

Les hommes du village l'entourèrent de partout.

Chacun lui racontait ses soucis, ses craintes. Lui demandait conseil.

Père, maître de soi et réfléchi, le front altier, le regard limpide, une haleine soutenue–répondait avec des paroles profondes.

Peu à peu, une auréole s'allumait au-dessus de sa tête et dans les yeux des autres une muette admiration.

L'ouïe aux aguets pour les dires de Père, je l'entendis :

— C'est plus facile d'accomplir le bien que de découvrir la vérité. Qu'on mène à bout le bien... Mais le meilleur bien reste la vérité...

Alentour, toute la jeunesse resta figée à l'écoute.

En ces instants, j'eus la certitude que c'était la voie lactée qui avait ceint les murs blancs de notre mas. Que nos vitres chatoyaient comme les étoiles. Que le toit ne se tressait pas de roseaux, mais des rayons de soleil en bouquets, bouquets... Où plutôt les doigts de Dieu s'appuyaient, recouvraient la demeure. La bénissaient. Parce que la présence de mon père donnait à cette maison les dimensions célestes.

Mon cœur embrasé tendait ses ailes d'exaltation vers le ciel, vers le monde entier. Mes ailes de feu prêtes à s'envoler. Mon chaste amour prêt à se dépenser...

Un peu plus loin, derrière mon père, Mère animait discrètement le service des boissons et des gâteaux pour ceux qui arrivaient en liesse par la grande porte.

Comme presque toujours, Mère se taisait, contemplait l'azur en remerciement, penchait les paupières. Un sourire flottait sur ses joues roses de vive déesse : papillons de lumière qui glissent de pétale en pétale, de trait en trait.

Quelques récitateurs commencèrent leurs vœux versifiés. L'orchestre de ménétriers, qui avait quitté le salon de danse vide, arriva aussi dans le rythme endiablé des tympanons.

Au moment même, j'aperçus deux sombres inconnus qui s'entretenaient. Ils s'approchèrent, chuchotèrent. Se mêlèrent dans la multitude.

Adieu rêves?

À partir de cet instant, Ion devint anxieux. Il se déplaçait d'un endroit à l'autre, se faufilait parmi les convives, les épiait, les toisait.

Pendant ce temps-là, Père levait le verre plein offert par des amis. Vigilent, Ion ne le quittait pas des yeux.

Mais Père contemplait le vin couleur d'ambre, ou de pourpre, sans boire et parlait à nouveau :

— L'Homme peut tout reconquérir, sauf la Conscience.

L'infatigable Ion se tenait auprès de lui, auprès de moi, partout avec une crainte prémonitoire.

Les rassemblés remuèrent pour trinquer.

— Si vous ne touchez pas aux spiritueux, tenez, l'invita une voix. Il y a du moût sur la table remplie de dons pour Marie-Élise.

Père prit alors la cruche de muscat fraîchement pressuré, tendue par quelqu'un.

— À votre santé!

Brusquement, Ion fonça dans la foule et se jeta comme un épervier sur la cruche offerte à Père pour d'abord en goûter lui-même.

— On ne soupçonne pas les présents destinés aux fillettes, plaisanta le parrain.

Ion éclata de rire, un rire sonore que j'aimais depuis mon enfance. Pourtant, il but.

Mais après la maudite gorgée de moût, le fidèle de Père poussa un hurlement et s'écroula, les mains crispées sur son ventre.

Père pâlit. Le sourire de Mère s'évapora.

Il y eut des exclamations. Des éclats de voix. De grands cris. Les uns disparaissaient par la porte, et d'autres s'approchaient dans un continuel frottement.

Mère essaya de desserrer les dents de Ion pour lui faire avaler du lait. Pendant que mon frère Constantin partait avec la carriole pour amener le docteur, tante Irine, sœur cadette de Mère, courait à la recherche de l'herboriste.

Mais quelques minutes plus tard, Ion fut mort.

— Un cierge, demanda Mère, et avec un long soupir et les sourcils baissés, Mère se mit à murmurer une litanie.

— Oh non, répétait Père. Non!

Il serra les poings, scruta des yeux l'indéchiffrable amas de monde; examina la figure de Ion, son expression arrêtée dans un dernier moment d'abnégation. Et, penché sur un genou, Père embrassa la main de son loyal serviteur et fervent protecteur.

Peut-être l'unique.

Le silence avait noyé la joie. Les regards seuls se cherchaient. S'interrogeaient.

Bouleversées, mes tantes précipitèrent les jeunes filles à l'intérieur de la maison. La jubilation se transformait en diligence rigoureuse, comme au grand départ des oiseaux. La fête s'éparpilla par la porte avec de luisants rubans.

Le bruit des gens et des gendarmes enquêteurs s'était éloigné. Dans la grande chambre, ceux restés pour la veillée rituelle clignaient des yeux comme les flammes des cierges, dans un calme glacé.

Dehors, sur la terrasse paysanne peinte à la glaise, Mère, les bras croisés, poussa un soupir comme une soumission :

— Le destin... Regardez cette étoile filante, l'étoile de l'Homme s'éteint avec lui.

— Des âmes aussi nobles, répliqua Père, ne doivent pas s'éteindre mais s'allumer pour étoiler à l'infini.

En effet, au plus profond de la voûte, semblait-il surgir un nouveau point de feu. Le cœur de Ion, sans doute...

J'éclatai en sanglots.

— C'est ma faute, le moût se trouvait parmi mes cadeaux. Ma démarche trop altière, comme disait Mère, a-t-elle déplu à quelqu'un?

Mes regards ont-ils été absents? Si je pouvais au moins contenir mes enthousiasmes et mes rêveries qui me font passer dans la rue sans voir personne! J'ai des remords!

— Mais non, interrompit Père. Tu ne dois pas te confronter à ta Conscience par rapport au crime, à la bassesse d'autrui. Car il n'y a point de similitude. Il n'y a aucun lien!... Toi, tu te maintiens incomparable!

Je tentai d'embrasser sa main. Père ne me laissa pas le temps.

— Cette haine sans visage vient d'ailleurs, poursuivit-il. Ces villageois sont des êtres honnêtes. Ils ne deviendront jamais nos ennemis, surtout que ta mère porte l'aura d'une vraie protectrice de la commune. Ils ne sont ni adversaires, ni traîtres, ni lâches. Tout au plus leur confiance offre à la perfidie la possibilité d'agir en toute impunité.

Tard, pendant que Mère m'attirait à l'intérieur, Père parut lever ses bras (dorénavant désarmés) vers le ciel où son rêve restait ancré.

*
*   *

SEPT SEMAINES APRÈS L'ÉTRANGE PERTE DE ION, j'appris l'appel du prélat au sud du Danube.

— J'aimerais que tu viennes pour connaître Târnovo et sa vieille Cité des empereurs. Surtout Ilèana, la ville au joli nom de jeune fille. Cette localité sortie de la nuit des temps dure peut-être du temps de la belle Hélène!?

À l'instar des Apôtres–partis à pied avec leur foi–Père devait marcher sans trésor, sans défenseur. La poitrine ouverte à toutes les flèches possibles de l'inconnu.

Je me représentai l'ensoleillée tête du petit pèlerin pour lequel j'éprouvais une affection maternelle. Et je décidai de l'accompagner.

Le départ fut à minuit.

Dissimulés dans un groupe, lors de la dernière livraison de légumes à Bucarest, nous nous détachâmes des autres carrioles pour descendre à l'aube, avec prudence, dans la direction du Danube.

Loin de la rivière, sous le vent froid, l'herbe avait jauni. Çà et là, sur les arides emblavures, les gens scrutaient le ciel interrogatifs.

— La sécheresse humilie cette généreuse terre... lança mon père. On ne dirait pas qu'il y a deux mille cinq cents ans, en allant vers la capitale des Daces, les armées de Darius ont traversé la même plaine à coups de sabre... contre le blé qui les giflait de face!

Mes cils se débattaient contre le vent poussiéreux. Le grand châle paysan dont je m'enveloppais diminuait mon champ visuel. J'endurais ce voyage projeté, par précaution, dans la rudesse. Le paysage de l'infinie plaine, avec ses rares villages accroupis sous le vent sec, m'épuisait.

Violemment cahoté, Père s'était retiré en soi pour méditer comme devant une bataille à déclencher ou à éviter.

C'était au déclin du jour quand, après un changement de chevaux, je sentis l'air des étendues prairiales ravivées par l'humidité du fleuve.

Notre roulier fit halte à bonne distance de port. Deux jours plus tard, la barque préparée nous ravit.

Le Danube venait d'en amont avec ses immenses nappes, ces glissoires luisantes. Mystérieuses.

Père tenait la tête haute et son front olympien se profilait sur l'argenture du ciel.

Devait-il affronter son destin comme il l'avait tenté avec les torrents de la rivière?

Autour du bateau les vagues tourbillonnèrent. Levèrent les bras translucides, avec un murmure, une plainte qui remontait des profondeurs.

Je fermai les yeux. L'haleine de l'histoire m'inondait.

J'évoquai ces extraordinaires princes daces, les ancêtres de Père, entourés par de chevaliers, les Carpatins, les Danubiens et les groupes de braves, descendus ensemble ici après 1100. Ils franchirent le fleuve vers le sud, avec le rêve de conquérir et refaire le vaste empire romain. Même s'ils ne réalisèrent que l'empire roumaino-bulgare, ils s'apparentèrent avec les couronnes du monde...

La pieuse émotion du passé patientait aussi au-delà du Danube. Père m'attira l'attention sur les maisons construites d'après les modèles carpatins sur tout le trajet suivi dans le temps par nos princes. Même le nom de Târnovo n'était-il identique aux grandes rivières et villes roumaines? Cela datait du temps de Daco-Traces, peut-être?...

Sur ces lieux, champs, forêts, îlots d'habitation se dessinaient dans le calme de neige.

Maintenant, c'était une calèche ouverte, sur des patins, qui nous transportait.

À l'approche des Balkans, la luminescence raréfiée de flocons nous reçut allègre et avenante.

J'enlevai mon châle, mon capuchon. Restée dans le long manteau blanc au corsage étroit, garni de fourrure, j'embrassai de mon regard Ilèana, la vieille ville cachée au milieu des montagnes.

Sous la lisière du bois, un essaim d'enfants nous accueillit, tous en pelisses enneigées, avec des rires et des chants, comme une suite adoratrice de pages, aux petits soins pour moi.

Brusquement, les chevaux se cabrèrent devant quelques escarpements.

Le cocher descendit avec mon père. Ils revinrent vite, renvoyèrent en douceur l'escorte enfantine et repoussèrent sans bruit l'attelage.

Beaucoup plus bas, des militaires trépignaient fort sur le chemin pour se réchauffer.

L'inquiétude s'empara de moi.

Père mit un doigt sur ses lèvres. La mouvance des branches estompait le claquement des sabots.

Notre luge les contourna par une serpentine forestière, pour buter sur une autre fortification.

Père indiqua au cocher la direction oblique à gravir et me conduisit à pied, sous les battements des rameaux.

— Regarde, ma princesse, m'incita-t-il. À ta droite en bas, sur le versant de l'autre montagne, le manoir blanc de mon enfance...

Attendrie, je contemplai le paysage; tout au long d'un vallon étréci, sautillait de pierre en pierre un ruisseau adamantin au-dessus duquel son ancien foyer paraissait un être lumineux. Le visage maternel, éternel, d'une vaine attente...

— Peux-tu le repérer, parmi cette rouille feuillée, qui frissonne?

La voix de Père frissonnait. Haletait d'amour et d'affliction, comme s'il ne devait plus toucher cette maison à l'air humain, ni la revoir. Comme si, redevenu l'enfant soleil sorti de l'histoire, il devait encore se laisser propulser vers le pays des Carpates, d'où ses aïeux, quelques princes daces, descendirent. L'enfant soleil, vif épigraphe qui clôturait la boucle d'un rêve impérial.

À l'instant Père se ressaisit et grimpa sur un raidillon, pointa son doigt par-dessus les cimes boisées.

— L'église de là-haut c'est mon grand-père, Pop Pierre les Sauvegardeurs, le premier Grand Giaour, qui l'a bâtie.

Pour l'église de la vallée... j'ai entraîné moi-même tous nos expatriés à sa construction.

...Viens, Marie-Élise. Par ce raccourci on m'a emmené loin... C'est aussi par-là que je suis tant de fois revenu en secret. Allons vers l'auberge du sommet, l'une de nos anciennes cachettes.

Lᴀ ʀᴇɴᴄᴏɴᴛʀᴇ ᴀᴠᴇᴄ ʟᴇs sᴜʀᴠɪᴠᴀɴᴛs de la lignée de Pierre eut lieu le soir, à cette auberge.

Le bon prélat, retiré des honneurs ecclésiastiques par attachement aux ancestrales couronnes, se déplaça une fois de plus pour Père. Il arriva comme dans une randonnée, avec sa luxueuse luge.

Tapis, vieilles figurines, saintes images et lampes à l'huile aux parures d'argent recouvraient les murs d'une salle prudemment dérobée.

On nous faisait asseoir dans les chaises à haut dossier, d'une part et d'autre du siège épiscopal, quand j'entendis un ronron paisible de pas. Nos proches de la famille Pierre les Sauvegardeurs entrèrent. Sobres. Avec les regards intenses. Impénétrables.

J'avais l'impression qu'ils m'étaient depuis toujours connus. Car leurs traits, de vraies « entaillures » en roc, furent prodigués par un grand maître, le même, le divin aïeul Pierre, frère d'Assan.

Ce fut peut-être pour cela qu'après une brève bénédiction sacerdotale, ce paisible conseil tournait à la conjuration. Dans une parfaite entente, les hommes demandaient que Père lève le glaive. Ils étaient prêts à le suivre.

— Vous ne devez plus repartir au nord du Danube. On va s'organiser.

— Restez... Son Altesse Marie-Élise, qui paraît surgie d'un champ de roses, va conquérir l'âme du peuple, comme nos aïeules, Maria, Élena.

— Associée à la couronne, chuchota le prélat à l'oreille de mon père, pour le pousser à l'annonce de cette nouvelle.

Adieu rêves?

Devant l'assemblée assise à distance dans les stalles fixées aux murs, Père demeura immobile.

Contrariés par l'impression d'un secret, quelques proches avancèrent des soupçons.

— Votre sagesse, ne serait-elle pas une gêne devant la destinée d'un empereur?

— Le courage des aïeux ne doit nullement s'empâter en modération.

Le chef du mouvement culturel, cousin germain, avança le plus douloureux point de fait :

— Nous subissons l'étouffement historique.

Son frère l'attesta.

Plusieurs–et en même temps–récriminèrent avec impatience. Le cousin analysait amer :

— Le plus grave est que beaucoup de ceux qui avaient résisté à la domination turque à présent se laissent aller dans l'opportunisme.

Père parut peser longuement la situation.

— Voyez-vous mes amis, conféra-t-il, cet équilibre fragile du pays après l'Indépendance peut être ébranlé. À la moindre secousse...

— On recule! Se précipita un jeune homme.

Père précisa :

— Le peuple a besoin d'être aidé à comprendre et s'accorder honnêtement au nouveau contexte. En chacun cohabitent le bien et le mal. Le tout est de pouvoir les contenir : prêter main au premier, endiguer le second.

Les parents intervinrent avec désinvolture, comme du temps de leur enfance :

— De quelle façon?

— Comment s'y prendre?

— Le sabre n'est-il pas le meilleur purificateur des mœurs?

Père insista :

— Il ne s'agit pas d'épauler une insurrection, mais de remonter le pays vers le plus haut échelon de vie.

Les hommes se turent.

Père considérait en silence les sobres habits nationaux qui relevaient plutôt de la modestie des Sauvegardeurs. Le dernier à frapper la monnaie fut son père Stojan Pierre, le dernier Grand Giaour. Seule la fortune des ancêtres, naufragée dans une simple rivière, aurait pu appuyer matériellement le réveil moral, sans plonger le peuple entier dans l'indigence. Il se devait donc de récupérer au préalable le trésor.

— Quand je dis : vie, reprit Père, je ne me réfère pas au niveau matériel obligatoire pour la dignité humaine. Je pense à la Conscience!

Et sur ce point, l'aîné de mes cousins est mon allié.

Combien de génies bataillèrent pour cette noble cause de la Conscience? Et pour la plupart ils y laissèrent leur propre vie...

...La Conscience! La vérité de l'Homme! C'est dur de la connaître, de même que la porter, la vivre et l'apprendre aux autres.

Si on arrive à redonner à cette nation la beauté initiale de l'esprit, toutes les grandes intelligences du monde s'y attacheront.

J'écoutais Père. Je n'avais pas de cesse de le découvrir.

Le plus jeune des proches bondit :

— Le public doit vous écouter!

Vous pourrez tenir des discours! Diffuser vos idées!

Dans une ambiance de perplexité, je leur signalai timidement :

— Père écrit toutes ses pensées. Il est en train de remplir son troisième cahier.

L'effusion fraternelle réchauffa l'air :

— On va les publier!

— Achevez l'œuvre!

— Ce sera un livre d'or!

Une voix martiale radota :

— Le glaive pourra mieux nous resserrer les rangs!

La superbe de Père fut comme toujours adoucie par son feu intérieur, quand il reprit :

— Tant de conquérants ont suivi sans succès cette voie... Ne croyez-vous pas que la cohésion des nations autour d'un grand Idéal humain donnerait une autre dimension à l'existence?

Adieu rêves?

Le prélat conclut de sa voix aux résonances alternées de faiblesse en regardant mon Père :

— Vos paroles seront plus efficaces que toutes les richesses des anciens...

La porte s'ouvrit brusquement, la frayeur dans l'expression de l'aubergiste.

— Les soldats!

Un regard circulaire du prélat démontra qu'il redoutait la trahison.

Père laissa planer son regard aux sublimes clartés :

— Ne craignez rien, Sainteté, il n'y a pas eu de vendeur ou de vendu, de toute notre lignée.

Le bien ne se détruit pas lui-même. Les meilleurs ne tuent pas les meilleurs. Sinon, ils deviendront les pires...

Incrédules, tous contemplaient notre sereine tenue.

Père les poussa :

— Mais dépêchez-vous, illustres cousins. Par cette ouverture masquée, vous descendrez l'ubac de la montagne jusqu'au ruisseau. Contournez le massif et prenez le tunnel de notre grand-père... Comme dans le temps!... Quand nous étions enfants...

— Et vous?

— En dernier...

— Sa Sainteté?

— J'y reste illuminé d'espérance, mais attristé qu'un si noble rêve soit pourchassé avec acharnement.

Hésitants, une lueur toutefois aux yeux, les proches sortaient l'un après l'autre, pendant que dans la chambre voisine l'aubergiste servait avec tapage du vin aux soldats.

Père s'adressa au prélat :

— Ces pauvres innocents qui s'enivrent, sont-ils donc payés pour en finir avec les Sauvegardeurs? Monstrueux!

...Les demeurés par le mal émettent l'ordre de détruire l'intelligence. Mais l'élimination des meilleurs fait baisser le niveau performant de la compétition, ce qui enlève à l'humanité la chance de progresser!

Le prélat ferma les yeux qui semblèrent effondrés dans les orbites.

— Vraiment, reprit Père. Les irresponsables veulent tout niveler. Parce qu'ils ignorent les exceptionnels traits de lumière qui émanent des autres, ils anéantissent en germe leur propre avenir de bonheur.

Dehors, les proches qui avaient franchi la passe difficile s'éloignaient sans doute sur la descente.

Le prélat tendit ses bras aux manches dorées pour nous bénir :

— Taillez de vos paroles des diamants et que vos œuvres soient les joyaux impérissables!

Il nous apposa ses mains, ensuite nous guida vers l'escalier rudimentaire caché par un tapis.

— On ne vous laissera pas seul, Sainteté. Oh non! Nous allons vous conduire jusqu'à la résidence épiscopale.

— Merveilleux enfants que j'ai eu la grâce de pouvoir oindre... murmura l'homme d'Église. Je ne reste pas seul. Dieu est là. Tout ce que je lui demande pour moi, c'est le nimbe de martyr. Mon ultime désir est de vous savoir écrire votre rêve de la Conscience!

Par la suite, on tâtonnait dans la nuit sur le sentier raboteux à l'endroit où la luge nous attendait.

En bas, couchée sur le plateau, la ville clignait ses yeux en larmes.

Quelque chose de mon cœur s'était attaché à cette escale de l'histoire. Pendant que la fulguration de neige tissait derrière nous le voile épais du destin.

Loin, très loin, Père tournait encore la tête pour emmailloter de son regard ses lieux natals perdus.

Sa voix vibra, toute enfiévrée :

— Ces belles âmes des parents qui nous ont reçus attendaient de moi le défi armé. À vrai dire, mon Grand Giaour de Père m'a élevé pour abattre les yatagans. Tiraillé sans cesse, il devait souvent les affronter, non seulement parce qu'il frappait la monnaie comme mon aïeul, mais les oppresseurs le soupçonnaient de préparer un assaut libératoire. Cependant aujourd'hui l'humanité a besoin de raffermir son sens moral. Sa Conscience!…

L'expression de Père changea peu à peu en intense gravité.

Perdu dans ses méditations, Père s'était tu.

Avant d'arriver à l'ancienne capitale, notre cocher partit seul pour inspecter la situation.

— Târnovo est entourée de gardes. On ne peut pas toucher les ruines de la Cité nous avertit après un moment l'homme. On doit les contourner de loin.

Père maîtrisa un sursaut d'exaspération. Puis me rassura :

— Un jour, tu verras cette ville et surtout le saint lieu des empereurs…

— Quand?

— À notre retour… Car on va renverser à nous deux le lit de la rivière et récupérer le trésor. Ensuite, on va réunir tous les peuples de la terre dans le même Idéal de beauté morale.

— Oui Père.

Au même moment, la tombée de neige tourna court : du rêve au frisson. De la tendresse aux froids à-coups et brusques secousses.

Un heurt amplifié de petites boules nous ortiait de face comme un affront.

Quelle bizarre prémonition culbutait ces mots dans ma tête?

Je répétai parmi les claquements de dents :

— Oui Père…

Et le déchirement du cœur donnait à mes paroles un goût de sang.

Le souffle retenu, je ne regardais pas mon parent. Il ne me regardait non plus.

Le cocher qui nous reconduisait à la frontière affermit ma confusion anticipée : il donna un tel branle aux chevaux comme pour se décharger de sa tâche. Au plus vite.

La neige avait cessé. L'obscurité du ciel s'enroulait sur le fleuve alangui.

Pendant tout notre embarquement, le cocher se maintenait humble, taciturne, le chapeau à la main.

Aux premières frappes de rames seulement, quand nous nous lancions vers le milieu du fleuve pour passer outre, le cocher se redressa et nous communiqua dans un pantèlement effrayé :

— Notre évêque est mort!...

Ensuite, il disparut dans la direction de sa luge.

— Arrêtez! commanda Père, un réveil des Giaours dans son souffle.

Debout, il serra les poings devant la sombre immensité du fleuve, inutile défi à son trajet de vie défavorable.

Notre batelier chancela.

— Ma propre dignité, m'expliqua Père, m'empêche d'abdiquer en ce moment et de laisser la bêtise et l'aveugle méchanceté se faire les alliés des ennemis!

...Oh! Père! D'où lui venait cette vigueur de s'y opposer, de vouloir forcer le destin?

...Que la haine et la vengeance le pourchassaient, tombaient sous le sens. Pourtant il leur résistait, il devait encore leur échapper, telle une existence intangible.

Je lui murmurai d'une voix tremblante :

— Votre noble protecteur nous a réunis afin que vous partagiez votre Idéal moral aux proches. Mais il nous a poussés loin du danger.

— Toute valeur humaine ressortie de l'ordinaire cohabite avec le danger, rétorqua-t-il.

Puis Père me fixa d'un air indécis, comme s'il soupesait notre solitude face à cette haine insatiable. Comme s'il redevenait la petite tête blonde qui franchissait le fleuve pour s'exiler dans un sibyllin inconnu et refermait ainsi son cercle d'histoire...

Je soupirai :

— Père, le bienheureux prélat vous a demandé de créer, de tailler les brillants de vos paroles...

À ces mots, son regard s'anima, brasilla. S'amarra dans l'indéfini lointain de l'aurore.

*

*　　*

Au nord du Danube, la grande plaine s'abandonnait avilie sous le fouet du vent froid.

Mère nous reçut avec son indulgent sourire, à l'intérieur d'une propreté traditionnelle, ornée de blondes écharpes, déployées comme les ailes, par-dessus chaque icône.

Mère, habillée de violet, avec ma petite sœur dans les bras, parmi les pieuses lampes à l'huile, paraissait une délicate fleur pour la nativité.

Pour elle, Noël était le symbole roumain de l'hiver : l'enfant Jésus en maillot de neige. Mais la neige manquait. L'enfant Jésus, nu, comme la terre, signifiait sécheresse. Mère entrevoyait la future soif et faim des enfants–ces impératifs de vie, dont elle chaperonnait la naissance–et demeurait mélancolique.

Néanmoins, elle distribua plus de quarante sacs et paniers remplis d'aliments à ses pauvres filleuls.

— Je n'ai pas le droit de dilapider cette fortune avant que je puisse la renouveler pour les suivants, réprouva Père avec beaucoup d'égard dans sa voix. Surtout, les gens doivent savoir le prix du bien qu'on leur fait, comprendre qu'ils méritent ou non ce bien, pour susciter en eux le désir d'être meilleurs.

Mère ne répondit rien. Et tous les jours de fête aux saveurs coutumières, elle fut à peine frugale, jusqu'à s'en priver avec un discret détachement, pour en partager encore aux filleuls. Pour répéter, pour compléter, pour suppléer de ses gestes les dons rituels des saisons, depuis que l'Homme est Homme.

Comme si chacun des enfants villageois était un prince. Le légitime héritier de ces parages. Plus légitime que mon père...

La menée immuable de ma mère me déconcertait.

Mère se chargeait, dès leur venue au monde, de tous les bébés, si faibles, mais acharnés à vivre.

Ne pouvait-elle aussi voir la fragilité perdurant dans l'être de mon père et mieux le soutenir?

Pendant ce temps-là, Père, sous le modeste éclairage d'une lampe à gaz, emplissait les cahiers.

Chaque nuit, depuis sa visite au sud, Père s'adonnait à la méditation et à l'écrit.

Conscient de sa valeur, il vivait sa Conscience. Père faisait sourdre de sa pensée des légions d'anges, les anges qui se rangèrent en lignes sur ses pages, comme sur les murs d'une église assignée à l'anathème!

Souvent, dans les après-midi de fêtes, Père nous réunissait. Rien n'était plus merveilleux que de l'écouter. La bigarrure de tant d'épisodes mêlés de drôleries et de tendres souvenances évoluait sous nos yeux :

— Ma mère, une Macédonienne d'une grande sagesse, nous relatait-il une fois, n'osait jamais conseiller mon Giaour de père. Cependant, elle lui suggérait ses pertinentes réflexions au moyen d'une légende, allégorie, ou bien petit conte. Et avant qu'elle puisse achever ses narrations, le Giaour se levait, sobre et pensif, pour déduire :

— Donc, on doit faire cela...

Un jour, exaspérée par les visites importunes et faussement courtoises des oppresseurs, elle lui raconta :

— Il était un prince qui subissait le tribut de l'ennemi parce que le moment n'était pas propice au soulèvement. Ainsi, ses oppresseurs s'imposaient même dans sa maison, à table. Il leur mettait en vain du miel dans les plats pour adoucir leur rapacité; les ennemis arrivaient de plus en plus nombreux et en demandaient davantage. Mais voilà que, fort excédée, son épouse brouilla les épices et renversa un bol entier de piment, poivre et sel dans les mets du fastidieux repas. Pour que l'ennemi boive toute une rivière d'eau et se désaltère, avant qu'il s'en aille, enfin.

— Ce qu'il nous reste à mettre en pratique, en tira la conclusion le Giaour, sans sourire, car il prévoyait les représailles.

Ainsi, lendemain soir, la saumure du dîner tributaire, fit applaudir et se désopiler toutes les montagnes avec leurs montagnards!

...Et Père nous évoquait ce passé avec une fougue, une gaieté, comme si d'une lourde armure dont l'histoire l'avait habillé, sortait riant l'enfant aux ondules d'or. L'enfant rompu de son enfance...

De tels récits renouaient toujours avec mes leçons. Parmi les disciplines scolaires que Père m'enseignait, mon esprit se remarqua plus perçant en physique et en mathématiques.

Néanmoins, Père avait une prédilection pour l'histoire universelle dont il possédait l'art d'extraire en parallèle une chronologie des événements de part et d'autre du Danube. C'était de ce point qu'il s'en donnait à cœur joie d'immerger dans l'exceptionnel de sa lignée...

La splendeur s'irisait au jour le jour devant mes yeux avec Pierre et Assan, les premiers rois roumains, au sud du Danube, désunis par les intrigues. Avec l'empereur Ionitse, l'héritier confirmé par le Pape Innocent III. Sa petite fille, Maria, devint l'épouse d'Henry de Flandre, l'empereur latin de Bizants.

— Le frère de Baudouin?

— De Baudouin, le chef de la quatrième croisade...

— Et après? Après?

— Il en a suivi le brillant Ioan-Assan qui, d'après leurs conceptions de relations mondiales, a pris en mariage la fille du roi hongrois André II, et resté veuf, il a reçu en deuxième noce la fille de Théodore I Lascaris, empereur de Nicée.

Leur propre enfant, Élèna, y est devenue à son tour impératrice et a laissé son empreinte à la vie culturelle de Nicée...

Ravie de ces prodigieuses données, je n'avais de cesse d'animer mon père à m'en dire plus.

— Et le trône Roumaino-Bulgare?

— Le trône a été assuré par Michaël, ensuite par le premier Caloïan (ce qui signifie le Bel Ioan!), par le deuxième...

L'avancée des Turcs jusqu'au Danube a fini par engloutir cette éblouissante grandeur. La Cité des empereurs a été détruite. Les ayant-droit, dispersés. La désunion des groupes hétérogènes s'avéra néfaste.

— Alors, les Sauvegardeurs?...

— Les Sauvegardeurs sont la branche majeure, les successeurs de Pierre, tous rassemblés et concentrés dans les montagnes où la localité Ilèana est signalée en 1350. Tous ont gardé dans leur dénomination le nom de Pierre.

Et voilà, de père en fils aîné, nos Grands Giaours dans le cadre du costume, de danse, d'architecture et de nomenclature, provenus de Transylvanie, d'où quelques princes daces avec un groupe de Daco-Romains sont descendus d'abord au sud des Carpates, pour chercher de l'aide et sauver leurs vaste plateau entouré de montagnes. Mais n'en trouvant pas d'appui à temps, ces braves ont répondu à l'appel du sud de Danube...

Pendant des heures, je comblais mes lacunes par des lectures subsidiaires. Pendant de longues soirées j'en faisais l'accord avec les précisions historiques de Père.

En contrepartie, ma mère, avec ses petits pas, s'aventurait dans un aigre dehors. Souvent elle passait voir sa mère et ses deux sœurs, mais surtout Mère clopinait sur la rudesse des ruelles engourdies pour soulager les souffrances et faire éclore le miracle de vie humaine. Pour qu'elle rentre transie d'espoir. Transie de froid, aussi.

Car tout l'hiver, l'Auster, le silencieux vent du nord-ouest rasa aux lamelles acérées le blé en herbe, qui çà et là était quand même poussé. Tout l'hiver, le criant Crivets du nord-est se déchaîna les mains vides. Glacé, bruyant, mais sécot et destructeur.

Au printemps, la sécheresse devint si ardue que Père passait la journée sur l'île potagère.

Adieu rêves?

La nouvelle roue d'irrigation, ceinte par un collier de seaux, ne remplissait qu'à moitié les caniveaux. Ensuite, l'eau s'évaporait avant qu'elle soit répandue aux racines.

Escortée par la femme qui portait le repas de midi aux ouvriers, je sillonnais les alignements de légumes évanouis. Sur le nouveau bord adossé au puits disparu, des roses blanches s'inclinaient vers les effluves d'une chaleur à peine humide. En arrière, l'ancien lit de la rivière était tari, avec tous les potagers riverains ruinés. En face, le nouveau cours qui nous avait englouti le trésor et la moitié de notre île écoulait ses millions de paupières anémiques sous la torpeur.

Le niveau d'eau avait tant baissé que Père s'orienta du gué aux creux pour édifier, avec plusieurs hommes, le savant réseau de digues d'une originale écluse.

Il se tourna vers moi pour m'exposer, à mi-voix, son projet :

— Si l'année prochaine il pleut, comme je pense, au premier afflux de la rivière le puits sera dégagé de la boue qui l'engorge et qui le rend indépistable. Sans délai alors, il faut que je puisse détourner l'arrivée de l'eau par les soupapes de ce labyrinthe.

L'ébauche de charpentes en construction me fascina.

Plongé dans l'onde jusqu'à la poitrine, pareil à ses ouvriers, Père portait cependant l'auréole du créateur qui anime la matière. Son sourire, qui s'échappait au désastre subi, rehaussait son humble entreprise à sa propre mesure.

Comme devant l'invasion des torrents, Père tentait de vaincre le destin. Quel pressentiment me déchirait le cœur?

Soustraite à son attention (car mon père n'aimait pas mes libres déplacements) je traversai seule au retour le lit sec de l'ancienne rivière. Mais au lieu de prendre le raccourci par le jardin montant de ma tante Irine, je longeai à droite l'ombreuse marge du village. Les mèches de chaleur semblable aux fauches taillaient dans l'air. Mèches torrides. Filets tranchants. La végétation se tordait. Le sol, autrefois noir, se décolorait. Se brisait en mottes. En poussière. Et j'avançais sur cette poussière, comme si mes souliers avaient été des rames sur un ruisseau de braise.

Toute essoufflée, je biaisais l'ouche avoisinant les champs pour trouver un peu d'ombre, quand j'aperçus ma mère, loin, au milieu de nos céréales anéanties.

Elle se tenait debout, jaillie du terroir et priait, le visage de paysanne déesse baigné par le soleil, les mains légèrement écartées. Mère parut présenter la souffrance de la terre à Dieu, le maître de la providence, l'ami tout-puissant, pour le faire cesser le châtiment du pays.

L'unique offrande était sa foi. Mais si, en échange, elle avait reçu du divin la divinité même, en grâce, Mère l'aurait aussitôt émiettée dans ses humbles aumônes, d'abord aux Hommes, ensuite à toute la nature.

La femme qui dut l'accompagner avec le déjeuner des moissonneurs la rattrapa.

Cachée à leur vue, j'observais toujours ma mère sur le chemin de rentrée. Parce que ses pas, ses regards, ses rares gestes et mots tout à fait insignifiants traduisaient la grande éternité humaine de ce petit village.

Quelle étrangeté a réuni ma mère et mon père, je me disais.

Soudain, l'imprévu surgit à ma rencontre, aussi insolite :

Mon vieux parrain m'intercepta pour me présenter quelqu'un que, d'ailleurs, je ne daignai même pas d'un regard.

— Voilà notre nouvel instituteur, qui étudie encore au Conservatoire, proféra-t-il enthousiaste. Si vous pouviez tendre l'oreille à sa sublime musique...

Ensuite, le parrain fit part à celui que je supposai un jeune homme :

— Savez-vous que cet ange venu du ciel est par un coup de chance notre filleule?... Son père l'avait appelée Marie, le nom d'une auguste aïeule paternelle, une rare beauté devenue l'épouse d'Henry de Flandre... Cette enfant aussi, dès sa naissance, était d'une telle joliesse que ma fille cadette, qui n'avait que dix ans, l'a enlevée du berceau

pour la mettre dans les bras du prêtre et lui ajouter son propre prénom : Élise...

J'entendis le grand rire du jeune homme, sans pour autant lui
accorder attention.

Comment aurais-je pu m'intéresser à cet anonyme, pendant que
dans mon imagination défilaient mes ancêtres de haute volée?...

Toutefois, le vieux parrain ajouta:

— Il est en plus l'arrière-petit-fils de Tudora de Vrancéa.

Peu de grands s'initièrent au milieu même du peuple comment mieux l'aider.

Père avait assenti à cet apprentissage, et aussi à l'apostolat d'élever les Hommes vers leurs étoiles. Parfois, au moins vers leur dignité native. D'abord, il intervenait d'une façon toute naturelle et remédiait à l'injustice. Ou bien, il sauvait de l'ignorance.

Ainsi, sut-il racheter le malheureux spectacle d'un petit faible d'esprit qui percutait un poteau de son front, pour gagner l'obole de quelques ivrognes gouailleurs.

Une autre fois, il engagea comme ouvrier un marginal dont il surprit la ribambelle d'enfants se nourrir seulement de saumure, pour ensuite se désaltérer jusqu'à satiété.

À part qu'il entraînait les villageois aux bonnes œuvres :

Restaurer l'église, réparer la maisonnette en ruine d'une veuve, arrondir la dot d'une orpheline de guerre. Toujours avec une sage recommandation en plus. Un précepte. Puis, Père anticipa quelque chose d'inconcevable à l'époque : la surveillance en groupe de tous les petits enfants durant les travaux agricoles. Surtout ses conseils furent essentiels pour l'édification du nouveau pont, si imposant par sa solidité, qui put résister à tant d'autres invasions d'eau. Il plaida pour un dispensaire médicale.

Et à la suite de chaque réalisation, il m'enseignait, le doigt sur les lèvres, comme s'il s'agissait d'une espièglerie :

— Tu ne pleureras pas sur la malheureuse vie des autres, tu ne la supporteras non plus. Parce que tu dois tracer une autre destinée au peuple...

Mais à Moulin-aux-Violettes, les aborigènes vivaient comme ma mère, à la dimension de la nature qui était faite pour eux. Comme la haute futaie qui laisse tomber les brindilles sèches.

On voyait les natifs de ce terroir dans les après-midi de fête, assemblés en cercles à part, auprès de la danse des jeunes gens. Le commencement du monde inscrivit dans leurs traits la force de franchir les souffrances. Dans leurs yeux, la fierté d'être éternels.

Pourtant, d'après un proverbe roumain, le bœuf comble sa soif avec de l'eau et l'Homme, avec des profondes paroles.

Et Père avait ces paroles.

Et pour les prodiguer aux villageois, Père prenait son temps, comme s'il se proposait de vivre mille ans!

Mère, qui le voyait s'y dépenser jusqu'à l'épuisement, prit un jour le risque d'affirmer:

— Malgré tous les maux, le monde est bien fait.

— Le monde s'est dégradé, il doit être refait, l'assura Père.

Plusieurs enfants, les paniers sur les bras prêts à recevoir, hélèrent à la porte :

— Marraine!

— Ma... reine...!

Mère sortit rassasier les petits qui devaient vivre, depuis l'entente originelle d'entraide humaine, qui aurait ici établi cette poussée d'Hommes.

Quand elle rentra, tout illuminée comme une déesse élogiée par ses fidèles, Père m'expliqua -son sourire compréhensif sur les lèvres:

— Ta mère délivre l'enfant de sa novenne–en gestation. C'est elle qui accouche de chaque cycle de vie pour l'enchaîner au destin. Ensuite, elle lui prête main forte pour qu'il résiste à un tel servage...

...Puissions-nous affranchir l'Homme vers la pureté de son divin vouloir!

Mère eut à son tour le sourire indéfini d'échapper à l'emprise de celui parti en flèche verticale pour le zénith. Cet exilé outrepassant les courbes des lois terrestres, sans compter les morts qui parsemèrent son trajet.

Le sourire de Mère me blessait.

J'aurais voulu que Mère aime davantage mon père, que ce soit lui qu'elle aime le plus. Qu'elle le vénère et lui serve le dessein!

La noble décence de Père et l'extrême pudeur de Mère m'empêchaient de saisir le profond amour qui les reliait.

Lendemain même, mon jugement fut réfuté. À la tombée du jour, je vis Mère, inquiète et pâle, regarder au long du chemin et s'éloigner. Je la vis ouvrir d'autres portes, faire des signes, chuchoter comme si elle se retrouvait en présence d'une malédiction.

La crainte que Père soit en péril me fit jaillir dans une course débridée vers l'île potagère.

Un bon nombre de proches et voisins avertis par ma mère me dépassèrent et firent de grandes enjambées par-dessus le lit sec de la rivière.

De loin, j'avais perçu le retenti d'armes, les chocs, le fou hennissement. Face à la bataille qui se déployait sur l'île, je m'arrêtai, confondue, sur l'ancienne berge.

Au milieu du potager, la hutte à peine refaite avait pris feu. Dans la fumée, se contourèrent les chevaux cabrés, les hommes croisant avec rage la bêche et la binette avec les armes, d'autres en lutte corps à corps. Mon père, un vieux sabre à la main, comme je ne l'avais jamais vu, faisait des éclairs. Il frappait, téméraire, le dragon, sans pour autant lui faire tomber les dizaines de têtes masquées, comme un refus d'être souillé par leur sang.

C'était la première fois que Père se faisait agresser à découvert. Un si grand nombre d'ennemis m'épouvanta. Depuis combien de temps tenait-il bon avec ses fidèles? Qui étaient ces attaquants? Ceux-là cherchaient-ils par hasard le trésor, ou bien à surprendre un conseil secret de Père? S'emparer de lui peut-être?

L'arrivée du renfort villageois fit basculer court le rapport de forces, à part que les enfants jaillis de partout s'égosillaient autour de moi comme dans les narrations des chroniques :

— Les ennemis!

— Les ennemis!

Adieu rêves?

Un signal de boute-selle et la formication masquée enfourcha les chevaux, s'enfuit par-dessus l'onde et au galop! Sur la prairie de l'autre rive, dans la direction de la grande futaie du sud!

(Assurément, c'étaient des attaquants, reliés au brigand Alexa gîté dans la vieille forêt Vlasia, sinon ils feignaient de l'être pour mieux escamoter leur fin).

Du jardin dévasté, j'entendis les joyeuses exclamations. Loin de me contenter de cette heureuse issue, je rentrai mise en peine.

Cependant le dîner, bien élargi par la présence des proches et de fidèles ouvriers, se transformait en fête de foi-jurée.

Seul mon frère aîné Thomas, au service militaire depuis plus d'un an, manquait. Constantin, assis comme d'habitude à la droite de Mère, gardait son expression angélique. Mes deux tantes et leurs maris firent enfin une preuve d'amitié. Père nous regardait, très ému de nous avoir senti à ses côtés. Quand il reposa ses yeux sur le visage de ma mère, je me demandai: comment était-elle toujours là quand il avait besoin de sa présence?

Mère, dont le sourire fleurissait rose, murmura :

— Qu'on n'oublie pas, qu'on soit sur ses gardes...

Mais Père mentionna :

— Tout souvenir d'un être courageux le pousse à l'envol plutôt qu'au repli.

Mère demeura les cils penchés. Seul son sourire pâlit. Quand elle dut lever les paupières, je devinai dans ses pupilles le grand souci pour l'avenir de Père. Comme si elle avait lu dans le vague l'écriteau de l'avenir...

*

*   *

L ENDEMAIN, DIMANCHE APRÈS-MIDI, les cousines du village arrivèrent pour m'emmener voir la danse.

Rassuré par cette tribu qui devait dissimuler ma présence, aussi pour faire plaisir à ma mère, Père m'encourageait à y aller :

— La musique et la danse ont toujours soutenu l'âme du peuple dans la traversée des âges...

Ce dimanche l'air frétillait comme l'eau prête à bouillir.

— Contournons l'école, proposa l'une des adolescentes. La ruelle est bordée d'arbres que l'instituteur fait arroser.

— On aura peut-être la chance de l'entendre jouer du violon, ajouta une autre.

— C'est vrai, ce démon joue à merveille. Mais il nous tutoie comme si nous étions de ses élèves. Marie-Élise n'aimerait pas ça.

Je demeurais silencieuse et solitaire. Un mystérieux pressentiment m'inquiétait.

Tout près, l'emplacement de l'école, une vraie gerbe de senteurs, nous ranima la respiration.

Soudain, comme prévenu, l'instituteur sort de son jardin, des roses plein les bras, pour nous les offrir :

— Une à chacune. À toi, à toi, à toi...

Cette franchise commence à m'amuser. Il plaisante avec charme, content d'avoir provoqué un mouvement de gaieté dans le groupe. Son âge se situe autour de vingt-deux, vingt-trois ans, grand, mince et vêtu à la mode. Son visage riant de toutes ses fibres a quelque chose d'une somptueuse pivoine blanche, bien qu'il porte la petite moustache au goût du jour. Les grands arcs des sourcils sont rehaussés par la bonne humeur, un éclat de suprême joie qu'on voit dans ses yeux.

— Et pour la fine petite filleule ce magnifique bouquet de roses impériales, me dit-il, aussitôt intimidé.

— Une seule rose! je réponds. Je n'en reçois qu'une, moi aussi.

Je choisis un bouton entr'ouvert. Et avec toute la candeur de ma superbe, je repousse l'irruption des fleurs envahissantes qui par mégarde s'éparpillent à mes pieds.

L'instituteur se penche, les recueille avec attention, l'éclat rieur de ses yeux éteint. Puis se retire sans dire mot, et me laisse rougir d'avoir mis mal à l'aise tout le groupe.

Ce fut la semaine suivante que j'entendis son violon chez sa cousine, derrière notre maison!

Fort émue, je pensai pourtant : comment ose-t-il?

Et jour après jour, les heures de classe finies, le jeune homme arriva sans faute avec son violon. Il entamait des chants populaires, passait aux airs éthérés, aux tournures inconnues d'une telle clarté que, sans le vouloir, je faisais quelques pas vers le jardin pour mieux l'écouter.

Pourtant, je m'entêtais à me dire : comment ose-t-il?

Un soir ma mère, toute contente que je rentre dans l'enchaînement des étapes imposées par la vie, rapportait à mon père:

— C'est la providence qui nous l'enlève pour la conduire ailleurs...

— C'est elle qui doit conduire son destin et les destins des autres, s'appesantit Père en réponse.

Il me fit asseoir auprès de lui pour me donner son avis hautain et, comme toujours, juste:

— Ces petits maîtres d'école sont les plus efficaces façonneurs de l'âme enfantine. Mais toi... tu n'es plus un enfant. Néanmoins, ton étude n'est pas égale. Voilà que la musique te manque...

Il m'indiqua la pile de livres sélectionnés pour moi. Puis, comme si pour rentrer dans ses souvenirs il devait redevenir enfant, Père eut son expression enjouée :

— Ma mère aussi se souciait de l'avenir de mes deux sœurs aînées.

...Un jour, à table, elle raconta comme d'habitude, quand les circonstances l'obligeaient d'intervenir auprès de mon Giaour de père :

— Il était un empereur qui avait deux filles dont la blonde beauté ressemblait aux étoiles. Mais qui aurait pu demander leur main sans l'initiative du despote qui semblait tout ignorer?

Pourtant l'impératrice connaissait le dicton selon lequel une jeune fille (restée seule) risque de se faire apostropher même par l'âne. Alors, elle paya un sujet pour faire brailler son baudet aux portes du château. Et se précipita vers son despote de mari:

— Très lumineux empereur, on ne s'est pas soucié de nos princesses, et voilà que c'est l'âne qui leur fait la sérénade.

À ce moment précis, mon Giaour de Père, sobre et pensif, interrompit ma mère avec cette conclusion:

— He bien, l'âne ne va pas brailler à notre porte.

Et dans le même mois, il fiança mes jolies sœurs.

Je ris de bon cœur avec Père, avec l'enfant doré des Giaours.

...Qui aurait dit qu'il n'y avait que huit jours depuis l'agression sur l'île potagère?

Qui aurait cru que tant de harcèlements et de lourds obstacles s'interposaient entre cet homme et son rêve?

En plus, j'avais la prémonition qu'une menace le guettait. J'en avais la certitude.

Je captais de loin des intentions assassines, sans être en mesure de les arrêter avant qu'elles ne le frappent. Et ce péril s'approchait. Devenait imminent.

L A SÉCHERESSE AVAIT OPPRESSÉ LES SAISONS, les avait houspillé de toutes parts.

Sur le terroir souffrant, notre 14 octobre passa inaperçu. La moindre réjouissance, un faridon surtout, aurait traduit l'impiété.

Néanmoins, Mère ne manqua pas le gâteau de blé à la noix et aux arômes, l'ancestrale offrande au nom des vivants ou des morts due à la divinité et partagée aux autres, même quand le fruit de la terre n'était qu'une poignée de céréales.

Et voilà qu'à la veille de Noël, (d'après Mère en signe de miséricorde), une fulguration lactée envahit l'atmosphère. Maison et arbres se firent emmailloter par un voile-à-faille mouvant.

Les petits troubadours du village arrivèrent sous les fenêtres avec l'annonce de la fête, en frêle joliesse de chanson :

La lueur de l'aube est née

Dans un lange de soie givrée...

Mère leur offrait, d'après les us et coutumes, les pains miniaturisés en forme d'auréole, au moment où Père descendit de la luge avec mon frère Thomas, libéré pour le jour de Noël.

Notre faible production avait été livrée à crédit. Pourtant, Père avait plein les bras des cadeaux achetés à Bucarest: une géante poupée de porcelaine pour Jeanne qui papillonnait autour des paquets. Des chapeaux et des foulards à mes frères. Une jupe à plis marron et, dans la même nuance, un grand châle en fine laine bouclée de mérinos que Mère pouvait convertir en double mantelle.

Moi seule, je fus contrariée par le long manteau de caracul aux marges de zibeline que Père m'offrit. Pourquoi cet éclat? N'avait-il considéré la discrétion, l'habit de la vertu?

Dans l'ambiance propre et chaleureuse de notre demeure, mon père se métamorphosait en petit soleil qu'il fut chez ses parents.

Mère m'attira pour me dire:

— Ne gâche pas la joie de ton père. Il se sent tenir les rennes de la droiture dans sa main ligotée à la mienne... Laisse-lui au moins le bonheur de voir en toi une réelle princesse!

— Mère, je répondis toute affligée, vous parlez comme d'une fabulation, quand j'ai connu les proches, les continuateurs de la lignée de Pierre! Leur souche remonte les millénaires, jusqu'aux princes daces avec leurs trésors... C'est pour cela que pour Père, l'histoire, dont il fait partie, a la signification d'une tracée divine!

Mère, qui ne s'était jamais entretenue avec moi, promena son regard sur mes joues en flammes. Pencha la tête et murmura, comme pour elle-même:

— Fera-t-il vivre cette tracée d'en haut, quand uniquement pour survivre nous a donné en gage sa propre existence de pèlerin?

La désolation s'empara de moi.

Mère accouchait les cycles de vie qu'elle aidait à s'accomplir, à s'enchaîner.

Si Père menait à terme le cycle historique, ne pourrait-il renaître, ressurgir dans l'éclat de son génie?

Toute la journée, je languis sans toucher aux plats de maigre.

Mais lendemain, c'était Noël.

Après le service religieux, Père fit un détour à l'auberge où le patron venait de recevoir les grands gâteaux de Noël que j'aimais.

À midi, dans la chambre de fête, il y eut ce jour un va-et-vient de visiteurs. Les groupes de petits troubadours à l'Étoile illuminée, les chœurs de jeunes gens et les récitateurs. Des filleuls et de nombreux proches. Plusieurs orchestres des environs, avec leurs vœux.

Le repas traditionnel se prolongea jusqu'à ce que Thomas se leva, soucieux de regagner son régiment.

Ce grand garçon avait la taille très élancée. De magnifiques sourcils fermement dessinés par les mains des ancêtres soulignaient la profondeur de ses yeux bruns.

— Tu ressembles au dernier Grand Giaour, dit Père et lui entoura les épaules de ses bras pour une vigoureuse étreinte.

Ensuite, Père conduisit Thomas vers la sortie extérieure d'où Constantin devait le raccompagner avec le traîneau jusqu'à la capitale.

Séance tenante, Mère, qui venait de coucher Jeanne, s'en alla d'urgence pour un appel du village.

Resté seul, Père se remit à table. Son beau visage, d'habitude majestueusement serein, irradiait à ce Noël comme un soleil couchant...

— Qu'y a-t-il princesse Marie-Élise, tu n'as plus apprécié la nourriture coutumière! Mais on a oublié le gâteau citadin de Noël... Ne veux-tu pas l'essayer? Dois-je savourer sans aide ce nouveau délice?

Une idée me traversa la tête : et si quelqu'un avait empoisonné le gâteau? Ce gâteau qui m'était destiné, comme le moût à mes treize ans!

J'étais peut-être une soupçonneuse! Mais j'avais le devoir d'empêcher Père d'y toucher!

— Ne mangez pas... Je vous en supplie Père...

— Ne crains rien, me répondit-il avec un sourire. J'en ai choisi un en emballage original.

Je sentis un frisson. Cependant, quelque chose d'étrange s'opposa à ce que je jette ce maudit chocolat.

Quelle mystérieuse volonté, quelle hypnose me contraignait ainsi de laisser ce piège se transformer en fatalité!

— Veux-tu peut-être lire de mes pensées? me demanda Père.

D'un seul mouvement, j'apportai ses cahiers de réflexions réunies enfin dans la même couverture.

En bas d'une feuille je lus :

L'Homme! l'Homme, qui peut s'étoiler de sa noblesse latente, pourquoi se tache-t-il par l'esprit de nuire?

Celui qui réfute le mal d'une société sans agir pour le vaincre devient son acolyte.

La droiture du juste le maintient victorieux même dans la défaite.

Je tressaillis :

— Père!

— Je me sens un peu fatigué, souffla-t-il et s'allongea sur mon petit lit.

Depuis le soir passé, je veillais Père toujours alité.

Mère se tenait à ses pieds, prête à lui préparer encore des tisanes, des compresses, des bains de plantes.

Guérisseur, herboriste et rebouteur s'en allèrent impuissants.

Les hommes envoyés en pleine nuit pour chercher le médecin à l'hôpital de la contrée rentrèrent honteux.

— Le docteur n'était pas là!

— Pas possible!

— Il a dû s'engouffrer quelque part, chez les grands propriétaires, à l'occasion de ces fêtes.

Père, l'homme responsable devant les causes de l'humanité, plia tête. Il entr'ouvrit la bouche comme pour boire un peu d'air. Les ondes immortelles de ses yeux s'assombrirent.

Je réclamai à cor et à cri:

— Mais faites quelque chose, Mère! Essayez plus!

— Un prêtre! décida-t-elle. Avec ses prières, peut-être pourrait-il le tirer de l'impasse.

Je secouai les épaules de Constantin, de retour de Bucarest, pour qu'il parte sur-le-champ.

— Vite!

Le vieux prêtre Mincou, emmitouflé dans ses longs cheveux blancs et dans sa barbe de neige, posa l'évangile d'argent sur l'oreiller de Père, s'agenouilla, et sa voix suppliante s'unit avec la déprécation de Mère et mes sanglots pendant deux heures.

Adieu rêves?

Soudain, Père cligna des yeux, comme réveillé du sommeil. Ses joues retrouvaient la lueur de vie.

— Seigneur, Dieu...

La main du prêtre dans la sienne, Père exprima le désir que ma mère offre un grand don à l'église du village.

J'étais confondue, éblouie. Les quelques jours qui suivirent, mon père garda le lit. Bien au chaud, avec la douceur et la prudence de Mère, il put reprendre l'écrit.

Je lui tenais l'encre, mes yeux émerveillés sur les lignes tracées par sa plume :

Les valeurs de l'humanité vont spiraler vers le plus bas tant que les génies seront préoccupés seulement par la genèse de l'idée, au lieu de se mettre aussi à l'idée de la genèse. Aussi :

L'homme de génie peut tout se permettre, les lois des mortels ne s'imposent pas au génie, mais c'est lui-même qui ne se permet rien de ce qui peut ébranler la justice, la loi morale fait partie de son être.

Tout allait pour le mieux. Mais l'écho d'une miraculeuse guérison avait fait le tour de la contrée. Les gens commencèrent à s'assembler de partout. On entendait à répétition le frottement des bottes qui se débarrassaient de neige. Les salutations. Les bons souhaits de santé.

Dans l'affluence confuse de l'entrée, il y eut concurrence pour se faufiler à l'intérieur.

La chambre de fêtes était bondée.

Les gens redécouvraient Père, comme si le danger passé avait souligné son importance.

Plusieurs d'entre eux lui demandèrent des nouvelles sur le bruit du partage terrien; l'avis sur l'agrandissement de l'école, sur plusieurs projets de mariage.

La plupart des jardiniers que la déviation de la rivière avait ruinés obtenaient de mon père l'emprunt de semence. Les acheteurs à crédit de nos légumes et fruits ajournèrent l'un après l'autre le paiement.

À moitié soulevé, Père leur rédigea quelques pétitions pour l'herbage, pour la fiscalité, pour la création d'un dispensaire, dont il avait soutenu la necessité.

Un bizarre mécontentement s'infiltrait dans mon âme. Se transformait en soupçon. Pourquoi ces braves gens, toujours dans le vrai du bon sens, épuisaient-ils mon père à peine revenu à lui?

Quelqu'un attisait leur hâte. Quelqu'un avait intérêt à créer cette bousculade qui nous tenait à l'écart!

Ma mère me regarda, soucieuse.

Au moment même, Père pâlit.

Un chuchotement passa de l'un à l'autre, suivi par l'amuïssement général.

Embarrassés, les gens battirent en retraite, les chapeaux à la main. Certains quittaient la chambre. D'autres apparaissaient.

Père essaya de se redresser, mais il s'affaissa sur l'oreiller, pris par des frissons.

La tasse de tisane mise à sa portée était vide.

— Qui l'a fait boire?

— Lui-même.

Mère arrivait avec du lait chaud.

Mais la mort était à l'affût, invisible, apportée sous le manteau d'un intrus!

Père nous regarda, captif au destin adverse. L'idée de l'espoir, de la foi, restait clouée dans sa tête, sans plus entraîner l'effort de les vivre. De temps à autre, un grand froid le secouait comme pour le soumettre.

Prise de panique, j'avais perdu toute initiative.

— Le docteur! C'est le docteur qu'on doit faire venir, déclara plein de fermeté le jeune instituteur qui n'aurait pu rester passif à ce remous du village.

Grêle, vêtu à la légère d'un pardessus boutonné à la mode, il examina le tourment de mon expression et l'éclat de ses yeux se brisa.

— J'irai moi-même le chercher, ajouta-t-il.

Adieu rêves?

Ma mère lui mit sur les bras une longue pelisse pour mieux se couvrir, puis entoura d'un foulard le cou de mon frère qui faisait atteler nos chevaux.

Une heure après, le médecin arriva.

— Trop tard! s'exclama-t-il en voyant le visage bleuâtre de Père.

— Trop tard? fut ma réplique.

— C'est maintenant que vous m'appelez? précisa-t-il.

Ma consternation se convertit en doute :

Sommes-nous trahis?

La multitude se retira.

L'obscurité seule, comme une hostilité vivante, vint aux fenêtres et aux portes.

Sous l'icône, la lampe à l'huile remuait ses ailes de lueur pour chasser l'ombre, la chimère de la mort, qui se cachait dans les coins.

La maison avait perdu son surnaturel de conte bleu. Le plafond s'abaissait. Les murs diminuaient, se pliaient sur nous.

Près de trente années en arrière, une petite tête ensoleillée sortait d'une fabuleuse histoire et venait sur l'une des rives initiales des ancêtres, avec l'intention de rebâtir le monde spirituel.

Maintenant, l'enfant d'autrefois gisait, vaincu, dans une obscure chambre.

Qui avait hourdé, si malicieusement, ces cloisons pour Père?

Qui avait fait pencher ce noble front sous le linteau d'une chaumière?

Qui avait clôturé Père et enfermé le très haut rêve dans une cage?

Mère, la simple sainte-fleur, ne fut-elle que l'innocent appât des ennemis pour mettre l'héritier des Pierre les Sauvegardeurs en déroute!

Mère lui apportait de temps à autre ses décoctions, ses compresses; le couvrait de châles réchauffés, lui massait les plantes de pieds.

Ébranlé par les rafales de froid interne, pareilles aux sauvages torrents de la rivière, Père tenait les paupières entr'ouvertes.

Comme un météore, il s'en allait avec sa vision de beauté absolue. Avec l'ardeur de rendre l'Homme parfait. Avant d'arriver au zénith, la flèche de son esprit, partie pour transpercer toutes les courbes terrestres, heurtait de front une limite implacable; et brisée, retombait sur la terre. Entre les lois de la terre. Sous les lois.

L'ombre de la mort flottait des coins aux recoins, sans cesse refoulée par le flux lumineux de veille sous l'icône. L'ombre de la mort...

...Si ces instants d'enfer passaient! Si je pouvais retourner le temps! Reprendre la vie d'il y a une semaine!

Aux vitres, fleurit l'aube. Les petits troubadours chantaient les vœux pour le jour de l'an. Sur la terrasse plusieurs villageois sollicitèrent des nouvelles. Comblèrent le seuil.

Jeanne s'accrochait à mes genoux :

— Pourquoi l'eau coule de tes yeux?

Mon désir de sauver Père redevenait si farouche que je retrouvai dans le souvenir les mots du dernier Giaour pour les syllaber :

— Père, vous êtes l'effigie vivante qui pourra soit maintenir la lignée, soit refermer cette lignée dans un cercle et piéger l'histoire...

Il ouvrit alors les yeux, ses éternelles prairies.

Je me penchai vers lui. Ma voix tremblait :

— Père...

Sa douloureuse mine m'étriqua subitement dans la soif de justice:

— Dites-moi, de qui doutez-vous? Aucun mouvement suspect n'attira votre méfiance? Je dois punir le coupable!

— Marie-Élise...

Père susurra mon nom avec une telle faiblesse que les paroles semblèrent s'évanouir.

Toutefois, ses yeux et ses doigts épuisés me faisaient un signe.

— Désirez-vous noter quelque chose?

Je lui apportai le cahier, la plume trempée dans l'encre.

Avec un soubresaut de volonté, comme si l'écriture même était sa source de force, il griffonna sur la page :

Adieu rêves?

Nous n'avons pas le temps de nous venger, la vie est courte et nous avons mieux à faire : un Idéal de beauté d'où l'Homme pourra renaître.

Aussitôt ses mains retombèrent. Le souffle de Père se précipita. Les torrents de la grande rivière, les violences du déluge le noyaient.

J'éclatais en sanglots.

— Père! Vous devez vivre! Vous êtes éternel! Père! Ne mourez pas!

Les villageois grommelèrent :

— Ce n'est pas chrétien qu'on empêche l'Homme de rendre en paix son âme.

— Elle va lui troubler sa dernière heure...

— On doit l'éloigner...

Je vis alors le fantasme ténébreux de la mort émerger des recoins et ombrer mon père, l'étouffer, et j'explosai dans de grands cris:

— Pèère! Ne mourez pas! Ne mourez pas!

Quelqu'un me tendit un verre plein :

— Buvez un peu, vos lèvres sont gercées de soif...

Je secouai la tête en refus pour me déchaîner dans un suprême désespoir:

— Pèère!! Ne mourez pas!! Non! Non!...

Mais les marges du verre imposé avec force avaient humecté ma bouche.

Et je perdis connaissance...

*

*　　*

L ENDEMAIN, EN FIN DE JOURNÉE, je me réveillai chez la cousine de l'instituteur, dans le voisinage.

Père!

Les torrents de la grande rivière se jetaient sur moi. Les sombres torrents froids.

Je ne tenais pas debout. Mes cheveux dénattés m'agaçaient le visage.

À peine sortie dans les tourbillons de neige, le vent me fit tomber. Cramponnée aux branches, culbutée dans les congères, soutenue par la clôture, j'y arrivai.

À la place de notre féerique demeure dont l'auréole de Père avait donné la dimension d'un palais, l'humble mas se recroquevillait sous la tempête.

Un silence de glace, le silence endeuillé se réfugia vers l'intérieur.

De la cuisine lointaine, je perçus les bruits préparatifs du festin funèbre.

Je montai sur la terrasse d'en face.

Par les portes ouvertes à tous les vents, la neige entrait à flots et je n'étais pas capable d'appeler au secours.

La terreur me saisit pendant que je franchissais le seuil. Dans l'ombre de la chambre de fête il n'en restait que les meubles à l'envers et le sol ravagé comme une emblavure. Quelqu'un avait fouillé pour y cueillir nos cruches d'argent.

J'inspectai dans la direction de l'icône. Là-haut du mur, il n'y avait plus que l'orbite d'un œil arraché ruisselant ses larmes de myrrhe.

Adieu rêves?

Le trou noir d'une chronologie de lumière et de sang. Un hurlement sans voix...

Presqu'ahurie, je me tirai vers la terrasse. La tête pliée. L'âme sans âme repliée.

Dehors, les villageois rentraient du cimetière où ils avaient sans doute conduit mon père.

Ce moutonnement taciturne assailli par les vertiges blancs se dirigeait vers le fond de la cour, pour s'entasser à table dans les pièces étroites préparées d'avance. (Car depuis toujours sur ce terroir c'est un grand péché que de pleurer après l'enterrement. Et il y a coutume de se nourrir, autant que faire se peut, pour pouvoir se remettre à vivre).

Une trombe givrée me tourna de nouveau vers l'ancienne chambre de fête. Et d'en arrière, la nuit fumante qui tombait mystérieuse et chaotique me colleta, me traversa le cœur, me foudroya.

Puis... Puis le grand vent du nord-est s'installa sur notre toit au-dessus de la cheminée et se mit à hurler, comme un être humain.

Tour à tour, d'autres vents, vrais oiseaux de proie aux ailes battantes s'y ancrèrent leur bec tordu, cornu, aigu, fendu, et poussèrent de longs cris plaintifs.

Et les neiges...

Les neiges inépuisables; infinies...

En vagues répétées. En averses obliques. Perpendiculaires. Horizontales. Contraires.

Les neiges du silence qui anéantit. Les neiges de l'oubli.

Je m'attendais à ce que Mère s'écroule.

Cependant elle demeura la déité en éveil protecteur du village.

Avec ses menus pas, sur les venelles taillées dans les congères, elle continuait ses allées et venues, reliée à la petite vie humaine.

...Mère, aux infatigables pas, aux pas feutrés, accordés au rythme des saisons. Mère, la tête un peu penchée vers l'épaule droite comme pour tenter de voir les céréales qui perçaient enfin la neige.

Mère voyait les brumes sur mes paupières. Sur mes lèvres, des brumes.

Elle me mettait une broderie sur les genoux. L'aiguille à la main.

Dans les brumes, seules mes mains comme les ailes aux faibles remous et rosaces fleurissaient des velours et des canevas.

...Les cris muets d'un mystère brodé en points de croix...

Mère ne me caressait pas. Ne me parlait non plus. Seul son regard omniscient s'attardait sur moi. S'alliait à mon chagrin. Comme si sa douleur n'avait aucune importance face à la mienne! Sa douleur qui devait durer, à sa façon, toute sa vie, pareille à son deuil dont elle ne sortit jamais plus.

Avant de partir se coucher, Mère s'agenouillait pour sa prière. Sans larmes. Sans paroles. Sans autre mouvement que celui de son visage rehaussé vers l'icône et sitôt incliné, comme une acception de la menée divine.

Car le jour qui suivit le sinistre pillage, Mère fit mettre en état le sol de la grande chambre et combla l'alvéole de l'icône arrachée, y raccrocha une autre et suspendit trois lampes à l'huile. Sans aucun commentaire.

Peut-être aurais-je dû moi-même remuer ciel et terre! Mais de quoi me plaindre? D'une fortune inconnue confiée à la cache? Même une réalité disparue n'est pas toujours crédible. Alors un secret! C'est l'ombre d'une ombre. Et puis, rien ne méritait plus que la vie de Père qu'on n'avait pu sauver.

Là-haut du mur, je me préfigurais sortir du trou noir, une main tendue. Pour maudire? Pour bénir? Ou bien Père me demandait une action...

Une action? Mais oui! Ses cahiers!

Sous l'ancien siège de bois, Mère avait rangé le gros album retrouvé dans la fouille, parmi les piles de livres.

Ses écrits!

Je recouvrais le sens de mon existence!

Adieu rêves?

Alors, jour après jour, aussitôt ma mère partie, je lisais. Jeanne, la tête couchée sur mes genoux.

Ensuite, le soir, je m'endormais en sanglots, avec l'album de Père sous l'oreiller.

Les vents d'hiver auraient hurlé tout l'hiver.
Ou bien, c'était moi?
Les pluies du printemps auraient pleuré tout le printemps.
Sûrement, c'était moi.

Un soir, Constantin s'arrêta sur le pas de la porte sans oser entrer. Il n'avait pas encore seize ans.

Son expression habituelle, chaste et sereine–semblable à celle de Mère–était devenue humble. Pour toujours. Et chaque trait, même ses sourcils réunis comme les ailes d'hirondelles, se transformait en cicatrices de la dignité perdue.

— J'ai amené Line, avoua-t-il à mi-voix. Elle est enceinte...

La jeune femme dont il parlait s'aventura, insolente, avec un rire insensé sur les lèvres tendues jusqu'aux oreilles. Sa minceur informe, vivace, rappelait une anguille. Quant aux yeux fouineurs, il y avait en eux la pétillance de langues fourchues devant la proie.

Je prononçai à peine :

— Line?

Et je sentis qu'à partir de cet instant-là, un si doux nom se défigurait en mot de mépris.

Mère l'observa depuis le fichu vert criard par-dessus la blouse effilochée aux coutures, par-dessus la jupe de chanvre à l'ourlet décousu et pendant, jusqu'aux pieds nus.

Mère l'observa. Tout devait lui déplaire, d'après la longue soupesée d'une décision à prendre.

Pourtant, même si le bébé annoncé n'était qu'un prétexte, à cause d'une possibilité de grossesse, Mère ouvrit la porte de la chambre de fête qui était plus isolée.

— Line va coucher ici, jusqu'au mariage.

— Seule? fut la question éhontée de Line.

— Seule. On est en plus dans le carême... et en deuil.

Mère poursuivit à mi-voix :

— Il va y avoir du vilain...

Je bondis pour grouper mes affaires, classer dans un grand coffre les livres de Père et ses registres.

Après un mouvement rotatoire sur ses talons nus pour estimer la prise, la jeune femme entama le contrôle de mes gestes.

Face aux langues fourchues qui pétillaient dans ses yeux, je ne fis que serrer contre ma poitrine les cahiers de Père, comme si ce mauvais regard les avait souillés.

Mère ne m'écarta pas de la grande chambre. Elle me fit partager son intérieur, à droite de l'entrée principale, comme un besoin de soutien réciproque.

Sans faire de nouvelles remarques sur le choix de Constantin, Mère aboutissait à des repas rapides, précédés par des prières laconiques, et diminuait tout face-à-face pour pouvoir–comme s'exprimait tante Irine–rabattre le caquet de Line.

Autrement, Mère se maintenait dans un silence résigné. Son visage blanchi depuis la mort de Père se fanait à vue d'œil. Le sourire, de chaudes arômes qui se lèvent des champs, s'évaporait peu à peu.

Cette carence d'éclat soulignait ses traits de déesse, communs à toute sa lignée de belles femmes.

Quant à son regard, il changea pour la vie en complainte avec les saisons dans leur passage rituel de compagnons prédestinés.

Seulement, quand je prononçais en sa présence le mot Père, elle regardait vers le levant. Sa main accompagnait doucement ses yeux, comme pour suivre le chemin du soleil qui pour Mère se levait jusqu'au zénith et descendait vers le couchant.

Car si Père avait été pour elle aussi un soleil vivant, il aurait dû se soumettre au rythme de la nature. Emprunter sa courbe, toutes les courbes de l'existence, que seulement la divinité avait le droit de transgresser de la terre directement vers le zénith.

*

*　*

QUANT À LINE, elle se tenait à mes trousses, m'emboîtait le pas. Je n'arrivais jamais à me déplacer vers la cuisine sans qu'elle me coupe le chemin pour m'obliger à y renoncer.

Une fois, la jeune femme osa franchir mon seuil pour me surprendre en train de lire. Elle se mit à s'esclaffer. Sa large bouche me paraissait la mare, après l'irrégulière taille des roseaux, avec un chœur de pies qui jacassent.

L'ingérence de Line me résolut à monter au grenier un petit coffre avec les réflexions de Père.

Chaque jour suivant, je m'assurais que l'élue de Constantin soit sortie.

Comme Mère s'en allait aux appels du dehors, j'abandonnais la broderie pour me retrouver au grenier.

Les minces mèches de vent infiltrées par les abords de la toiture pouvaient bien souffler. Ni le froid, ni le crissement des poutres, ni le tremblement des ogives ne m'empêchaient de lire et relire, agenouillée devant la grande lucarne :

La pureté pourra défier la bassesse.

L'amour saura vaincre la haine.

La noble force d'âme l'emportera sur la virulence adverse.

Quand le temps tourna au beau, la clarté envahit le grenier.

Les reliques sacrées de Père émergèrent du coffre ouvert. Des légions d'anges surgies de sa tête claironnaient en sourdine leur volonté de vivre.

Une lueur venait de poindre dans mon cœur. Se transformait en rêve.

Je devais sortir les pensées de Père à la lumière. Aller peut-être au sud du Danube?... Avant tout, ramener à la surface le trésor?

Je refermai le coffre, le repoussai dans un recoin.

Avant de partir pour notre îlot de légumes, je fis un détour dans la basse-cour où il y avait le dépôt d'outils nécessaires.

En passant, je vis la cuisine fourmiller de femmes. Toutes m'embrassèrent, me plaignirent, m'incitèrent jusqu'à me confondre.

— Prenez donc les rênes!

— Votre père a tant de fois dit : mon plus sage fils est la petite Marie-Élise.

— Constantin fait construire une maison aux parents de Line!

— Elle a payé les trousseaux pour ses sœurs...

— Des vaches et des moutons!

— Des chevaux!...

Le cocher, un neveu éloigné de Ion, se posta dans le cadre de la porte.

— Les débiteurs de Père ont-ils payé les dettes? je demandai.

— Pas encore, me dit l'homme.

Et avec un triste sourire:

— Pour faire face aux prétentions de Line, votre frère a vendu les chevaux, les vaches. Cabriole, carriole, car, luge, traîneau, la semence et la réserve de légumes, tout est parti en fumée... Je dois m'engager à l'un de vos oncles...

Tombée des nues, je pris le chemin du potager.

...S'il était possible que je sauve le trésor!

Constantin, avec sa façon impersonnelle, fié à la sagesse de Mère, avait changé d'obédience pour le pôle opposé. Car Line était un piteux mélange d'ambition et de bêtise. Heureusement Thomas, notre frère aîné, devait bientôt en finir avec son service militaire pour venir à mon aide. On devait parachever l'opération conçue par Père, son ouvrage hydraulique et l'ingénieux réseau de digues.

Adieu rêves?

De loin, j'entrevis l'îlot, son regard vert tendre.

De près, je vis les brins de plants se trémousser au soleil. Sur les marges reboisées, les jeunes arbres en peau terne, recouverts de bourgeons, se tenaient à l'écart, semblables aux adolescentes maladroites lors de la première sortie au bal.

Sur le plan fendu par l'inondation, la seule ramure aux fleurs précoces obliquait sur l'onde où elle reflétait un blanc miracle.

Penchée en arcure, la main mouillée comme pour cueillir du courant ces fleurs miroitées, je tressaillis : « le trésor »!

Au fond de la rivière brillait, multicolore, la fortune des princes daces avec l'image réfractée–l'illusion que les joyaux soient tout près. Le chaudron, renversé par la pression de la terre fendue et par l'effondrement des renforts du puits, réapparaissait grâce à l'endiguement accompli par Père!

L'événement était à prévoir! Il n'y avait qu'à mettre en œuvre le dispositif mobil pour vider l'eau du lit, où dormait ciselée en or et pierre écrite une longue durée d'âges… Rêves et résolutions s'entrecoupaient dans ma tête, s'entrechoquaient. Jusqu'à ce que Père surgisse dans mon souvenir avec son expression d'extase téméraire devant l'idée de perfection, d'absolu.

Le silence papillotait ses étincelles par-dessus l'eau, dans le rythme de mon cœur.

Soudain, le lent clapotis fut rompu par une rumeur. C'était l'heure où les ouvriers du jardin revenaient sur l'île, au travail de l'après-midi.

Les torrents de ce printemps avaient à nouveau rempli l'ancien lit abandonné. Mais les hommes ne passèrent pas le pont.

À moitié nus, ils traversèrent l'eau à gué, puis s'avancèrent à la nage dans la rivière et se mirent à retirer avec violence pieux et pilotis du barrage et les tresses de verges entrelacées.

L'eau gargouilla comme une protestation. La boue, nuée après nuée, revint obscurcir le trésor.

Je poussai un cri :

— Arrêtez!

Vous n'avez pas la permission d'y toucher! Arrêtez!

— C'est le maître qui nous l'a ordonné! répondit quelqu'un, pendant que les autres poursuivaient leur sale besogne.

— Quel maître!?

— Me voilà... J'entendis un inconnu à l'arrière.

Je le défiai d'une expression rebelle.

— On vient d'acheter cet îlot, ajouta l'homme.

— Vous l'avez acheté!

— C'est çà! Votre frère Constantin...

Je réussis à contenir ma furie :

— Constantin n'a pas le droit de vendre! Il est mineur!

— L'acte est signé par votre mère.

— Par ma mère?... Ce n'est pas possible... Ma mère?...

En plein jour, le monde se retourna.

La main sur le cœur, je promenai mon regard sur l'astucieux réseau de digues détruit avec frénésie. Par-dessus le lieu secret, l'eau tourbillonnait, vaseuse.

Je tentai de cueillir une fleur sur la ramure inclinée, plantée par Père, sûrement comme une indication. Puis j'y renonçai. La fleur ne m'appartenait non plus.

Au milieu de la cour m'attendait ma mère, la céleste innocence d'autrefois, spoliée de toutes les armoiries dont Dieu et mon père l'avaient investie.

Sans conteste, mon frère avait obéi à Line pour lui forcer la main.

Cependant, Mère était touchée, attendrie par la crédulité de Constantin arrivé à l'échec. Et son attachement à ce garçon s'avérait désastreux.

Face à mon indignation elle murmura :

— C'est le destin...

— Oh non!

Ma colère giclait comme un jet d'éclairs avec les mots de mon merveilleux père :

— Le règne du destin est conçu et soutenu par l'impuissance humaine.

Adieu rêves?

...Mais il n'y avait pas moyen de la convaincre sur son gâchis.

...À son tour, ma mère effritait, pour épandre à la volée, tout ce que par hasard nous restait de la fortune personnelle de Père, dans des baptêmes et des charités. Pour le motif-inconscient sans doute-qu'elle devait en finir avec cet insigne princier. Ce fatal stigmate!

*

*   *

C'EST ÉTRANGE QUE, même choisis pour un mobile élevé, la plupart des gens hésitent et tergiversent. Ils se laissent dérouter. Finissent dans un total abandon. Pendant que pour provoquer le mal aux autres, il y en a qui s'y précipitent, parfois s'y acharnent toute la vie.

Père, l'envol d'un météore parti pour s'énergiser jusqu'à sa propre éclosion solaire, tomba comme un caillou quelconque.

Je lui avais capté le mystère de l'éclat: son noyau qui palpitait brûlant au fil des écrits.

Et pourtant... Combien de temps pourrait-il se cacher entre les mains d'une gamine?

Je sentais le mal s'attaquer à ce secret. Le mal qui flaire et même déterre pour en dévorer.

...Alors que la lumière n'a pas les armes d'un vil combat!

Je ne sus opposer au mal que la Conscience. L'attitude honnête face à une valeur à sauvegarder. Ma grande peine en plus.

Mais les ennemis ne se soucient point de nos douleurs. Ni d'un mérite qu'ils ne puissent utiliser à leur immédiat avantage.

Un jour, je trouvai le coffre du grenier ouvert.

Un sombre soupçon me traversa le cœur.

Je lus encore quelques lignes :

L'encens de la consécration monte vers son créateur, même à travers l'imposture.

Ensuite, j'emmaillotai les réflexions dans une vieille jupe de Mère. Une plus sûre cachette me parut le recoin de l'avant-toit, sous le pêle-mêle des outils artisanaux. (Car toujours au printemps, les fuseaux, le dévidoir, la roue étaient montés là). Ce camouflage me rassurait.

Le jour suivant, un orage vint arroser la terre. Je discernai en plus un confus bruit au-dessus du plafond.

La fièvre panique s'empara de moi. Grimpée en vitesse au grenier, je surpris Line. Dans ses bras, les écrits de Père arrachés de leur couverture.

— Que faites-vous là? Comment osez-vous toucher le manuscrit de Père de vos sales mains? Rendez-le-moi!

Les yeux de Line, aux langues fourchues, pétillèrent de malice. De sa bouche en extension jusqu'aux oreilles, m'éclaboussait un rire aigu, strident.

Je me précipitai vers elle pour lui reprendre les cahiers (avec le souci de ne pas abîmer le plafond de la maison).

Mais Line, tout en contournant les conduites imbriquées de nos poêles, faisait craquer les poutres et se désopillait:

— Ha! Ha! Combien de ces grandes feuilles n'ai-je déchirées pour couvrir nos marmites portées aux champs! Ha! Ha!

— Rendez-moi ces cahiers! C'est le manuscrit de Père. Vous entendez? Savez vous ce qu'un manuscrit? Rendez-le moi tout de suite!

Elle se mit à rire avec démence. Toute la risée de la sottise parut s'esclaffer dans sa large bouche. À nouveau, j'eus l'impression qu'une volée de pies jasait et jacassait dans une confusion assourdissante.

Brusquement, Line s'accroupit; s'engouffra dans l'ouverture du grenier, sur l'échelle de descente. Arrivée en bas, sur la terrasse, elle tituba une seconde et se jeta sous l'averse.

— Arrêtez-vous! Les cahiers vont s'imprégner d'eau! Vous allez mouiller l'encre!

Cependant, l'insensée franchit le portail de la cour et s'enfuit sur la rue. Son rire spasmodique, ses hoquets de rire tambourinaient mon ouïe.

L'ondée s'intensifia, devint pluie battante. Seigneur, comment sauver les écrits!?

Je poursuivais Line sans pour autant l'approcher. Car la jeune femme était pieds nus, avec l'avantage de cette habitude. À quelques pas devant moi, elle glissait en avant, véloce, dans sa robe collée au corps, avec les cheveux dépeignés, lissés sur le dos.

Elle va tout détruire!

— Arrêtez Line! Arrêtez! furent encore mes appels. Je vous promets ma plus belle robe! Toutes mes robes! Ma part d'avoir entière!!

Devant la maison de tante Irine, dont le jardin dévalait jusqu'à la rivière, Line hésita, puis prit ce vertigineux raccourci.

— Arrêtez! Où allez-vous?! Je vous en supplie! Au nom de Dieu! Line!...

...Au secours! Au secours! Au secours!!!

Sans se soucier de rien, ce diable de femme arriva au bord de l'eau. Et face à moi, secouée par une frénétique satisfaction, elle se mit à lacérer les fascicules écrits, dans de sauvages rétailles.

— Non! Ne faites pas cela!

Follement j'élançai mes bras vers elle. En corps-à-corps tendu, je lui saisis enfin les mains au moment où, avec un ultime sifflement de rire, Line s'arracha et d'un saut à reculon, tomba sur le dos dans le vide, avec la proie resserrée entre ses griffes.

Aussitôt les bouts de papier s'échappèrent, se dissipèrent et se noyèrent dans les tourbillons du courant.

— Nooon!!

La violence de mon hurlement fut si forte que les lointaines de la vieille forêt Vlasia grondèrent avec fracas:

— Nooon! Nooon!...

...Comme si je perdais pour la deuxième fois la vie de mon père. Plus que sa vie: l'unique trace d'une si noble pensée!

— Nooon!!

...Les crocs pointus, empoisonnés, les grossiers crocs de la haine et de la bêtise déchiquetaient mon cœur.

Le torrent gémissait ténébreux, souffrant.

J'entendais les trompettes plaintives des anges crées par la pensée de Père, engloutis!

Adieu rêves?

Quand ma vue brouillée de pleurs se pencha, les vagues ressortaient au large, çà et là, les divines bribes de stances philosophiques, à la seconde submergées.

Mais tout en marge remuait un semblant de fourche enfoncée à l'envers dans un foin liquide : les pieds de la femme disparue, maintenant repoussée hors de l'eau.

Je pressai sur le bord les ramures d'un buisson, jusqu'à ce que Line, qui commençait à se débattre, les empoigne pour grimper sur la berge.

Elle resta quelques minutes abroutie à mes pieds, sous l'averse, pendant que l'orage continuait à dévaster mon cœur. Ensuite la femme se redressa de sa flaque dans un lent roulis. Lâchement humble. Dégouttant. Et dégoûtante.

Quand elle se remit en route la tête penchée, à ma gauche, me fit sentir son regard sournois posé sur mon visage comme un sceau de malheur. Je la devançai sans rien dire: l'inconscience n'est pas payante!

À la maison, presqu'inerte entre les mains habiles de ma mère, je me retrouvai au lit, lavée, enveloppée en compresses d'herbes aromatiques, avec le gazouillis de Jeanne dans les oreilles. Mère s'inclina parmi les effluves des baumes endormeurs pour discerner dans mon souffle les paroles de Père :

— On n'a point de force pour se lever au miracle de la spiritualité humaine, parce qu'on est trop penché à s'attendrir sur la bêtise.

Mère craignit que je sois sur le point d'ahurir.

Car je m'évadais vers une démesure de supériorité. La supériorité des vaincus dans leur juste cause!

(...Comme celle de mon père, à jamais perdue...)

L'aube « églantina » les fenêtres.

Glissée du lit—les pas ouatés—j'aperçus à travers les vitres l'ombre qui s'attardait parmi les arbres et m'épiait.

J'étais face à face avec le temps, les yeux dans les yeux du temps.

Du destin, peut-être?

Pour une si brève durée, Père s'évertua contre ce fatalisme!

C'était clair qu'après avoir été tant houspillée, continuer à vivre signifiait consentir à l'étrange autorité de ce qui serait écrit pour moi.

Aussi, l'épuisement taillait dans mes rémiges. Et m'apprivoisait au sort. Alors, les yeux dans les yeux de ce sort, je murmurai :

— Sois mon ami. Apprends-moi tes lois. Aide-moi à les vivre d'après mon harmonie intérieure avec Dieu.

Mais Dieu vivait depuis longtemps dans mon cœur et n'attendait que mon appel.

Soudain, toute la maison eut le frottement d'une volée qui se réveille.

De la grande chambre occupée par la femme de Constantin, j'entendis les stridences de son rire éhonté.

Pauvre Constantin!

Les mains bénéfiques de Mère me poussèrent en douceur vers la terrasse et m'indiquèrent le jardin:

— Va voir les roses... jusqu'à ce qu'ils s'éloignent.

Car peu à peu, à force de tâtonner ensemble dans la pénombre d'un soleil perdu, j'avais retrouvé ma mère.

Vêtue d'une simple robe noire jetée sur moi, mes cheveux éparpillés, à peine retenus par un ruban au sommet de la tête, je pris la porte arrière de la cour.

Les filets de vent jouaient avec mes ondulations, avec les plis de ma robe.

Où était-il ce tout jeune prince aux cheveux blonds qui m'avait conduit dans un survol dansant vers le sacre?

Je ne pouvais plus me représenter sa petite tête blonde que j'avais toujours vue comme une existence réelle d'ami, de petit frère...

Autour de moi, rien que des pommiers laissés à l'abandon, les bras ratatinés mal soutenus sur des béquilles, comme des mendiants.

De part et d'autre, les rosiers déchus, en amas de boutons, s'agrippaient à mes pas.

Adieu rêves?

Tout au fond de l'ouche, il y avait pourtant la clairière d'antan.

...Et l'herbe avait poussé. L'herbe avait fleuri.

Les hautes herbes m'accueillirent. Les hautes fleurs m'envahirent. Avec des murmures. Avec des soupirs. Comme des amis émus. Comme des jumelles attendries. Leurs caressantes mains sur mes épaules. Sur mes joues, les suaves touches de leurs lèvres.

Un souffle de senteurs me voila. M'inonda. Un souffle de rêve. D'espoir. Et tout en avançant dans la clairière, j'attendais. J'attendais un miracle, quand une étincelle s'alluma dans mon cœur. Mes ailes remuèrent, se tendirent vers le ciel. Mes bras pleins d'un chaste amour prêt à se dépenser!

Par-dessus le monde, l'azur se déployait à flots de lumière bleue. C'était une invitation à la vie, au travail, au bonheur!

Soudain, je m'achoppe à un tronc d'arbre. La bûche d'un fantastique sacre gît à mes pieds.

Je revois–deux ans auparavant–le prélat me bénir, m'imposer l'onction. Et j'évoque aussi mon père. Je le retrouve en face! Tout majestueux! Dans ses yeux d'un vert très pur, le vouloir d'intersecter toutes les courbes du destin, vers l'Idéal.

À cette vision, la vive douleur me transperce le cœur. Et je pousse un cri si fort, à rompre ma poitrine :

— Pèèèèèère!...

Puis en sanglots je m'écroule sur la bûche.

L'écho de la forêt retentit dans mes oreilles, quand je sens une vigoureuse main me prendre par la main:

— Debout princesse!

Relève-toi!

Et j'entends répété par l'écho :

— ...lève-toi!...

...Mais qui ose prononcer les mots de Père?...

Je coule vers le son de cette voix mon regard éploré.

C'est le jeune instituteur Mathieu!

— Debout!... redit-il, affectueux, toutefois d'une fermeté absolue.

(L'éclat rieur de ses yeux veloutés de compassion).

Puis de nouveau comme un ordre qui cache un appel, une supplication :
— Relève-toi!!!
Suivi du même frisson de la forêt :
— ...lève-toi!
— ...lève-toi!
— ...lève-toi!

...Et je me suis levée...

Deuxième partie

Dorénavant, j'évoluai vers un autre monde. Sous d'autres étoiles. Peut-être dans une autre étoile?

Ou bien descendue sur la terre, d'un horizon céleste vers lequel mon père m'avait ravie, je devais à l'avenir me démener, jusqu'à toucher les tréfonds!

Une mystérieuse présence paternelle aurait survécu dans la sainte ombre de l'au-delà, sur une iconostase abandonnée. Pour me préserver le rêve.

Et il y eut même un bout de temps où ma nuée de tristesse me rendait presqu'invisible aux malheurs.

Il y eut ce temps où je longeais les ruelles comme un léger flottement, sans aucun heurt.

Mathieu, lui seul m'interceptait quelquefois au passage. Il me contemplait avec l'étonnement d'un mioche qui dénicherait l'oisillon du paradis.

Émerveillé. Charmeur. Et amusé, comme s'il jouait avec un enfant.

Sans doute possédait-il l'appât moral d'attirer les écoliers potentiels!

Je le regardais, lointaine et silencieuse.

Pourtant je contournais son école, en chemin vers tante Irine, seulement pour percevoir son violon: éthériques appels des alouettes...

Ainsi, le commencement ne fut que la grâce d'un jeu. Le chant serein fut le commencement.

Un jour, en plein jour et au grand croisement, il me prit par la main. Toujours émerveillé qu'il puisse contempler quelque chose d'unique. D'inouï. Aussi, plaisant et magicien:

— Tu es la petite fée qui va quitter le conte bleu pour vivre chez les mortels… Et me faire accomplir des merveilles!

Pendant mon service militaire tu grandiras. Et tu m'attendras!

Ces dires avaient tant de fermeté qu'ils me parurent un ordre!

…Mais le soleil descendit sur son visage. Le soleil avec intensité dans ses yeux.

Et par miracle, j'aurais aimé que le temps s'arrête. Que je demeure à jamais dans une éternelle harmonie avec ce regard adorateur. Et comblé.

Une étrange ombre ondoya dans l'air. Ne fut-elle qu'une méfiance de sage fillette ou bien le destin me fit entrevoir l'amer où j'étais conviée?

Cependant, le fort soleil dissipa l'ombre. Et je répondis par un sourire. Le premier, après neuf mois de chagrin.

Puis… les marges du ciel se posèrent devant mes fenêtres. Les marges de l'horizon dont il fut habillé.

J'entendais les feuilles de l'automne au son soyeux sur les vitres. J'en choisissais des lettres.

J'écoutais le chuchotement des neiges. Et j'en décrochais les petits mots.

Ainsi, dans ma retraite, au jour le jour, j'aurais cousu, tissé, fleuri mes canevas. Tout en poussant d'un doigt…

Il m'écrivait avec élan. Avec le doute que je me taise.

…J'avais quinze ans. J'en faisais seize. Et je gardais notre entente secrète. J'allais sur mes dix-sept.

À Pâques les nuages se déclouèrent comme les paupières des yeux bleus.

Mathieu devait venir dans sa première permission militaire.

Pour l'église, j'avais mis un blanc costume de soie paysanne.

Comme jamais, en sortant, les jeunes filles du village me lancèrent des coups d'œil complices, les paroles exaltées reçues de Mathieu, et des propos qui semblèrent tacher même ma robe! Les joues en feu, j'étais sur le point d'éclater en larmes, quand j'entendis dans ma mémoire : haut le front!

Et droite, et altière, et sans regarder personne, je portai mes pas de l'avant jusqu'à ce que ce fut lui, Mathieu, que je croisai.

Sans rien raconter, je penchai les yeux. Mais Mathieu avait tout appris.

— C'est ma sœur cadette, Ioâna, qui contrôle sûrement et divulgue mon courrier, conclut-il pensif... Elle est la plus choyée de mes sœurs et tire cette hardiesse de ses joyaux récemment hérités de nos aïeuls.

Séance tenante, la bonne humeur de Mathieu l'emporta. Toutes les fibres de son visage illuminées au plus haut freinaient un grand rire, quand il me mit en confidence:

— Voilà ce qu'on va faire : on va utiliser un code secret. À la place de « a » je marquerai le chiffre 1, et pour chaque voyelle il y aura un numéro.

Ce jeu me fit à nouveau sourire. L'accord me rassurait.

À l'Ascension, après la visite au monument des héros, mes jolies cousines venues de Bucarest et du village m'emmenèrent voir la danse. De loin, elles me montrèrent du doigt Ioâna.

Grande, mince et vivace, un peu garçonne, un peu faraude, Ioâna s'était parée d'une façon si magnifique de ses géants colliers d'or qui lui enguirlandaient la poitrine, que même ses yeux brillaient comme des bijoux assortis.

Elle roulait entre ses paumes le manche d'une ombrelle–à la mode– en affectant de ne pas me voir. Et parmi les éclats de rire, elle s'adressait à son frère cadet pour que je puisse l'entendre :

— Un, trois, cinq, sept, neuf! A, e, i, o, u...Un, trois, cinq, sept, neuf... Une vraie charade pour les mômes!

— Quelle belle finaude! s'exclama fort amusé Mathieu, à l'occasion d'un autre bref congé. Ioâna donc a déchiffré notre innocent code.

Ne t'en fais plus. Dès l'automne je serai libéré.

Et avec son art de mimer, Mathieu me fit un récitatif enfantin:

— Je suis né pour le violon et pour cultiver l'intelligence de notre peuple roumain... en compagnie de ma petite fée de conte.

Heureuse de le voir marcher vers son Idéal avec tant d'assurance et de précision, je souris enfin.

— Mais c'est la Pentecôte! lança-t-il avec fermeté, comme si cette fête était créée (pourquoi non pas imposée) par lui-même!

Pour ajouter:

— On va se rendre à la grande foire aux manèges!

D'avance, j'avais l'accord pour cette promenade. Mère tenait tant à ce que je m'inscrive dans l'éternel cycle humain, qu'elle me poussait à m'embellir :

— Tu as une mine de perce-neige dépéri dans le bleu de cette robe. Mets le nouveau chemisier que je t'ai préparé.

— Rouge!?...

...Puis-je l'assortir au moins à ma jupe noire?

— C'est ça, te voilà changée en rose vive qui s'ouvre.

À la porte, Mathieu m'attendait avec un bouton cueilli sur ses rosiers pour me l'accrocher à la nuque dans mes cheveux assagis en longue natte sur le dos. Et j'aurais pu croire qu'il me voyait pour la première fois. Si fier de m'avoir découverte!

Maintenant, j'accompagnais à nouveau le rêve. Bien autrement.

J'étais main dans la main avec le rêve, mais plutôt avec un enfant sorti du commun qui avait le pas sûr, vers l'accomplissement.

Après avoir passé la rivière sur laquelle mon regard glissa tristement, Mathieu put encore sécher mes larmes. Et notre chemin ne fut qu'une continuelle voltige de danse par-dessus la vaste prairie. À travers la géante forêt.

De l'autre côté de ce tumulte sylvicole, à l'autre orée du sud, il y avait les traces de l'ancien village de Mathieu, sur des pilotis.

— Voilà, m'indiqua-t-il, des habitations lacustres, désertées enfin à la suite de mystérieux, d'inexplorés millénaires... pour établir notre récent nid humain sur la pente d'en face. Nous avoisinons l'agglomération de la colline, avec son foirail annuel... En fait, on constitue la même commune avec la colline.

À vue d'œil, des paires qui nous suivaient de loin et de nouveaux groupes s'attachèrent à notre cheminement.

Dans la longue file de générations qui sautillaient vers la fête aux manèges, nous deux ne signifiions peut-être qu'un maillon.

Pourtant, cette chaîne de vies humaines paraissait faite uniquement pour enlacer notre maille d'or!

...Mais où donc s'en allèrent les jeux d'étincelles qui contouraient en l'air des sublimes projets d'avenir?

— Tes doigts au délicat « palpite » ont dans ma poignée la vie chantée de mon violon, me confia-t-il.

Et ses yeux miroitaient l'espoir. Le grand espoir émané de mon regard. L'espoir d'un miracle.

Le soir, au retour, je trouvai sur notre terrasse tante Irine et sa petite Violette. La tante était en pleine beauté, non seulement par l'appartenance à la souche de beaux gens, mais aussi en tant que productrice de secrets cosmétiques. Elle m'avait apporté même l'une de ses surprenantes crèmes que je refusai (comme de toute ma vie). Tante Irine m'assaillit alors avec une averse de questions et de présomptions:

— Est-ce que l'instituteur Mathieu s'est tenu à sa place? Pourquoi te promener aux manèges avant les accordailles? Je vous le donne en mille qu'en chaque village, icelui en a d'autres!... Si ton père vivait...

Sans ébranler mon vol-à-voile d'altitude, je souris.

...Comment lui faire comprendre que ce jeune homme étincelant d'esprit et de talent avait transmuté ma désolation dans un dessein précis, vers un grand but?

Lui décrire l'enchantement de ses dires? Ou bien qu'il riait comme un soleil sonore en gaie cascade sur les montagnes?

Lui parler au moins de sa mère, blond ange martyrisé que j'avais embrassée au passage par son village natal? De sa grand-mère paternelle, une centenaire qui descendait à pied la colline-aux-manèges et me regardait affectueuse « comme à travers le tamis »?

Je choisis de me taire.

Ma tante s'en alla désemparée.

*

*   *

Quelques jours plus tard, c'était le père de Mathieu qui arrivait.

Grand, sombre et menaçant comme l'orage au-dessus des montagnes. Les éclairs aux yeux, les tonnerres dans sa voix, il se précipita comme poussé par le vent et gronda vers son fils aîné qui l'accompagnait :

— Dis-lui de laisser en paix Mathieu, l'élu du grand destin hérité de Tudora de Vrancéa... Dis-lui de s'en aller au-delà du Danube d'où son père était venu! Sinon, qu'elle prenne le train pour la Transylvanie, comme son père aurait dû le faire!

Sereine devant la glace, j'entrelaçais mes tresses en vue d'une haute coiffure. À l'irruption de ce visiteur à l'air courroucé, j'aurais pu avoir la même indulgence que pour ma tante. Mais il osait s'en prendre à la mémoire de mon père! Une sainte fierté m'enfiévra et me fit riposter :

— Ma mère est née sur ce terroir, avec le blé et la forêt, depuis que l'Homme est Homme, établi sous les saisons par le bon Dieu!

Quant à mon père, il avait ses racines répandues du levant jusqu'au ponant. Du septentrion de glace jusqu'à l'aurore australe! Du temps des héritiers de Décébal! D'avant!... Depuis que l'Homme est Homme!

Sous l'avalanche de mon éloquence, le vieux père écarquilla les yeux.

— Tiens!... s'exclama-t-il.

Ensuite repoussé, tourné par le même orage qui l'avait amené, le père de Mathieu s'éloigna tel qu'il était venu, comme un ténébreux nuage, lourd de tonnerres.

— Mais lui, l'élu du destin... comment va-t-il réagir? murmura soucieuse ma mère.

— Icelui? reprit tante Irine venue en grande hâte, en accentuant cet ancien pronom avec dédain. Icelui sait que tu es princesse? Quand je pense que son village provient des habitations montées sur des pilotis à l'orée du bois!

Je répliquai :

— Lui aussi est l'arrière-petit-fils de Tudora de Vrancéa.

— Icelle... avec la légende! Je l'ai en mémoire : Étienne le Grand, qui a demandé à cette veuve de guerre les sept fils pour chasser les Turcs du pays, les a récompensés avec sept montagnes! Mais comme elle a refusé d'envoyer ses garçons à la Cour, ils n'ont pas été anoblis. Pendant que tu es princesse de souche! Icelui... le sait?

L'amertume inonda ma poitrine. Tante Irine, au cœur si tendre dont le mari, pourtant, éloigna mes frères de mon père! Voilà qu'elle me donnait son agrément -tardif-au titre princier, titre avec lequel mon père fut stigmatisé!

Lui, Mathieu, arriva mince, brusque et fort comme le coup de foudre.

Il trancha net:

— Je vais t'emmener à Bucarest avec la voiture du nouveau docteur, mon ami, pour connaître mes proches. Aux Demoiselles, mes éducatrices, j'aurais voulu d'abord te présenter, au retour de leur cure thermale.

Et en chemin, sa voix eut le son des perles pures:

— C'est toi l'étoile de ma vie...

DANS LE SOMPTUEUX SALON DE SES PROCHES, tout chargé de cadres dorés, miroirs de Venise et tapis de Perse, le jeu des glaces multipliait à l'infini un tel éclat de mon visage que moi-même j'en fus toute éblouie.

Cousines, cousins, tantes et oncles m'entourèrent en tenue de réception.

Ce fut Mathieu qui par son naturel, par sa verve tonique et son ample rire transforma l'atmosphère solennelle en entrain.

Son savoir-vivre avait la haute classe qui le situait au-dessus de ce luxe outre mesure.

— Où est-ce qu'avez-vous déniché, mon neveu, cette perfection absolue? demanda, un peu emphatique, le grand-oncle, le frère de sa grand-mère paternelle.

— Quel heureux coup de dés, cousin!

— Inouï! s'exprimèrent presqu'en même temps deux hommes, le colonel et le docteur Otopéanu.

Pendant que la tante me lorgnait, les jeunes cousines tournail-lèrent affectionnées :

— C'est aussi notre chance de l'avoir en famille, n'est-ce pas?...

Loin d'être désappointé par leur excès d'hyperboles, Mathieu semblait me découvrir, aussi admiratif, peut-être davantage. Par ses regards, voulut-il me faire oublier l'affront subi de la part de son père!

— Dommage, cousin, que vous ne soyez pas venu avec le violon. C'est un si rare privilège de vous entendre.

— Si le violoniste ne joue pas, qu'il danse! plaisanta le docteur en plaçant un disque sur le gramophone.

Le visage riant de toutes ses fibres et tout ému, Mathieu me prit pour la première fois dans ses bras.

Mes voiles blanches, ornés de dentelle, oscillèrent alors en lente cadence, puis tourbillonnèrent, à la joie des autres, qui abandonnèrent la valse pour nous applaudir.

— Cette fois-ci, je vais te présenter aux Demoiselles qui sont rentrées, m'annonça Mathieu le dimanche suivant.

En route, il me raconta que ces deux aristocrates s'étaient consacrées à l'enseignement dans le milieu rural.

— C'est ainsi, ajouta-t-il avec un grand sourire, que Demoiselle Marie, qui a été mon institutrice, m'a prédit un brillant avenir et a voulu m'adopter.

Mais mon père l'a foudroyée du regard, surtout quand elle lui a parlé de sa grande fortune. Il s'en est fallu de peu que Père n'excite les chiens pour la chasser.

— Dans notre lignée, on ne vend pas nos enfants! lui a-t-il lancé avec mépris. Étienne le Grand, le magnifique prince, est venu personnellement frapper à la porte de notre aïeule Tudora. Elle lui a donné tous les sept fils pour sauver le pays des Turcs dans sa plus rude bataille, mais aucun pour le suivre au palais. Mon fils restera mon fils!

Et sitôt l'école finie, mon père m'a dépêché au pâturage, avec nos quatre bœufs.

— Au pâturage?

— Oui, mais comme j'avais caché mes vêtements de dimanche dans un buisson, j'ai abandonné les bœufs. Et tout propre, j'ai sauté dans la calèche qui reconduisait–comme d'habitude–les Demoiselles à Bucarest.

Les Demoiselles habitaient à côté de l'église Saint-Constantin, près du beau jardin Cismigiu.

Elles nous accueillirent avec leurs yeux en amandes -humectés de larmes.

Adieu rêves?

Grandes, minces, imposantes, leurs visages ciselés en finesse, la discrétion de leurs gestes, les longues robes aux nuances pastélisées, les objets d'art et les vieux meubles, tout me parut voilé par un secret.

Les deux embrassèrent avec émotion Mathieu qui retrouvait sa vraie famille. Je compris qu'il y avait une profonde entente, une très pure et forte affection entre eux qui devait durer depuis toujours et pour toujours.

Les Demoiselles me donnèrent aussi de tendres accolades.

— Cette petite beauté, Marie-Élise, a la noblesse de la souffrance vécue et vaincue, murmura Marie, la cadette, à sa sœur aînée.

Fort joyeux de leurs jugements favorables, Mathieu se mit à vivifier chaque instant, jusqu'à l'exaltation, par sa façon fugueuse d'être, de parler, de rire, même de regarder.

L'influence de ces Demoiselles sur Mathieu était indiscutable. Ses dons natifs arrivés au raffinement donnaient l'impression d'être filtrés par la culture des générations. Cependant, il gardait le cœur sur la main.

Demoiselle Marie me fit visiter la sobre maison.

— Voilà sa chambre de travail, m'annonça-t-elle avec un sourire. La bibliothèque avec son pupitre, et le rangement pour les partitions. Il y en a qui sont composées par lui-même! D'autres ne sont que des transcriptions folkloriques. Les œuvres classiques se trouvent dans cet ample classeur de bois.

Mathieu est un vrai fils pour nous. Mais on aurait voulu qu'il le soit réellement. Qu'il nous appelle maman...

Elle essuya ses larmes :

— Ce n'est pas la première fois que je pleure! Son père n'est jamais revenu sur le refus d'adoption. Cependant, la fugue de l'enfant l'a persuadé de laisser le prodige suivre le collège, à condition qu'il passe la plupart de ses vacances à la campagne (ce que Mathieu a fait au début).

Je regardai plusieurs diplômes encadrés.

— Les prix! me précisa Demoiselle Marie.

...D'abord, Mathieu était entré par concours au lycée Charles I qui a brûlé un mois plus tard. Les élèves ont été dispersés de Bucarest. Mathieu s'est retrouvé à l'école normale de Campulong-Muscel.

...Cette profession d'instituteur exige de l'intelligence et de l'abnégation. Les paysans ont besoin d'être instruits. Néanmoins, c'est bien peu pour le bouillonnant esprit de Mathieu, ce vrai petit-fils de Tudora de Vrancéa. En plus, il doit perdre trop de temps dans ses stages à la campagne. Heureusement c'est à l'école normale qu'il a découvert le violon.

...Savez-vous que dès ses premières vacances de Noël cet extraordinaire enfant a su acquérir, d'après l'acoustique, le meilleur violon chez les vieux ménétriers, avec la compétence d'un grand instrumentiste?

Maintenant le voilà virtuose!

Vous allez l'aimer fidèlement sans doute. Surtout le comprendre, quoi qu'il advienne...

Dans un sursaut, je fus sur le point de lui demander ce qu'elle voulait dire.

L'aînée des sœurs nous appela du salon:

— Mathieu va nous jouer quelque chose.

— Je garde mon instrument chez mes Demoiselles, m'expliqua-t-il. J'y peux étudier pendant les fêtes–même le jour où je voltige pour te voir. L'armée m'a interrompu le Conservatoire.

— Tu vas le reprendre. Tu vas le reprendre... intervint Demoiselle Marie.

Sa sœur Anne s'installa au piano et atteignit les touches.

Mathieu prit amoureusement son violon. S'inclina devant les dames bien-aimées. Ensuite il me fixa un instant, comme si c'était à moi que cette fois-ci dédiait-il son chant!

Il chuchota :

— Beethoven.

Mais après avoir examiné la partition, son expression changea. Ses paupières se plissèrent et son champ visuel se rétrécit vers un lieu impalpable où nous n'avions pas le droit de pénétrer. Le lieu divin d'où il recevait sa magie musicale.

Pendant que sa main gauche au violon levait ses doigts, vibrait, s'envolait par-dessus les cordes, jusqu'au bout de la touche, le suprême appel de l'alouette vers le soleil montant.

Une lueur venait de poindre dans mon cœur. Peu à peu, je ne fus que la palpitation d'une flamme. Pour la première fois, le monde entier tourna, mélodieux. Et le monde entier fut, lui, pour la vie.

*

*   *

LE DIMANCHE D'APRÈS, Mathieu m'emmena chez les Demoiselles pour déjeuner.

Toutes deux avaient la sagesse inscrite autant dans leurs coiffures que dans les robes aux couleurs d'automne, à peine à la mode : l'une au jabot blanc, l'autre aux menues dentelles aux manchettes.

La rareté des mets dont ce jour-là s'ornementèrent nos assiettes et leur goût exquis, transformèrent l'idée culinaire en art accompli. Avant, la préparation des saveurs traditionnelles, même les fastueux plats de fêtes, n'était pour moi que l'habituelle bonne cuisine de ma mère.

Tout le temps, dans un rythme de cliquetis et de graciles airs de cristaux, les Demoiselles parlèrent de Mathieu. Quand leur discussion glissa dans l'histoire, où mes prudentes répliques témoignèrent de profondes connaissances, le plus comblé fut Mathieu.

Après le repas, il nous fit encore vibrer d'émotion par le chant de son violon.

Pendant l'interprétation, je remarquais de nouveau son détachement de tout ce qui l'entourait; la religiosité avec laquelle ensuite il rangea son outil sacré.

L'extrême enchantement de ces adorables dames–adoratrices–jetait un brandon dans mon cœur. Le bonheur élevait mes ailes vers une très haute félicité.

Soudain, sous l'un des fauteuils, un petit garçon leva sa tête brune et, dans un mouvement de chenille, me jeta un regard furtif, à la fois humble.

Adieu rêves?

— C'est un malheureux abandonné sur notre seuil, qu'on a baptisé, m'expliqua Demoiselle Anne. On va lui donner quelque métier honnête. Un rien de charité.

...Mais pourquoi ce sursaut d'inexplicable crainte, quand ma mère aussi en faisait l'aumône? Parmi ses innombrables baptêmes, où elle équipait chaque bébé de vêtements pour les premiers trois ans, on aurait compté une dizaine de nomades!

Heureusement Demoiselle Marie me conduisit à nouveau dans la chambre de Mathieu et me montra ses cahiers en belles reliures :

— Voilà les plans de leçons faites pendant ses premières trois années institutorales. Un exemple de Conscience nationale et de perfection didactique. Ses leçons d'histoire, surtout, sont aussi brillantes que les plus beaux poèmes patriotiques.

Demoiselle Marie mit sur ses épaules une mantelle de velours et nous accompagna dehors, à travers leur vieux verger.

Tout près, au pont de Cotrocèni, elle nous indiqua dans la direction du palais royal:

— Voyez-vous ces jardins? Il y a une vingtaine d'hectares qui vous appartiendront. Notre père, l'ingénieur Ionesco, celui qui dans le siècle dernier a tracé le premier grand boulevard de Bucarest de l'est à l'ouest, a eu la faveur de choisir tout ce qu'il y avait de plus beau. Nous en possédons encore une quarantaine au sud. Et puis, plusieurs maisons provenues des grands-parents.

Ayez donc pleins les bras d'enfants! Ils seront les princes de cette fortune...

Dans une effusion, la merveilleuse Demoiselle nous embrassa tous deux à la fois, comme une impatience de nous unir.

Mathieu lui baisa la main, ensuite précisa son point de vue :

— Nous voudrions que nos enfants soient d'abord les princes de l'esprit, comme vous m'avez toujours appris.

Mais Demoiselle Marie conclut avec enthousiasme :

— Les princes de l'esprit doivent être soutenus matériellement pour ne pas s'épuiser au simple gain de leur existence!

Un majestueux coucher de soleil nous mit des auréoles sur les fronts. Le souffle du vent remua les arbres et nous entoura d'un lumineux vertige de flammes. Ces rotations concentriques de feuilles de plus en plus larges s'étalèrent en illusoires marches d'or vers une ascension.

Ces marches de feuilles sèches ne vont-elles s'affaisser avec nos rêves?

*

*   *

MAINTENANT JE DEVAIS ATTENDRE que Mathieu finisse le service militaire. Qu'il passe les examens au Conservatoire et règle la situation de son poste à l'école.

Mère m'aidait à compléter le trousseau de jeune fille.

Les draps garnis d'entre-deux et larges dentelles attendaient dans le grand coffre de noyer depuis sa propre jeunesse, comme les nappes à l'ajour ou bien les tapis aux riches motifs nationaux en jeux de couleurs enchanteresses.

Il y avait aussi les serviettes émaillées de fleurs, les coussins décoratifs. Les chemises de nuit brodées jusqu'au cou et au bout des doigts.

Mes rêves de beauté s'éparpillèrent sur les tissages aux dessins stylisés. Mes rêves d'harmonie.

Un soir, après avoir jeté un regard par la fenêtre, ma mère m'avertit contrariée :

— C'est Ioâna la sœur de Mathieu qui arrive.

Ioâna surgit haletante :

— Venez vite, Mathieu veut vous voir. Il doit repartir illico et n'a pas eu le temps de faire le saut jusqu'ici. Venez, Nicolas mon frère cadet nous attend dans la carriole.

Mon étonnement, mes protestations furent inutiles. Ioâna parlait vite, gesticulait :

— Allez, petite belle-sœur, Mathieu va rater l'occasion qu'il a pour son retour à la caserne; ou bien vous ne voulez plus de lui?

Mère qui s'était tue murmura comme pour elle :

— Cela me paraît bizarre...

Prise de court et surtout incrédule, je me laissai encadrer sur la banquette aux ressorts de leur carriole.

Nicolas secoua les rênes et fouetta fort les chevaux qui s'ébranlèrent pour une course effrénée. Les trois kilomètres qui séparaient nos deux villages se volatilisèrent dans la vitesse et l'impatience. Comme chassés, rivière, prairie, arbres couraient en arrière, fondaient dans la nuit.

D'un seul trait la carriole traversa aussi le village des beaux-parents -sans s'arrêter- et prit un chemin vicinal.

— Que faites-vous? Arrêtez! Où m'emmenez-vous?

J'essayai de m'arracher de leur contrainte pour sauter.

Mais Nicolas immobilisa mon coude pendant que sa sœur me retenait l'autre bras de ses deux mains.

— De quel droit m'avez-vous enlevée? Que voulez-vous de moi? C'est un abus! C'est une honte! Quelle sorte de gens êtes-vous?... Et Mathieu vantait votre lignée...

Ma révolte et mon débattement furent vains. J'étais leur prisonnière! Les chevaux galopaient ventre à terre, en avant, en avant, puis à hue! Toujours à hue! Enfin à dia! ...

Lorsqu'ils s'arrêtèrent, j'avais perdu la notion du temps.

La vaste coupole du ciel clignait lumineuse les millions d'étoiles.

— On est à dix-huit kilomètres de votre village, m'avertit Nicolas d'un air satisfait.

J'explosai pleine de frayeur:

— Pourquoi? Pourquoi faites-vous cela?!

Le frère aîné de Mathieu se montra un instant et marmonna quelque chose.

Le futur beau-père sortit en bordure du maïs, avec le regard ténébreux, étincelant:

— Vous devez travailler la part de Mathieu, décida-t-il avec son bas grondement.

Tombée de très haut et sans voix, je ne protestai même pas.

Agile, Ioâna m'attacha un tablier autour de la taille:

— Pour ne pas salir votre jolie robe...

Adieu rêves?

Elle me mit la faucille à la main et me plia les doigts autour du manche, car je ne savais pas la tenir (pourtant j'avais regardé de près nos moissonneurs).

Un bout de temps, je demeurai stupéfaite, les joues glacées.

D'après les explications de Ioâna, la cueillette était finie.

Les grands épis de maïs avaient été transportés, empilés sous les combles de leur grange. Il restait à faire la coupe de rafles. Une à une, près de la racine. Et la besogne devait commencer dans la nuit afin que les turgescentes et tendres tiges destinées au bétail n'échappent pas leur sève au soleil. Car à la coupe même, cette sève répandait une fragrance fraîche, enivrante.

Sans doute, la corvée n'était qu'anoblie par le savoir-faire et l'attachement des paysans au terroir.

Pourtant, ma révolte augmentait, me donnait des affres. Surtout l'impuissance de m'opposer à ces gens qui taillaient, taillaient avec vitesse, avec ardeur, comme dans un concours, comme dans une bataille!

— Allez, petite belle-sœur, on veut voir ce que vous pouvez faire m'aiguillonna Ioâna qui s'était mise à gerber.

Sans répondre, je perçai l'ombre dans la direction de sa voix.

De quel droit m'avaient-ils enlevée? Tenaient-ils vraiment à ce que je travaille de force? En voulaient-ils à Mathieu? Leur but était de provoquer notre dispute! L'avenir s'annonçait dur.

Soudain, dans l'obscurité, je posai la faucille dans l'herbe et m'élançai en avant dans une course aveugle. Où? Pour l'instant cela n'avait aucune importance.

...Combien de fois je trébuchai, tombai, culbutai sur les gerbes, entre les meules?

Parmi les bruissements des tiges griffantes et d'énormes feuilles sèches, des vraies lancéoles qui me giflaient, j'entendais Ioâna :

— Où êtes-vous passée petite belle-sœur, vous allez vous égarer!

Nicolas me cherchait avec des exclamations confuses.

— Laissez-la! Ça lui suffit! tonitrua le vieux. Ne perdez plus votre temps!

Je ne savais pas de quel côté me diriger, quel layon de démarcation prendre pour accéder aux étroites voies communales. Plus que jamais, j'avais besoin de mon père, plus que jamais je l'appelais à grands et muets cris.

Je compris que mon échappée allait à l'envers au moment où mes yeux découvrirent l'étoile polaire, l'étoile qui, dans le temps, orienta deux petits princes vers un si douloureux destin!

Néanmoins, je sillonnais à toute allure vignobles, cultures tardives et terres dénudées, tout en évitant de rencontrer les moissonneurs.

Au point du jour, je retrouvai la blanchâtre sinuosité du chemin pour traverser la chênaie, ce fragment de la vieille forêt.

Seigneur! Seigneur! je soupirais sans cesse. Et par-devant mes yeux défilaient Mathieu, ma mère. Et Père qui n'était plus là pour me défendre. Son grand Idéal surtout, pour lequel j'aurais dû continuer à me battre au lieu de patauger dans la mare d'un incompréhensible équivoque!

À l'approche de la Prairie, ce fut en larmes que je lavai mon visage, mon cou, mes oreilles, de verdure, de terre et de sang.

Quand la mère de Mathieu m'accueillit au passage, ses traits séraphiques se défigurèrent de souffrance :

— Ont-ils été capables d'une telle manigance?!

Je n'en ai rien su, se disculpait-elle, dépitée, on m'a tout caché! Mon Dieu, d'où ces enfants et leur père tirent-ils pareille méchanceté? Le vieux Georges, mon beau-père, le Conteur était un homme si merveilleux... Comme Mathieu, grand-coeur!

Mon cœur saignait. Trémulait sans cesse.

Abattue mais paisible, ma mère qui n'était capable de se disputer avec personne me reçut dans ses bras.

— Mathieu n'y est pour rien, m'assurait Mère, pleine de soucis pour mes égratignures et les écorchures de mes chevilles.

...Pendant que l'étonnement et la peine ondoyaient dans les yeux de ma petite soeur Jeanne.

Adieu rêves?

L'arrivée de Mathieu fut à nouveau comme le feu du ciel.

— Ce mariage se fera! explosa-t-il. Et me répéta opiniâtre:

— Aie confiance en moi, aie confiance en moi!

Toutefois, je lui coupai le souffle :

— Non, je ne veux plus épouser Celui-que-vous-êtes. (Et ce fut ainsi que j'entamai envers Mathieu la révérence avec laquelle Mère s'adressait à mon père).

Quelle passion envahissante, quels raisonnements inébranlables, quelle capacité de convaincre ne déploya Mathieu pour m'emmener devant l'autel! Son leitmotiv revenait chaque fois, persuasif :

— À deux, nous serons invincibles!

Quant à moi, je clôturais de la même façon ses plaidoiries :

— Non et non!

Il ne se découragea point. Il ne recula devant aucun effort.

Ses envoyés, des enfants, des voisins, ou bien des amis, se succédèrent avec des fleurs et des paniers remplis de raisins.

Lui-même arriva à Noël pour m'apporter tantôt les boîtes de bonbons en taffetas bleu (choisies sans doute par les Demoiselles), tantôt les fruits confits enveloppés de papier de soie.

J'avais convenu avec ma mère de n'accepter aucun de ses cadeaux. Seulement, Line, la femme de Constantin, entrouvrait sa porte et guignait les offrandes éconduites.

Aussi, tante Irine, la jolie, ne tarda pas à s'ingérer. Un jour elle me rappela le couplet d'une vieille chanson populaire :

— « Toi colère, et moi, tristesse!

Où es-tu temps de tendresse? »

Je n'avais plus de larmes pour pleurer l'affront subi. Ni de force pour m'en moquer. Aussi, les rêves -confus -durent vivoter.

Ce fut ainsi que je remarquai Mathieu à la sortie du service religieux, presqu'aussi lumineux que mon père. Dans les après-midi de fête je le découvris encore, cerné par les hommes qui naguère encerclèrent un Pierre les Sauvegardeurs. À la différence que cet instituteur était chez lui.

Les jouvencelles en robes multicolores tournicotaient pour attirer son attention. Les enfants folâtres s'y alignaient obéissants.

Quand je rentrais, je retrouvais Line qui ne cessait les querelles avec les voisins. Une fois, je la vis, avec horreur, jeter des cailloux derrière les passants.

Notre maison penchait le front, davantage amoindrie. Pourquoi donc Mathieu

— l'œil ouvert–en faisait-il une totale abstraction?...

Les ultimes piliers de mon interdit furent les réflexions de Père, auxquelles je m'accrochais enfin avec ardeur. Je devais m'en souvenir! C'était un impératif!

Comme je n'avais pas une belle écriture, parce que Père me faisait plutôt lire, je griffonnais, au jour le jour, de ses paroles enracinées dans ma mémoire :

Le bien qui tâtonne devient la proie du mal qui va droit au but.

L'abeille tire le nectar même des fleurs des épines; tu peux recueillir de la sagesse de toutes les méchancetés du monde...

Peut-être qu'à la lumière des réflexions, mon esprit libre et ma tenue morale auraient pu m'assurer une indépendance.

Mais ce qui arriva me fit vaciller.

Line qui longtemps m'espionna sans pouvoir passer à l'attaque réussit à s'emparer de toutes les notes reconstituées, pour allumer le four. Ainsi vengeait-elle ces deux dernières années où je l'avais ignorée!

...Pour combien de temps je devais m'opposer à la haine? Toute ma jeunesse? Toute ma vie? Rien n'était possible contre ce mal? Ni contre le destin qui s'acharnait à détruire les traces de mon père?

Dans le mutisme où la désolation m'avait précipitée, j'entendis alors l'appel ancestral sonner ses bouts de chaînes pour le devoir cyclique de l'existence humaine. Ce qui suscita au fond de mon cœur l'inconsciente nécessité d'affection et de soutien moral.

Adieu rêves?

Ainsi, le soir où Mathieu–le regard brisé–vint plaider encore sa cause, je lui répondis enfin par un discret sourire. Fou de joie, il s'empressa vers l'entrée de la maison pour la demande en mariage.

C'était l'Annonciation et ma mère, habillée d'une longue robe noire de fête, ouvrit avec un air de minerve outragée. Elle chancela un temps, puis tapota dans la porte fermée de la grande chambre.

— Constantin, murmura Mère, Thomas est loin et c'est toi le chef de famille.

(Pourtant il n'avait qu'un an de plus que moi).

— Pardonnez-moi Mère, mais je suis au lit, se contenta de répondre mon frère à travers la porte.

— Mon fils, insista Mère, monsieur l'instituteur, Mathieu Georges, désire épouser ta sœur...

Sans se déranger pour autant, mon frère clama :

— L'instituteur est le père de deux filles, je viens de l'apprendre. Qu'il s'en aille s'occuper d'elles!

Mère pencha les paupières et se retira sans mot dire. Pendant que de la grande chambre Line égratignait mes oreilles de son rire aux stridences de pie.

Je me sentis pâlir, la vie s'enfuyait de mon cœur.

— Je n'ai aucune fille! protesta Mathieu. On veut nous séparer. On veut me détruire!

Et tout son visage se tourmentait :

— Comment aurais-je eu l'audace d'approcher un ange très pur comme toi si j'avais deux filles? Je le jure devant Dieu! Je n'en ai aucune!

Je secouais la tête, anéantie.

Ma seule réaction fut de m'éclipser en silence pour qu'il s'en aille.

Cette fois-ci la douceur désemparée de ma mère fut inutile.

J'étais assaillie par les sombres flots contre lesquels se battit mon père. Les impitoyables torrents qui engloutirent nos trésors.

Les torrents de la grande rivière...

Pourtant, il avait juré! N'aurais-je pas dû le croire?

Une semaine plus tard, en pleine tempête, quand Demoiselle Marie descendit de son carrosse pour entrer dans la boueuse cour de notre mas, je bondis vers elle avec mon tablier troussé à la taille rempli d'écheveaux à broder.

Avec sa finesse qui la caractérisait, la Demoiselle me prit dans ses bras et fit part à Mathieu :

— Même quand elle sort comme une Cendrillon, Élise-Marie porte sur le front sa couronne invisible...

Ensuite, elle serra la main de ma mère qui nous invitait à l'intérieur, et lui demanda son opinion sur les noces dans les jours de Pâques.

— Le Dimanche de Thomas serait-il convenable?

Toujours sous l'averse, la Demoiselle sortit un splendide brillant que Mathieu sut me passer à l'annulaire.

Ce fut la façon de cette noble dame de cautionner Mathieu.

Ce fut aussi le plus important présent offert à l'enfant qu'elle avait autrefois ravi. Un présent que Mathieu considéra vital.

Et sur l'heure, le temps tourna au beau avec l'éclosion de bourgeons et de boutons.

— Viens voir la plantation d'acacias que je vais vendre pour l'achat de ta robe et de tes meubles, me dit un jour ma mère.

Sous la forte chaleur arrivée à l'improviste, une précoce floraison illuminait les champs.

Les arbres laissés à l'abandon, comme tout ce qui nous restait encore, étaient envahis de nouvelles pousses. Les grappes d'acacias ruisselaient du sommet jusqu'à la racine et se prolongeaient dans l'herbe.

Sur cet autel blanc je m'agenouillai, avec mon dernier sanglotement pour Père.

                                 *

                            *   *

L ES ROSES... LES ROSES... LES ROSES.
  Il y eut en ce jour de mai une telle inflorescence de roses, comme
si la terre avait fait jaillir toute la beauté de sa mystérieuse vigueur,
par tous ses pores.

Le parfum s'évaporait de partout: des roseraies, des plates-bandes
et des bosquets. Des rosiers grimpants qui dévalaient par-dessus les
clôtures leurs fardeaux fleuris.

Les chevaliers annonciateurs-de-noce qui depuis la veille claironnaient la nouvelle de notre mariage dans toute la contrée (en faisant
goûter l'eau de prune de leurs gourdes sculptées) se rangèrent de part
et d'autre devant l'école.

C'était Mathieu qui voulut donner un charme à l'école, cet édifice
assez froid (comme tous les silos d'enfants).

Peut-être aussi craignait-il que je me ravise encore!

Ou tout simplement Mathieu décida de m'emmener lui-même
devant l'autel, à la manière paysanne!?

Dans ce but, il m'avait convaincue d'anticiper la décoration de
l'appartement–attribué à l'instituteur–de mes meubles et de mon
trousseau.

Habillée par ma mère et ses deux sœurs qui s'exclamèrent : une
vraie princesse et s'empressèrent de prendre leurs cabriolets pour
m'accueillir à l'église, je m'attardais devant la glace.

Ma fastueuse robe cousue par une couturière lointaine, renom-
mée pour sa coupe à la mode parisienne, m'intimidait.

Je m'appliquais à contempler encore ce ruissellement de soie re-brodée; la grâce du corsage en dentelle et la somptuosité des plis.

Surtout le voile, maintenu au sommet de ma haute coiffure par une ramicelle d'oranger fleurie!

Ce voile aérien fuyant, scintillait comme une bruine, se dissipait, frissonnait sur mes épaules, se tamisait alentour dans une infinie nébulosité de brumes.

J'entrai dans le miroir comme dans un sublime rêve...

Tout à coup, j'entendis Mathieu retenir son souffle sur le pas de la porte, et je rabattis le voile.

— Ma fée... ravie aux contes bleus! murmura-t-il. Et me tendit le bouquet de roses blanches.

Le parfait ensemble de sa redingote soulignait sa minceur hau-taine. Pourtant, on ressentait en lui prêts à exploser, la puissance des montagnes et la force de vivre champêtre. (Sans conteste, avec une ciselure de grand art faite par les Demoiselles...)

Dehors, à l'entrée du jardin, la calèche envoyée par ces nobles dames arriva, parée de corolles en chaînes berceuses.

Mais, à notre surprise, ma grand-mère–à la vieille blouse rou-maine et aux chaussons d'autrefois–vint au-devant pour nous bénir d'une incantation magique. Elle nous présenta le plateau d'argent rempli de pains au miel que je dus rompre. Les jeunes hommes et les jeunes filles partagèrent dans une vive danse des bras ces pains fragmentés avec les cruches de vin.

Et les villageois massés aux abords, tous en fête, nous saluèrent avec des hourras! et leurs offrandes : bouteilles de vin en enveloppes tressées, poules blanches sur les œufs, les dindes, les agneaux de lait.

Le cocher, accoutré pour l'occasion, leva son fouet festif. Les Annonciateurs, en costume national immaculé, nous encadrèrent dans le trot impatient des sabots.

Encore un long hourra, les vœux bénéfiques, la musique des mé-nétriers, le cotillon!...

Adieu rêves?

Et l'équipage aux chevaux blancs démarra vers l'église natale de Mathieu qui voulait me ramener, en calèche princière, dans le village que naguère j'avais parcouru en pleurs.

Néanmoins, les files d'enfants et des gens, jeunes et vieux, se déployaient sur notre trajet, jusqu'aux ponts. Tous chantaient, flottaient en l'air bouquets, chapeaux, écharpes.

Aimaient-ils tant leur instituteur, sorti de la graine et du terroir?

Saluaient-ils aussi le souvenir de mon père passé par leur commune comme un météore?

C'était un éloge à ma mère, leur marraine?

Ou bien, ce monde se réjouissait des récits merveilleux qui revivaient dans les noces!

Mathieu m'examinait avec un étonnement presqu'enfantin. Toute son expression devenait joie sans pareil.

Au passage des ponts, seulement, une simple nuée ondoya au fond de mon cœur.

Mais la rivière qui avait englouti l'or matériel et spirituel de mon père, jouait de gaies flammèches. Car le souvenir des parents s'amenuise et s'éteint, semblable à la trace d'étoiles filantes, pendant que l'enfant boit la clarté, gravit la vie... Surtout sous le soleil de ce jour, attendri, « choyeur », presqu'humain.

— Le soleil papillote sur les vagues de ton voile comme sur les neiges, me dit Mathieu. Laisse-moi voir ton visage... Sinon, je vais crier sur cette large prairie combien je suis heureux!

À la traversée du bois, les branches me faisaient des révérences et s'accrochaient à la voiture, pareilles aux mains tendues pour nous féliciter.

Quant aux passereaux, il y avait un vrai peuple de rossignols en concert. On aurait cru que Mathieu avait rassemblé les musiciens du monde entier pour ses noces.

Quand nous arrivâmes à la Prairie, l'immense foule qui nous attendait ne fut qu'un étincellement de regards.

Le jardin qui entourait la petite église était si bien remplie que nos Annonciateurs eurent du mal à nous ouvrir le passage.

Les groupes d'hommes aux bures parsementées de torsades se découvrirent avec respect. Les femmes et les jeunes filles dans leurs plus beaux atours (nationaux ou bien à la mode) remuèrent d'impatience. Les enfants perchés sur les arbres agitèrent des brins rustiques.

Notre calèche s'arrêta.

Tout émue, je serrais mon bouquet dans les bras.

Mathieu me prit par la taille pour me descendre. Et au moment où il anticipa la coutume et me dévoila le visage, la multitude s'amuit, ensuite elle poussa un soupir d'émerveillement.

Aussitôt, les orchestres de violoneux qui nous guettaient à droite et à gauche se mirent à jouer la joyeuse marche populaire de noce.

Ce fut alors que des petits anges, parmi lesquels Jeanne, surgirent pour nous précéder et nous suivre avec des jets continus de pétales. En contrepartie, les sœurs des mariés, aux luisantes cordelles, face à face avec leurs chevaliers d'honneur (surtout des cousins) arquèrent par-dessus nos têtes les longues ramures fleuries.

Tout au bout, la minuscule église ouvrait ses portails en miniature et laissait voir une infime constellation de chandelles.

Autour du prêtre, il n'y avait de place que pour le chœur et les plus proches (outre le parrain et la marraine de Mathieu, les témoins de rigueur dans l'église orthodoxe).

Mais les Demoiselles se trouvaient aussi là.

Demoiselle Anne, qui portait un tailleur gris satiné à l'aigrette, gardait une expression extatique, pendant que Demoiselle Marie, d'une élégance bleue, plus raffinée encore, nous contemplait avec les yeux en larmes. Comme si le mariage était l'unique bonheur vers lequel elle aurait aspiré! Un bonheur que son énigmatique sort lui avait refusé.

Dans le chant paradisiaque du chœur, nous nous penchâmes par-dessous le petit linteau de l'église. Du temps de larmes à l'harmonie. Du rêve rivet, aux rêveries sans rives...

Adieu rêves?

Toutefois, les étapes ensoleillées ne furent que des alternances dans ma vie durant.

Mais cette profusion de lumière s'inscrivit dans l'éternité comme un zénith à la saison d'été.

...Ou plutôt, comme une brillante étoile dans la nuit, ma longue nuit... toujours étoilée!

*

*   *

MAINTENANT, ME VOILÀ RYTHMANT LA RONDE DES SAISONS qui suivent le cadran solaire.

Me voilà main dans la main avec Mathieu pour prendre une place de légitimité coutumière dans une simple vie roumaine.

En regard de cela, le rêve subsistait en nous. Moi-même avais-je bien hérité du rêve paternel! Mieux encore, dans l'exaltation du rêve, j'avais l'impression que je puisse dépasser l'humain. J'entrevoyais d'une façon hyperbolique la genèse de petits soleils qui s'envoleraient de mon sein pour évoluer alentour, en tirant ma jupe de lumière...

Quant à Mathieu, son rêve s'exprimait par un chemin précis vers l'Idéal. Mathieu était l'homme qui n'en parlait, mais n'en doutait point. S'il restait pensif, son regard ne devenait pas une évasion, mais une concentration de volonté. Et pour agir, il m'y entraînait avec la vie entière.

Son violon, l'école du village, les Demoiselles, ses parents, ses amis, notre foyer n'en faisaient qu'un but vers lequel Mathieu suivait sans crispation le dessein défini d'avance.

Outre les activités du sérieux, il manifestait une bruyante réjouissance d'exister. Comme à la nage, comme dans son bain.

Il buvait à la grande cruche, à table, dépensait à pleines mains, suscitait la convivialité. Il n'avait de cesse de se donner, de se prodiguer.

Sa vie trépidait fort, ou sa force vivait en trépidant.

Et prêt à prendre ses aises, Mathieu rayonnait sur son entourage.

Une fois j'entrai par le fond de la classe pour lui annoncer l'arrivée d'un prélat.

Adieu rêves?

Sans m'observer, les élèves se trouvaient debout, électrisés. Lui, comme un chef d'orchestre, perçait l'air de sa baguette avec des questions alertes et défiantes qu'il posait dans toutes les directions :

— Toi!

— Toi!

— Toi!

Et les réponses revenaient sûres et brèves, avec la fierté du bon acquis, dans une leçon socratique dont la tournure soutenue ressemblait à une symphonie aux imprévisibles entrées.

Ensuite, je le remarquai dans une réunion de parents où il maîtrisa le vacarme de vociférations contradictoires par la simple levée d'un doigt.

Aussi les bras tendus, il ne devenait pas théâtral. Énergique, il n'était guère emphatique. Ni sa douceur ne dégénérait en faiblesse, mais s'associait à l'humour.

Il lui arrivait de me demander conseil. Quand je trouvais la bonne issue d'une situation embarrassante, il s'exclamait :

— Ah! la petite fée!

Ou bien:

— La diablesse!

(Expressions qu'il accompagnait d'un grand éclat de rire.)

Souvent Mathieu me regardait droit dans les yeux, comme s'il lisait en eux la réponse à ses problèmes. Comme s'il me répétait ces mots :

C'est à deux qu'on pourrait bâtir un Idéal.

Alors, il n'était plus amusé mais grave. C'était l'accord qu'il cherchait. Une sainte flamme s'allumait dans ses prunelles parce qu'il pouvait compter sur moi. Se rendre à ma compréhension. À l'harmonie de nos jugements.

Et de certitude, vers cette entente, vers cette profonde alliance je me tournai moi-même dans les temps où la peine et la désolation m'accablèrent. Et je repris courage.

Un jour, il me remit de la part des Demoiselles un gros livre de cuisine. Je le feuilletai. Je le lus d'un bout à l'autre.

Quelle euphorie! Pouvoir lui offrir les délices avec lesquels ses protectrices l'avaient familiarisé!

J'avais des ailes aux bras. À mes doigts, du vif argent.

Marque ton dépassement! sonnaient dans mes oreilles les vers de Père.

À une vitesse irréelle, je rangeais la maison et préparais les plus compliquées des recettes. Quant à la présentation esthétique, je m'in-géniais comme dans une compétition!

Les regards enchantés de Mathieu, ses mimiques, ses exclamations de surprise m'élevaient au septième ciel. Parfois, il n'y en avait que le dialogue muet d'entre la fleur de tournesol et le soleil. Mon soleil...

Un autre jour, Mathieu partit à la chasse. De retour, il apporta plusieurs faisans et m'annonça des amis pour le dîner suivant.

Combien l'émotion et la fébrilité se concurrencèrent-elles pour mon premier examen devant les invités!

Malgré tout, après la reconduite amicale, Mathieu revint en colère :

— Mes copains t'ont lorgnée avec insistance, cria-t-il. Tu es trop belle. Et m'asséna une gifle.

Une gifle?

...Mais ce n'était pas la première!

En sursaut me revint en mémoire l'affront que j'avais subi à l'aube de Pâques, affront emmuré dans l'oubli:

À l'insistance de Mathieu, à la veille de cette fête, j'étais en train d'enjoliver, d'avance, le futur nid. Par grand respect, Mathieu s'en alla pour l'organisation du chœur.

Le soir, tantes, cousines et anciennes domestiques interrompirent l'activité et me quittèrent pour leur propre apprêt pascal.

— Qu'on laisse encore un peu mon trousseau à l'air pour bien s'embaumer, fut mon avis. Je vais vous rattraper. Non, je n'ai pas peur seule. Ce village est encore ma famille.

Mais au moment où je finis de fignoler tous les recoins et voulus plier la lingerie, la corde étendue parmi les arbres était vide. On m'avait volé le trousseau!

Effrayée, je ne fis que m'enfermer à l'intérieur et m'occuper du décor.

Au point du jour, quand les cloches d'or annoncèrent la sortie du service religieux, j'accueillis dehors Mathieu pour le mettre au courant.

Mais son brusque soufflet me foudroya si fort que je vis les étoiles voiler leur visage...

Au moment même, lui, jeté à genoux, me conjurait :

— Pardonne-moi! Pardonne-moi! Pardonne-moi! Ma révolte pour la disparition de ces chefs-d'œuvre brodés par toi s'est mal exprimée!

— Pardonne-moi, redit-il maintenant, la voix tourmentée, en m'offrant (enfin) la rose cueillie pour moi...

Debout, amuïe, je cherchais dans le vague l'image d'un père incomparable. Je ne retrouvais plus son regard éternel disparu à jamais. Pourtant, la fragilité de l'enfance qui perdura toute la vie dans son être m'apparut encore sous l'image d'un blond enfant, frère, ami, complice de rêve. Mon enfant pressenti, peut-être?...

Déconcerté de me sentir sitôt éloignée de lui, Mathieu posa la rose à mes pieds, puis prit son violon.

Il pencha le visage pénitent sur l'instrument sacré.

Et pendant que sa main gauche se levait comme un mât par-dessus les flots pour un nouveau départ, sa droite poussait avec désespoir l'archet sur les cordes. Exaltait avec magie l'âme du violon. Mon âme abattue aussi...

*

*   *

Un bébé n'est qu'un petit soleil qui vient de poindre au mystère des entrailles.

Mon cœur est traversé par une lueur. Par un frisson de vie. Par son amour pour moi.

Car mon bébé m'aime.

Il est là, protégé, nourri, bercé. Et tendrement reconnaissant.

Face au miroir, je retrouve son sourire dans mes yeux, et la touche de ses paumes sur mes joues.

Mon bébé se dodeline dans son sibyllin sanctuaire. Je me le figure à l'affectueuse écoute de mes paroles, de mes chansons.

Il se trémousse quand je soupire et se réjouit de ma liesse.

Parce que mon bébé m'aime.

Et qui respire avec moi les roses? Et qui entend émerveillé le violon de son papa? Ce n'est pas toujours lui?

Le miracle naît dans mon sein. Je participe à la création et me trouve parmi les mamans qui font que l'humanité se projette en avant et de plus en plus haut.

J'assume l'immortalité de l'intelligence en chemin vers une perfection absolue. Cette maternité responsable me remplit de bonheur.

Et mon bébé m'aime.

À cette nouvelle, Mathieu fut saisi par une exubérance printanière. Ses plans devenaient tantôt zèle, tantôt rêve.

Avant même que les grandes vacances aient commencé, il put en parler à sa mère, à la marraine. Et ne tarda pas à me conduire chez les Demoiselles qui nous accompagnèrent avec enthousiasme, aux concerts, au théâtre.

Mathieu me commanda aussi des robes : l'une beige au chapeau garni d'une fleur de lilas. Une autre noire, la dentelle du corsage doublée d'une soie rouge avec le chapeau couvert de roses assorties.

Comme un prestidigitateur, il me tentait :

— Dis-moi, quelle envie as-tu?

— Aucune, je répondis.

— Mais tu dois avoir quelques appétences fantaisistes. Les femmes enceintes ont des caprices gourmands. Ne désires-tu rien?

— Si j'ai dit que non...

— À ta place, j'en demanderais tout...

Et la journée suivante, il me fit goûter autant de raretés friandes que ses protectrices avaient pu lui offrir durant l'enfance entière.

(Dans mon sein, le bébé, comme un petit prince, assistait avec indulgence à toutes ces folies faites en son hommage...)

De retour chez-nous, Mathieu continua les gâteries.

Son violon me rendait rêveuse. Le rire, optimiste et confiante. Ce grand rire qui ensoleillait de l'intérieur toutes les parcelles de son visage!

Parfois, il me racontait ses livres et choisissait des lectures pour moi.

Un matin, Mathieu me cueillit du jardin une brassée de roses impériales dont l'irréelle mais vive beauté me réveilla l'idée d'antithèse artistique :

— Je pourrais les mettre en broderie sous forme stylisée!

Illico, Mathieu se rendit à bicyclette chez le marchand pour me chercher les nuances de laine dont j'avais besoin.

Mais Mathieu s'entretenait aussi avec moi sur le passé.

— Mon grand-père, me raconta-t-il une fois, était descendu de ses montagnes avec toute la poésie des lointains crépusculaires.

L'extraordinaire de ses récits lui ont attiré ce surnom : le Conteur.

Mon enfance a été ensorcelée par ses incroyables narrations. Surtout par l'image de l'aïeule, Tudora de Vrancéa, et les sept fils entrés dans la légende à côté d'Étienne le Grand.

Mais toi, Élise-Marie, depuis quand connais-tu la vraie identité de ton père? Il tenait à l'anonymat que je sache.

Avec beaucoup d'émotion, je retraçai le jour où à sept ans, je courus de l'école à la rivière pour me rafraîchir les joues et me lisser les cheveux.

— Pendant la récréation? tressaillit-il. Et plaisanta :

— Tu t'es d'ailleurs échappée à la surveillance dès ton baptême...

Et ensuite?

— J'ai glissé dans l'eau. Je ne savais pas nager mais je me suis accrochée à une ramure. Toute ruisselante, j'allais rentrer quand un jardinier m'a coupé le chemin :

— Mais c'est la petite princesse Marie-Élise les Sauvegardeurs! s'exclama-t-il.

— Moi? Non! j'ai riposté. Mon père s'appelle Pierre Paraschève.

— Pierre les Sauvegardeurs! insista-t-il.

J'ai commencé à pleurer.

— Ne pleure pas, princesse, m'exhorta le vieil homme en embrassant l'ourlet de ma robe et mes petites mains.

Pierre les Sauvegardeurs est un grand nom, le plus noble au sud du Danube. C'est la lignée de Pierre. Depuis Pierre et Assan.

— Et la réaction de tes parents?

— Mère m'a fait prendre un bain chaud. Mais ensuite, face à mon précoce intérêt pour son histoire, mon père a fini par me confier son merveilleux, son terrible secret, qu'il m'a complété plus tard :

...À l'origine de ses ancêtres dont il avait un formel rapport, il y eut les princes daces, concentrés en Transylvanie. Ces princes, dont le prestige avait survécu à la romanisation et surtout aux incursions barbares, ont assumé les formations politiques au milieu des Carpates.

— Comme Gélou, sur le Somés, Vlad au Banat et Menumorut en Crisana qui ont combattu les populaces en continuelle irruption, compléta Mathieu. Ces Voïvodes et d'autres Roumains sont mentionnés par les chroniques du temps, le rusé pseudo-Nestor, le notaire du roi Bela!

— Mais lors du dernier débordement sur la Transylvanie, quelques princes daces et des chevaliers, secondés par un groupe de jeunes volontaires daco-romains ont passé les montagnes vers le sud pour se coaliser avec les Roumains d'entre les Carpates et le Danube, revenir à poigne, chasser l'envahisseur. Ils ne doutaient guère qu'ils puissent organiser un grand assaut. Avec les trésors des rois daces...

— Des trésors? interrompit Mathieu.

— Bien entendu, je repris. À part les richesses naturelles, tout le sol de cette région roumaine était rembourré de chaudrons d'or qui plus tard ont été pillés, falsifiés, fondus par les inconscients...

— Attends, attends, s'empressa Mathieu, la légende du roumain Jean Corvin de Huniade, le père de Mathieu Corvin, confirme l'existence de ces trésors... Toutefois, vois-tu, à l'époque, au-delà des Carpates vers le Danube, les Roumains se ressoudaient à peine, dans des cantons et des départements, derrière les barbares...

Éperonnée par ce climat de colloque (d'autrefois), j'avançai avec ferveur :

— Justement. La vaillante équipe de patriotes s'y est longtemps attardée pour obtenir un coup de main, former ensemble une force libératoire et sauver la Transylvanie. C'est alors que les Roumains plus éloignés, du sud du Danube, avec leur tsarat effondré, ont fait appel à cet audacieux attroupement.

— Vraiment, tu en sais... fit Mathieu admiratif. Donc c'était ce groupe qui est descendu de Transylvanie vers le sud!

Pour l'aider à tirer au clair quelques vérités, j'ajoutai encore :

— Le rêve de refaire l'empire romain pour englober tous les peuples en débâcle a exalté les princes. Il y eut aussi les chevaliers du Danube et leurs tenants à s'y joindre. Avec les princes daces, Pierre et Assan à leur tête, ils ont traversé notre plaine par le biais des rivières, ont franchi vers le sud le fleuve. Et là-bas, ils ont imposé le nom d'empire roumaino-bulgare...

Avec son lien direct de sang et de grand Idéal de cette lignée, mon père a été un éclair de Conscience, responsable face à l'existence humaine... Mon père...

Mes paroles s'achevèrent en soupirs.

Attendri, l'éclat rieur de ses yeux mouillés de peine, Mathieu répéta les mots du vieux jardinier :

— Ne pleure pas... princesse.

Ensuite il compléta :

— Si les ennemis ont pu coincer ton père dans ce village quand il détenait la fortune et la protection, comment leur échapper une fois les mains vides?

— Mais il rehaussait l'esprit, relevait l'Homme vers le ciel!...

Mathieu hocha la tête :

— Tu n'es qu'une enfant! Penses-tu que beaucoup de ceux, bien assis sur leurs places, auraient accepté ses leçons d'intransigeance morale?

...Ne pleure pas. De nous deux, naîtront les futurs princes : les princes de l'esprit!

...Allons à l'auberge pour écouter la musique populaire et voir les danses...

Longtemps Mathieu évita les souvenirs. Pendant nos promenades, il discutait du présent, des projets immédiats, de livres.

Il y eut aussi les invitations chez les amis, chez la marraine. Plusieurs visites à ses parents, où seul son père demeurait taciturne comme une montagne dans le brouillard. Il y eut le mariage d'Ioâna, au chef-lieu de la contrée, avec un riche propriétaire. Celui de Nicolas qui épousa Joëlle et ouvrit une auberge dans le voisinage.

Un soir, Mathieu me fit la surprise :

— Dans une heure la calèche de mes Demoiselles sera là pour nous conduire au bal. Sois prête. Il y aura un ensemble instrumental de Vienne.

...Et jusqu'au bout de la nuit, dans un lointain tumulte, son regard adorateur me combla.

Adieu rêves?

Nous rentrâmes au clair de lune. Mathieu me prit par la taille, comme d'habitude, pour m'aider à descendre, me contempla comme si à nouveau il venait de me découvrir.

...Alentour, les résilles de lumière ployaient sur chaque maison, clôture et arbre. La féerique nuit d'une autre existence! D'un autre univers, où le soleil n'était que le papa de mon enfant!

Ce fut Mère qui n'acquiesça point à ces continuelles agitations. Frustrée de son sourire par la présence de Line, Mère donnait la pénible impression d'un arbre aux feuilles fanées. Seulement à l'appel d'un accouchement elle retrouvait une précellence. De même, veiller au grain de ma future maternité dut faire partie de sa mission innée.

— Trop de turbulence pour l'enfançon, murmura Mère. L'épi ne pourrait pas mûrir si les champs se tordaient comme les vagues de l'eau.

Pour estimer la situation de ma grossesse, Mère ne se contenta pas de la précautionneuse touche de mon abdomen. Elle s'enquit de mon sommeil, mon appétit, ma position préférée pendant les activités journalières. Également Mère s'occupa de mes robes et me conseilla :

— N'oublie pas tes prières...

Mathieu remarqua la diligence de ma mère auprès de moi. Bien qu'avenant et radieux, il cessa de s'évertuer à me distraire. L'étude, les examens au Conservatoire, la préparation de la rentrée scolaire l'accaparèrent.

Ce jour-là de septembre, le magnifique temps parut plaider pour l'éternel éclat de la beauté.

J'attendais Mathieu de Bucarest en songeant que le bonheur était possible. Que l'équilibre de notre foyer s'harmonisait avec le ciel, avec les roses, avec les saisons, à tout jamais!

Sortie avec sourire du reflet de la glace, comme d'une baignade aux fées, puis vêtue d'une mousseline écrue, je me guidais vers la porte quand, de la palissade opposée, résonna la voix d'une femme :

— Belle Dame!... J'ai appris par-dessus la grille d'arrière que Line aurait accosté monsieur l'instituteur. C'est votre ancienne voisine qui a vu Line l'attirer derrière la maison et les a fait surprendre assis sur le manteau, en train de déguster les friandises destinées sans doute à vous.

À cet instant, Mathieu arriva tout livide et maladroit. Sans m'approcher, il jeta son imperméable et se dirigea vers le coin d'eau extérieur pour se laver les mains. Il se rafraîchit longuement le visage et versa un broc entier sur sa nuque.

— Où t'en vas-tu? me demanda-t-il. Attends un peu...

— Je dois tout de suite chercher ma mère, je répondis.

Après avoir ceint mon front d'un bandeau brodé de perles à l'ancienne mode paysanne, je partis avec toute ma superbe.

Au tournant, je me rendis compte que derrière les clôtures il y avait une animation inhabituelle. Puis, je vis toute une assemblée de villageoises me suivre.

Lorsque je franchis le seuil de l'entrée chez ma mère, Line, le dos vers moi, se trouvait à genoux en train de fouiller dans notre coffre sculpté.

— Bonjour Mère, j'embrasse vos mains...

Au son de ma voix, Line resta prosternée, immobile, sa tête fixée dans l'entrebâillement du coffre. Sa pitoyable humiliation me gêna. Jamais je n'avais ressenti la tentation d'écraser quelqu'un, et j'eus l'intention de reculer.

Mais l'affluence féminine qui envahissait la cour, la terrasse et le cadre de la porte attendait un jugement exemplaire, peut-être un scandale. Ce fut alors que de la foule surgit la céleste Angélique dont la beauté des yeux devait plus tard devenir fatale.

(Angélique, l'épouse de mon cousin Théodore, élevée au couvent, se tenait de règle en réserve. C'était notre ancienne voisine qui l'avait conviée pour juger Line, l'unique parentèle au village.)

Adieu rêves?

— Pauvre Line, rompit le silence Angélique, j'ai honte de te nommer cousine!

...Comment as-tu osé t'accrocher à l'homme qui, sans doute, a dû te prendre pour une misérable catin! Pour une mendiante, plutôt!

Tu ne peux même pas lever les yeux vers sa noble dame, cette grâce princière!

Qu'on ne te voie plus dans la rue! Reste et ronge ta bassesse -la tête cachée au trou -jusqu'à ce que ton innocent de mari rentre des cours pré-militaires pour te pendre!

Sans que j'ajoute quoi que ce soit, je saluai Mère et Angélique pour me retirer et regagner mes pénates, hautaine et toujours muette. Et la foule m'ouvrit avec respect une voie de regards protecteurs...

Ainsi je rentrai–haut le front–et sans aucune explication.

Mais aurais-je pu commenter quelque chose?

À part que Mathieu savait tourner les mots tantôt en espiègleries, tantôt en caresses, tantôt en sagesse. Que sa main levée au-dessus des cordes m'indiquait les étoiles. Et les touches de ses doigts marquaient le violon d'amour, et mon cœur de divinité.

Comment ne pas pardonner? Comment ne pas recommencer les rêves? C'était de l'harmonie que mon bébé avait besoin pour naître...

Le même soir Mathieu m'aborda comme si rien ne s'était passé:

— Quant à l'histoire de ton père, tu détiens la vérité, tu sais!

...Après la tombée des plus importants défenseurs de Transylvanie envahie, plusieurs princes roumains ont tenté une alliance avec les régions roumaines d'au-delà des Carpates. Si on avait pu sauver à temps ce territoire tourmenté!

En Transylvanie, dans la partie du sud, les superbes costumes nationaux réduits aux coloris noir et blanc attestent du grand deuil adopté après le départ de ces jeunes patriotes. Il y a aussi une chanson:

« Depuis qu'il est parti,
La blouse je n'ai plus fleurie.
Ni de nattes je n'ai portées.

Ni la ronde je n'ai tournée... »

Tu sais la suite : cinq cent douze révoltes et révolutions contre l'oppression étrangère.

*

*   *

— Il va s'appeler Victor! leva la voix Mathieu, comme si de la naissance de l'enfant devait dater un triomphal départ.

Victor avait été le père des Demoiselles. Le fils aîné de la marraine portait aussi ce prénom.

Mais pour Mathieu, ce nom devenait un symbole. Et la plantureuse marraine lui fit payer les frais d'une telle jubilation: de folles dépenses pour le baptême et des cadeaux (qu'il put compléter avec mes gros rouleaux de soie paysanne gardés dans la malle).

...Pendant que ma mère, avec ses petits pas et ses soins discrets, me donnait enfin l'occasion de la surprendre face à la genèse humaine.

Ce n'était ni le savoir ni le devoir qui l'amenait, mais une dévotion pour le visage de Dieu renaissant avec chaque existence. La grâce d'en être une prêtresse. Plus qu'une grâce! Un sacrement!

...Et l'enfant grandissait dans un jour, comme pendant neuf. Et en neuf jours, comme en neuf mois...

Il me regardait avec douceur de ses prunelles marron, veloutées de rêve.

N'était-il pas plus attendri de mon affection que moi, de sa vulnérabilité?

Je me demandais si, derrière son front blanc, il ne pressentait une vie en attente. Un prélude insoupçonné de la démesure divine.

Mon petit prince aux cheveux d'or!

Mathieu couvait d'amour l'enfant de mes bras et faisait jaillir de son violon les envols mélodieux de ses compositeurs aimés, de la musique populaire roumaine, ou bien les étincelles sonores de ses propres compositions.

Le bébé l'accompagnait avec les arpèges de rire. Parfois leurs yeux se cherchaient, se rencontraient pour l'échange muet du même extase musical.

À maintes reprises, quand Mathieu s'éloignait spirituellement de nous, envoûté par son art, l'enfant écoutait l'œuvre d'un bout à l'autre. De temps en temps il tressaillait. S'agitait. Le sourire inondait son visage.

Une fois Mathieu constata songeur :

— Il aime les grandes finesses du violon.

Et quand il le vit sautiller à son rythme et lever les mains à la même cadence, Mathieu s'exclama:

— On croirait qu'il dirige l'orchestre.

Ma petite sœur Jeanne venait souvent voir Victor. Elle lui faisait la risette, le joujou, et paraissait bien comprendre son patois.

Mais l'expression de l'enfant devenait un lever de soleil pendant le chant de son papa.

Avant de s'isoler dans son interprétation, Mathieu nous prévenait d'habitude quel était son programme : Vivaldi, Bach, Mozart, Beethoven, Paganini... Ou bien les danses roumaines.

Un soir le bébé qui n'articulait pas encore les mots, prononça clairement :

— Ni-ni...

— Veut-il dire Paganini? se demanda Mathieu. Peut-être, à force d'entendre plus souvent les noms des musiciens que les nôtres, il les a mémorisés...

Mathieu rangea une partition sur son pupitre et se mit à exécuter un concerto de Bach.

Victor l'écoutait avec un sourire. Tout-à-coup, il répéta d'une voix protestataire :

— Ni-ni!

Réfugié au lointain de la beauté entamée, Mathieu ne lui jeta même pas un coup d'œil.

— Ni-ni! cria plus fort le petit.

— Ce n'est pas possible, fit Mathieu, attiré dans le tangible. Un bébé peut distinguer un compositeur d'un autre?!

Et Mathieu commença un mouvement de Paganini, pour la joie explosive du bébé.

— Avec ce sens musical, on va concerter ensemble, prédit Mathieu. Et son visage brillait de joie.

Émue jusqu'aux larmes, j'aurais tout fait pour l'accomplissement de ses projets...

Deux mois plus tard, malgré l'étreinte de mes bras, l'enfant se hissa tout feu tout flamme vers Mathieu qui cessa de jouer. Mais le bambin, au lieu de s'accrocher à son papa comme je m'y attendais, prit le talon de l'archet dans sa main. Et soulevé à la hauteur du violon, tira sur les cordes. Mathieu s'épouvanta :

— Marie-Élise! À onze mois cet enfant frémit quand il pousse l'archet!

Que va-t-il devenir?

Le grand rêve m'envahit. L'espoir d'un miracle.

Je me souvenais de mon père comme d'une déité solitaire qui avait essayé de transgresser les cercles de vie, en flèche, vers le zénith. Une déité, un Idéal, qui aurait pu se courber, s'entremêler dans l'anodine ronde humaine pour s'échapper à la contraire volonté du destin, aux foudres de cette force immuable...

Mais voilà, sur ses sillons de lumière, se levait un nouveau prince aux ondules d'or! Mon bébé, dont la musicalité frôlait dès maintenant le phénoménal!

Depuis, je touchais les partitions de Mathieu avec une religiosité semblable à celle que j'avais eue pour les manuscrits de mon père. Les noms sacrés que Mathieu énonçait si souvent ressortaient l'un après l'autre. Je les caressais du regard.

Un jour, comme tous les jours, la maison était impeccable. Le déjeuner prêt.

Le bébé frais, en attente, se mit à fronder l'air avec les mots appris entre-temps.

Pour anticiper la joie de Mathieu, je préfigurai alors son chant instrumental. À l'écoute imaginaire du premier concerto de Paganini, je pris l'enfant contre mon cœur et j'improvisai une danse. De temps en temps je fredonnais les plus mélodieuses parties. L'enfant répétait : la-la! tressautait à mon rythme, et son petit corps vibrait.

De surcroît, Jeanne qui venait d'arriver s'accrocha aux ailes de ma jupe. Elle s'envolait alentour et tapotait de ses bottines la mesure.

Dans le cadre de la porte, Mathieu nous observait perplexe..

Je le mis au courant, tout enjouée:

— On a inventé quelques pas sur la musique.

...Si Celui-que-vous-êtes veut voir... avec une sonate!

— Avec une sonate!!

— Si... de Beethoven.

— On prononce Béethov'n, même Victor syllabe mieux : ...! Bé..é! Mais avec ta culture...

Comme je me trouvais sur le point d'atteindre ses partitions, ma main frissonna sous l'insulte et les feuilles s'éparpillèrent.

— Ne touche pas mes notes! hurla-t-il. Tu n'es qu'une a-b-c!

En déposant l'enfant, je m'enfuis en pleurs. Blessée à mort.

La porte extérieure s'ouvrit seule avec l'irruption de neige en pleine figure.

Nu-tête et à peine couverte, je courais vers ma mère, je courais à travers la tempête hivernale. À travers les vagues averses de flocons froids aussi engouffrants que les flots de la grande rivière...

Jeanne, qui m'avait suivie, dut repartir sur-le-champ pour convoquer ma grand-mère et mes deux tantes.

Elles n'arrivèrent que plus tard dans l'après-midi, ôtèrent leurs longs manteaux fourrés, nous embrassèrent. Puis s'assirent, toutes distinguées, belles et désappointées. On les aurait pris pour des déesses en conseil sur la guerre des mortels. Avec des judicieuses remarques et sentences.

Adieu rêves?

Par intervalles, tante Irine sondait ma vie de tous les jours, me questionnait :

— A-t-il aussi osé lever la main sur toi?

J'inclinai la tête.

— Quand? Pourquoi donc?

— Avant les noces... Par inattention j'ai laissé voler ma lingerie.

— Et tu l'as pourtant épousé! Tu l'aimes!

— À coup sûr, il s'agissait de ses ennemis à lui. Toi tu n'en as pas. De notre souche, on a toujours vécu en bonne entente avec nos concitoyens, murmura l'aînée des sœurs.

Mère et ma grand-mère se contentèrent de me regarder. Témoins de la venue au monde et attachées à la souffrance, toutes les deux avaient une compréhension, une sagesse. Et un grand souci pour l'enfant.

— Laisse tout tomber, m'incitait tante Irine, pars seule à Bucarest, et tu vas te débrouiller!

Pendant la réticence des autres, Mère me regarda de nouveau longuement.

La jolie tante s'emballait :

— Dois-tu te faire insulter, tromper, battre? Une princesse!

Ton noble père s'est retourné dans sa tombe!

(Oh, ma bonne tante, comme elle savait remuer le sabre dans la plaie!)

— Dois-tu mentir aux autres et te taire sur tes douleurs? me rudoya-t-elle après une pause.

Dans le long silence qui suivit, notre conseil parut transformé en veillée de tristesse. Le récit de la deuxième gifle aurait dépassé la mésure!

— Il se fait tard... Voilà le soir, constata l'aînée.

Par la suite, les trois invitées s'estompèrent dans le foisonnement neigeux.

Sans descendre les rideaux, sous les clignotements des lampes à l'huile, Mère se tenait debout et soupirait comme un rappel aux points cardinaux de sa vie: Dieu, l'enfant, l'indulgence et la charité.

Elle s'agenouilla devant le mur aux icônes, esquissa le signe de la croix, et resta le visage soulevé les mains réunies en prière.

Seigneur! je chuchotai.

(C'était en plus l'heure pour changer les langes. Pour allaiter.)

Et j'attendais comme toujours. J'attendais un miracle!...

À la minute, je décelai dans l'ombre plumeuse de dehors l'image inespérée: Mathieu! Lui, avec l'enfant tenu entre son menton et l'épaule, comme un violon vivant.

Sans avoir l'audace de s'approcher, il s'attarda quelques instants sous la tombée de neige. Me suppliait-il?

J'y courus follement.

Malgré cela, muette, je ne le gratifiai même pas d'un regard. Et à la maison, avec les soins de l'enfant, je sus me soustraire à ses dires, à ses rires.

Lui, près du berceau, reprenait le bébé. L'élevait en l'air. L'enfant gazouillait, pour exprimer mille choses. Moi seule, je me taisais.

— Mais pardonne-moi! explosa Mathieu... C'est ainsi que mes parents m'ont fait... Tu ne sais pas? Mon grand-père, le grand cœur, conteur sans égal, était aussi un vrai nommeur et surnommeur. Il a caractérisé les gens et les villages par des surnoms. Ni ses rejetons n'ont pu y échapper.

Les Demoiselles se sont données beaucoup de peine pour atténuer en moi l'héritage d'un esprit critique trop incisif.

D'ailleurs, depuis toujours les Roumains ont eu l'esprit persifleur. Par exemple ils ont donné le sobriquet de Polon aux voisins du nord à cause de leur blondeur: Palan signifie « sur le champ de blé ». D'ailleurs on rencontre souvent l'adjectif « balan », aussi le nom « Balan ». Bulgar c'est « bulgar », « motte de terre », peut-être allusion à leur lourde empreinte. L'Allemand est « Néamts »–ce qui veut dire souche de « ts », consonne qui revient à répétition en allemand.

Les Roumains se sont aussi auto-ironisés en s'appelant « Român », Roman qui reste en Roumanie, à la différence de ceux glissés au sud du Danube, les Aromânes...

Adieu rêves?

...Mais c'est toi l'enchanteresse avec laquelle je construis mon Idéal d'art, de patrie...
...Pardonne encore! Allez! Pardonne-moi...

*

*   *

GRANDE FÊTE ROUMAINE DE BEAUTÉS POÉTIQUES, musicales et généreuses coutumes!

Ce matin, aux abondants duvets de neige, un sombre contour d'homme guettait derrière la clôture.

Je ressentis un frisson froid et refermai la fenêtre ouverte, malgré que je n'aie rien eu à craindre. Mathieu, parti voir les Demoiselles, devait rentrer le soir même.

Vers le crépuscule, pendant que j'aérais la chambre du petit, l'inconnu se montra de nouveau, plus près, comme un corbeau de malheur, et aussitôt il disparut.

Ce fut comme un éclair. N'ai-je vu ce visage le jour de mes treize ans? Et autour du lit de mon père?

...Sans doute, Père l'avait reconnu. Voulut-il m'épargner la lutte sans merci contre ses adversaires quand il fit l'effort d'écrire sa dernière pensée : nous n'avons pas le temps de nous venger, la vie est courte et nous avons mieux à faire... un Idéal de beauté d'où l'Homme pourra renaître.

Que me voulait donc ce regard menaçant? Je n'étais qu'une paisible maman.

Le deuxième jour de Noël, ma mère vint nous secourir avec tous les égards pour l'enfant, et nous nous rendîmes chez les parents de la Prairie où l'usage avait rassemblé toute leur famille : les frères et les sœurs de Mathieu avec leurs compagnons.

Ensuite, nous fîmes un détour chez la marraine.

Adieu rêves?

Le troisième jour, Angélique et Théodore, qui étaient invités à toutes les réunions sélectes rien que pour leur présence esthétique, franchirent notre seuil.

Je gardais jalousement le bébé dans mes bras, comme si je l'avais défendu de griffes prêtes à surgir de toutes parts.

Angélique était habillée d'une robe entièrement brodée en perles transparentes qui donnaient l'impression d'être portées à même la peau et de répandre l'irisation rose de sa nudité. Ces perles étaient en réalité cousues à une mince combinaison rose pâle (aux dires d'Angélique).

— C'est une astuce, je n'ai pas l'éclat frais de pommier fleuri comme vous...

(Alors que son allure était magnifique! Je fus d'ailleurs étonnée que Mathieu ne soit guère attiré par ce regard bleu qui, plus tard, suscita un amour impie, à l'infortune de Théodore).

Comme Angélique n'avait pas d'enfants, je ne pus lui refuser de jouer avec mon petit Victor.

Mais Angélique se mit à le couvrir de baisers jusqu'à lui couper le souffle, ce qui me rendit crispée.

Quelques jours s'écoulèrent. Les petits troubadours se suivaient.

Avant la fin des vacances, Mathieu s'en alla de nouveau voir les Demoiselles. Ensuite, il dut donner un récital pour la rencontre de ses anciens professeurs et camarades, à Campulung, la ville sous-carpatique de son école normale.

Après ce départ, l'enfant s'attrista. Les coins de ses lèvres perlées de lait se plièrent. Puis, le soir, il esquissa la toux. L'amorça. Une toux résonnante et obstinée.

Vite, lui préparer du tilleul. Du polygale sera plus efficace. Bien chauffer la maison. De légères frictions sur la poitrine. Mieux le couvrir. Le bercer dans mes bras d'un bout à l'autre de l'appartement.

— Chuuuuut...Chuuuuut. Chuuuuut...

Ma voix tremblait.

— Mon petit cœur. Mon prince aux boucles d'or. Mon rayon de soleil...

Des bruits parvenaient de l'extérieur. Quelques frappes dans les vitres me firent soulever le rideau. Une ombre! L'ombre de l'inconnu se trouvait sous ma fenêtre.

La frayeur s'empara de moi. Mais l'enfant ne devait pas le ressentir!

...J'étais la prisonnière de ma solitude. Prisonnière de la nuit, cette nuit tendue, anxieuse, qui m'entravait, me pénétrait jusqu'à l'os!

L'absence de Mathieu me rendait-elle impuissante? Si j'avais su, pour le moins, comment avertir ma mère, elle si bien aguerrie dans son anonyme cheminement de vie. Mère avait tant de fois vécu habillée de ces denses nuits, comme d'un noir vêtement taillé à sa mesure. Un vêtement qui l'isolait de tout le monde. Mais qui la réunissait à tout le monde par le même espoir d'une prochaine matinée à vivre!

...Mon petit à maman aussi devait vivre!

Encore une caresse. Un souffle sur ses mains fiévreuses.

— Chuuuut... Chuuuut...

Il n'avait plus d'air! Un peu d'air frais lui fera du bien.

Quand je déverrouillai la fenêtre supérieure, une ténébreuse et glaciale houle me claqua de face. Avec précipitation, je réchauffai davantage.

Pourtant l'enfant étouffait. Sommeillait sans dormir. La toux le reprit avec intensité, une toux rebelle, rauque, répétitive.

Il toussa jusqu'à défaillir.

À part mon instinct maternel et la bonne hygiène, je ne connaissais pas grand chose aux soins spécifiques. (D'ailleurs, la médecine de l'époque non plus).

Dehors le grand vent se déchaînait.

Je pressentis l'approche du froid torrent sur mon visage, les torrents contre lesquels se battit mon père, au moment où j'identifiai de nouveau à l'extérieur l'homme sans pitié, sans scrupule. Quelqu'un, le même, dont la propre vie n'avait que le sens de nuire.

...Et mes rêves de beauté? L'Idéal de Mathieu?

Adieu rêves?

Et l'enfant, ce fragile annonciateur d'un meilleur monde?

L'enfant eut le regard apeuré, puis recommença la cruelle quinte de toux.

Les torrents, les sombres meutes liquides se jetaient sur moi, hurlaient dans mes oreilles, dans mes veines.

— Mon petit à maman! Mon petit à maman... Chuut! Chuuut!...

Entends-moi Seigneur! Entends-moi...

À l'aube, avant que je l'appelle, ma mère traversa la tempête de neige, amenée par la prémonition.

— C'est la coqueluche... et la plus violente, murmura Mère. Comment l'a-t-il attrapée? On doit épargner Jeanne, et pourvu qu'il n'y ait pas d'accouchements ces jours-là.

Je ne sus que me tordre les mains et la supplier :

— Qu'on appelle le docteur!

Elle repartit, revint avec ses anciens remèdes. Je recommençai des infusions calmantes, l'aération vite réchauffée, les arômes de plantes bénéfiques.

Malgré tout, Victor perdait son souffle. À travers les cils mi-clos, ses yeux adorés plongeaient dans mes yeux leur compassion pour moi.

Peut-être aussi la tristesse pour l'avenir à ne plus vivre?

— Le docteur, Mère, qu'on l'appelle!

— C'est fait. Mais il n'arrivera que ce soir.

Télégraphie plutôt à Mathieu.

— Doit-on changer d'air, chercher l'altitude, n'est-ce pas? Mais en ce moment, je ne sais point où retrouver Mathieu.

— Je vais avertir le père de Mathieu. Il saura faire venir son fils.

— Un télégramme aux Demoiselles!

Quand, après sa deuxième sortie, ma mère le dévisage longuement, Victor entame de nouveau l'exaspérante, la folle quinte de toux. Ensuite elle me laisse errer dans la maison avec le bébé contre mon cœur.

— Ouvre tes yeux mon adorable prince, je le supplie, papa sera là, il va jouer avec toi du violon. Ouvre tes yeux mon petit soleil! Je te donne de ma vie. Toute ma vie!

Mère me laisse et reste devant l'icône debout, la tête penchée.

Tout à coup, l'enfant débride ses paupières et ses prunelles veloutées de rêve, grandes, grand-ouvertes, fixe un instant mon regard comme pour y rester à jamais... Je sursaute. Mes mains saisissent le bébé de partout pour le retenir, l'interdire à l'étrange volonté qui l'absorbe et l'étire au-delà.

Sous ma vue ébahie, Mère allume un cierge. Ôte l'enfant de mes bras inertes. Et ne s'oppose pas à ce que je jette les grands cris, que je sanglote, que je m'arrache les cheveux pendant deux jours et deux nuits.

Maintenant, Victor est couché dans les neiges de mon voile de mariée, comme une larme de muguet, une petite larme givrée...

Mathieu arrive au moment où le prêtre et les proches de la Prairie veulent m'enlever le minuscule cercueil de nacre.

Tombé des nues, Mathieu fond en pleurs.

Mais d'une voix tonnante, son père le reprend :

— Tu pleurniches? Toi, l'imbattable? Le petit-fils de Tudora de Vrancéa. Mais qui peut sauver les enfants! Même pas les docteurs d'aujourd'hui! Alors, laisse les autres se lamenter! Toi, tu es un Homme! Et enfin, regarde-la, elle va bientôt te donner encore un loupiot!

...Et si malheureux qu'il soit, Mathieu assèche pour toujours la source de ses larmes. Il ne fait que dépaqueter son présent, un précieux gilet national de fourrure, aux incrustations de cuir, pour habiller Victor, l'ange frileux, notre rêve initial. Perdu...

*

*   *

PLUS DOUX, PLUIE SUR SON GAZOUILLIS...
Caresse les traces avec mollesse
Comme une mouvance du bout des cils
Comme un parfum presqu'effacé
Sur son la-la, sur son babil...

Jusqu'au seuil du printemps, le violon de Mathieu ne fut qu'un chant sangloté.

Loin, dans l'œuvre interprétée qu'il ne me dédiait plus, Mathieu se taisait sans m'entendre. Ni me voir. Ni me savoir.

Son énergie pétulante et son intelligence avisée, doublées d'un puissant talent, n'avaient donc pas un simple but, mais un rêve, dont la forte secousse avait anéanti.

Je rangeais avec amertume ses multiples partitions : Bach, Mozart, Borodine, Leclair, Tartini, Beethoven, Grieg...

Paganini surtout revenait à la surface avec son Concerto no. 4 et certains Caprices plaintifs.

Il y avait aussi ses transcriptions de musique populaire roumaine, parmi lesquelles plusieurs doïnas, dont l'extatique douloureuse touche au mystère et à la divinité.

Souvent, je me remettais aux forts sanglots, jusqu'à me trouver mal.

— Cesse de te tourmenter, me conseilla Mère, pendant que Mathieu se trouvait en classe. Ne penses-tu guère à l'ange qui doit voir le jour? Tu le fais pleurer dans tes entrailles.

J'appuyai mon front sur sa main tendue. Mon chagrin, je l'étouffai dans son affectueuse paume. La plainte.

Et sans retard, le nouveau-né hâtif et dominateur enlumina l'ombrage de notre foyer de ses yeux brillants et fouineurs. De ses cheveux souples alloués par le clair de lune.

Le frêle prince devenait téméraire, claironnait ses appels et ancrait son vouloir au cœur de l'univers!

Fascinée au plus haut par cette fragilité humaine en train de s'émanciper en force, ma mère lui déployait jour et nuit ses soins dévoués.

La marraine avait promené son opulence de matrone dans la maison mise à neuf pour formuler ses exigences, que Mathieu combla.

Dimitri! aurait-elle dicté le prénom du nourrisson.

Mais Mathieu, depuis toujours charmé par la littérature latine, transcrivit: Démétrius.

Auprès du berceau, Mathieu redevint vite un magicien avec ses prodiges de mots, de sourires et de rires. Et quand il prenait le violon, son visage se transfigurait. À nouveau, il recommença les vives cadences du violon. Les mélodies éthérées, parfois surnaturelles. Avant même que les grandes vacances aient vidé les classes, Mathieu démarqua le jardin des élèves pour éviter toute contagion possible.

(D'ailleurs, avec ses mesures d'hygiène, il n'y eut jamais d'épidémies à son école. Une instruction au pensionnat et à l'armée de l'époque avait consolidé en lui pour toute sa vie la règle latine : mens sana in corpore sano).

Pendant le beau temps, nous dînions dehors, comme tous les paysans, avec une cuisine de verdure improvisée en marge des fleurs.

Notre bébé princier poussait au milieu des roses qui s'inclinaient par-dessus le berceau, en suave hommage.

De la cuisine accotée à son île fleurie je chantonnais, avec ses adorables exclamations en réplique.

...Mais comment ramener dans le réel cette fulgurance engloutie?

Adieu rêves?

Les honnêtes joies sont timides. Le bonheur se voile de l'oublie. La belle humeur clignote rarement, dans le temps passé, les fragrances, l'écho d'un chant et d'une grande parole.

Par contraste, les peines sont persuasives; les douleurs tenaces; elles blessent, elles creusent notre souvenance qui façonne des éternels atours à ses propres plaies...

Par-dessus le village déserté pour les travaux champêtres, l'ardeur du soleil s'effeuillait en flammèches à travers les ramées d'arbres.

Quand j'identifiai le sinistre corbeau dissimulé derrière la clôture, je ne pouvais croire mes yeux. Tout en relevant les mets pour Mathieu, parti à la mairie, j'essayai de ne rien prendre au tragique. Néanmoins, je me demandais :

Pourquoi, pourquoi les gens, tous éphémères et vulnérables devant l'incertitude existentielle, se haïssent-ils et se dévorent entre eux? Quel malheur que de perdre l'unique vie qu'on a, pour nuire aux autres.

L'homme-corbeau avait disparu.

En grande hâte, j'enfournai la tourte au fromage que Mathieu aimait déguster chaude en entrée. Puis je me lavai les mains pour allaiter l'enfant avant que son papa n'arrive.

À l'improviste, le silence méditatif et les lueurs de vif été se frôlent. S'affrontent et crépitent.

Et Line, dont j'ai négligé le visage, brusque le portail, pareille à la rafale de mauvais vent.

— Donnez-moi quelque chose pour arrêter le sang. Un diablotin s'est écorché dans une faucille!

Empressée, je tourne la clef à l'école et cherche dans l'armoire à pharmacie les désinfectants. Je remets à Line l'eau oxygénée, l'iode et les compresses, avec le conseil d'aller chercher le médecin. Mais en refermant ce minimum de premier secours scolaire qui reste, j'entends le verrouillage par l'extérieur.

Un éclair me traverse : l'enfant!

Je tape dans la porte. Je l'ébranle.

Immédiatement, je fonce par la classe latérale pour ouvrir une fenêtre. Et grimpée sur le châssis, je saute sur l'herbe d'une hauteur de presque deux mètres. (Le temps de constater mes chocs me manque).

...Au milieu des roses, le berceau est vide!

Mon bébé à moi!!

Rebondie hors du jardin, je fends l'air vers le tournant de la ruelle.

— Au secours! À l'aide! On m'a pris le bébé!

Des blondins surpris, çà et là des femmes et des vieux se montrent, s'alarment. Ils scrutent le chemin à la recherche des carrioles bâchées des nomades qui, à l'époque, en sont injustement suspectés, sans doute.

On voit de dos seulement l'inconnu en fuite, qui tente d'escamoter, jusqu'à tordre un vagissement de nourrisson... empaqueté!

— C'est lui!! Je m'époumone pendant mon nouveau, fol élancement.

Les gens se bousculent, vocifèrent. Le long de la ruelle, d'autres sortent à droite et à gauche, ou devant. Quelques jeunes filles qui ont porté la nourriture du midi aux champs, réussissent à couper la voie du monstre qui essaie en vain des stratagèmes pivotants. Les autres l'immobilisent. Pris à revers, il jette à bas le nourrisson et se sauve.

...Et je ramasse dans un délicat tas de langes une lueur gémissante.

— Il est perdu! Perdu!!! je rugis devant la multitude abasourdie.

Le calvaire se déclenche de sitôt, la torture d'un tout petit prince, le prince téméraire aux cheveux alloués par le clair de lune...

L'intervention du docteur amené en vitesse par Mathieu s'avère inefficace.

Ensuite...

Ensuite, Mathieu s'isole dans une salle de classe pour jouer du violon jusqu'à l'épuisement.

Le supplice ressort de mon cœur, me plie en deux. La terre se dérobe sous mes pas. Le jour s'assombrit. De temps à autre, je lève un regard vers le zénith, j'y enfonce mentalement mes ongles, mes muets cris, pour demander justice!

Comment pouvoir avouer que mes soupçons vont vers les adversaires de la descendance de mes aïeux?

Si Mathieu arrive à croire, car toute chose inhumaine est péniblement crédible, il me blâmera. C'est toujours la faute aux victimes qui se taisent.

Quant à Line! L'infortune commet les maux, la sottise rajoute le pire.

Ainsi, je me retrouve sans que je le veuille en marge du village, à genoux, le front appuyé de cieux, les mains tâtonnant l'horizon.

Et repliée, j'engouffre mon visage dans la nuée d'encens, au tombeau des princes. À l'abysse de la lumière qui fut...

*

*   *

— Changez d'étoile, me suggéra Mère.

...Ma racine est là depuis la nuit des temps. Mais ton père, fouetté par tous les vents du sort a eu des ennemis dans l'ornière.

Changez de ciel!...

Je savais que pour Mère l'enfantement faisait partie de son lien ancestral avec ce lieu, avec cette communauté d'esprit et de coutumes. Que sa vie reflétait l'équilibre inébranlable des gens sous l'égide sûre de leurs croyances.

...Mais, à mon tour, j'abritais en moi l'éclosion d'un nouveau printemps, comme la forêt, sous l'outrage de l'hiver.

Alors, je commençai à me glisser jusqu'à la rivière pour puiser dans le paysage les éclats de l'histoire oubliée.

Pour les rêves lunaires, j'accédais aussi à la clairière qui envahit l'orée d'antan, comme un rire de délivrance.

Et par miracle, les bonnes fées me confirmèrent le mystère de la création surgi en moi.

Les espoirs me revenaient. Redevenaient les bâtisseurs de mon courage, les attiseurs de notre éternité.

...Cependant, de cette exaltation, je dus basculer dans une décevante prose!

Après ses lectures et son étude, Mathieu, qui ne connaissait pas encore mon récent émoi, se mit à... remanier son attitude. Comme si, descendu de ses hautes rencontres avec les philosophes et les musiciens, il s'armait contre les coups de l'existence.

L'humour dégénérait en ironie, ses remarques en sarcasmes.

Adieu rêves?

Il prit aussi la comique appétence d'une entrée gastronomique aux œufs cuits sous la braise couvante.

Malgré les brûlures de mes doigts, ces œufs n'étaient jamais à son goût. Il les jetait comme dans un concours de tir, l'un après l'autre, sur la porte de la cuisine, ce qui attirait le rire moqueur d'une nouvelle voisine.

Et pan! Et vlan! à tous les déjeuners, avec la réplique d'un « ha!-ha! » d'à côté.

De surcroît, j'entendais les passants s'adresser à cette voisine:

— Pourquoi ris-tu?

Et à la voisine de répondre :

— Parce que je suis un cordon bleu et mon mari m'adore...

...Étais-je descendue si bas? Pâle d'indignation, j'implorai mon despote:

— Si Celui-que-vous-êtes le veut, nous pourrons dresser la table à l'autre bout du jardin, sous la tonnelle de vigne.

— Je t'écoute... si tu m'appelles chéri!

— Chéri... Changeons de table... s'il vous plait...

— Mais je me plais ici sous le mirabellier...

Puis, paf! et boum! le tir d'œufs, suivi du même refrain d'à côté :

— Ha!-Ha!

— D'après le parlage, il s'est mis à tourner bride, m'apostropha tante Irine à la première occasion. Et tu l'aimes toujours!

— Les hommes ont le cœur de cire qui peut tantôt fondre, tantôt se figer, m'apprit tante Stana, l'aînée des soeurs.

— Prends ton mal en patience, me recommanda Grand-mère. Ne laisse pas s'ébranler la balance de ta sagesse.

Ma mère, sans en disconvenir, ajouta:

— On ne sait pas quels soucis le rendent si difficultueux...

Mon supplice empira depuis le jour où l'aubergiste installé au village voisin eut l'habileté de nous convier pour écouter un ancien orchestre.

— C'est la musique populaire roumaine qui m'attire, m'assura Mathieu.

Ce géant trésor qui, par l'intermédiaire des ménétriers et plus récemment transporté par des tsiganes, a été diffusé à d'autres peuples, parfois volé, tordu. Mais aussi cristallisé dans les chefs-d'œuvre des grands compositeurs.

En chemin, Mathieu redevint pur et plein d'éclat. Heureux d'avoir, dans son enfance, émerveillé les Demoiselles qui le découvraient musicien.

— Je venais d'être–un peu–initié au violon à l'école normale, me relata-t-il. Pendant mes premières vacances de Noël à la Prairie, j'ai vraiment appris à jouer du violon avec un vieux maître que j'ai payé de mon argent de poche.

Nos leçons se déroulaient du matin au soir, derrière les meules de paille, dans la neige! Parce que mon père, qui a toujours joué de la flûte, n'aimait pas me voir avec un violon, depuis que les anciens ménétriers ont commencé à se laisser remplacer par les gens du voyage.

...Si tu avais vu notre cache-cache parmi les trojans et les gerbiers de la basse-cour! Et mes doigts rougir de froid sur les cordes... Pourtant, je sus choisir un violon et l'acheter.

— ...Et à l'école?

— Ah! L'école a été sous le choc :

— Nous avons un tout nouveau cadet qui fait perdre son latin... avec le violon! chuchotaient les élèves de la terminale.

Par la suite, ils me faisaient jouer chaque samedi soir à nos réunions récréatives.

Quant au professeur, il a soutenu mon étude pour m'épanouir et devenir soliste pendant un rigoureux programme d'école.

Tout le visage de Mathieu irisait la candeur de son enfance. Je désirais que ce petit voyage n'en finisse plus.

Mais quelques minutes plus tard, l'aubergiste invita Mathieu à goûter les vins de sa cave, lui demanda des répétitions pour ses enfants, l'entraîna au jeu de cartes et le fit perdre. Mathieu s'emporta contre un partenaire tricheur. Et sur le chemin du retour, il me donna un coup du revers de la main :

— Celui-là te dévorait des yeux. Vous avez dû vous faire des signes!

Je protestai en pleurs.

Il voulut me gifler de nouveau.

Accablée, j'eus la tentation de sauter de la carriole qui nous ramenait à toute allure, quand j'entendis dans ma mémoire les mots de Père : sois courageuse!

À la seconde, je rassemblai mon esprit lucide et responsable pour l'enfant que je portais et pour son papa, cet homme dont la souffrance lui tourmentait le visage, lui crispait les poings.

— Réveillez-vous! Je ripostai.

...Celui-que-vous-êtes s'abaisse à croire qu'un autre mériterait davantage mon estime et mes bons sentiments?!

Le revirement fut brusque.

— Ah! La diablesse!

Et Mathieu esquissa une pénitence enfantine.

Il me toucha les mains avec sa plus tendre délicatesse.

— Pardonne-moi mes étourderies, continua-t-il à la maison. Je n'y peux rien. Surtout avec tant de problèmes!

...Les Demoiselles sont déconcertées: remettre à plus tard une carrière de violoniste, quand le brillant Georges Enesco m'entraine au plus haut, avec force? Ou bien sacrifier au violon ce que je dois aux enfants de la Prairie? Mais là encore, le parrain me barre la route.

— Notre parrain?

— Lui-même! Comme il est l'unique instituteur à trois kilomètres, ce fameux parrain s'oppose à mes démarches pour la création d'une école à la Prairie, de crainte qu'il en perde l'usufruit des terres communales. Ainsi, les élèves de mon village natal doivent continuer à parcourir cette distance jusqu'à la commune du parrain, comme je le faisais quand j'étais petit.

... Sais-tu que mon village existe depuis les temps reculés? Avant, les habitations lacustres entouraient le petit monastère dressé dans la forêt au quatorzième siècle, à la place d'un autre ermitage plus vieux.

— À chaque occasion, j'ai bien vu ces anciennes maisons abandonnées sur leurs pilotis. Les gens les gardent intactes…

— Parce que ce village a résisté aux barbares… Peut-être même aux Romains, et à combien d'autres, s'enflamma-t-il.

…Dans le siècle passé, à la distribution des champs aux paysans, les Prairiens lacustres ont remonté enfin la pente actuelle (pour s'approcher de leurs nouvelles propriétés terriennes). C'est dans ce village-là que ma mère, issue des lacustriens, a hérité pignon sur la chaussée nationale.

Si je pouvais au moins leur assurer une école, mon départ de l'enseignement primaire ne serait pas une trahison.

Mais mon parrain est omnipotent.

Je murmurai :

— Comment noyer l'exécration des rivaux? …Pendant qu'ils déguisent leurs bas sentiments, nous arborons nos rêves. Pourtant, les difficultés qu'on affronte ne doivent pas nous rendre difficultueux (comme dit ma mère).

— Petite fée, si sage et merveilleuse, tu as toujours le dernier mot, même sans le prononcer.

Après la rentrée des classes, Mathieu partageait son ample zèle entre l'école et les besoins du village, la famille, les Demoiselles. Mis de côté son violon!

Avec le rire ou la colère.

Avec le soleil sur une épaule et la tempête sur l'autre.

Il devait avoir la force de les porter.

Il fallait qu'à mon tour j'aie le courage de les supporter…

À vrai dire, je n'acceptais pas la terreur et refusais l'esclavage. L'unique alternative était d'aimer mon despote et de convertir les tâches en offrandes.

Mais parfois mes soupirs jaillissaient de toutes mes fibres :

Je t'en prie, Seigneur, je t'en supplie, adoucis le cœur de mon payen! Qu'il s'illumine. Qu'il se reprenne avec tendresse…

Adieu rêves?

Et vite, le ciel tournait au beau et lui, au violon. Ses doigts vibrants palpitaient par-dessus les cordes, avec un souffle de pureté et d'amour.

Un matin, je reconnus dans la rue l'inspecteur primaire.

La veille, Mathieu avait été encore invité dans le voisinage par l'aubergiste et son orchestre. Encore une fois, on lui avait offert du vin pour le conduire au jeu de cartes et le faire perdre.

Qui aurait pu instiguer le ministère pour cette précoce inspection?

Heureusement, les obligations professionnelles de Mathieu persistaient sacro-saintes.

Néanmoins, je me glissai vite en classe avec l'intention de le prévenir. Mais personne ne fit attention à ma présence.

La vie s'était arrêtée, avec le souffle des écoliers interrompu pour écouter.

Monté en chaire, Mathieu brisait son propre cœur. Sa flamme intérieure brûlait ses périodes oratoires et même l'ordre des mots pour laisser jaillir cet instant de l'histoire au contour de lumière et de sang.

Parmi les cinq cent douze révoltes et soulèvements de Transylvaniens contre les oppresseurs, la révolution de Horia, Closca et Crisan s'auréolait au plus haut, devant mes yeux. S'éclaircissait avec son écho dans les journaux et les brochures européens du temps, dans les œuvres des sculpteurs et des graphiciens. Et dans les correspondances: en partant du poète Frederich Schiller, jusqu'au publiciste français Brissot de Warville qui en écrivit trente pages à l'empereur illuministe Joseph II, (cet empereur étant d'ailleurs surnommé par les malveillants « le passionné de Roumains »).

Mais surtout, Horia était là, lui–le paysan joueur de flûte, érigé dans l'orage, comme les puissants chênes de Roumanie.

Horia, flottant la lettre encourageante de l'empereur.

Horia criant : « Je meurs pour la nation! »

Horia au grossier supplice de la roue, écrasé par les tyrans en présence de témoins du monde entier.

Le cœur de Transylvanie saignait. Mais l'esprit de la droiture en révolte arrivait par la voix de Mathieu dynamisant, jusqu'au grand enthousiasme patriotique:

— Un jour, nous allons délivrer la Transylvanie! acheva-t-il.

Un élève tout en larmes se leva au milieu de la classe pour l'approuver:

— Nous allons la sauver!

D'autres s'y rallièrent en chœur:

— Sauvons la Transylvanie.

— Hourra!

— Hourra!

Et spontanément, les écoliers se mirent à chanter le vieux chant des Carpates : réveille-toi!

En arrière, j'entendis alors le chuchotement de l'inspecteur oublié :

— Votre bébé aussi doit être ému, Madame. Il aimera l'histoire...

Le beau temps, sublimé dans une immense voûte bleue d'émail, pétilla longtemps par-dessus l'activité fébrile des villageois pour le recul d'hiver.

Quand le bleu du ciel devint nostalgique, je continuai tant soit peu à me rendre au tombeau des princes. Mes princes ensevelis aux sons de chênes éternels...

Seulement, à l'arrivée de longues pluies, je discernai à travers le monotone déluge l'ombre de ma mère qui, après avoir encensé, vint à ma rencontre.

Elle avait une démarche hésitante, comme pour ne pas déplacer les minces, les cristallines verticales d'eau, ces vrais fils de chaîne, destinés à la trame du terroir.

Son visage de déesse protectrice emperlé de pluie esquissa un sourire, son sursaut de vie.

— Laisse-moi la myrrhe et l'encens, furent ses mots, et occupe-toi des vivants.

...Lui dire alors qu'une partie de mon âme restait pour toujours cordelée avec les églantines de la tombe?

Adieu rêves?

Par la suite, la neige emplit la démesure d'entre ciel et terre.

Comme si tous les soupirs givrés de mes enfants perdus envahissaient le monde.

Mathieu arrivait à la tombée du soir. Au simple trot de ses bottines devant la porte, je tressaillais d'espoir. La maison prenait vie. Dans le poêle notre feu crépitait joyeux. La lampe avait « un palpite » complice.

Après le dîner, Mathieu se mettait à lire à haute voix. Sa lecture s'animait, devenait une vraie mise en scène.

À l'écoute, je tricotais des chaussons et des bonnets pour le bébé attendu.

Et nos vitres blanchissaient, aux milles empreintes sucrées de petits doigts, aux touches lactées de lèvres enfantines...

C'était en février.

Le jour où le soleil jeta sa cotte-de-maille sur les neiges pour les fondre, l'intérieur de notre logis, tout en beauté, resplendit.

Encore une retouche çà et là pour tout parachever avant mon accouchement prévu pour bientôt.

Il n'y avait qu'un pli de rideau décroché d'une tringle et, sur l'échelle dressée, je remédiai à l'imperfection.

De cette hauteur, je contemplai le luisant paysage à travers les vitres, quand ma vue interféra le regard phosphorescent de l'homme fatal.

À l'instant, je m'écroulai par terre!

Le bébé! fut mon seul cri sans voix.

Et je revis le trou noir du sublime souvenir dévasté. Je préfigurai la main creuse pour supplier. Pour mendier. Pour maudire. La main tendue pour prendre la vie de mon troisième enfant comme tribut?

Je criai encore en moi :

— Je suis innocente! Je ne veux pas payer de cette nouvelle vie la perte de pénates!

...Mais il y eut quelque part des prières très pures. Une supplication il y eut sur une iconostase!

Car le frottement de ma chute fut perçu par la fine ouïe de Mathieu.

Il vint. Il étouffa une imprécation. Et me suggéra :

— Surtout, n'essaye pas de te soulever. Je ferai venir ta mère.

...Et grâce aux soins de cette déesse de l'accouchement, seulement deux semaines plus tard, bien à terme, l'enfant que je portais vit le jour.

*

* *

Dès sa naissance, Nic (la marraine l'avait baptisé Jourdain) fut mince, tendu, tirant vers le brun. Et grave, et concentré comme un grand homme.*)*

Somme toute, l'apparence du dernier Giaour, (Stojan Pierre les Sauvegardeurs) d'après les récits de mon père.

Je le caressais avec émotion :

— Petit prince charmant! Poussin de prince...

Mathieu s'approcha soucieux de mon lit, l'éclat rieur de ses yeux veloutés de chagrin.

— Cesse de l'appeler prince me conseilla-t-il d'une voix presque suppliante.

N'as-tu dédié les deux premiers bébés au rêve perdu de ton père?

...J'apprécie au plus haut degré son enseignement moral et spirituel, mais je refuse que nos enfants subissent l'idée d'un vain orgueil. Je te répète, nos petits doivent devenir les princes de l'intelligence!

Une brume de tristesse m'avait voilée.

— Promets-moi, insista Mathieu, de ne plus parler de la sorte. Promets-moi de ne pas faire de nos fils les fouilleurs d'un passé hypothétique...

— Hypothétique?!...

— Absolument! Il n'y a plus une trace de ton propre père. Alors, de ses prédécesseurs?

J'osai le contredire:

---

* *)   Il s'agit de I. Moldoveanu, père de la Daco-Tracologie.

— Il y aura un jour où quelqu'un va légitimer en apothéose l'histoire de ces princes daces, créateurs d'un tel haut lignage que vous prenez pour légende ou bien pour hypothèse...

— En combien de temps?!

La véhémence de Mathieu réveilla le nourrisson qui ouvrit ses yeux bruns pour le considérer d'un semblant sérieux. Sévère.

Mathieu éclata dans son grand rire.

— Le voilà qu'il me juge dès maintenant! s'exclama-t-il.

Et ses doigts virtuoses préfigurèrent quelque joujou par-devant le digne regard du bébé.

— Si Celui-que-vous-êtes lui jouait du violon, il vous ferait un beau sourire...

Mais Mathieu, après avoir penché le regard, haussa les sourcils comme s'il avait répondu : plus jamais de musique, avec nos enfants...

Quant au baptême, il s'en alla couvrir la marraine et le parrain de cadeaux avec le vain espoir d'adoucir leur tacite rancœur.

Plusieurs mois plus tard lorsque les Demoiselles reçurent, l'une après l'autre, le bébé contre la poitrine, je constatai que leur affection était aussi forte pour Mathieu que pour notre petit messager de bonheur.

Pourtant, très troublées par la perte successive de nos premiers garçons, elles nous recommandèrent au professeur Nanu-Muscel, un ami docteur.

La conclusion fut sans équivoque :

— La jeune maman est en excellente santé. Regardez-là, même comme aspect, elle est un marbre vif, à la peau éclatante et la dentition de perles rares. C'est vous, Mathieu, qui êtes un peu maigre pour un dépensier d'énergie en excès...

La solution était de partir ensemble à la montagne et de retarder encore les récitals préparés par Mathieu.

Bientôt, Demoiselle Marie l'informa tendrement :

— La valeur de tes cahiers didactiques et les louanges reçues à chaque inspection scolaire t'ont mérité le plus proche poste libre, dans une belle vallée des Carpates. Et tu reviendras costaud, prêt à concerter.

...Lui répondre que son fulgurant talent n'avait rien à voir avec sa taille fluette, ni avec nos bébés, d'autant moins avec la minceur de Nic dont la précoce prestance nous intimidait...?

Mathieu se tut. L'éclat rieur de ses yeux sembla broyé par la déroute. Craignait-il son lendemain violonistique? Ou bien sa responsabilité de papa? Son regard me fendit le cœur.

— On va veiller, nous assura Demoiselle Marie, qu'à la fin de ce nouveau stage de campagne, Mathieu s'élance enfin dans sa vie de concertiste.

Je vis alors aux pieds des Demoiselles s'entortiller, ramper, le petit filleul.

— Tu m'inquiètes, explosa irritée Demoiselle Marie en l'attrapant.

Surtout, ne lèche plus mes pantoufles à chaque entrevue avec Mathieu!

Demoiselle Anne essaya d'aplanir ce curieux incident.

— Le pauvre, il ne sait plus comment mieux exprimer sa reconnaissance! On voudrait lui donner quelque métier.

À ces mots, l'humble filleul nous jeta un regard trouble, pendant qu'une domestique le traînait dehors.

Pourquoi aurais-je eu encore ce serrement du cœur?

L'absence de considération pour cet innocent n'aurait-elle pu se retourner contre les bienfaitrices, malgré leur charité?

Mais Mathieu redevenait candide et envoûtant, le soleil dans ses yeux et sur tous ses traits.

M'EN ALLER! M'échapper de ces ombres qui me pourchassèrent, me sauver pareille aux petits princes des Sauvegardeurs guidés par l'étoile d'un rêve.

Mon étoile n'était qu'une localité subcarpatique, pointée par l'index de Mathieu sur une carte murale.

Mais le rêve m'habitait.

Je m'éloignais avec Mathieu, Jeanne et le bébé, en regardant par-dessus l'épaule, en arrière, vers ma mère qui restait sous l'immense voûte bleue.

L'alanguie tombée des feuilles l'inscrivait dans le perpétuel passage des saisons et dans l'éternité du terroir. Là où le brin d'herbe enraciné dans la glèbe se révélait plus solide que moi, rompue de ma souche.

Peu à peu, le Moulin-aux-Violettes avec sa rivière et ses chênes gigantesques, les hautes futaies de cuivre semées depuis le commencement du monde, n'en firent qu'un tout renié, tassé derrière nous comme un livre du destin qui se refermait.

Ce fut le matin suivant que de superbes sapins–les seigneurs des montagnes–se mirent à balancer devant nous leurs « torsures » biaisées chatoyantes, berceuses d'émeraudes et d'argentures...

Sapins, surgeons ouverts! Parures qui susurrent vert...

Notre nouvelle demeure, un chalet avec le balcon surélevé en bois aux entailles, ressemblait au manoir des Sauvegardeurs.

Derrière la maison, il y avait une étendue d'arbres fruitiers dont les déplis automnales s'enchâssaient dans les pentes.

Adieu rêves?

Quelle joie que de retrouver un paysage sylvique et la liberté de s'élancer parmi les hautes marguerites.

Mais les mamans laissent l'exubérance aux enfants, surtout dans les derniers mois de grossesse...

Nic bondit fureteur dans l'herbe encore fraîche. Ma sœur Jeanne chercha les balançoires de branches alourdies de prunes mûres et de pommes rouges.

Quand le nid fut prêt, avec une lumineuse chambre réservée à son étude musicale, Mathieu reprit son rire joyeux, l'étonnement pur d'un enfant. Et le rêve de violoniste.

— Ma présence dans cet endroit doit aussi valoriser le nom d'instituteur, considérait-il.

Et s'en donnait avec intensité dans la classe, aux conférences communales, aux fêtes scolaires.

À mon tour, je recommençai la rapidité des hirondelles et le travail des abeilles. La patience du blé qui pousse. La douceur de la lumière qui caresse les roches.

Et deux mois plus tard, en décembre, assistée par Mère, je fis voir le jour à une mignonne rose et lys aux yeux bruns et aux cheveux châtain clair.

(...Qui aurait cru que ce bout de joliesse devait plus tard pousser et repousser des rocs, pour ne se frayer qu'un chemin de croix?)

Notre marraine, contente de nous savoir loin, refusa un déplacement à la montagne et nous conseilla dans sa lettre de nous faire de nouvelles alliances à l'occasion du baptême.

(Pourtant, Mathieu sentait le besoin d'être aimé par tout le monde, même par ceux qui le haïssaient. Surtout par ceux qui le haïssaient).

— Qu'on l'appelle Marie... j'implorai Mathieu (car Marie fut l'une des aïeules bien-aimées de mon père).

Alors, ce magnifique prénom qui était aussi celui de Demoiselle Marie, et par hasard de notre marraine, s'inscrivit avant celui d'une brave dame Olympia qui tint le bébé sur les fonts baptismaux.

Puis, les yeux et les enfants! Les enfants et les grands soins pour Mathieu.

Car il en imposait!

Personne n'échappait à son impérieux caractère, à son bouillonnement.

Il avait fasciné les élèves, les villageois, les notables de la commune.

Même le chien l'adorait! Avant midi et demi, l'heure à laquelle Mathieu devait rentrer, le chien qui m'accompagnait avec les enfants dans le jardin, nous précipitait vers la maison. Puis s'enfuyait par-dessus la clôture et les congères pour accueillir son maître. En effet, il y avait un croisement où la plus féroce meute canine attaquait Mathieu. Ce fidèle chien aboyait, affrontait, cabriolait de part et d'autre, ouvrait la voie de Mathieu à travers le péril. Et revenait triomphant, la queue en trompette.

Quant à moi, toujours est-il que je me sentais une étrangère.

À part les rappels affectueux des Demoiselles qui devenaient un permanent réconfort grâce à Mathieu, mes douloureux souvenirs me prenaient d'assaut.

Isolée des gens par ma vie d'intérieur, j'écoutais parfois le grondement de la forêt. Ou bien les soupirs des sapins assemblés dans un concert en sourdine pour le violon de Mathieu.

Sur le balcon surtout, quand la neige s'accrochait à mes joues comme des petits doigts de glace, j'entendais:

— Maman! Maman! les menus échos de mes bébés perdus, interférés par les joyeux cris de Nic:

— Maman! Maman!

Dans une telle circonstance vacillante, quand Jeanne qui suivait l'école me fixait de ses grands yeux, je murmurais:

— Mes adorables princes...

Un livre à la main, Mathieu sourcilla pour me signaler le majestueux passage des aborigènes : tout un chacun orné du costume national qui se maintenait ici l'habit de tous les jours.

Adieu rêves?

— Observe-les, s'appesantit Mathieu. Profilés sur le fond des millénaires, chaque paysan roumain est un prince en sabots! Ces gens, reliés entre eux par des traditions, sont conscients de leur dignité, de leur force.

Puis, à sa façon de tourner les mots!

— Mais avec ton port de déesse...

Je sursautai.

— Je pourrais m'en broder une blouse. Le gilet sans manches aussi!

Mathieu éclata de rire. Lendemain, il m'acheta le crêpe roumain à coudre au point de croix, le velours à broder au fil d'or, les paillettes, les couleurs de soie et de laine. Un métier basse lice pour assidûment fignoler fil-à-fil une écharpe; ensuite l'ample lé de jupe à plis.

— Cette nouvelle que tu t'appliques à te costumer à leur manière a fait sensation dans la contrée, me prévint flatteur Mathieu.

Pendant les fêtes de Pâques, il m'emmena présenter Marie-Olympia aux très chères Demoiselles.

Au retour, les élèves attendaient leur instituteur avec impatience, en agitant les bouquets de fleurs.

Et au mois de mai, parée de plus raffinés atours locaux, je l'accompagnais dans une excursion scolaire. La glace embellissante, mirifique, dont je venais de sortir, eut mille reflets pour les aborigènes ébahis.

Aux premiers cris de surprise, les femmes surgirent sur les coteaux pour se hucher par-dessus les ravins tout au long de la vallée :

— Dépêchez-vous!

— Venez voir comme elle est belle!

— Belle et fière!

— Elle parait une rose!

— Une reine!

— Une fée!

— Et lui, mirez-le, il a les yeux pleins d'amour pour elle! Pleins de soleil!

— On dirait qu'il a peur de la perdre.

Et d'appel en appel, ces résonances exultaient d'émerveillement et nous poursuivaient :

— Qu'elle est belle et fière!

— L'étoile du matin!

— Approchez-vous les voir de tout près!

— On dirait qu'il a peur de la perdre!

— Il a peur de la perdre...

Je me sentais vivre un rêve puisque je connaissais le regard adorateur de Mathieu, ce regard comblé de bonheur qui me partageait ses aspirations, sa volonté, sa forte affection. L'harmonie.

Quel mauvais souffle tourna les pages de mon sort?
Comment! Comment la zizanie vint nous humilier?

Le trouble s'amorça le jour anniversaire de Marie-Olympia.

Peu avant, j'avais mis au courant Mathieu:

— Le propriétaire est passé dire qu'il pourrait nous faciliter l'achat de la maison et du verger.

...On est si bien là! Nic, si sagace et courageux n'a pas la démarche très allègre, mais il s'entraîne avec la petite qui à dix mois court jusqu'au fond du jardin et gravit la montagne.

Et puis, les femmes du village ont pris de l'intérêt pour nous.

— Mais oublies-tu mon violon? m'avait-il interrompue. Aussi, les Demoiselles, mes parents et l'institution d'une école à la Prairie? Notre séjour dans cette station climatique n'est qu'une étape, voyons!

Spontanément, je l'approuvais. Sa détermination de suivre l'Idéal rendait plus vive la flamme qui m'animait : le stimuler vers le point suprême de son art.

Et voilà le quatre décembre, le premier anniversaire de Marie-Olympia.

La brave dame qui l'avait baptisée convia douze amies, douze fées aux incantations d'heur et toutes sortes de cadeaux : poupées, rubans, crayons, bonbons, miroirs, joyaux...

Adieu rêves?

Sur la table, comme un oisillon qui picore, l'enfant fit le tour de ses présents. Elle se mit à en recueillir ce qu'elle préférait, symbole de son choix de vie.

Mais la petite friande ramassa presque tous les précieux dons dans son tablier, pour ensuite exiger :

— Chez moi!

Pendant l'hilarité qui suivit, les maris arrivèrent avec Mathieu.

La cohue générale changea de face quand Mathieu fut poussé à sortir son violon.

Il y eut un éblouissement et une plénitude que seulement Mathieu savait créer par son instrument. Aussi par sa façon d'être qui transformait chaque instant dans une telle intensité, comme si cet instant-là fut le but de son existence.

Un applaudissement prolongé en solitaire me fit enfin identifier la belle aubergiste, une audacieuse rouquine dont le sourire provoquant lui avait catissé les joues.

Dans la mouvance de ses rondeurs, il y avait une offre potentielle, une surenchère de cruches invisibles remplies jusqu'à l'œil, à qui mieux mieux. Son regard parut, à travers des épais cils, évaluer le père de mes enfants; le négocier par avance!

— Dommage, s'exprima-t-elle avec emphase, qu'un homme comme vous, qui étudie les chansons populaires de la région, n'ait pas encore entendu les vieux ménétriers que je viens d'engager.

Son défi fut instantané :

— Rendez-vous ce soir à notre auberge!

...Et leur entretien vibra malgré la subite et terne indécision des convives. Malgré ma brumeuse prémonition.

Depuis, Mathieu habillait les neiges de dehors avec un sourire insouciant, peu à peu impatient de rejoindre le piège tendu.

Jeanne me contemplait de ses yeux assombris. Les petits me demandaient avec étonnement:

— Où est papa?

— Papa!

Je leur narrais de petits contes et chantais pour les endormir, avec le souci de ne pas laisser transparaître mon inquiétude.

Restée seule éveillée, j'attendais jusqu'à minuit assise devant le feu de bois, penchée sur un ouvrage quelconque. Sans souffler un mot de reproche à l'entrée de Mathieu.

Il ne s'excusait point, il ne m'expliquait rien. Après une sommaire toilette, Mathieu se jetait dans un profond sommeil, laissant pour le matin l'habituel faste de sa baignade.

Pourtant un soir, il me relata plein d'ardeur la découverte d'une chanson légendaire:

— C'est une merveilleuse mélodie dont les paroles retracent l'histoire de Ronsard, le noble gouverneur de la région, le grand-père paternel du poète Pierre Ronsard! La chanson s'exprime en plus par une très gracieuse danse. Tu dois voir et entendre dimanche...

Deux jours plus tard seulement, il arriva émoustillé, à moitié ivre!

— C'est la chanson de Ronsard qui m'a retenu, balbutia-t-il. Mais avec ta culture... a-b-c...

Toute la nuit, je pleurai enfermée dans la cuisine. Que faire? Enlever les mioches et encourir les dangers d'un rude hiver? Et lui, le virtuose du violon? Le laisser choir dans l'alcoolisme, pour le jeu d'une aubergiste?

Même ma mère, qui fut tout à fait autre que mon père, ne l'avait jamais abandonné. À la naissance de Marie-Olympia elle m'avait conseillée :

— Accroche-toi aux marges du ciel qui pourra mieux écrire ton destin. Appuie-toi sur l'amour de tes enfants...

Mais où est ma fierté d'antan? je me demandais.

Pour me répondre : le mariage n'est pas un combat d'orgueil, mais une alliance de tendresse et de compréhension.

Tôt le matin, Mathieu me tapota les joues et me demanda pardon :

— Sois indulgente avec moi, je n'y peux rien... Mes ancêtres sont poussés des montagnes Vrancéa qui recouvrent un volcan vivant.

...Te souviens-tu? Avec leurs coteries paysannes qu'ils entretenaient de leur avoir, les sept fils de Tudora ont suffi à Étienne le Grand pour chasser l'Ottoman qui, pour une fois, lui avait brisé toute une armée... Tudora était l'héritière de celui qui a tenté la première formation politique de cette région. Mais les traces de l'ancien temps sont brûlées depuis la peste...

C'est pour cela peut-être que je suis parfois explosif... Allez, pardonne encore et oublie mes étourderies.

...J'étudie le folklore dans une ambiance de boissons. Mais attends, j'ai une idée : j'emmènerai la mignonne avec moi pour que je rentre avant qu'on me fasse goûter les vins.

L'après-midi suivante, je lui mis dans les bras Olympia bien emmitouflée.

Mais la maligne hôtesse d'auberge se mit à donner l'eau de prune mélangée de miel à l'enfant pour l'endormir. À défaut d'un signal et bien entraîné au chant, Mathieu arrivait toujours tard, mal à l'aise, avec Marie-Olympia plongée dans une torpeur alarmante.

L'odeur d'alcool et le trouble comportement de l'enfant me donnèrent la force d'arrêter–à tout risque–cet essai.

Les petits troubadours aux chansons de Noël sous nos fenêtres retinrent un temps Mathieu qui en décelait de nouveaux aspects folkloriques. Il savoura les plats traditionnels que je m'ingéniais à préparer. Joua davantage avec nos enfants dont les rires faisaient tinter les vitres.

Enfin, il rhabilla la fourrure et les neiges et reprit avec effervescence les visites à l'auberge.

...Et j'attendais jusqu'après minuit son retour. J'attendais. Pendant que ma petite sœur Jeanne se levait de son lit pour m'épier, un sourire amer au coin des lèvres.

Les forêts de sapins furent les premières qui frémirent. Les forêts d'abord. Puis nos arbres, dans la même haleine inquiète.

Puis, les femmes du village, comme un chœur muet de regards.

Enfin, les mères des écoliers m'approchèrent. Avec douceur. Avec précaution. Avec un souci protecteur et les prunelles attachées, aux propres mouvements d'aiguilles dont elles s'accompagnaient.

Ces femmes levaient les yeux comme pour veiller sur moi, puis les penchaient de nouveau sur la couture.

Et dans leurs floritures stylisées, c'était une histoire, un long à dire qui se brodait en point de croix, depuis des millénaires.

Mais aussi depuis avant-hier, depuis hier...

Le jour où les villageoises me fixèrent plus longuement, je sus ce qu'elles allaient m'apprendre.

Les femmes baissèrent enfin les yeux et sans souffler mot, s'en allèrent en groupe. La dernière, la plus âgée, s'attarda sur le seuil nouant son écharpe sous le menton, pour ânonner:

— Seriez-vous enceinte, belle dame bien-aimée?... Alors, d'autant plus soyez sur vos gardes!

...Ce mauvais homme qui tient l'auberge est en cheville avec sa pimbêche de moitié.

Comme jamais, c'est elle qui cherche du vin à la cave. C'est elle qui entraîne monsieur l'instituteur à la suivre. Pourvu qu'elle ne s'arrange que son mari les surprenne! Ce serait le malheur, croyez-moi, belle dame bien-aimée.

...Voyez-vous, nous avons chéri tant notre merveilleux instituteur... En plus, il joue du violon comme pour le bon Dieu.

182

Adieu rêves?

Et vous, qui avez brodé le costume national de vos délicates mains!
On vous mesurait à nos princes de légende...

L'humiliation m'écrasait. La honte. Le désarroi.

Je précipitai Jeanne avec les enfants dans le jardin. Je fermai les
fenêtres. Les portes. Afin que nul ne sache. Et j'explosai en sanglots.

...Les flots! les torrents de la grande rivière me cernaient,
m'envahissaient.

Toute la nuit, après l'arrivée de Mathieu, je trempai l'oreiller de
larmes.

...Alors que le matin, Mathieu avait le printemps sur son visage. Le
printemps jouait à nos fenêtres sur ses tympanons de lumière et avec
chaque bourgeon me montrait du doigt l'azur.

— Accroche-toi aux mains de Dieu. Ne quitte pas tes enfants,
ni leur papa, m'avait encore conseillée Mère. N'abandonne jamais
l'Homme qui a un Idéal.

J'entendais ces mots. Je saignais en moi-même à les entendre, et
je brûlais vive.

Seigneur! À qui demander l'aide? On s'associe mieux pour piéger le bien, que pour le soutenir... Seigneur! Suis-je contrainte à me
démener au bas-fond de la vie, quand mon père m'avait apprise à
écouter les échos des cimes?

— C'est parmi les cîmes que mes aïeux vivaient, répliqua Mathieu
avec la bonne humeur matinale, à ce monologue silencieux qui me
rongeait.

...Comment l'entretenir de l'affreux commérage de la veille, quand
la clarté du jour jaillissait de ses yeux?

Je fis un bond intérieur et repris mon souffle pour péniblement
m'y accorder:

— Mais pourquoi ces vaillants de Vrancéa auraient-ils quitté le nid
de leurs ancêtres?

— À l'époque du prince Caragéa, une épidémie de peste les a
presqu'exterminés. Le seul qui n'a pas bu le calice de la mort a été
mon arrière-arrière-grand-père, Georges, fils de Georges, premier-né

de père en fils d'une douzaine de Georges depuis Tudora, dont le mari avait ses racines à St-Georges, en Transylvanie. ...L'âme en deuil, devant leurs montagnes désertées par cette malédiction, il a dévalé l'adret de Vrancéa, dans cette région sous-carpatique de Mounténia. La descente vers la Moldavie, sa propre principauté de l'époque, étant interdite pour la quarantaine de sécurité.

— Et après?

— Après... Cet aïeul, nanti d'or, a épousé la fille d'un cultivateur indépendant de Podèni, un village non loin d'ici... Et les gens l'ont surnommé Moldovean.

Par la suite, voilà un fils aîné, le Conteur Georges (Quinze-fois-Georges) aussi téméraire, qui se désiste de son droit de premier-né en faveur de son frère cadet pour aller vers le sud, à la Prairie, aux partages des latifundiaires où il arrive avec une carriole de rêves et de colliers d'or...

Je murmurai :

— Des rêves et des joailleries, comme mon père...

— C'est la faute à la grande rivière d'entre nos deux villages natals d'attirer tant de trésors... plaisanta Mathieu.

Ensuite, il s'en alla comme d'habitude vers l'école, si merveilleux, si rassurant, que toute ma souffrance antérieure me parut aberrante.

Pour le temps de Pâques, Mathieu m'accompagna comme à l'occasion de toutes les grandes fêtes à l'église. Parti pour quelques jours voir sa mère malade et les Demoiselles, Mathieu revint avec la tragique nouvelle d'un grand naufrage. Pour plusieurs jours, le nom de Titanic bouleversa la région. Cependant, quand l'école rouvrit, Mathieu recouvra son optimisme inépuisable, sa verve ensorcelante, son rire aux éclats irisés par toutes les vallées aux chutes d'eau.

Nos bambins vivaient avec délice les contes et les lectures mis en scène, qu'il métamorphosait par ses mimiques dans des clichés adéquats à leur âge.

Mais les villageoises veillaient. Quelques semaines plus tard, la voisine vint de nouveau m'avertir:

Adieu rêves?

— Belle dame, belle dame! Oh! ma petite belle dame! Je vous ai dit que ce malin d'aubergiste qui a l'air de ne rien voir est de mèche avec sa vilaine femme! ...L'un des garçons les a surpris en train de se tailler une bavette.

— Alors! disait l'homme, il tard de te rendre grosse?

— Patience, mon gros chat, zézayait-elle.

— J'ai envie de lui casser enfin, sa gueule d'amour! Un aubain me mettre au pied du mur?

Et la femme de répondre :

— Bientôt tu pourras faire tes griffes sur sa peau. Et à nous, l'aubaine!

...Quel dommage, ma petite belle dame! On n'a jamais eu de si bien accompli maître d'école... On prie le bon Dieu pour vous épargner du mal...

Dehors, il pleut à sceaux. Il vente. Il gronde. Je me jette sous l'averse et sans réfléchir, je commence à courir vers le fond du jardin, vers la montagne.

Les éclairs se brisent alentour, en zig-zag.

Le verger se ploie. Les ramures m'enlacent, m'égratignent, me flagellent.

J'arrive tout au fond, en marge de forêt. Une folle forêt en cha-maille. En bataille!

Les arbres éventés sanglotent avec violence. Les arbres hurlent!

Plus fort! Sauvagement fort!

...Pour déchaîner et refréner l'orage de mon cœur!

— Si Celui-que-vous-êtes veut rester à la maison cet après-midi. Les petits souhaitent écouter vos magnifiques histoires...

— Demain...

— Si Celui-que-vous-êtes ne sort pas ce soir, Nic pourra réciter le poème que Jeanne vient de lui apprendre.

— Sûrement demain!

— Si Celui-que-vous-êtes examine un peu Jeanne...

— Pourquoi?

— On a promis à ma mère de la mettre au collège en automne.

— On y entre par concours, voyons. Elle n'est pas prête. Et de plus, elle me fait une tête... à claques!

— Parce que Jeanne sait beaucoup plus que les autres écoliers. Pourtant elle ne reçoit aucun prix, même pas une mention!

— Je n'offrirai jamais des récompenses à la famille.

— Alors, ma sœur ne doit même pas être questionnée en classe?

— Comment veux-tu que je lui mette des questions quand elle s'est emparée de tous mes livres, de mes revues pour les lire? Jeanne dépasse de beaucoup le niveau d'école primaire. Excepté en arithmétique.

Je l'interromps :

— Et votre temps d'étude?

— Ne t'inquiète pas, je ne puis vivre sans jouer du violon! Une beauté folklorique, je l'essaie sur l'instrument d'un ménétrier.

Je deviens fébrile. Mon futur bébé remue dans mon ventre.

La prémonition d'un danger imminent qui guette Mathieu m'engage à faire obstacle à ses visites, et je lui lance–au désespoir :

— Qu'on parle de romances à la mode, pour faire plaisir à l'hôtesse.

— Parce que l'a-b-c m'espionne?! Me contrôle?! invective Mathieu, emporté. Houleux.

— N'y allez plus! je m'écrie.

Un vif soufflet, comme un bout d'éclair, met en feu mon visage.

(Sûrement, je dois le quitter après l'avoir sauvé de cette impasse. Je vais le quitter! C'est fini!)

De nouveau, la forêt lève les bras, se frappe la poitrine, se lamente, se tourmente.

De nouveau, j'étouffe mes hoquets de pleurs, de retour aux enfants pour les caresser, pour chantonner avec eux.

Mais je sens les éclairs sur mon visage et j'entends toujours sangloter la forêt de dehors. La nuit de mon cœur...

En plus, que dire à l'ange que je porte?...

Adieu rêves?

Jeanne est la seule qui comprend tout. Elle, si volubile avec les petits, s'approche muette, blottit sa tête contre mon cœur et se met à verser des larmes.

— Vous serez deux infortunées nous a complaint mon père dans l'agonie. Et nous en sommes.

Par la suite, Mathieu n'a plus de freins. Il s'en va. Il s'en vient. Pour qu'il s'en aille encore!

Sans cesse il me provoque. Il s'irrite pour un rien.

Je ne lui rétorque pas les insultes et ne lui rends jamais les violences.

Devant sa colère, et en contraste, je revois seulement mon père avec ses traits sereins qui respirent la supériorité morale. Comme tant de fois, j'éprouve un déchirement pour son injuste chute et la ruine d'un si grand rêve d'humanité.

Aussi, comme tant de fois, Mathieu devine tout.

— Pardonne-moi! Pardonne-moi!... me supplie-t-il.

Et il s'en va. Et il s'en vient. Pour s'en aller encore.

En ce début d'été, les tornades s'enchaînent avec toute l'eau du ciel versée à flots sur nos vitres.

Pendant que la tristesse de Jeanne ombre son visage. Ses paroles prennent la résonance des soupirs.

Les petits réclament leur père :

— Je veux que papa me lise une histoire. J'irai à l'auberge le chercher.

— Mon papa à moi!...

L'enfançon de mes entrailles se trémousse.

Et coup sur coup, la vieille voisine s'arrête sur le seuil comme l'ange qui trompettera la fin du monde :

— Belle dame! Pauvre belle dame... Votre accouchement est pour le septembre, n'est-ce pas?... Celui de l'aubergiste va vous suivre, car elle a mené à bout son astuce de tomber enceinte.

Maintenant, elle ourdit comment se débarrasser de votre mari.

...Le malheureux! c'en est fait de lui!...

...Mais c'est le père de mes enfants, mon Dieu!

...Entends-moi, Seigneur, entends-moi!...

La nuit même, très tard, Mathieu rentre dans la pénombre et progresse d'un pas vacillant vers ma chaise de veille. S'arrête.

Il est d'une pâleur mortelle, avec les vêtements déchirés, tachés. Son cou est recouvert d'écorchures. Sa main gauche pend, inerte.

Il me regarde.

Je le regarde : c'est sans doute un fantôme. Une hallucination due à mon tourment.

Mais Mathieu s'approche. Du bout des doigts, son sang dégouline sur le tapis. Je le sens goutter chaud, sur mes mains tendues vers lui.

Je sursaute, lucide : c'est la vengeance de l'aubergiste. Il a eu raison de Mathieu!

J'ai compris, et Mathieu sait que j'ai tout compris. Mais il se laisse déshabiller par moi, laver, panser. À chaque atteinte, je lui perçois les brisures des gémissements maîtrisés.

L'idée seule que son bras soit rompu me fait souffrir. M'atterre.

Le bras d'un instrumentiste!

...Et les récitals prévus pour l'hiver?

...Pourra-t-il jouer encore du violon?

Ce châtiment ressemble à un assassinat!

Je me tais. Mais jusqu'à l'aube, je me figure sa main palpitant par-dessus les cordes, comme une flamme blanche qui se lève pareil au rêve de mon père, pareil à son propre Idéal, vers le zénith.

...Ses doigts magiques, aux vibrations sorcières...

Même outragée, le dénouement de sa mésaventure me fend le cœur.

À l'aube, Mathieu prend le chemin de l'hôpital, pour ensuite se rendre à son école.

Au retour–l'épaule et le bras soutenus d'un ample pansement–il ouvre à peine la bouche pour me parler d'une voix oppressée.

Mais c'est un ordre!

— Habille-toi vite et va chez la femme de l'aubergiste...

Adieu rêves?

— Moi!?

— Je t'ai acheté les couleurs de soie et le velours noir à broder. Tu prendras pour modèle son coussin aux roses que tu admirais après l'anniversaire de Marie-Olympia.

Le tranchant de mon regard le perce jusqu'au fond des yeux.

— Je n'ai fait que me défendre, se justifie-t-il. Et s'en va de nouveau.

Je l'ai cru. Je me dois de le croire. Comment pourrai-je survivre si je ne le crois pas?

L'aubergiste est accommodante à ma démarche, sans se montrer pour autant trop agréable. Quant à l'homme, il signale son passage par la chambre où je brode, congestionné, inamical et rancunier.

— Je me débine pour chercher des témoins et porter plainte au procureur, bafouille-t-il.

Ses haillons rougis de sang me persuadent qu'il a tué un cochon pour s'en arroser!

Tout en escamotant sa visible grossesse, la femme recule.

Je réfléchis : quelle marque d'infériorité ressentent en eux ceux qui passent leur vie à nuire aux autres!

Puis je toise les deux misérables complices et sors, sans aucune convenance. Le sacrifice de mon intervention pour étouffer le scandale s'avère inutile.

Mathieu me reçoit livide, comme pour davantage me navrer.

C'est la crainte pour son bras de virtuose!

Il observe tout autrement mon regard brisé.

Ranime-t-il ses beaux sentiments pour moi? Les remords, peut-être, du long supplice qu'il m'a infligé?

— Demain le procureur viendra faire son enquête, murmure-t-il, avant de prendre la porte.

La fierté l'empêche de m'appeler à son secours.

Le matin, pendant les classes de Mathieu, j'attends discrètement soignée.

Le procureur entre, sévère, découpé en glace.

— Bonjour monsieur, lui répondent en chœur Jeanne et les deux enfants jolis, propres et pomponnés.

Mais au moment où l'aubergiste s'échappe aux abois du chien et s'introduit hargneux et rubicond derrière le magistrat, Nic se met à crier :

— Assassin! Tu as fait mal à mon papa! Dehors!

Il court à la porte, se soulève sur les pointes des pieds pour l'ouvrir et secoue les gros genoux de l'aubergiste :

— Assassin! Tu as cassé la main de mon papa! Dehors! Ce n'est pas ta maison! Va-t-en!

Malgré ce tapage, le procureur m'interroge sans relâche. Après quelques détours, il aboutit sur sa question-clé :

— Madame, on accuse monsieur l'instituteur d'agressivité. On suppose que vous avez été battue par votre mari. Des passants ont intercepté les éclats de vos sanglots.

Je réplique avec toute ma superbe :

— Des éclats de sanglots?? Vous voulez dire des éclats de rire! Et des forts éclats de rire! Avec ces adorables mignards on s'amuse tant! vous les voyez bien...

Durant ce temps, Nic vocifère de toutes ses forces, Jeanne fait des grimaces à l'aubergiste, Marie-Olympia le menace de sa poupée, en répétant d'après Nic :

— Va-t-en!...ssasin! Laisse papa! Papinel à moi...

Je reprends d'un air majestueux :

— Enfin, monsieur le procureur, quelqu'un doit être dur d'oreille pour ne pas écouter le merveilleux chant de violon dont on est charmés par le papa des enfants, et de s'y prendre à mon... gloussement de joie!

— Sans doute. Sans doute, approuve le procureur. Je vous en remercie.

Adieu rêves?

Ensuite il me contemple longuement, m'embrasse la main et se penche une fois de plus, respectueux, avant qu'il semonce d'un geste l'aubergiste.

AU MOMENT OÙ L'AUBERGISTE, pour éviter une contre-attaque, retira l'ignoble plainte, Mathieu engagea les travaux annuels pour mettre à neuf l'école du village.

Un télégramme vint lui annoncer la mort de sa mère–l'ange blond martyrisé -dont je me souvenais avec beaucoup de compassion.

Ce fut un signe du destin. Deux semaines plus tard, à son retour, Mathieu me prit de court:

— On s'en va! Les Demoiselles pensent qu'on devra nous rapprocher de Bucarest pour une médication plus qualifiée. Enfin, ma mère m'a laissé une parcelle de construction à la Prairie, sa terre ancestrale. Aussi... un grand terrain d'acacias, quelques cultures de maïs au Grand-Chemin, d'autres à Tatomir... Ma mère m'a toujours aimé... Pour un temps je dois retourner au pays.

Je ne pouvais plus arrêter mes soupirs.

Mathieu posa sa main sur mon épaule :

— Nous n'avons pas besoin de larmes pour pleurer sur nos épreuves, mais de l'intelligence pour les prévenir, tout au moins pour les contenir.

Allez, on repart à zéro!

— Il n'y a pas d'école à la Prairie.

— J'ai obtenu la nomination sur la colline... le temps que mon bras se refasse et que j'aie mon examen d'accès en grandes villes.

Après la violente secousse morale que je venais de subir, je l'épiai confuse.

Mais tout son être, confiant et rassurant, concrétisait la réponse :

On recommence!

Adieu rêves?

Vite après, le frère aîné de Mathieu et leur père apparurent avec deux grands chars à chevaux.

De même que deux ans auparavant, je promenai mon regard sur les cimes.

...Et tous les sapins, les seigneurs des montagnes, se mirent à balancer leurs torsures biaisées, chatoyantes, berceuses d'émeraudes et d'argentures...

Mathieu se prononça illico :

— Emportons quelques poussins d'épicéas!

Sans se faire prier, son ami l'ingénieur forestier local nous en choisit plusieurs centaines de plants gangués de terre.

Je tins à escorter notre petite fortune entassée dans un char–les enfants dans mes bras et Jeanne sur mes genoux. L'autre véhicule eut en surcharge la cuisine démontée, la récolte de fruits, les volailles, les cochonnets, les petits conifères pour lesquels mon sournois de beau-père menaça d'abandonner en route les meubles.

Seul notre fidèle chien ne nous accompagnait plus. Quelqu'un l'avait caché pendant cette agitation.

Il n'y eut pas d'étoiles à nous veiller le départ. Des paupières bleu-nuit se refermèrent sur les torsures biaisées au vert susurrement. La pluie se tamisait en sourdine au-dessus, alentour, en nous...

Soudain à l'ouverture des portails, stupeur! Sur la grande route nous attendait une volée de mioches et la jeunesse qui revenait de la danse, vêtue de fines ciselures. Derrière eux, les mères avec leurs interminables écharpes aériennes et en longues jupes locales aux dorures décoratives. Les hommes, surtout des paysans, vêtus du pantalon et du hoqueton blancs brodés, silencieux et dignes, comme les pics de montagnes au ras du sol.

Tous flottaient de mains, ou bien levaient les bras pour bénir ceux qui les aimèrent.

...Alors, grands les yeux, grand-ouverts, pour que dans l'ombre pluvieuse mes larmes ne se brisent pas.

Mais lendemain, à la Prairie, ce fut la tempête qui nous prit d'assaut.

Le logis que Mathieu avait aménagé à l'école de la colline était inachevé.

L'escale chez l'indomptable beau-père nous occasionna de piètres moments. Sur-le-champ, ma sœur Jeanne s'enfuit à Moulin-aux-Violettes.

...Et dans la plus violente crispation, même en présence de ma mère venue en hâte, je mis au monde Sylvie-Anne, la princesse au visage de lys qui devait vivre la plupart de son existence telle qu'elle naquit ce soir de septembre, une étincelle mouvante en cendre, une flamme sous le boisseau!

En partance pour le modique appartement de la colline, j'eus le sentiment d'une délivrance.

Malgré tout, l'avenir était douteux. La fracture subie par Mathieu ne tolérait point les mouvements. D'autant moins la liberté de ses doigts qui avaient joué sur les cordes avec la frénésie de chevaux sauvages.

Son rêve de violoniste était menacé. L'avenir en péril.

Ses Demoiselles, à qui nous présentions la petite Sylvie-Anne essayèrent de nous conforter.

— Une fois ces stages obligatoires d'enseignement finis, Mathieu se consacrera au violon, et nous le soutiendrons pour concerter, pour en donner sa vraie mesure.

— Ce serait pour quand? je demandai anxieuse.

— Pour bientôt...

Demoiselle Marie ajouta presque scandalisée :

— Nous nous sommes vannées pour mettre au lycée commercial ce petit abruti. Que ferions-nous donc pour le brillant Mathieu, notre soleil?...

En effet, comme la proximité de Bucarest le permit, les Demoiselles, soucieuses, escortèrent Mathieu chez les grands médecins, lui facilitèrent la meilleure thérapeutique.

Adieu rêves?

...Tandis qu'en moi, il y avait une vraie diffusion de mes forces dans les soins pour Mathieu. Je tentais presqu'une évulsion de ma santé, de mon cœur, pour le pousser au podium de l'Idéal artistique.

...Ainsi je courais en avant vers un rêve à travers les brouillards et les orages. Avec les enfants dans mes bras, je zieutais surtout l'horizon de Mathieu, son lever de soleil en expectative.

Et le temps trottait en sens inverse et s'accumulait en arrière, comme les nuages, çà et là dorés.

Le temps. Le temps lointain...

De ce vrac de vie ressurgiraient avant tout les yeux de Jeanne. Le rêve affleurait dans ses prunelles avec le très pur éveil d'un but essentiel. Cependant, maintes fois par jour, un charbon s'insurgeait dans son regard. Une poussée de révolte vite recouverte par ses paupières pleureuses aux longs cils.

Mon impuissance me tracassait : Jeanne, revenue chez moi, ne fut plus inscrite en classe complémentaire!

— Elle n'a que onze ans et demi, l'automne prochain on la mettra au cours secondaire, s'engagea Mathieu. Sans pour autant qu'il s'en occupe.

À vrai dire, il se débattait diablement pour assurer l'horaire de l'école.

Cette dernière hauteur de la région des collines en descente vers la plaine avait concentré ici grand nombre d'aborigènes. L'existence d'une vieille demeure seigneuriale rendait les gens détachés de toute autre autorité locale et l'approche de la capitale, plus émancipés. Pourtant, à part les nombreuses classes du matin et de l'après-midi, Mathieu réunissait le dimanche, après le service religieux, tous les parents pour les conférences culturelles.

De surcroît, il ne renonçait guère à l'institution d'une école primaire en bas de la colline, à la Prairie, ce qui enrageait le parrain, toujours prêt à inciter les inspecteurs contre son filleul.

En regard de cela, Mathieu accomplissait son devoir sans faille. Avec une joie de vivre qui ressemblait à une vie de joie!

(Même s'il prenait un bain ou qu'il se soit lavé, tout était fait si complet, si parfait! Une réelle preuve de propreté à soi-même, une leçon donnée aux autres).

Ce fut à la reprise du violon qu'il murmura, inquiet :

— Mes concerts ne seront pas pour bientôt!

Son amour pour la musique populaire le fit alors aller le soir avec son instrument dans les filanderies paysannes, où il transcrivait ses découvertes folkloriques.

— La vaste couche paysanne, commentait Mathieu, renferme tant de talents inconnus! La poésie, la musique, la nature stylisée dans les dessins décoratifs font partie de son être!

...Mais après chacune de ses sorties nocturnes, Jeanne le scrutait des yeux.

En vain je me mettais à revoir avec elle un peu d'histoire, de géographie, de sciences naturelles, surtout l'arithmétique. En vain, je lui offrais les livres et les revues littéraires que Mathieu continuait à recevoir. Pendant ses lectures bien avancées, les yeux de Jeanne restaient lourds.

Était-ce pour l'école? Ou bien Jeanne savait-elle quelque chose de secret sur Mathieu? Sans doute une passade qu'elle me cachait pour me protéger...

De tels soupçons j'eus le dimanche où, sans avoir l'aide habituelle d'une femme du pays, je dus aller moi-même puiser de l'eau.

Les puits de la colline étaient très profonds; rares et lointains. Je défilais avec les deux mioches–droite, haut la tête et la tenue bien soignée–par-devant les mères des écoliers qui me reluquaient, derrière les clôtures, les mains en visière.

Au retour, je portais deux sceaux pleins, Marie-Olympia et Nic de part et d'autre bien accrochés à ma jupe.

Et voilà qu'une femme sortie à sa porte essaya d'attraper Olympia et se modula une douce voix:

— Viens, mignon œillet, viens gentil papillon, tu ressembles à ton père, beau et bon vivant.

— N'y va pas! lui ordonna Nic, les sourcils descendus.

Adieu rêves?

— Ah! l'apostropha la femme, tu ne badines pas. On dirait un ermite... comme ta mère!

Quand à la maison Nic raconta cette scène, Jeanne abandonna sa lecture et, muette, regarda Mathieu avec une intensité méprisante.

Pourtant Mathieu me témoignait son ardeur comme au début du mariage!

Un jour de fête, cordial et hospitalier, Mathieu invita l'un des ses compagnons de chasse (qu'il venait de reprendre).

Après le repas, il remarqua un regard immodeste dont le jeune hôte -sembla-t-il -me couvait.

— Osez-vous?! le rudoya Mathieu. Et sans autre préambule martela de plusieurs gifles la pâleur du jeune homme qui partit en trombe.

— Attention! je m'exclamai. Il se sauve sur la bicyclette de Celui-que-vous-êtes.

— Mieux vaut que je perde la bicyclette et garde ma femme, lança mon grand jaloux rieur, avec des tendres baisers sur mes joues. Pour me souffler ensuite à l'oreille:

— Les Demoiselles m'ont promis une voiture... pour bientôt...

Une autre fois, Mathieu lisait en attendant que je prépare les enfants en vue d'une visite à la marraine, quand il aperçut ma nouvelle blouse : écrue, décolletée, aux volants en serpentines couchées sur la poitrine et sur ses larges manches. (Car toujours j'étais dans le vent de la mode française).

— D'où vient cet habit?

— Ma mère a tissé la soie et je l'ai cousue à la main, d'après une revue. C'est une surprise...

— Ah non! s'écria Mathieu. Tu porteras seulement les toilettes payées par moi!

D'un seul mouvement, il arracha la blouse de son cintre. La jeta au feu. Et pendant que j'observais muette la délicate couture en combustion, il me caressa les ondulations :

— Tu as vraiment cousu cette merveille de tes doigts de fée?...

Alors je t'achèterai en plus une machine à coudre!

Ensuite, Mathieu me fit entrevoir des beaux atours exécutés par moi-même. La garde-robe aux enfants. Pourquoi pas à lui aussi?

Ma vie raccordée à Mathieu devint une trépidation continue cadencée par l'espoir, par l'amour, par la foi que Dieu fasse triompher l'Idéal de vrai, de bien, de beau...

— Perce les mesures! vibraient en moi les mots de Père.

Je me demande encore comment j'avais aussi le temps d'être toujours propre et bien coiffée.

Dans la cuisine, j'entrais comme dans un monde imaginaire. Je ne sentais pas la répulsion des travaux difficiles. Entre mes mains, il y avait une baguette magique, mon désir de tout transformer en délice. En enchantement.

Aussi, la magnanerie que je me démenai d'obtenir, fut embellie avec les douze claies d'osiers nus, chaque matin foisonnées d'un frais feuillage cueilli par moi-même.

Un seul élevage de vers à soie produisit l'écheveau suffisant au tissage de nos costumes d'été–le fil en double–sans prendre en compte le grand rouleau de voile réservé aux rideaux.

Quand Mathieu m'acheta la machine à coudre–à pied–d'une compagnie américaine, l'ouvrage piqué par l'aiguille mécanique s'envolait sous mes doigts comme l'aileron de flèches.

Ainsi, je réussis du premier coup la confection d'une veste pour Mathieu, que ses amis crurent commandée à l'étranger...

Dans ce tourbillon d'effort, je luxai mon épaule droite.

Je n'aurais jamais cru qu'une simple foulure puisse trouer le cœur de douleur.

Pourtant, je continuai à m'appliquer, avec un seul bras, jusqu'à ce que Mathieu amène chez-nous Liber, un paysan rebouteur de père en fils qui, avec une touche sur l'articulation souffrante, remit l'os distendu à sa place.

Et de nouveau : vite! Plus vite!

Marque ton surpassement!

Perce les mesures!

*

*   *

IL S'EN FALLUT D'UNE GUERRE tout à fait inattendue pour que je sois ébranlée, la fulminante 1913-1914.

(Les Roumains qui avaient donné leur sang à côté du Grand Russe et de toute l'orthodoxie (pour l'Indépendance de la péninsule balkanique) rattachaient deux départements d'entre le Danube et la mer Noire à l'ancienne Dobrogea.)

Cette campagne n'entraîna qu'une partie de l'armée. Mathieu commenta sceptique :

— On récupère des Roumains du sud de Danube et quelques-uns de nos anciens dialectes: l'aroumain, le macédoroumain, le méglénoroumain... Quant aux proches de ton père dont le nid demeure au beau milieu du nord de la Bulgarie, tout lien sera coupé. Finie l'histoire de tes ancêtres. Le mot prince doit définitivement disparaître de ton vocabulaire!

Je n'en revenais pas!

— Mais l'ancienne amitié pourra survivre. Il y a là-bas une immensité de Roumains...

— On le sait bien. Dans le siècle passé, l'historien Balcésco en a compté 80% de la population du sud de Danube. Cependant, toute convention est abrogée.

— Et si en contrepartie leur langue y sera persécutée?

— En Transylvanie qui est entièrement roumaine, c'est pire.

Jeanne qui perdait encore son inscription d'entrée au collège sortit en larmes.

Néanmoins, le fait que les batailles se déployaient en marge du territoire minimisa injustement leur dramatisme jusqu'au jour où je reçus l'appel de Mère.

Je parcourus à pied ce chemin qui dévalait la colline vers la Prairie pour franchir ensuite la forêt, les grandes étendues d'herbe, la rivière.

Sur chaque ramure l'automne mélancolique se dépeignait.

Moulin-aux-Violettes se rouvrit comme un vieux livre de l'éternité, avec les passages des inondations, des sécheresses, des tremblements de terre. Avec le sanglant secret de mon cousin Théodore et de sa femme Angélique, celle au regard fatal. Avec le retour de Constantin, blessé dans cette brève guerre. Mais surtout la mort de Thomas mon très cher aîné, que mon père avait porté dans son cœur. J'avais tout appris en traversant ce village, et mes muets sanglots bouillonnaient dans un maudit récipient caché dans ma poitrine.

La maison de mon enfance, toute écharpée, avait l'air de se courber, de vouloir se blottir dans mes bras.

Le visage de Mère–autrefois aux traits de minerve réfléchie–se plissa de chagrin. Sans cris, sans lamentations, on aurait dit voir une statue de la douleur, mouillée de larmes dociles.

Mère effondra ses paupières sous les implacables lois du destin qu'elle ne s'était jamais permis de défier.

Sa gêne matérielle, d'après sa modeste robe noire, me signala un total renoncement à soi-même. Mère dut s'apercevoir de ma découverte et, séance tenante, se tourna vers les trois petits orphelins de Thomas comme si, dans son malheur, elle voulait m'indiquer l'espoir de vie.

Car c'était ainsi que Mère concevait l'enfant depuis que l'Homme est Homme, par l'entente originelle d'entraide.

(Je me demande encore, comment a-t-elle pu faire, en plus, malgré sa vie de privation, tant de baptêmes, qui avoisinèrent le nombre de ses soixante-dix-sept ans vécus–d'après l'éloge du prêtre.)

Adieu rêves?

De retour, j'étais si éreintée, que Mathieu s'accrocha aux rennes de mille chevaux pour me stimuler au voyage des rêves.

La gaieté de ses yeux adoucie de compassion, il m'annonça:

— J'ai repris l'étude, je sens ma main vibrer de nouveau!

Ensuite il commença pour nos petits les mises en scène des contes avec ses mimiques et ses gestes figuratifs.

Sa voix aux alternances d'onomatopée, de rudesse et de cajolerie charmait nos anges.

Ma façon de faire était discrète. Il exultait de turbulence. J'exprimais mon profond amour par mes soins, tout au plus par un sourire. Mathieu portait dans son rire l'écho des montagnes et des vallées, cascadant son inépuisable feu des yeux.

À part que c'était l'espérance qui « baguettait » toutes ses interprétations musicales.

Pour ma future maternité, Mathieu préparait sans doute un autre cadre que celui de la douleur.

En dépit de cela, notre marraine qui nous en voulait d'être revenus dans leurs champs d'influence essaya de me pousser à interrompre ma grossesse.

Une telle immixtion révolta Mathieu qui mit fin à son indulgence pour les parrains en les apostrophant:

— Quand les tares et tant d'autres misères mettent en danger le patrimoine héréditaire du monde, voulez-vous détruire notre enfant?

...Eh bien, nous sommes parmi les responsables du potentiel humain...

...Et toutes les lueurs du monde parurent participer au croquis de ce nouveau minois.

Pourtant, le 8 août, au beau milieu du jour, l'éclipse de soleil fut si forte que ma mère qui accourait à mon chevet se heurta contre chaque arbre sur le chemin obscurci de la forêt, pendant une folle confusion de pépiements, de brefs cris, de lointains hurlements de loups.

À la vue de mon infime astre naissant, Mathieu qui se reconnaissait dans la candeur vivace de l'enfant m'assura:

— Il se dresse pierreux comme une sculpture frontalière!

— Comme l'ancêtre Pierre... l'empereur, je murmurai attendrie.

— L'éclipse n'augure pas bien aux empereurs, me rappela ma mère. Ne le nommez pas Pierre.

— Mais il sera Pétronius, l'arbitre de l'élégance, proclama plein de zèle Mathieu toujours enclin aux prénoms latins.

Pour ajouter en accomplisseur de rêves :

— Dis-moi Élise-Marie, comment vois-tu la maison que je te ferai construire?...

*
*   *

À LA PRAIRIE, notre maison se levait d'après le système rural, aux murs de branches tressées parmi les forts troncs d'arbres, suivant les lois sismiques de la région.

Mère dut à nouveau vendre un lot d'acacias et plusieurs cultures de blé pour un soutien convenable.

Je flagellais la colline de mes trots pour nourrir nos ouvriers, pendant que Mathieu enseignait en classe et que Jeanne surveillait nos quatre petits, avec l'aide sporadique d'une paysanne.

Un jour, le frère aîné de Mathieu me démontra moqueur, avec la mesure d'une perche :

— Votre château va se hisser à peine jusqu'à la gouttière de ma grange!

Aussitôt que persuadé, Mathieu donna, malgré l'argent perdu, congé aux maladroits.

Il contracta un emprunt à la banque de la contrée. Embaucha la plus fameuse équipe, aux fermes engagements. Mère dut vendre encore un terrain.

Et je recommençai mon vertige épuisant et béat : le ménage, le bain des enfants et de Mathieu, la lessive, le repassage, la confection de vêtements, la préparation de bons petits plats. Et surtout–pour les dix bâtisseurs de la Prairie–la descente et la remontée des coteaux avec la victuaille journalière sur mes épaules. En courant.

Déploie tes ailes! m'animaient à nouveau les mots de Père.

Et fondue sous la canicule ou tournoyée par la tempête, je voltigeais en moi-même d'un rêve à l'autre et faisais des yeux notre avenir.

Parce qu'il y avait là, au milieu du bas village, face à la chaussée, un cliquetis, un bourdonnement, une frottée des ailes à la bâtisse des nids, le fracas des ramures dénudées qui se tramèrent sous le sobre faîtage métallique d'un–préfiguré–manoir.

J'entrevoyais l'intérieur : la plus ensoleillée chambre pour l'étude de Mathieu.

...De longs rideaux en voile de soie bercés par la brise aux fenêtres... Nic à sa droite. Les deux petites à côté de notre alcôve... Une chambre pour Jeanne. Pour Mère une autre, avec le berceau du bébé. Le plus beau coin de récréation pour les Demoiselles quand elles nous rendront visite.

Puis la salle à manger. Le grand salon des enfants où la pendule va mesurer à la toise leurs bonds en avant, nos bonheurs millésimés... Tout reluisant! tout douillet! tout mis en harmonie par mes propres mains dans la suprême finesse du beau.

Pendant ce temps là, mis à part ses obligations habituelles, Mathieu passa son examen d'accès aux grandes villes. Et se mit enfin à donner des répétitions régulières à Jeanne qui faisait quatorze ans.

Malgré tout, je discernais dans les yeux de Jeanne le désenchantement. Un ombrage lui avait affiné le dessin du visage.

Quel doute concevoir? Mathieu qui devenait pour un rien orageux l'aurait-il battue? Surtout que Jeanne le détestait, depuis mon endurance à la montagne.

Je comprenais aussi que pour cette gracile fillette, même aidée par une femme, la tâche de garder mes quatre enfants s'avérait trop lourde. J'initiai alors de prendre chaque jour Pétronius dans une corbeille sur mon dos et Nic attaché à ma jupe.

Tout-à-coup, Jeanne refusa de se présenter au concours d'entrée au collège.

L'automne était proche. Mathieu se fit affecter dans un port sur le Danube, une marche préliminaire à son entrée en capitale, et calcula notre déménagement de la colline.

Adieu rêves?

Après beaucoup de tiraillements et ma désolation, Mathieu accepta que Jeanne pourrait se marier sans école.

— En avril, mon inspecteur avait perdu la tête en la regardant. Quant au filleul des Demoiselles, je l'ai bien vu détendre les lèvres de joie jusqu'aux oreilles, ce qui amusait Jeanne.

...Mais de quoi désespérer davantage?

Quand les bâtisseurs imbibèrent la trame des branches et la rustiquèrent du même crépi de glaise, on ne comptait que trois chambres, bien qu'amplement spacieuses! (Même le modeste foyer de ma mère où l'auréole de Père fut recluse avait huit pièces).

— Le maître a reçu l'ordre de mobilisation m'expliquèrent-ils. Si la guerre nous emballe, vous aurez quand même comme toit ce joli pigeonnier.

— La guerre!?

Je tombais des nues!

Mathieu essaya de me raisonner :

— L'Occident est en feu, il entame la deuxième année, tu as dû tant de fois m'entendre le dire. Dans ce conflit qui gagne pays après pays, notre participation sera inéluctable!

...Le roi Charles I aurait voulu nous engager avec les Allemands.

Mais toute la nation, et surtout l'intellectualité roumaine est du côté de la France. Car c'est la France, l'Angleterre et tous nos Alliés, que je ne connais pas encore, qui nous aideront au sauvetage de la Transylvanie martyre.

...Quand j'y serai appelé, au moins vous vous trouverez à l'abri, sous la protection de mon père.

— Oh non!

— Si! ...Le pire est que les Demoiselles resteront avec leur filleul qui ne m'inspire aucune confiance. Après le trop de pitié dont il s'est senti jusqu'à la fin, mis à genoux, il a pris la liaison avec de petits escrocs.

Mathieu me regarda comme s'il m'avait demandé: as-tu d'autres solutions?

J'étais prise au piège. Raisonnements ou imagination, tout parut conscrit par l'angoisse.

Mathieu essaya de m'apaiser:

— Calme-toi. L'engagement roumain n'est pas de sitôt. Nous n'avons pas d'armes. Ni d'équipement...

Et puis les Roumains, des deux côtés des Carpates, nourrissent toujours l'espoir que la Transylvanie nous sera rendue pacifiquement par la sainte justice.

Toutefois, sans avoir l'air affairé, Mathieu prit soin d'accomplir–à l'extérieur -presque tout ce qu'il y avait à l'état d'ébauche. Devant la maison vers le sud, la haie vive qui nous confinait fut barbelée. Nos conifères auparavant en plates-bandes s'enfilèrent dans deux grands carrés dont le rapprochement laissait libre une allée du portail jusqu'aux marches de l'entrée.

Les mûriers, prévus pour l'élevage de vers à soie, furent mis à l'est. En arrière, entre quelques vieux mirabelliers, des pousses fruitiers.

À l'ouest, près de la clôture qui nous séparait du beau-père, les boutures de vigne, et parmi les noyers, le puits géant, à la mesure d'un sens hygiénique, s'ouvrit en profondeur dans une nappe d'eau à la pureté des larmes enfantines. Mieux encore, les sapins et les noyers lui prodiguèrent un effluve qui susurrait vert...

D'en face, par l'escalier de granit, on montait sur la terrasse qui se prolongeait en pourtour « margellée » d'une vraie dentelle de bois, ciselée à l'échantourne. Les courbures se déduisaient les unes des autres, se symétrisaient autour des vrilles suspendues dans leur tressaut, par l'idée créatrice.

Des minces colonnades retaillées en longilignes soutenaient les auvents et Mathieu passa un fil métallique en travers, en guise de corde à linge.

Les trois îlots ensoleillés de notre intérieur tintèrent gaiement.

C'était notre soif de beau que cette villa montagnarde assouvissait, par sa sveltesse et sa grâce. Dès qu'elle fut dégagée de sa charpente, j'y pressentis mon poème d'amour dévoué. Le nid des rêves infinis...

Si la guerre était évitée...

Adieu rêves?

En fait, après le départ de Mathieu à sa nouvelle école sur le Danube, je m'attelai à la besogne de combler de mes propres mains l'abîme du salon, avec cent corbeilles de terre apportées des champs.

Il me restait l'un des murs externes à crépir. Peindre toute la maison. Dans la basse-cour aussi, ranger la maisonnette attenante qui contenait l'abri de provisions et celui d'outils, durant que les petits sautillaient ou bien se balançaient sur les portillons de la terrasse...

Hop-là! Sylvie-Anne tombe sur son séant et se tasse les vertèbres sacrées, sans pouvoir se remettre debout.

Comme Liber, le rebouteur communal, était parti pour les grandes manœuvres, ma mère dut arriver au secours et s'orienter vers Maïa, village ancestral à une distance de quatorze kilomètres, chez un autre ostéopathe empirique. Avec la remuante petite sur ses épaules.

Malgré ces soucis, la belligérance de l'Occident et nos hostilités en perspective m'appréhendaient :

La guerre!

Je trouvai un mince faux-fuyant dans l'accoutumance d'économiser les provisions fournies chaque mois par Mathieu.

Marie-Olympia, qui allait sur ses cinq ans, releva soudain d'une grande aisance pour m'y soutenir. Cette petite joliesse, d'où avait-elle autant d'équilibre et de doigté qu'un gestionnaire de mess?

En plus, elle tressait seule ses nattes et celles de Sylvie-Anne, peignait parfois les boucles de Nic et les blondes ondules de Pétronel.

— Ne vous vantez plus avec nos réserves alimentaires, avais-je conseillé aux enfants. Nous n'avons ni vaches, ni moutons, ni potager comme nos voisins...

Mais régulièrement, d'en face, venait nous rendre visite une tante de Mathieu, Mère Stana, grande, mince et sans sourire, les joues en coquille de noix, la bouche comme le nœud d'une bourse à fronces. Les yeux, fleurs fanées d'un coloris bleu presqu'oublié.

(Autrement, toujours propre).

Chaque fois que Mère Stana passait notre seuil, Sylvie-Anne, remise de sa chute, ouvrait grand les bras, près de tomber sur son dos pour mieux englober l'abondance:

— Papa vient de nous apporter plein de bonnes choses, beaucoup, moult... Comme ça...comme ça...

Pour qu'elle se rétracte à mon signe sourcilleux:

— Papa vient de nous apporter la moitié... le quart...

Et Sylvie-Anne resserrait progressivement les bras et finissait par montrer seulement l'extrémité de son auriculaire:

— Un tout petit peu... Rien du tout...

(Ce fut dans cette période que notre horloge-à-coucou, dont Nic manœuvrait les aiguilles pour faire plus souvent chanter l'oiseau, fut enfin remplacée par la pendule reçue des Demoiselles.)

Quant à Jeanne, elle me parut se tenir à l'écart.

Pendant mes corvées, Jeanne m'apportait plus d'un écot pour ensuite se retirer toujours frileuse, enveloppée d'une mantelle de laine.

Parfois, Jeanne prenait un livre.

Pourtant, je sentais son souffle confus, l'aspiration de m'approcher.

— Veux-tu m'apprendre quelque chose, ma chérie?

Jeanne secouait légèrement la tête.

Tandis que ses regards me chuchotaient en secret. Me parlaient. M'appelaient à grands cris. Tambourinaient mes oreilles. M'assourdissaient!!

— Ma chérie, n'as-tu besoin de rien?

Ses longs cils baissés me faisaient aussi croire qu'elle disait :

...Non...

Noël! Cette auréole très pure en langes de givre se fit, d'après les us et coutumes, précéder par la rudesse de préparatifs gastronomiques.

À la pré-veille, les tourbillons de neige s'enroulaient autour du grand flambage du porc. Se déroulaient en mèches battantes sur les jets de feu qui crépitaient.

L'homme venu, en gage de la tradition, avait les mouvements pondérés plutôt d'un aruspice que d'un traiteur paysan. Alors que Mathieu, d'habitude vrai seigneur à ce rituel, s'agitait nerveux avec des invectives à l'adresse de Jeanne.

J'avais un frisson intérieur. Jeanne grelottait sous le mépris de Mathieu :

— Elle n'a pas été capable de se présenter au concours! Une maladroite! Une timorée!

Jeanne coulait vers moi ses regards pleureurs.

Que se passait-il avec ma toute jeune sœur? Une blessure intérieure lui spiritualisait la figure. J'eus même le pressentiment d'un secret sublimé dans son étrange beauté.

En la déchargeant du vase d'eau apporté de la cuisine, je la renvoyai:

— Rentre ma chérie, tu as froid. Si tu veux malgré tout m'aider, lis quelque chose aux mômes.

Elle s'éloigna. Mais pendant son échappée dans la tempête, les trombes de neige lui arrachèrent la mantelle. Et je découvris à travers la nébulosité–horreur! horreur!–sa taille difforme, la caricature de grossesse enfantine!

Une claque de vent étouffa mon cri de consternation.

Horreur!

L'innocence violée, profanée! La grâce foulée aux bottes!

Qui avait poussé l'outrage au malheur et à la destruction? Qui avait abaissé en souillure l'essence d'une maternité?

Horreur!

...J'avais bien veillé sur le fragile âge de ma petite sœur! L'hiver me sifflait. L'hiver me giflait. L'hiver me frappait de ses boules de glace comme de pierres blâmables!

Cependant Mathieu me retint auprès du cochon et de son traiteur avec un harcèlement de brèves dispositions, tout au long de la douche, du dépeçage, de la mise à la salaison et en suspension dans la cheminée.

Le soir seulement il me demanda :

— Où est Jeanne? Jeanne! viens à table! Dépêche-toi Damoiselle, demain je dois chercher du caviar au monastère.

...Parfois, je me mets en colère pour ta réussite ratée.

Tard, quand les autres mioches eurent le calme susurre de fleurs endormies, j'allumai un fumeron pour chercher Jeanne.

Sous les grandes ogives du grenier, parmi les piles de tapis, s'engouffrait la douloureuse postérité d'un prince unique au monde...

Tout effrayée. Perdue. Et si petite...

Le désespoir freina ma pensée à ce point que je fus incapable de la moindre initiative. Même pas d'un mot à dire. Je ne sus que la prendre dans mes bras et pleurer d'impuissance.

En douceur, je la descendis enfin, en douceur je l'emmitouflai au grand lit de la chambre d'arrière plan.

Que faire avec une fillette enceinte à l'approche de son terme, en présence de Mathieu et de sa famille, de ce village étranger!

Fallait-il peut-être que je la laisse dormir pour mieux réfléchir dans l'autre chambre?

Adieu rêves?

Dans l'isolement de notre infini clos, j'entendais le tourment filandreux de la tempête, heurté aux vitres; la respiration impétueuse de Mathieu, dans son profond sommeil.

Pour deviner le vil profanateur, peu de choses purent s'éclairer dans ma mémoire :

Que pendant la dernière visite chez les Demoiselles, Jeanne, qui nous accompagnait, fut fort amusée par les clowneries du filleul?

Qu'elle s'attrista quand le fils du riche aubergiste s'engagea militaire? En regard de cela, Jeanne avait toujours les yeux en larmes au départ des hirondelles, à la tombée des feuilles d'automne, ou quand les roses pâlissaient.

J'aurais dû lui inspirer confiance!

Quoi qu'il en soit, que faire?

Un crissement de porte me fit tressaillir.

Mon cœur se mit à battre :

Jeanne!

À tâtons et le souffle arrêté, je franchis le seuil. Le lit de Jeanne était vide.

La robe, les chaussures en vitesse, le grand châle de peluche pour que je coure la ramener!

— Si Mathieu découvre mon absence, il me tuera! je murmurai en me jetant dehors, dans la violence hivernale.

Devant moi, loin, loin, sur la ruelle verglacée, battaient des ailes un soupçon de passereau meurtri.

Le chemin dévalait par-dessus la passerelle. Et en face, à travers le tamisage en rafales, s'esquissait la guipure blanche de la forêt.

— Jeanne, Jeannine, Jeaanne!

Mes pas trottaient assourdissants sur la voie raboteuse, tandis que Jeanne s'embrouillait dans l'ample flagellation de branches.

Plus vite! Plus vite! Plus vite!

Jeter les bottes? Le châle? Mon corps alourdi, pour pouvoir l'atteindre?

J'avais le souffle saccadé, avec une brûlure dans la poitrine; aussi l'impression que mon haleine résonnait d'alentour, d'en arrière, des bêtes sauvages peut-être!

Je perdis Jeanne de vue. À la sortie de la forêt, je la discernai à tire d'aile, à travers le grincheux remous d'essaims devenus translucides.

Sur cette grande étendue, libérée de toute prudence craintive, je pus à nouveau l'appeler. La supplier :

— Petite sœur chérie! Arrête-toi! Arrête-toi...

Mes sanglots avaient un écho sinistre, tantôt de rires sarcastiques, tantôt de lamentations.

Tout-à-coup, Jeanne « désenvola » sa ligne qui menait en oblique vers le pont des Moulins-aux-Violettes, et plana vertigineuse dans les brumailles de la rivière.

— Seigneur! Qu'elle n'arrive pas jusqu'à l'eau pour se noyer! Seigneur, fais un miracle! Je te demande un miracle! Nous avons besoin des miracles!... Entends-moi Seigneur! Brusquement Jeanne s'écroula.

En quelques élancements de fauves, je fus enfin au creux du vallon, à l'endroit du gué, face à notre ancienne île potagère.

Le torrent charriait d'énormes blocs de glace, des banquises.

Tombée en marge et roulée dans la récente poudreuse, ma petite sœur se drapait d'une dentelle dont le frimas soufflé par le vent donnait l'impression qu'elle porte une immaculée robe. Irréelle. Prolongée à l'infini. Confondue avec la rivière, avec l'atmosphère. Les voiles de son destin épars. Ses atours de mariée, qu'elle ne devait plus vêtir de son vivant...

Sans tarder, Jeanne se mit à souffler lourdement.

J'essayai en vain de la relever pour la conduire vers le pont.

Jeanne se cramponnait avec force à la glaçure de la rive, dans un total refus de vivre. Pendant que les flots se jetaient vers elle comme des grappins.

Mon marasme dégénérait en furie d'impuissance. Je poussai alors ce grand cri comme un blasphème à moi-même :

— Mon âme sors de moi! Mon âme sors!!

Aussitôt, Jeanne se mit à gémir en saccades.

— Amène Mère! put-elle syllaber.

— C'est trop tard, ma chérie...

Je lui décrochai les mains pour la retirer d'en marge tout en la couvrant de mon châle.

— Amène Mère! Amène Mère! mandait toujours Jeanne de plus en plus fort, pour s'essouffler dans une lamentation.

— Impossible de te laisser seule. On va s'en sortir, n'aie pas peur...

J'ôtai mon jupon, ma chemise.

Mais Jeanne récriminait :

— Mère! Mère! Mère!

En lui lançant mes dessous, je détalai en catastrophe.

Deux malheureuses! nous avait plaintes Père à sa dernière heure.

Ces paroles, qui m'auraient tant de fois rompu le cœur, me fouet-taient par-dessus le pont et tout au long des ruelles vers la maison natale.

Deux malheureuses!...

Au retour, me voilà dans une course haletante accompagnée par Mère. (Elle qui a béni des générations de sa commune)!

Mais le paysage qui se présente est imprévu!

De loin, on voit la frêle fillette levée debout. Elle se bat à la vie à la mort–contre les blocs de glace qui l'envahissent–pour protéger sur son ventre un bout de vie, né en ce laps de temps.

Tout-à-coup, le spasme du déluge lui arrache sous nos yeux le menu rejeton.

Jeanne hurle.

Nos enjambées s'achèvent en culbutes.

Jeanne, les mains pareilles aux nageoires amorties, s'époumone toujours dans l'épouvantable clameur.

On tâtonne sans espoir dans les marges du courant. On repousse les masses flottantes. On avance dans l'eau. En vain.

Sans tarder, Mère enveloppe et enserre Jeanne, ou plutôt ce qui reste encore d'un ange émietté en larmes.

À l'instant, je repère hors d'atteinte le petit noyau d'existence humaine emporté, sitôt englouti dans l'inexorable charriage. Au moment même, j'entends mugir en moi une pauvre bête agenouillée à l'abattoir, et je trébuche vers le torrent prête à m'effondrer, quand Mère me ramène au plausible :

— Aide-moi, Élise, on doit transporter Jeanne chez-moi...

Derrière nous, sur le voile crépu de neige, s'authentifie visiblement, par des larges marques de sang, la prédestination de Jeanne...

Une heure après, mon frère Constantin me dépose de sa luge sur la passerelle de la Prairie pour que je rentre en tapinois.

Quoique je sois maintes fois poussée de heurt en heurt, je me sens échouer sur un autre rivage. Pénétrer dans un autre univers...

Mes chérubins, Seigneur... je chuchote. Et pourvu que Mathieu ne m'accueille avec le regard lucide et perçant :

— D'où viens-tu?

Et qu'il ne commence à me souffleter les joues.

Par miracle, notre villa sommeille dans la dormance d'avant l'éveil du monde...

Cependant, la perspective d'une ruée de coups, et même l'idée de l'imminente guerre ne m'effraie plus, face à la taillade enfouie dans mon cœur dont la saignée périodique s'ensuivra toute la durée de mes jours...

*

*   *

CES GRANDES VACANCES auraient dû enfin marquer le début de ses concerts.

Mathieu se déplaçait sans cesse à Bucarest, mais surtout il revoyait voluptueusement son répertoire.

Les Demoiselles s'occupèrent de salle, d'affichage, d'invitations.

Quant à moi, j'avais élevé les vers à soie tout le printemps pour arriver à tisser, même à lui coudre l'un des plus élégants costumes d'été. La redingote blanche fut le cadeau de ses protectrices adorées.

Soudain quelque chose interrompit l'exaltation qui nous habitait.

— Tu dois ramener Jeanne, m'avertit Mathieu.

— Ah non! Jeanne est dans la suite de la reine. Demoiselle d'honneur, je crois. (Et en évoquant le nom de ma jeune sœur, je pressai ma main sur le cœur).

— Impossible! rejeta Mathieu. À quinze ans, sans études...

— C'est du moins ce que j'ai appris. Jeanne suit l'école en particulier... L'une de nos cousines l'a introduite au palais.

— Fais alors appeler ta mère.

Comme j'étais enceinte, ce souci, même précoce, me parut normal.

Plein de précaution, Mathieu me mit dans la confidence:

— Avec Verdun, les Français nous ont presque sommés d'entrer en guerre si on veut libérer notre Transylvanie.

« Maintenant, ou jamais! » s'est exprimé le grand Clémenceau.

Et le regard de Mathieu devint grave.

Pourtant à la veille du 15 août 1916, à son arrivée d'une nouvelle course à Bucarest, Mathieu avait un visage d'extase presque mystique.

— Il y a eu à la place de l'université le plus grand rassemblement jamais vu! me raconta-t-il en effervescence.

Pendant des heures on a scandé :

« Sauvez la Transylvanie martyre! Vive tous les alliés! Vive la Roumanie!... »

Avant mon départ, je n'eus que le temps de reconduire chez elles mes Demoiselles.

Ensuite, Mathieu resta dehors sur la terrasse, dans une fébrile attente qui me faisait frémir.

Tout-à-coup, à minuit précis, le vaste ciel d'été refréna sa voie lactée, devint solennel.

Et les cloches de l'église donnèrent le signal de lutte et de sacrifice dans un fort ébranlement.

C'était l'envolée des carillons, d'appel aux braves enthousiastes.

C'étaient les grandes frappes aux sombres allonges présagères de danger.

De l'ermitage « forêtin », des communes voisines aussi, résonnait l'écho des autres cloches, leur secret accord dans une même symphonie d'amour patriotique.

Je ne pus fermer l'œil.

Le matin suivant, pendant que j'apprêtais le départ de Mathieu, dans la chambre d'en face il parlait à notre fils aîné :

— Maintenant tu as sept ans et demi. Protège tes petites sœurs et ton frère cadet...

— Oui, papa.

— Tu restes le chef de la famille. Soutiens ta maman. Défends son honneur!

— L'honneur! s'exclama Nic sous le poids de ce mot. Oui, papa! Je lui défendrai l'honneur!

— Allez, on doit libérer la Transylvanie du joug étranger!

N'oublie pas, notre cause est juste et tu es Roumain!

— Oui papa... Je suis Roumain! s'écria Nic.

Adieu rêves?

Mathieu le prit dans ses bras, le souleva vers le plafond, l'embrassa de nouveau et l'envoya dehors. Je reconnaissais le maître qui sut former, dans l'ardeur de l'intégralité roumaine, séries après séries d'écoliers, tous prêts à devenir les grands héros de la première guerre mondiale...

Avec des larmes aux yeux, je pensais à Demoiselle Marie qui comparait ses leçons d'histoire aux plus beaux poèmes patriotiques.

Soudain, de son flamboyant essor, Mathieu tomba comme la foudre :

— Pourquoi ce nouvel ingénieur forestier regarde-t-il par-dessus notre clôture?

Abasourdie, je haussai les épaules sans rien répondre.

L'après-midi Mathieu sursauta de nouveau :

— Mais cet homme est en train de se tordre le cou pour mieux te voir!

Et tout son être était à l'orage.

Je soupirai, mal à l'aise :

— Tout de même, Celui-que-vous-êtes me fait un affront...

— Affront? Tu n'attends que mon départ. Avoue-le!

— Ce n'est pas vrai!

— Si! jure-moi tout de suite que tu ne connais pas la couleur de ses yeux!

— Je ne jure jamais. Depuis mon enfance, Mère me l'a défendu. Ma parole est oui ou non. Et c'est non!

Sans attendre, Mathieu arracha l'icône du mur.

Son extravagance devenait menace.

— Maintenant déclare la vérité sous la foi du serment! m'imposa-t-il.

Avec la main sur le visage de l'enfant Jésus dans les bras de Marie, j'éclatai en pleurs:

— J'ignore cet homme ou quelqu'un d'autre, je le jure.

...Seigneur, ne laisse pas ce jurement frapper nos chérubins... Pardonne-moi, Seigneur...

— Te pardonner!? Si tu as été sincère, pourquoi demandes-tu pardon?

Et Mathieu m'asséna une gifle de toutes ses forces.

Debout, et sans broncher, avec une brûlure corrosive sur ma joue, je pus enfin répondre avec « la sagesse du Roumain d'après coup » :

— Je crois tout simplement qu'un spécialiste en foresterie soit intrigué par nos épicéas qu'il voit s'épanouir dans la plaine!...

À ces mots, Mathieu raccrocha l'icône comme un enfant, le repentir dans ses yeux.

— Tous ces excès, je les dois au volcan de Vrancéa, s'excusa-t-il.

Néanmoins, cette algarade inopinée m'avait porté un coup trop dur pour ne pas lui faire un bref sermon :

— Alors, ayez la violence de maîtriser la violence!

Convertissez tout déchaînement dans l'énergie de vous abstenir...

Il capitula comme tant de fois, les mains tendues :

— Ah! la petite fée...

Puis Mathieu me conseilla la prudence et le discernement pendant son absence.

Comme si la victoire des Roumains (aussi juste qu'elle aurait été) se devait à sa portée! Cependant, il ajouta grave :

— Tu parleras aux enfants de moi, comme si je me trouve là...

(Pendant que je laissais couler mes larmes sur son départ pour le régiment, Mère me prépara une pâte au pain grillé très chaud trempé dans du vin blanc pour la mettre en cataplasme sur ma joue).

Le père de Mathieu vint accompagner son fils jusqu'à la porte, le bénit, se tourna vers moi et me lança le défi :

— Dorénavant, à nous deux!

Comme un refus de perspective conflictuelle, je ripostai :

— Que veut-on dire? À-nous-deux, quoi?!

— De veiller sur les enfants, voyons! conclut optimiste Mathieu, et sauta dans la première voiture qui s'arrêta, sans plus me donner le temps de lui dire enfin mille choses, de lui offrir moitié de mon être pour le protéger...

— On va vaincre! salua Mathieu.

Vive nos Alliés!

Vive la grande Roumanie!...

Mais deux jours plus tard, le 17 août, l'Allemagne déclarait la guerre à la Roumanie.

Le 19 août, c'était le tour de la Turquie de le faire. De la Bulgarie le 21 août.

Les quatre coins du monde se retroussaient sur nous, menaçaient d'enclaver notre peuple chez soi, ce peuple à l'esprit libre depuis le commencement du monde...

*

*   *

SOUVENT, LA NUIT DE LA CAMPAGNE TOURNE AU NÉANT. Sans qu'on s'en aperçoive, on est enfumés, confinés par une sombre force d'une obscurité absolue. Ténébreuse. Taciturne. Qui n'a pas de forme ou quelque dimension. Ni de consistance. Ni de mouvement.

On se sent seul dans cette nuit qui serre de près. Traverse et envahit. S'affirme et cependant se renie.

Dans un sursaut de révolte, on voudrait la saisir et la contraindre de s'enfuir.

Mais la nuit reste invincible. Parce que bien présente, impalpable, intangible! Comme inexistante.

Une existence, inexistante!

Alors, au moment des « allumailles » je me précipitais furtive à l'intérieur de la maison, avec le souci de bien tirer le verrou sur la porte.

Mes chérubins m'entouraient pour l'instant cérémonieux où je frottais une allumette sur son grattoir.

— Aaaa! la belle lampe du pop! chantaient-ils en chœur dans la pièce éclairée, pendant que des murs effleuraient des marguerites.

— C'est la nôtre, pas au pop! répondait Mère, pliée à cet ancestral jeu d'enfants, du temps où seulement le chef religieux put s'illuminer.

Les ailes de nos rideaux de nacre descendaient en faldes comme une protection de notre intimité. Si l'un des petits fouineurs en soulevait un coin de soie pour sonder l'abysse à travers les vitres, Mère le mettait vite à sa place:

Adieu rêves?

— Ne regarde plus dehors! Madame Minuit n'aime pas les indiscrets!...

...Il y a aussi la Marâtre-de-la-forêt...

Pour les repas, la toilette, l'enfilage des chemises et la baignée rituelle du samedi, Mère se trouvait auprès de moi. Surtout pour les prières, apprises et récitées par chacun jusqu'au petit dernier.

Quant aux contes bleus, je m'ingérais dans le final de fictions fortes, aux sorcières, ogres ou dragons, pour le soulagement de notre chaste auditoire :

— Alors le papa des enfants est arrivé pour vaincre le méchant!

Ensuite, soutenue par un concert éthéré de petits souffles, je m'allongeais au lit en pensant à Mathieu, à l'âpre guerre qui se déployait loin... et je priais. L'âme suspendue sous la palpitation de lampe à l'huile au milieu de cette nuit noire. De ce terrifiant chaos.

Le matin des fêtes, Mère mettait sa tenue noire du dimanche, un tailleur simple à la longue jupe et à la gaze rebrodée par-dessus sa coiffure lisse, au tortillon derrière la tête.

À son départ pour l'église, comme au milieu des enfants, la brise des champs ensoleillés donnait de la douceur à ses traits de déesse. Presque toujours, elle emmenait aussi nos petits.

À son retour empressé du service religieux, Mère nous arrosait la maison d'eau bénite. Ensuite elle s'effaçait. S'installait aux fourneaux.

Le passage obligatoire du père de Mathieu rassemblait nos enfants qui l'écoutaient attentifs, debout, presqu'enraidis.

— L'armée roumaine a libéré les frères de Transylvanie à Brasov, Sibiu, Petrosani, Orsova...

Nos petits ne clignaient même pas des yeux.

— Les Roumains, avec votre papa, ont mis le stindard de la liberté à Sighisoâra, Mures, Saint-Georges...

Ou bien:

— Notre armée a tendu la main fraternelle à tous ceux qui habitent chez-nous...

— Tiens, je m'adressai tout bas à ma mère, quand il parle aux petits, Beau-père n'aborde pas les sujets à l'ancienne, mais à mots simples, même choisis, pour se faire bien comprendre…

Très vite après, plus vite que d'habitude, l'automne signa sa survenue d'un griffonnage rouillé.

Ma mère me vint en aide pour préparer la saumure de légumes et la choucroute.

Puis les passereaux donnèrent le signal de départ.

Les feuilles palpitèrent sur les branches avec inquiétude. Une étrange accalmie vint inonder le village. Beau-père ne nous donna plus de nouvelles.

Mère installa le métier de bois dans un coin de la grande chambre, comme un flotteur de sauvetage.

Ranimée par ce nouveau moyen de réaliser le beau, du matin au soir je tissais.

Je tissais mon amour pour les enfants. Mon espoir pour Mathieu. Nos rêves.

D'une trame de duite que Mère avait filée. D'un fil de laine tiré de la navette. Un autre passé avec mes doigts point par point, pour styliser la nature dans une consonance décorative de couleurs sur un tapis.

Que Mathieu et nos enfants marchent sur un fleurage de clairières.

Hormis les moments où je m'imaginais Mathieu et les soldats en feu, mis à part les instants où de très loin, ma jeune sœur plongeait ses regards dans mes regards, je tissais avec effusion. Je brodais.

Au rythme de mon ouvrage, Mère déchiffrait mes songes. Rallumait la lampe à l'huile et se mettait à faire des génuflexions. Autrement, Mère s'estompait au milieu des travaux domestiques. Souvent, elle filait de la laine.

J'entendais le pépiement des enfants et tressaillais au moindre cri.

Mère me rassurait :

— Ils jouent. As-tu jamais vu l'enfant sage ou la vieille belle?

Adieu rêves?

En continuant la tissure, je frappais le battant de bois. Pendant que du salon la pendule à la voix profonde marquait les heures...

En ce qui concerne le manque de remèdes et même à la méconnaissance générale des thérapeutes, Mère en possédait presqu'une prescience médicale.

À part des infusions et compresses d'herbes, Mère soignait les enfants par un tas de procédés populaires.

Tout en marchant, une certaine rotation des bras de l'avant vers l'arrière alternée par des massages montant de l'intérieur des poignets furent efficaces en cas d'indigestion. Le sel gris appliqué du bout des doigts sur les amygdales guérissait le mal de gorge. La fumigation au maïs pressuré sur la plaque brûlante débouchait le nez. En cas de bronchite, Mère onguait le torse avec l'huile iodée obtenue par osmose à la racine du noyer; les larmes de vigne... rendaient limpides les yeux...

Le père de Mathieu vint un jour nous annoncer, nuageux:

— Le général Falkenhayn a fait irruption en Transylvanie avec six divisions militaires et l'écrasante supériorité d'armement allemand.

...Mais il reconnaît « l'héroïsme des Roumains qui défendent leur patrie ».

— La patrie... murmura Nic, suivi comme d'un écho par les fillettes.

Lendemain, de nouveau Beau-père nous tint au courant:

— Le commandant ennemi du secteur allemand reconnaît que « les Roumains se sont battus excellent ».

...Aussi Koster, le correspondant allemand de guerre en Transylvanie est stupéfait que les « Roumains défendent avec acharnement chaque mètre carré de leur terre natale ».

— Terre natale... répéta Nic.

— Natale... firent chorus les autres.

Je me demandais d'où Beau-père tenait des renseignements si détaillés, même si je l'avais souvent vu parler au facteur postal et au maire. Et je savais bien qu'avant le signal du couvre-feu, il allait sans faute prendre des nouvelles au régiment stationné en marge du bois.

Au moment où il fit son entrée, assombri, les visages de mes anges pâlirent.

Sans s'asseoir, leur grand-père foudroya de ses yeux l'adversaire lointain et gémit:

— Près de Brasov, à la gare Bartholomé, une compagnie militaire nous a été encerclée et massacrée, au lieu d'être faite prisonnière. Une compagnie entière!

La crainte s'empara de moi.

...Comment l'ennemi nous a-t-il repoussés jusqu'au sud de la Transylvanie??...

Drapé d'une luisance liquéfiée, l'automne glissait par-devant les fenêtres. L'automne gissait sous les fenêtres.

La nuit, j'entendais la pluie frapper les vitres avec une reprise infinie de ses jets rejetés.

Nul être vivant ne passait notre seuil. Même pas Mère Stana qui n'avait qu'à traverser la route.

Notre villa rustique émergeait, solitaire, d'une agglomération paysanne.

J'aurais aimé que notre maison soit un superbe château! Maintenant, même limitée à trois chambres, je la voyais s'élancer comme une provocation.

Aux temps hostiles, des réduits enfoncés dans la terre, inaperçus par les envahisseurs d'autrefois, furent aussi sages que les habitations lacustres de l'ancienne Prairie.

Mais depuis longtemps, les Roumains n'habitaient plus les demeures bâties à l'aube de l'humanité. Chaque réduit devint une cave à légumes.

Après toutes les victoires, surtout après l'Indépendance de 1878, les gens étaient sortis confiants au grand jour. Avec l'aisance des constructions à l'aspect de fleurs exposées au soleil.

D'ailleurs ni pendant les trépignements barbares, le Roumain n'avait transformé sa maisonnette en fortification contre ses semblables. Parce que depuis toujours l'espoir d'amitié a relié les Hommes.

Adieu rêves?

À ce moment d'impâs, du grand balcon prolongé en pourtour, mon regard s'échappait vers le sud, par-dessus notre plantation de sapins, par-dessus la chaussée, au-delà des mas d'en face, loin, loin, aux acacias nus qui encloraient l'horizon.

De là, les corneilles sombres, agglutinées sur les sommets d'arbres, prenaient l'envol, s'amenaient vers moi, vers ce village, avec un croassement, une rumeur qui présageaient l'agresseur.

Mes pressentiments prenaient des formes et des contours. Plutôt j'y déchiffrais l'idéogramme des événements qui suivirent, dont Mathieu ne m'alarmait jamais. Son père non plus.

Novembre nous surprit glacial. Jour après jour, le vent soufflait au ras du sol. Des feuilles mortes remuèrent les unes après les autres, détalèrent ensemble dans un amalgame roué vers notre maison. Pendant que le vent dépêchait sur leurs traces d'autres foules régulières de feuilles, comme un bizarre assaut.

Quand les fantasmes de la terreur endossèrent les blanchâtres frusques de brumes, j'achevai–tambour battant–le tapis. Mère lui compta les coudées; puis démonta le métier pour le ranger dans l'abri d'outils.

*

*   *

L'AUBE DESSILLAIT, dans un épais foisonnement de neige, les paupières blanchies de frimas.

Les enfants dormaient encore.

Mathieu explosa dans la maison, comme une projection volcanique.

Dans une vive secousse, il éparpilla la froide poudreuse de son manteau militaire. Avec une agilité aguerrie, se déchargea de son fusil, de son sac et son képi; enleva le pitoyable manteau et se pencha vers sa cuisse gauche ensanglantée.

Mère avait attisé le feu de la cuisine.

Mathieu dut se déshabiller en arrachant l'ample pansement. Le sang jailli à flots par-dessus le genou, me fit frémir.

Après lui avoir versé en vitesse un désinfectant sur toute la longueur du pied, je serrai un linge en sus de sa blessure pour juguler l'hémorragie. Mon souci de lui appliquer en douceur les compresses et le bandage n'empêchaient pas les convulsions de toute sa chaire.

— J'arrive du nord-ouest d'Argès, la dernière bataille–à peine improvisée pour la défense de Bucarest–me dit-il enfin d'une voix heurtée. Mon colonel m'a donné une permission de vingt-quatre heures. À minuit, je dois les rejoindre dans la direction de l'est, à Urzicéni, en retraite vers la Moldavie.

— En retraite?

Mathieu adoucit le ton.

— C'est un repli stratégique... Nous avions le plus étendu des fronts : l'arc entier des Carpates, et en plus la frontière du sud avec le long du Danube, et le rivage de la Mer Noire.

Il ajouta, pour me donner un peu de courage:

— À la nouvelle que les Roumains sont entrés en guerre, l'empereur Wilhelm II a déclaré à la princesse Blücher : « Tout est perdu, je ferais mieux d'abdiquer immédiatement ». Tu vois, les Roumains sont connus pour leur héroïsme. Pourtant les Alliés n'ont pas encore pu nous pourvoir d'armes.

— Pas possible!

— Si! Le comte de Saint-Aulaire a reproché aux Alliés que Bucarest ait été bombardé sans avoir la possibilité de riposter par manque d'avions!

Nous n'avons pas été aidés face aux moyens très avancés d'attaque allemande.

Mon colonel a pu entendre de ses oreilles le comte de Saint-Aulaire exprimer son mécontentement. Car les Allemands nous assiègent aussi du Danube à côté des Bulgares.

Je ressentis un pincement au cœur : la Bulgarie bien aimée, dont l'Indépendance a été payée par nos sacrifices, à côté du grand Russe.

Mère se mit à nettoyer le tapis avant que le sang ne s'y coagule.

Grâce à mon obstination, Mathieu avala une tasse de lait.

Debout devant lui, je n'osai rien commenter. Ma compétence n'était qu'une humble lunule de justice. Je m'enquis à mi-voix :

— Comment on vous a donc menés au combat?

— Mal équipés, avec de vieux... flingots, comme du temps de mon père contre les Turcs il y a près de quarante ans... et quelques mitrailleuses.

Mais on vaincra! se ranima-t-il.

...Dans la contrée de Bârsa, le reporter allemand Willy Frerk s'étonnait de notre héroïsme sous le feu de leur artillerie lourde : « Bravo le Roumain » écrivait-il. « L'allemand sait honorer l'héroïsme. Pourtant la guerre est la guerre. »

Mathieu ajouta vite avec vaillance :

— Heureusement, devant l'ultra-moderne assaut de l'ennemi, la résistance des Roumains tient bon dans les gorges des Carpates.

Nous allons les rejoindre. Dans les violentes batailles de défense en Transylvanie, Saint Aulaire a estimé nos luttes comme « des merveilles »!...

...Maintenant que la Couronne et le gouvernement partis de la capitale se sont retranchés à Iassy...

— Partis? Alors nous, le reste du pays??

Mathieu posa sur moi son plus soucieux regard :

— La plupart du terroir sera occupé...

Je ressentis la foudre.

— Occupé!!

— Aie la foi! Nous recevrons les armes promises et nous chasserons l'adversaire. Le général Berthelot doit aussi arriver!

En attendant, dans les Carpates-Orientales, à chaque offensive ennemie repoussée, nos Roumains tombent en criant : hourra!...

Des frissons d'émoi me traversèrent le cœur l'un après l'autre.

Beau-père vint, silencieux. Leur bref entretien le rendit morose.

— Mon colonel m'a suggéré de faire un saut à Bucarest, m'avertit Mathieu, pour encaisser trois mois de salaire en vue de ta grossesse. Dans la soirée je peux reprendre la route et regagner le régiment.

Sans hésiter je répondis :

— Oh non! Reculer d'abord vers le sud-ouest? La capitale sera la première cible de l'ennemi. J'irai moi-même!

Mathieu sourcilla fort en signe de refus catégorique et s'adressa au parent :

— Père, pourriez-vous tenter cette expédition?

— Le père de Celui-que-vous-êtes ne saura pas s'orienter. En plus, ma grossesse évidente est l'unique passe-partout devant l'envahisseur.

— Sauf s'il s'agit d'une horde! Il y en a prêts à détruire les Roumains, même « dans le ventre de leur mère ». Ne t'expose pas!

Pour empêcher, coûte-que coûte, ce périlleux détour de Mathieu, j'ajoutai :

— J'ai besoin des Demoiselles... du docteur...

— Du docteur!... Dans ce cas mon père va t'accompagner...

Adieu rêves?

Chaudement vêtue et chargée d'une besace de céréales pour les Demoiselles, je montai dans le phaéton postal, enserrée entre le facteur et Beau-père.

Mais en remontant la colline, le phaéton se mit à se balancer, à craquer, à se pencher du côté de Beau-père qui dut descendre et rebrousser chemin.

Les Demoiselles me reçurent lucides face au péril qui marchait sur le pays, mais dignes, comme la plupart de la population qui restait chez soi.

— Du maïs et du blé? s'exclama Demoiselle Marie, après avoir lu la dépêche remise. Mathieu sait toujours ce que nous manque. Mais notre souci, c'est lui! C'est vous avec les enfants... C'est le sort du pays roumain!

Désappointée, j'essayai de les convaincre :

— Venez à la campagne, on sera une seule famille. On pourra s'entraider.

— Mais moi je suis là, intervint le jeune filleul surgi de quelque part, avec un malin sous-entendu dans sa voix revancharde. Ensuite, il feignit de sourire. Son affectation fut mal venue.

Je craignais pour l'isolement de nos merveilleuses dames qui avançaient en âge, avec leur dédaigneuse manière de traiter ce jeune homme qu'en même temps elles favorisaient matériellement.

Demoiselle Marie me conduisit jusqu'à la porte.

— Cet hypocrite, ce vil, ne m'inspire aucune sécurité m'avoua-t-elle. On le garde comme un loup dompté qui peut nous défendre contre les meutes.

Pour ajouter aussitôt :

— Allez-vous donc vous débrouiller?

Quand Demoiselle Marie m'embrassa de nouveau comme si elle s'accrochait à moi, je lui répétai l'invitation :

— Quoi qu'il arrive, n'hésitez pas de venir à la Prairie, vous serez chez-vous.

À la Maison-des-écoles régnait la débandade : bureaux fermés, fonctionnaires en déroute, officialités en dispersion partielle.

Je ne fus soulagée qu'avec l'avance de trois mois de salaire dans le corsage.

Dehors, je plongeai dans une onde morne. Les réverbères aux faibles quinquets s'allumèrent l'un après l'autre. La ville avait l'aspect d'une chapelle funèbre.

Au fur et à mesure que je continuais vers la périphérie, un confus va-et-vient s'amorça. Femmes, enfants, vieillards, encombrés de bagages, martelaient tous les trottoirs dans le vacarme des klaxons, jurons des cochers, cahotements des voitures qui arrosaient tout le monde de neige boueuse.

Jeanne, où est Jeanne maintenant? je murmurai.

Je réussis à prendre le postaillon de correspondance, mais la surcharge le fit brinquebaler parmi les congères, et même se déchiqueter à mi-chemin.

Dans la soirée froide, illuminée par la phosphorescence de neige et de temps à autre par des phares fuyants, je continuais la marche à pied, vers la Prairie, en m'incitant :

— Vite!

Mes pas grignotaient à peine la marge de route. Mon souci pour les enfants rongeait mes lèvres. La crainte que je provoque le retard de Mathieu corrodait mon cœur.

— Vite! Vite! Vite! À fond de train! Comme une flèche!

De loin en loin, je me retrouvais seule entre les emblavures moutonnées de neige.

Sans doute ma mère pratiquait des génuflexions à l'heure où le phaéton postal parvint traînard à m'atteindre. (Ses roues remplacées par des glissoires de fortune).

Je trouvai Mathieu prêt à « irrompre » en mille éclairs sous la pression de son devoir. Les voisins dont il avait acquis plusieurs muids bien tassés de blé et de maïs furent payés avant qu'on cache les céréales dans les profonds viscères de notre terrasse. (Tous les paysans, d'ailleurs, enfouissaient un minimum de réserves alimentaires pour quelques mois)...

Le grand vent fondit brusquement, criard, chargé de givre. À vue d'œil le village s'embrouilla dans un tourbillon laiteux.

Sans s'attarder, Mathieu endossa le manteau kaki (raccommodé par Mère et doublé d'une vieille flanelle). Pour être réglementaire, il refusa mon col de fourrure. Enfonça le képi sur sa tête et nous embrassa fort, tous en groupe.

Le petit dernier l'accrocha pour s'enquérir encore de tresses, de médailles, de boutons. Empressé, Mathieu se contenta de lui faire une grimace enfantine.

— Soyez confiants, nous recommanda-t-il.

En ajustant la baïonnette au canon de son fusil, Mathieu mit l'arme en bandoulière et s'écria, pour ajouter davantage de force à sa propre hardiesse:

— On va libérer de nouveau la Transylvanie! On va sauver le pays! Vive nos Alliés! Vive la Roumanie!

*

*   *

Tard dans la nuit, après avoir enlevé la neige de la terrasse et taillé des venelles jusqu'à la porte, au puits, au poulailler, à la cabane à provisions, je berçais le sommeil sur mes cils sans que je puisse m'endormir.

Depuis une semaine, mon âme tâtonnait dans la nuit noire et ne retrouvait pas Mathieu reparti pour le front. Vers son visage de nulle part, je tendais les bras imaginaires. Mon oreille, vers sa musique. Parfois je percevais quelques accords, quelques mesures mélodieuses, quelques stances de poésie chantée, entrecoupés par les lointains grondements des obusiers. Par des proches hurlements de loups.

Soudain dehors, à l'arrière de la maison, quelqu'un érailla sur le loquet.

J'entr'ouvris en sursaut.

C'était Mathieu!

— Chuuut... fit-il, Chut!

Un frisson me traversa jusqu'au bout des orteils. Dans l'éclairage vacillant d'un fumeron, je le découvris désarmé, avec les vêtements militaires en lambeaux. Grelottant et have. Son visage tuméfié, aux écorchures, n'esquissa aucun sourire. Les mains aux cicatrices et fraîches entailles restèrent dans une crispation engourdie.

Mathieu chancela comme pour s'appuyer.

Les marges de ses haillons emperlées de glace commencèrent à goutter de l'eau et du sang.

Il fouilla soucieux dans la poche intérieure de son tricot pour sortir ses décorations, dégagea un énorme revolver noir de son sein et marmonna exténué:

— Tiens... cache-les bien, en souvenir de ma guerre...

Je le regardai avec désespoir; son rêve d'héroïsme, fut-il perdu? Lui, le flamboyant qui embrasa des générations d'élèves pour libérer la Transylvanie! Lui, le petit-fils de Tudora de Vrancéa, l'âme de l'amour patriotique!

Avec lourdeur, Mathieu tentait en vain de faire un signe de la main, ce qui révélait un total épuisement.

De même, ses yeux rutilèrent grands ouverts, en lutte avec les paupières flapies.

Ma mère, qui avait dès l'abord avivé les tisons dans le poêle, put lui offrir un bol de soupe chaude.

— Assoyez-vous là, oignez votre poitrine de quelques gorgées, lui conseilla-t-elle, avant de se tenir de nouveau loin.

Mathieu quitta ses guenilles. Puis, me laissa lui ôter les gros chaussons et le bandage terreux.

Sa blessure dégénérée en ulcération était entourée d'une ecchymose alarmante. Mais supplicié par son malheur moral, Mathieu ne poussait que des faibles gémissements au cours du décrassage et de l'antisepsie à l'iode. Seule sa chair s'agaçait dans un spasme rythmique.

De but en blanc Mathieu vainquit son épuisement.

— Des linges, me réclama-t-il énervé, devant la chemise de nuit posée sur le lit.

...Ne dois-je pas, souligna-t-il, regagner au moins mon poste d'instituteur pour me rendre utile quelque part? C'est impératif de maintenir l'amour patriotique à l'école. Autrement, pour la population, c'est l'ordre d'une résistance passive.

— On devra subir sans rechigner?

— De préférence éviter tout incident qui déclencherait la répression. Qui veux-tu vous défendre? À part des blessés égarés comme moi, tout homme qui a l'âge requis pour combattre doit se trouver sous les drapeaux!

Mathieu gémit encore, et d'une voix étranglée me présenta son dilemme:

— C'est presque sûr, mon colonel m'a offert la dernière permission tout en sachant que je ne puisse plus les retrouver... Lui qui me mettait au courant même de renseignements secrets, lui qui sollicitait mon avis! A-t-il considéré mon bras moins capable de défendre le pays que de jouer du violon? A-t-il voulu me protéger, ou me rebuter?

— Peut-être, fut ma supposition, le colonel a reçu l'ordre d'un raccourci vers le nouveau front!

— Oui, un autre itinéraire ne serait pas exclu, douta Mathieu.

— Ou bien, sa balance a penché du côté de votre blessure.

— Mais je ne suis pas un mutilé! Pourtant, dans la tempête furibonde, au lieu de les rejoindre, me voilà tombé au milieu d'une patrouille allemande survenue du Danube. Désarmé, ligoté.

Je pris l'audace de l'interrompre :

— Toutefois... Celui-que-vous-êtes connaît la langue germanique.

— Pour discuter quoi? De la philosophie peut-être? Tu es restée l'enfant du rêve d'harmonie?

C'est la guerre! Les gouvernants peuvent parfois pourparler. Dans tout autre cas, surtout comme celui-là, converser entre amis avec les ennemis signifie trahir!

Et des traîtres n'existent pas dans toute ma lignée!

Mathieu se renferma dans un mutisme dépité. Sursauta. Se leva.

Je l'aiguillonnai pour le retenir un tant soit peu à la chaleur.

— Comment avez-vous pu filer entre leurs doigts?

— Hm! Avec un soubresaut démentiel, j'ai culbuté comme un fagot dans la neige. Perdu à leurs lanternes, je me suis détaché des liens et j'ai persévéré contre la tempête vers le front de Moldavie.

Mathieu s'amuit encore d'épuisement. Ensuite, il poursuivit :

— La grande plaine est un sinistre panorama!

Partout, de colossales braises, nos silos de céréales et nos meules de foin incendiés par nous-mêmes pour ne pas servir à l'ennemi. Pendant que des familles réfugiées de Bucarest tombent sur le chemin de fatigue, de froid et de faim, sous les sabots de la cavalerie allemande.

Adieu rêves?

J'ai porté dans mes bras deux enfants sur presque dix kilomètres jusqu'au premier village, où je me suis rendu compte que leur mère malade qui nous suivait s'était perdue dans la tempête. Plus loin, j'ai pris un garçonnet sur mon dos. Mais les autres?

J'essuyai mes yeux avant que d'inopportunes larmes ne les inondent.

— Et comme vivres?

— Le coquelet rôti que tu m'avais mis dans le sac. Puis de la neige...

Illico, Mère lui prépara une omelette au fromage.

Mathieu reprit avec fureur :

— C'est vers la région de Moldavie qu'il n'y a plus d'issue. Les ennemis remontés par le sud ont fait jonction avec ceux descendus de Transylvanie pour assiéger la nouvelle frontière et passer outre.

— Outre la ligne Vrancéa-Galati?

— Mais ils ne passeront pas! s'écria Mathieu.

Réchauffe-moi un gilet de laine... Frotte-moi s'il te plait les orteils. Si tu peux avec une serviette. Assez au pied gauche, il me fait mal.

Puis avec la voix étouffée :

— Une conflagration a divulgué ma présence au beau milieu de la nuit. Durant deux accrochages avec des gardes isolés, j'ai tourné un gourdin, un fusil déchargé, une planche de clôture. J'ai lutté corps-à-corps jusqu'à ce que j'aie arraché ce revolver. Quand j'eus fini les balles seulement, une troupe alertée m'a fait faire un nouveau plongeon dans les congères.

Mais quelques kilomètres plus loin, la terre était balayée par un roulis de faisceaux lumineux.

Par cinq fois j'ai voulu remonter vers le nord. Par neuf, j'ai tenté de parvenir au bois et j'ai buté sur les fortifications ennemies.

Devant leur géante base militaire, une masse de soldats et d'armes lourdes aux yeux d'Argus, j'ai nagé encore de longues heures à droite et à gauche dans les accumulations poudreuses, sans pouvoir me frayer un chemin vers notre front.

Pour ne pas tomber entre leurs mains, j'ai dû enfin glisser en arrière par-dessous les neiges et parmi les innombrables corps gelés des citadins partis à pied de Bucarest...

— Ne vous tourmentez plus. Celui-que-vous-êtes est blessé.

— Blessé? Quand on aime son pays comme moi, on lui donne son sang jusqu'à la dernière goutte... Mais d'une façon utile!

Mathieu resta les yeux dans le vague, les yeux en feu, comme une imputation à la fatalité.

— Mon costume de laine rapidement, m'ordonna-t-il, dans un nouveau sursaut.

Et ses paupières s'effondrèrent enfin pour un moment.

Éclipsée dehors avec ses haillons destinés à la fournaise, je déverrouillai aussi du grenier les vêtements d'hiver, le manteau fourré, les bottes, sa canne à l'épée secrète qu'il tenait du père des Demoiselles.

Une fois vêtu, Mathieu contempla d'un air douloureux la porte qui le séparait de nos quatre anges. Puis ma grossesse.

D'un pas mal assuré, il mit sa main sur mon épaule. Me tapota les joues et son regard me brûla jusqu'au fond du cœur.

— Élise... Marie-Élise! Je te fais confiance...

J'assourdis mon chuchotement :

Mon Dieu, va-t-il tenir encore cent kilomètres en plein hiver? Et les ennemis? Le reverrai-je ou non?

Mes sanglots refoulés m'étouffèrent. J'éprouvai presqu'une défaillance.

Et voilà qu'une idée m'illumina:

Le violon!

Au même instant, Mathieu se tourna de nouveau vers moi comme pour prêter l'oreille aux évanescences mélodiques d'un autre monde.

Mais il ne dit rien.

Avec les genoux fléchis devant le coffre dissimulé sous le lit de bois pour sortir l'instrument de sa cachette, les airs de ses concerts dont il me déchira l'âme voletèrent dans ma mémoire et me firent cascader les larmes tant retenues.

Adieu rêves?

Malgré cela, Mathieu repoussa ma piété musicale et ne se permit non plus d'ouvrir la boîte sacrée.

Ce fut ainsi qu'il s'en alla dans la direction opposée, tout en s'appuyant sur sa canne, le violon ceint sous le manteau et le flacon désinfectant dans la poche.

S'en alla, le petit-fils de Tudora. Brimé. Damné. Avec la flamme patriotique offensée par le sort.

...Et sur ses traces, minuit sibyllin croula une avalanche fumante.

*

*   *

QUAND LE PÈRE DE MATHIEU freina le galop de son cheval et appela Nic chez lui, je ressentis un serrement de cœur et, par instinct maternel, je les suivis.

À ma stupeur, dans l'antichambre de leur entretien, le clan de la belle-famille me bloqua l'entrée.

La basse voix du vieil homme était à peine audible à travers la porte. Mais la réponse de mon vaillant garçon résonna frétillante :

— Oui, Grand-père, je suis Roumain! J'irai à l'orée du bois pour donner au colonel votre missive...

— Message! fut-il corrigé.

— Oui, le message que les Allemands s'approchent!

La voix grave baissa de nouveau et le garçon reprit téméraire :

— Oui, Grand-père, si je rencontre l'ennemi, je mettrai le papier à la bouche.

— Dans la bouche!

Avivée, je repoussai d'une seule rotation la barrière de bras qui me retenait pour « irrompre » à l'intérieur de la chambre.

— Non! je ne veux pas que mon bébé y aille! C'est trop risqué.

— Quoi! répliqua le vieux père.

Ses yeux eurent les subites lueurs d'orage avant de foudroyer l'arbre.

Il se leva tout-puissant pour tonner, même si les éclats de son courroux s'alourdirent de l'ancien patois :

— Femme, tu arestes le petit-fils de Tudora! Tu as une foule d'ancestres batailleurs et caches ce garçoncel dans tes jupes!

(Voilà Beau-père me rétablir dans mes antécédents pareil à la tante Irine...)

J'affirmai avec fougue :

— J'irai à la place de Nic!

— Oh que non! Fais pas la compromisseuse!

Sobre et préoccupé, il mit dans la main de Nic un bout de papier, le souleva pour le faire escalader la fenêtre et rugit :

— Vas-y! Cours!!

La même bâcle féminine bouchait maintenant le cadre de la sortie : Stane, Flora, Ioâna et leurs deux belles-sœurs, dont les maris, tous à la guerre, les avaient laisser élever les têtes blondes sous la protection du grand âge.

— Libérez le seuil! Je dois passer! Mon fils est en péril!

Près d'en venir aux mains, je pus m'en dégager au moment où la terre vibra d'une lointaine approche d'armes lourdes. Le vieux père nous fit alors observer par la fenêtre.

Un intermédiaire précédait le cantonnement des troupes et tâtait le terroir, avec un panier sur un bras, dans l'autre le sabre en l'air.

— Un drogman d'emprunt, précisa Beau-père.

Une aiguille me piqua le cœur :

— Mon petit Nic!

Beau-père continuait à poursuivre des yeux l'homme.

— Vous ne devez pas sortir, me conseilla Stane, la sœur aînée de Mathieu. Ce truchement, comme on le voit, est un rude! Un incident pourrait vous faire accoucher prématurément. Peut-être pire!

— Accompagnez-moi, je répondis, prenez cette corbeille pleine d'œufs pour lui détourner l'attention. Venez vous aussi belle-sœur Joëlle, avec votre auberge, vous avez appris à mettre frein même aux ivrognes!

Sur la sinueuse ruelle du village qui s'allongeait en descente vers le grand bois, le truchement prétentieux comme un épouvantail nous précédait d'une vingtaine de mètres.

À ce moment précis, à l'autre bout de la ruelle, en remontant du bois, surgit Nic mon chérubin. Il rentrait de sa mission, grêle, aux boucles châtaines, presque repu de dignité, pour se trouver face-à-face avec l'ennemi qui agitait son sabre.

À la vue du soldat étranger, Nic mit d'un coup la boule de papier à la bouche.

C'était sans compter avec le guet du drogman. Quelques sauts de fauve, en avant, lui suffirent pour attraper l'enfant:

— Ouvre ta gueule! N'avale pas, petit diable! Valah rebel! Je vais te trancher la gorge pour voir ce que tu as gobé!

Son panier jeté bas, le truchement empoigna la chevelure et souleva l'enfant qui se débattait en l'air, pendant que l'autre main du tyran au sabre prenait son féroce élan pour décapiter.

Je me jetais dans sa direction quand la belle-sœur Stane, sage et bienveillante, m'agrippa la jupe. Ainsi, Joëlle me devança et, arrivée par-derrière du soldat, elle lui saisit avec poigne les deux coudes.

Surpris, presqu'immobilisé, le soldat dut lâcher le garçon qui s'enfuit, pendant que la sœur aînée de Mathieu présentait les œufs à vendre.

Tout de suite, je retrouvai mon petit patriote avec la brève réponse du ccolonel : « Reçu message »...

— Tot? fit le vieil homme, plus sombre que jamais.

— Oui Grand-père, c'est tout... souffla l'enfant.

Le vieux visage s'obscurcit davantage. S'effondra. Son expression dut ressembler à celle de son aïeul devant les cimes de Vrancéa désertées par la peste.

Mathieu avait eu raison : « Personne ne combattra, même les troupes coincées, doivent manœuvrer pour la dispersion. »

— Enfermez-vous! nous exhorta ombrageux Beau-père. Cadenas sur la bouche et frein au cœur!

Il enfonça son chapeau de fourrure sur la tête, prit sa flûte et dehors, franchit l'échalier de bois du fond de son jardin qui le reliait à la grande route. Ensuite, il entama une vieille chanson roumaine que je n'avais jamais entendue.

C'était la complainte populaire, la doïna, d'une détresse à meurtrir l'âme.

Le signal du calvaire à subir. La désolation d'un monde à genoux.

L'annonce du désastre, plainte par la flûte, s'écoulait comme le sang d'une blessure.

...Quelle mémoire millénaire put cette mélodie réveiller?

Quelle communion d'esprit entre ce chant carpatin et l'âme de notre plaine?

Par un étrange entendement, le village en releva le signe précurseur.

Il y eut, en immédiate réponse, un bref concert de claquements. Des succinctes frappes de portes.

Et soudain, le village avec ses gens et ses animaux parut plongé dans un silence mortel.

Pendant que du côté des champs, le lourd bruit d'armes et la cadence des pas s'approchaient, augmentaient, devenaient chambard d'occupation aux grosses bottes sur le cœur du pays...

QUELQUES HEURES PLUS TARD, l'envoyé de la mairie me dicta la libération de la terrasse, de la chambre d'en face et du salon.

Nous n'avions plus droit qu'à la pièce d'arrière plan, transformée en cuisine où, après avoir comblé de coffres les dessous des lits, les piles de couvertures, d'édredons et de linge remontèrent jusqu'au plafond.

Le soir, dans l'ouverture de la porte de passage vers la grande chambre, j'étais debout, dans les affres de la terreur en pensant à Mathieu. À Jeanne. À ce que nous aurions à subir.

Une lampe à l'huile, sous l'icône, était notre seule protection. Et ma mère, au visage intransigeant de minerve outragée.

Les quatre chérubins, tous pétrifiés en saillie, s'agrippèrent l'un après l'autre à ma jupe, au moment où l'officier allemand fit son apparition.

— Mama! Mama! prononça l'étranger allemand impressionné de ma position délicate, autant que de mon expression sévère accentuée par l'irrévérence.

Avec des gestes, l'homme se mit à s'excuser d'être l'occupant.

Mais horripilée de cette intrusion, avec l'ordre de nous exhiber, je discourus en roumain:

— C'est au mépris de la sainte justice qu'un Européen occupe la Roumanie dont le sang sacro-saint, versé pendant des siècles en lutte contre les Turcs, a bâti la liberté de l'Europe!

À ma surprise, l'officier allemand parut tout comprendre! Il se mit (dans sa langue) à fulminer contre le portrait de la reine Marie accroché en haut du mur, comme si elle était la cause de cette situation.

Adieu rêves?

Il nous apprit aussi, par des signes, qu'à son tour il dut quitter son enfant qui ressemblait à mon petit dernier. De surcroît, l'officier tendit les mains vers Pétronius en l'attirant par des aimables sourires.

La frayeur me saisit. Nic chuchota au benjamin :

— Pétronel, n'y va pas! c'est l'ennemi!

Mais à part la candeur de ses deux ans, Pétronius avait la nature expansive et amicale. Et dans les bras de l'officier, la curiosité le mit davantage à son aise. Il pointa de son index les passements, les boutons, et les décorations de l'étranger, et ne cessait pas de s'enquérir :

— Ça c'est quoi? ... Et ça... Et ça? ... Pour le grand enchantement de l'officier.

Pliée de chagrin, j'entrouvris la porte arrière pour tirer mon souffle.

Dehors, à travers le brouillard collant, pâteux, rien que les branches d'arbres, tendues sans espoir, les mains du pays occupé, mes mains aux doigts quémandeurs à la recherche du ciel...

De loin, d'en marge du bois évacué, se levèrent alors les sinistres hurlements de loups.

Le fait que le jeune commandant imposa son quartier chez-nous ne me dispensa pas d'impôts.

Malgré la « politique de la terre brûlée » depuis toujours pratiquée par les Roumains devant les invasions ennemies, le village qui avait caché son minimum d'existence pour quelques mois, devait nourrir la troupe cantonnée.

À part les exigences des massives exportations, le tribut en nature perçu par la mairie déjouait toute tendance de friction avec les Allemands.

Alors, que cette maltôte s'avéra dure. La plantation d'acacias héritée par Mathieu fut coupée de la racine. On m'enleva le porc, les dindes. On me laissa seulement les poules pondeuses. De la petite ferme de mon beau-père, avec son clan de femmes et d'enfants, sortit un vrai troupeau. Il ne leur restait qu'une vache, des volailles, un porc et un cheval. (Aussi, le vieux père escamota le poulain au secret d'une meule de foin bien aérée...)

Notre menu de Noël ne fut attiédi qu'avec un morceau de jambon reçu de tante Irine, qui avait d'abord morcelé le cochon avec son village. À mon tour, j'accomplis la tradition de partage aux voisins.

En plus, à la veille de la fête, nos sapins furent investis par les soldats.

Chacun arrachait un épicéa, son arbre de Noël, avec un discret signe de reconnaissance.

D'une foule de rejetons seigneuriaux, je n'en comptais plus que deux centaines de verts susurrements. Si frêles dans la neige!

Le soir, quand je ramassai le linge étendu à sécher sur la terrasse, la cohue des branches menottées de glace ressemblait aux dents d'une meute grelottante.

Trente jours plus tard, les fumées bleues des maisonnettes se levèrent comme un remerciement pour la partance des occupants!

Le village était libre!

Libre?...

La nuit même, les loups sortirent à l'orée du bois et se mirent à hurler comme un présage.

Et à la traîne du déplacement allemand, la nouvelle d'une tarasque primitive qui piétinait la région se répandit de bouche à oreille.

— Les hordes!

— Les tyrans!

De nouveau, chaque maison s'enferma dans son isolement ancestral. On n'entendait ni les chiens. Ni les coqs!

De mes fenêtres, je coulais des regards anxieux par-dessus les toits pointus.

Depuis les invasions barbares, les orgies dévastatrices furent vite endiguées par l'incessante bataille de défense roumaine, à part que le peuple eut des habitations dérobées à la vue.

Maintenant, tous nos braves étaient si loin... L'espace d'un jour suffit pour que le village soit mis à sac. Ça et là, même à feu.

Adieu rêves?

Du grand charivari aux farouches abois de chiens et brèves détonations, se détachaient les cris.

D'après les lamentations des femmes, je compris que les celliers furent passés au crible, les granges et les étables dépouillées. Sur la route, s'entremêlèrent des moutons, des cochons, des chevaux et des bœufs cornaqués de force avec de gros gourdins.

J'avais retenu Nic de l'école, et contaminés par mon angoisse, les enfants devenaient turbulents.

— Venez devant le poêle, appela Mère. On va ouvrir la portelette et je vais vous raconter une légende...

— Un conte merveilleux, exigea Sylvie-Anne.

— Il était une fois...

Mais tous tressaillaient au tapage de plus en plus proche, à la clabauderie.

J'errais d'une fenêtre à l'autre. Le souvenir de Mathieu meurtri, dans son singulier, son exaspérant combat, mettait à l'envers la maîtrise de moi-même. Que put-il affronter dans son chemin, si maintenant ce modeste village avait été transpercé de part en part avec tant de haine?

Derrière la maison, vers le centre du village, les tourelles de l'église tombaient en flammes.

Le rêve d'harmonie de Père, d'intelligence entre les Hommes, où était-il donc?

Attirée de nouveau à la fenêtre d'en face par l'éclat d'un esclandre, je vis à gauche plusieurs femmes lever les fourches pour défendre l'unique vache.

Suite à une courte échauffourée, les agresseurs ouvrirent le feu. Les femmes tombèrent au milieu d'un blâme qui frisait la révolte.

Ensuite, ils visèrent les toits de roseaux que, même couverts de neige, ils aspergèrent de flammeroles. Pour donner une leçon aux résistantes, ces coléreux se mirent enfin à tirer au hasard malgré les protestations, les mottes de neige et brindilles jetées en retour.

Tout-à-coup, la horde noircit le devant de notre cour et brusqua le portail; envahit les arbustes et les piétina; se dispersa autour de la maison et campa dans la basse-cour.

Je les voyais par les vitres : des volontaires sauvages ou des rempilés, tous en débandade sur la réserve de bois qu'ils renversèrent pour un géant feu. C'était une menace.

Après un bref réchauffement, le toupet de ces soldats grossit, pour faire un raid à la maisonnette aux abris de provisions et d'outils.

Les uns tiraient le trépied en fonte sur les flammes avec le grand chaudron de cuivre, d'autres l'emplissaient d'eau, et d'autres jetèrent dedans notre stock de pommes de terre. Les derniers sortirent dans un tumulte d'ovations le tonneau de choucroute et les bocaux de légumes saumurés.

À part les céréales mises à l'abri, nous n'avions plus que les volailles pondeuses réfugiées d'effroi dans les deux grands mirabelliers.

Mais quand la braise fut prête, la monstruosité se déclencha : les soldats secouèrent les arbres, les abattirent pour attraper les poules affolées. Ensuite, ils les embrochèrent vivantes sur leurs sabres et vivantes les flambèrent !

Il y eut alors un infernal tintamarre aux envols des ailes et de plumes et aux caquètements, aux gloussements et piailleries à mort, convoyés par des hurlements de bravoure et rires sinistres, et tant de voracité que je sentis mon cœur se soulever en spasmes.

Mère s'agenouilla devant l'icône avec les petits dans ses bras.

J'explosai sur la terrasse d'arrière avec l'absurde espoir d'interrompre la cruauté. Pour ne pas enrager ces bizarres ennemis à la vue de ma grossesse, je m'enveloppai d'un grand châle.

Nic m'accompagna et les autres petits surgirent et se collèrent à ma jupe. À la vue de l'orgie de dehors, tous éclatèrent en pleurs et chacun appelait par son nom l'oiseau préféré en train de brûler vif.

— Houpette ! Blanche Houpette !

— Rougeotte, ma mignonne !

— La Grisâtre !

Nic passa vers la margelle de la terrasse et s'égosilla :

— Pirates ! Barbares ! Tyrans ! Dragons ! Laissez nos gentilles poules en paix ! Allez-vous'en, sauvages !

Adieu rêves?

Il y eut sans doute quelque interprète, car plusieurs soldats essayèrent d'intimider Nic en agitant leur sabre.

Nic se réfugia auprès de moi. Mais la criaillerie continue d'oiseaux avec les sadiques applaudissements révoltèrent de nouveau Nic.

— Pirates! Barbares!

Les soldats, tout en faisant ribote, se mirent à l'injurier. Quelqu'un pointa son sabre, se jeta vers Nic et bafouilla dans un roumain forcé :

— Si tu tais pas, Valah* rebel... te ferons coquelet rôti!

Mon petit patriote redevenu enfant se précipita pour s'agripper à ma robe, tout en soupirs:

— Maman, maman!

Et de nouveau il reprit courage :

— Pirates! Barbares cruels! Ogres! Dragons!

Malgré mes vertiges et le dégoût que j'éprouvais, je me tins dehors avec l'angoisse qu'ils puissent nous incendier.

À la totale combustion du bois et la fin de leur sordide festin, comme je l'avais tant redouté, deux d'entre eux se levèrent et attisèrent un bout de branche en faisant des signes vers la maison. Par miracle, une voiture s'arrêta sur la route. Et au son connu, providentiel, d'un ordre allemand, la horde se mit en branle avec mon grand chaudron et abandonna, au milieu d'une énorme flaque d'eau la marque de son honteux parcours sans plus pouvoir nous anéantir.

Quant aux arbustes écrasés, souffrants, des vrais enfants blessés, tous me fendirent le cœur au point de vouloir les prendre dans la maison pour les soigner.

...En marge du ciel, engouffré dans la cendre, le soleil n'était qu'un charbon ardent, notre Conscience d'exister en plein assujettissement, l'âme de ces lieux, depuis que l'Homme est Homme, dans sa tension de persister!

---

* Valah, déformation du nom de Pélages (habillés de peaux) à la différence de goï (nus).

LA NUIT, CRIVETS, le grand vent hivernal se leva de nouveau du nord-est et siffla, hurla, gronda parmi les arbres et dans les gouttières, fit grincer les montures des portes.

Quand les douleurs d'accouchement prématuré me prirent, Mère fit dîner les petits et les mis au lit plus tôt que d'habitude, tout en leur racontant d'Iléana aux cheveux d'or, sauvée par un brave et charmant prince. Puis, Mère entra dans la chambre-cuisine pour le rituel apprêt de mon travail.

— Mathieu, Mathieu! je répétais, et m'employais à ranger les ailes des rideaux, les vêtements, les broutilles des enfants, pour me mouvoir jusqu'au dernier moment d'après les conseils de ma mère.

Sa simple présence apaisait en partie ma crispation. Pourtant, la hargne et la grogne de dehors, avec les vertigineux roulements du vent sur la toiture me provoquaient un haut le corps.

— C'est fini, c'est fini avec la houle sauvage des soldats. Maintenant ce n'est que notre Crivets à nous, le grand vent que tu connais depuis ton enfance, m'encourageait Mère.

Toute propre, elle préparait l'eau chaude, la petite baignoire, les linges, en invoquant Dieu.

Ses yeux lumineux, son visage serein transi d'espoir en ces instants, lui donnaient l'air d'une bénéfique déité. Elle possédait l'art des gestes propices et des conseils fournis pas à pas sur le périlleux cheminement de la naissance.

Malgré tout, en supplice, et trois semaines avant terme, j'enfantai d'un faible vagissement: une petite fille que Mère nicha contre ma poitrine, baignée, langée, les yeux miraculeusement ouverts comme les fleurs bleues, messagères de rêve.

— J'écrirai à Mathieu qu'elle a le ciel dans le regard, comme sa mère... Je lui donnerai le nom d'Élène, l'aïeule bien aimée de mon père...

Immédiatement, des frappes hâtives parvinrent de la porte.

Quand Mère, après bien des hésitations ouvrit, les trombes de neige nous envoyèrent à l'intérieur un fagot de fourrures givrées: la femme de l'ingénieur, avec dans les bras Julianne sa fillette.

Réfugiée à l'ermitage situé sur la partie en surplomb de la futaie, la malheureuse retrouva sa chambre de location brûlée.

D'un seul signe, Mère sut s'entendre avec moi. Elle partagea le bois qui nous restait, réchauffa le salon, y transporta la lingerie.

Mon bébé aux yeux bleus reçut le prénom de Julie. Mes petits se réjouirent d'une amie voisine.

Mais après la quarantaine de mes couches qui m'obligeait à ne pas franchir le seuil, Mère considéra que je n'avais plus besoin de sa protection. Elle regagna Moulin-aux-Violettes, en cédant aux instances des femmes proches de leur terme, à la dépêche de ma grand-mère malade, surtout à l'appel véhément de Line qui sevrait son nourrisson.

— C'est un enfant! m'expliqua Mère. L'enfant de ton frère Constantin. Et à vrai dire, pour moi c'est pis que pendre de devenir une bouche de trop quand tu te prives pour nourrir les enfants.

Par la suite, je perdis contenance.

Et pour cause:

...D'autres assaillants foulèrent la région!

L'ultime armée de passage pour prendre d'assaut le nouveau front roumain fut celle de Bulgarie.

Dans le village déjà dépouillé, nos vétérans de l'ancienne guerre de 1877-78 rappelèrent à ces troupes que les Roumains avaient versé leur sang pour l'Indépendance qui fut aussi la leur. Et comme la plupart des soldats parlaient le roumain, il n'y eut aucun heurt.

Un seul militaire entre deux âges me fit frémir, et réveilla dans ma mémoire un cauchemar oublié.

Après avoir tourné en rond, cet inconnu se dirigea vers mon beau-père, d'à côté, le pater-familias bien assis sur son échalier vers la grand-route en tenant à l'œil nos maisons avec l'air de s'occuper de sa grosse pipe.

— La jeune dame de là-bas, demanda l'inconnu, n'est-elle pas la fille de Pierre les Sauvegardeurs? Elle en a la mine... Quant au garçonnet aux boucles brunes, je vous assure qu'il ressemble au portrait du Grand Giaour.

Mon beau-père fit la sourde oreille, avec la paume tordue en cornet:

— Vous dites? Vous dites?...

— La jeune dame répéta le quidam. Allons dans votre cour, derrière les meules, pour mieux parler.

— Aah! Ma propre fille! sursauta Beau-père. Ma fille a des enfants très gâtés! Ils vous ont envoyé des pierres? Même des pavés? Je vais leur apprendre!

— Pas si fort, marmonna l'autre.

— Vous dites? Vous dites? s'écria davantage mon beau-père.

L'inconnu échappa un juron de rage. Pour se venger, il fondit sur la grange, sortit en tirant par la corde la vache et rejoignit le dernier rang de sa colonne militaire.

...Comme j'aimais ce paradoxal vieil homme, volcanique mais aussi protecteur de la famille, soucieux de son village, de l'armée! Un patriote...

Mais Beau-père broyait du noir.

— Tu vas moult acquitter cela, me menaça-t-il.

Sans délai, le père de Mathieu, qui m'avait prêté plusieurs cotrets de branchage, me demanda de l'accompagner à l'apport de mon bois payé d'avance.

Adieu rêves?

— N'y allez pas, me conseilla la belle-sœur aînée, toujours avenante avec moi, notre père vous en veut pour la vache et pour l'avoir fait craindre que le poulain puisse hennir dans la cachette.

— Je n'ai pas le choix, fut ma réponse. Et comment me méfier de celui qui nous a peut-être sauvé?... La femme de l'ingénieur gardera cet après-midi mes bambins.

Loin, au milieu de la géante futaie de chênes, près de la cabane forestière, dans une fragrance de perce-neige et de bourgeons, j'avais presque seule rempli le char de bûches.

À l'improviste, par-dessus les cimes, des roches liquides s'entrechoquèrent avec fracas. Des longs coutelas de feu lacéraient l'ombre. Une froide averse mélangée de grêle obscurcit le crépuscule et la terre devint vite bourbeuse.

Je ne portais qu'une jaquette par-dessus ma robe de laine pour être légère à l'épaulée. Maintenant, je dus en plus retrousser la longue jupe et enlever les bas trempés d'eau. Je grelottais.

Mais la calamité s'amorça au moment où le chargement fut mis en route.

— Passe devant, m'ordonna le père de Mathieu, serre les rênes! Je dois me tenir en arrière.

Collée au poulain, je sentais l'effort du jeune animal, contracté jusqu'à s'enraidir.

— Hue! donna de la voix Beau-père. Hue!

Je tirais moi-même à droite, par souci pour le poulain inhabitué au fardeau.

Seigneur, à quelle rudesse je puis m'atteler!

C'est alors que le parâtre se mit à frapper de son fouet les chevaux en touchant mes chevilles nues.

Je criai d'exécration autant que de douleur. Mes sanglots subits firent bouillonner l'atmosphère quand d'un saut je fus hors de tout atteinte.

Mais le poulain s'arrêta. Que faire? Depuis deux jours mes enfants embrassaient le poêle à peine tiède. On ne pouvait pas résister sans bois.

Pire qu'une mule, ce poulain aiguillonné ne se déplaça point avant que je ne le soutienne de mes bras.

Le vieux recommença la huée, les invectives et la flagellation de mes chevilles tout en fouaillant les chevaux.

Et plus la tempête s'intensifiait, plus il redoublait ses hues et ses dias. Et les foudres fustigèrent, se confondirent avec les cuisantes cravaches sur mes pieds.

Je traversai l'enfer pendant presque deux heures.

Lorsque j'ouvris la porte, Stelica, la femme de l'ingénieur, s'en alla impatiente au salon avec sa fillette endormie sur l'épaule.

Mes quatre grands quittèrent le jeu, m'entourèrent et m'inspectèrent en silence.

Comme j'avais–avant de franchir le seuil–déchaussé les bottes engluées de fange et de sang, ils remarquèrent mes chevilles zébrées d'éraflures. Et l'aîné à genoux, les petites accroupies, Pétronel allongé le ventre sur le tapis, tous commencèrent à souffler à qui mieux mieux pour lénifier les sillons de chair vive.

Marie-Olympia courait pour me préparer de l'eau chaude, Nic se leva aussi, croisa les bras et fronça les sourcils soupçonneux et révolté.

Pleurer alors l'outrage subi, raconter ma torture?

Une toilette rapide avec une superficielle désinfection des blessures me suffirent pour plus vite m'occuper d'eux, changer les langes de Julie, l'allaiter.

Surtout, à mon sein, la dernière sembla ressentir le frisson de mon corps et le va-et-vient de mes larmes retenues. Julie ploya les commissures de ses lèvres en minuscules flèches, posa sur moi son regard abattu et se mit à soupirer.

Je la berçai dans mes bras tout en la promenant dans la chambre et j'observai que les autres, loin de s'endormir, me dévisageaient de leurs yeux noyés de tristesse. Leurs yeux, les étoiles de ma ténébreuse nuit!

D'une ample et forte haleine, je me ressaisis pour que je « survolette » la déchirure de mon âme.

— Non, non, mon bébé! mon ange! la petite à maman, ne pleure pas!

Je la dorlotai. Je la dodelinai.

Maman va bien et t'aime, tu sais! Maman est tellement contente que tu sois là, que vous soyez tous là...

Maman est tellement heureuse... Heureuse!

*
*   *

— Envoie ces paresseux à l'oseraie pour éplucher des scions! me dit un jour le vieux, morne mais sans colère. Tous les petits salés du village y gagnent, les nôtres aussi! Les femmes et les doyens n'en ont pas l'accès pour n'esquinter les pousses.

Envoie-les de suite!

...À l'école de la Tournu, Mathieu a été arrêté par les Allemands durant sa leçon d'histoire.

Avec le nourrisson dans les bras, je m'efforçai de tenir debout.

...Les torrents... Les torrents...

...Que va-t-il se passer avec Mathieu! Et nos cinq petits?...

— Envoie-les au travail! reprit lendemain matin le vieux. Retire le chevelu de l'école! À huit ans, il sait bien compter, lire, écrire. Ça lui suffit! Trois paires de bras chaque jour t'apporteront quelques choses. Autrement, la banque va s'emparer de votre maison.

— Sylvie-Anne a quatre ans et demi...

— Les nôtres y vont à partir de quatre ans. L'activité va les rendre forts. Sauf si... vos trésors engloutis ont fait surface...

Comme s'il avait compris la douloureuse allusion, Nic, le chevelu, sautilla:

— Ne t'en fais pas maman! j'y vais! Olympia, emporte notre goûter dans un sac et prends mes anciennes bottes! Sylvie-Anne aura les tiennes.

— Et toi? fut la réplique étonnée de sa sœur.

— Je mettrai les chaussons que tu m'as crochetés. On va chanter, tu verras!

Adieu rêves?

L'oseraie, d'une envergure grandissante en queue de la forêt, entre le ruisseau d'en bas du village et la grande rivière, appâta ce printemps toute la frêle jouvence.

— N'ayez pas peur, essaya de me conforter la femme de l'ingénieur. Le jeune âge s'y amuse. Chacun s'assit dans l'herbe et fixe la base du scion par les plantes de ses pieds, pour l'éplucher d'en bas jusqu'au bout entre les tenailles de bois.

Quand je pense qu'ils préparent ces brins de peuplier pour des mignonnes corbeilles!

— Mais l'oseraie s'accote aux marres de ce ruisseau. Et quand la terre s'imbibe de pluie, l'eau stagnante fusionne avec toutes ses bestioles...

— Justement, contredit et renchérit la femme, c'est la période où l'exploitation est plus facile avec des enfants.

Jusqu'au soir pendant les travaux domestiques, je me tordis les mains d'inquiétude et d'embarras.

Les petits ouvriers rentrèrent trempés d'eau, souillés de boue, égratignés. Sur la cuisse blanche d'Olympia, une mince traînée rouge ruisselait de la morsure de sangsue. Nic toussait fort.

Ils tendirent leurs délicates paumes avec plusieurs monnaies et quelques violettes cueillies au retour en marge du bois.

Je refluai mes larmes.

— Ce n'est pas assez, maman? fit bien dépitée Sylvie-Anne.

— Elle n'a pu faire qu'une botte de cinq sous... m'expliqua Marie-Olympia.

J'éclatai en pleurs.

— Jamais plus! Dorénavant, jamais plus vous n'irez à la besogne! On ne me forcera pas à vous envoyer!

— Alors, comment allez-vous faire, maman! s'intéressa Nic, préoccupé comme un grand.

— Mes petits trésors... Je vais coudre...

Et je m'empressai de les faire prendre un bain, un par un, comme d'habitude.

Lendemain, par un surprenant raccroc, Mère Stana, la tante de Mathieu, traversa la route, comme un mince fagot de vieilles frusques avec un mètre de tissu et quelques œufs frais.

— Coupaillez-moi un tablier de ce calicot, me pria-t-elle. Puis, zurr! zurr! votre machine pique toute seule. En un tour de main vous pourrez fringuer tout le village. Les femmes pillées de leurs vêtements par les hordes en sauront sacrifier un peu de leur pitance.

Comme au signal, des inconnues frappèrent à la porte avec leurs coudées de soie populaire, de laine récemment tissée, en couleurs sobres, aussi bien que des cotonnades obtenues à la dérobée.

Malgré mes réticences, par manque de revues, je ne me trouvai pas dans l'impasse, le costume national étant depuis longtemps remplacé par un simple tailleur et la longue jupe, ce qui correspondait à la mode de la Belle-Époque prolongée chez-nous. C'était l'exigence du détail qui me donnait du fil à retordre!

La coupe ne devait pas ressembler aux autres. Ni la forme et la dimension des poches. Les plis, les volants, surtout les broderies des manchettes et des cols, diligemment cousus et différemment pour chacune.

Marie-Olympia qui voyait mon entrave me prouva son habileté, son adresse de subvenir à mes besoins d'aide.

Mais l'impatience enfiévrait certaines commères qui tournaient au milieu de la maison, même pendant que j'allaitais Julie, pour que je leur fasse l'essayage dans la matinée. La finition jusqu'au soir.

À Pâques, je m'échappai de ce casse-tête pour aboutir avec mes anges à l'église refaite en bois. L'effort d'arrache-pied pour satisfaire les prétentions recommença.

Était-il concevable que ces filles d'Ève, depuis des lustres, à l'âge de raison, veuillent encore s'affubler comme pour recevoir les victorieux?

Adieu rêves?

Par les ouï-dire (accrédités à l'église) on savait que notre État, rétréci en Moldavie, n'existait que grâce à la résistance acharnée dans les Carpates Orientales, au sacrifice des soldats roumains.

Pourtant l'affluence féminine tenait la nouvelle que nos Alliés, comprenant l'importance du front roumain, envoyaient enfin l'armement lourd, les avions promis. Avec cet espoir, la hâte des femmes faisait foi d'une énergie semblable à celle des arbres éternels, à la rivière qui continuait à couler. En plein travail des champs, qui devait ravitailler non seulement le village mais surtout les occupants, ces femmes, tantôt l'une, tantôt l'autre, d'habitude plusieurs, débarquaient avec un rouleau de tissu et un rien de nourriture : notre manne céleste.

La vaste plaine et l'immense voûte étoilée avaient bâti les aborigènes démesurément généreux, comme ma mère. Néanmoins, à ce moment de la guerre, surtout derrière l'âpre cavale des ennemis, la gratitude envers moi ne dépassait pas leurs gestes rituels de bienfaisance.

Je me sentais courbée sous leurs lois. Contrainte!

L'entente humaine de cet endroit vivait comme du temps des habitations lacustres, dans le consensus d'isolation stellaire, que pourtant la même force d'âme soudait.

Face à leur connivence, je n'étais qu'une étrangère, à trois kilomètres de mon lieu natal!

Cependant, deux soldats ennemis, Férent, comme Lanos, désertés des hordes pour le charme de deux jeunes villageoises, furent cachés par les mêmes aborigènes, aidés à se marier, à s'inclure dans leur vie!

Quant à moi, les yeux rougis d'effort, je regardais le pot de lait caillé moyennant mon ouvrage, ou bien les quelques œufs sur une assiette de terre cuite. Aurais-je pu les refuser, quand une omelette à l'oignon épaissie d'un peu de maïs pouvait rassasier mes petits?

Mais Nic, depuis l'autre jour, jusqu'avant-hier, avait grandi. Jusqu'au soir passé il s'était davantage émancipé.

Ce matin, il bouillonnait d'une révolte qui dépassait son âge.

— Maman, ne vous épuisez plus pour ces ingrates! J'aime mieux qu'on me nourrisse du pain et de l'eau!

À sa rentrée de l'école, en retrouvant Véna (la femme de Rosier) avec l'air d'un sous-maître au contrôle, Nic l'aborda :

— J'ai compté sept maisons de chez-vous: celle de compère Grégoire, de Bazil, de Nistor, de la Veuve... Pourquoi ne vous y arrêtez-vous et laisser maman tranquille?

Comme si de rien n'était, la femme s'inclina vers Olympia. Au bord du lit, ma brave petite exécutait son gilet à mailles.

— Oh que c'est agréable de voir ses doigts remuer! s'extasia la femme. Regardez à quelle vitesse elle joue des aiguilles! Ne veux-tu pas m'en faire un pull?

— Quelle honte! explosa Nic. Une virago comme vous, proposer à une petite fille de six ans et demi ce travail! N'êtes-vous pas capable de vous en tricoter seule?

Toute cramoisie sous l'apostrophe du garçonnet, Véna s'esquiva sans plus revenir.

Tempérées, les autres coquettes acceptèrent que j'achève le surfilage, les boutonnières, les broderies, selon mes possibilités après avoir couché les enfants et fini mes tâches habituelles!

Parfois, c'était la nuit que je ramassais le linge étendu à sécher sur la terrasse. La cohue de branches résonnait dans mes oreilles, me donnait l'impression de mains ligotées par l'ennemi!

Vers le deuxième chant du coq, au lit, la fatigue me berçait comme les vagues.

J'accrochais alors, au lumignon qui éclairait l'icône, mon souffle, mon cri, ma vie, pour pouvoir sauvegarder mes anges, pour avoir la force d'attendre Mathieu.

Et de loin, je percevais les longs hurlements des loups, comme un écho de ma détresse.

*

*   *

À L'HEURE OÙ L'OMBRE ACCOLAIT le crépuscule de ses paumes fumeuses et moites pour l'engloutir, et surtout bien tard, quand la pleine lune bouquetait vigne, arbustes et maison dans un même souffle sommeilleur, le père de Mathieu se dessinait dans le cadre de la porte comme un mystérieux justicier.

Les mousselines blanches des lits remuaient sous l'animation de mes anges.

— Grand-père!

— Bonsoir, Grand-père!

— Contez-nous des légendes...

— Avez-vous apporté la flûte?

Leur grand-père jetait un coup d'œil au coin où Nic s'attardait sur un livre, observait ma broderie, marmonnait quelque chose et nous souhaitait de beaux rêves.

Mais avant son départ, il soulevait les couvertures pour mieux voir sous les lits:

— Hum! Hum! ma pierrette à briquet, où est-elle? Dans ma poche? Euh! Vieille lune! Faut que je m'en aille.

Je reprenais l'ouvrage interrompu quand j'entendais les enfants protester en chœur:

— Grand-père, Grand-père, par-là c'est la porte de l'armoire, pas la sortie!

— Euh! j'ai la vue affaiblie...

— Grand-père, Grand-père! c'est la garde-robe de papa que vous ouvrez...

— C'est la cuisine!

— Vous avez renversé la pile d'édredons!

Soir après soir, cette inspection se répétait. Nuit après nuit, mes anges perdaient leur sommeil.

Loin de rouspéter, je ne m'indignais même pas. Les petits prenaient ses visites pour une drôle de cajolerie.

Mais un matin, au moment où je sortais le sceau d'eau du puits, le vieux père me lâcha par-dessus la clôture :

— Qu'est-ce que ce trafic de femmes chez vous? L'une entre, l'autre sort... et tu ne gagnes pas pour payer les traites.

...Mets les enfants dans une carriole et pars pour la ville de Tournu.

— Oh non, je ripostai. Mathieu ne serait pas content que j'expose la santé de cinq petits aux imprévus d'un tel voyage. Avec son intelligence et l'atout de son savoir il va s'en dépêtrer. Mathieu a sept vies dans sa poitrine.

Il mâchonna quelque imprécation indéchiffrable et s'éloigna, vertigineux.

Son départ hâtif pour Tournu m'apparut alors invraisemblable.

Aimait-il ce fils plus qu'il ne le témoigne?

Quatre jours après, le père de Mathieu revint à pieds, sans carriole et sans chevaux, démuni même de sa besace à mangeaille.

J'appréhendais la plus effroyable incartade.

Mais son regard tragique me perça jusqu'au treffond de mon cœur.

En le voyant, pour la première fois je m'exclamai le cœur fendu :
— Père!...

Il se tut, énigmatique et blanc, pareil à l'évolution lunaire au-dessus d'un champs vaincu.

Comme ses filles avaient regagné leurs bercails en ruine, et Joëlle son auberge vide, la femme du fils aîné m'apporta les nouvelles:

— Beau-père vous envoie du chènevis pour semer votre terrain dénudé d'acacias. Il ne pourra pas vous aider parce qu'on lui a réquisitionné la carriole et les chevaux en route.

— Et Mathieu?

— Le directeur du pénitencier de Tournu, dont le fils unique est l'élève de Mathieu, vient de faire un échange de prisonniers avec les

Allemands pour obtenir le transfert de Mathieu à sa prison civile. C'est par ce moyen que le directeur en a sauvé encore quelques-uns. Mathieu reste quand même sous le contrôle ennemi. Mais son salaire va vous arriver de Bucarest pour la dette.

— Mathieu est sauve? Pourquoi donc Beau-père m'a paru si atterré?

— Parce que son fils bien-aimé se trouvait patraque, on lui avait tiré dans les jambes. Après beaucoup de sang perdu, il avait l'air d'un fantôme. Mathieu devrait se faire nourrir, mais par qui?...

Ce dernier dire dut s'ébruiter dans toutes les oreilles du village, inciter au potin, faire fouiller bien en mal et farfouiller dans notre existence.

Quand je vis Mère Stana traverser la route et arriver avec les fronces de sa bouche serrées dans un seul nœud, quelque chose d'étrange me pinça le cœur.

— Ma pauvrette... se lamenta-t-elle, et sous ses paupières flétries, les larmes abondèrent et détrempèrent sa figure.

...Ma pauvrette... Vous étiez dans la panade, vous voilà claquemurée de traverses.

Avec le bébé contre ma poitrine, je m'appuyai le dos à un muret du poêle.

Mère Stana me fixa de ses yeux bleu délavé :

— Vous avez mal pris le conseil de mon frère d'aller voir Mathieu, et maintenant ce sera l'autre femme qui lui aura donné la becquée au bagne.

— Quelle femme?

— La première, qui d'autre pour le nourrir parmi les grilles?

Je déposai Julie au berceau, car mes mains tremblèrent.

— Vous n'en savez rien? reprit-elle animée. Lors de sa nomination initiale comme instituteur en bas de la plaine, Mathieu a eu deux petits garçons avec sa première, la filleule d'un prêtre. C'est à cause du divorce que Mathieu est venu à Moulin-aux-Violettes. Le patriarche même a voulu empêcher cette séparation. Après la confession, sa Sainteté lui aurait asséné quelques talmouses, avec l'Évangile...

Mes songes se pâmèrent. Dépérie, je me répétais pourtant les mots de Père : haut le front! Haut la tête!

Je comprenais enfin l'opposition du Beau-père à notre mariage et toute son animosité.

Mais Mathieu m'avait juré qu'il n'avait aucune fille! Un mensonge par omission...

Avec sa bonne intention, Mère Stana me riva son clou. Plutôt n'en fit de moi qu'une bouchée :

— Si Mathieu meurt au cachot, il ira devant le Seigneur avec sa première épouse.

Avec la première!?...

C'en fut trop pour moi.

Auparavant, je me sentais une étrangère dans ce village.

Dès cet instant, je devenais une intruse.

...Devant le Seigneur avec sa première épouse?

...Et Demoiselle Marie qui l'avait cautionné un printemps, sous la tempête!

Ce printemps, je ne vis plus d'arbres fleurir, je n'entendis les hirondelles à nos fenêtres.

La fréquence des coquettes ménagères augmenta, mais leurs paiements amoindris devenaient l'aumône jetée dans l'écuelle des mendiants. Pire était que chacune y allait de son regard avillissant.

La seule qui m'apporta de ses premières cerises en guise d'amitié fut Mère Sanda, une cousine de ma mère. Elle avait épousé (dans ce bourg) Sibianu, dont la tradition orale attestait sa généalogie jusqu'au lointain groupe transylvanien, en route vers le sud...

Avec beaucoup d'aménité, Mère Sanda me rappela le jour de mes noces :

— On vous attendait à l'église. Et le marié vous a descendue de la voiture en vous dévoilant d'avance le visage avec une telle tendresse, comme s'il venait de cueillir la plus fraîche et délicate rose. On a poussé un soupir d'émerveillement.

Aujourd'hui, que répondez-vous à toutes ces mauvaises langues?

— Rien. Moi... j'élève nos petits.

...Car savez-vous ce qu'est pour moi l'appel des enfants? Il m'émeut, il me bouleverse, m'aide à reprendre des forces. Il me fait vivre pour les élever, bons, meilleurs que tout le monde!

— Vous êtes bien sage, ma chérie, bien sage.

Remettez-vous au plan de Dieu...

Tard dans la nuit seulement, recrue de fatigue, je ressentis mon cœur lésé.

...Combien de tourments ne me secouèrent! Combien de flots! Combien de sanglots!

Pourtant, depuis la mort de mon père, Mathieu avait été là, comme un soleil qui, même pendant l'éclipse, veille quelque part.

Maintenant, les matins avaient le regard des loups, les jours grinçaient les féroces dents. Et tard dans la nuit je soignais leurs morsures en attendant.

Car j'attendais Mathieu pour tout élucider. Avec espoir. Avec désespoir. Avec supplice!

Et Mathieu ne venait pas. Ni le soir, ni lendemain. Ni après une semaine. À la fin du mois non plus.

Je criais en moi-même :

— Je suis innocente, Seigneur! Mes enfants sont conçus dans le rêve du beau, du vrai, du bien!

Ensuite, j'attendais. J'attendais...

*

*　　*

APRÈS UNE CHALEUR TORRIDE, l'été serra les yeux endoloris par-dessus les couleurs folâtres. Tourna les pages de son temps.

Très loin de ce lieu, en Moldavie, l'armée roumaine résistait aux ennemis dans le feu et le sang. Elle recommençait l'héroïque offensive dans les défilés des Carpates pour sauver les Transylvaniens et réunifier le pays.

Le prêtre chouchoutait les grandes nouvelles à l'église improvisée. Beau-père nous les rapportait à nouveau, enrichies par le facteur, par le maire et par je ne sais qui encore. Parfois, il les lisait d'une mèche de papier :

— Saint Aulaire, en refuge à Iassy, a dit au monde entier : « Aucun autre pays belligérant n'a simultanément affronté comme la Roumanie la famine, le froid, les maladies, l'occupation! »

Ou bien :

— Morning Post a écrit : « l'un des miracles de cette guerre a été le soldat roumain. »

— Le soldat roumain! le soldat roumain! pépiaient l'un après l'autre mes petits.

Je me disais : c'est de Tudora que Beau-père garde la vigueur patriotique.

Il continuait :

— Times a fait l'éloge de la résistance à Marasesti : « Les Roumains se sont battus avec un héroïsme au-dessus de toute louange... C'est le plus important coup reçu par les Allemands dans l'Europe Orientale. Les Roumains ont lutté avec une extraordinaire ténacité. »

— Les Roumains ont lutté! répétait le chœur agité des enfants.

Adieu rêves?

— Dans le journal Daily Chronicle, le diplomate français Robert de Flers a écrit sous le titre La Roumanie héroïque : « Si après la chute de Bucarest on avait dit que ces gens vaincront les armées de MacKenson, on aurait été pris pour des poètes. Et pourtant, cette chose s'est accomplie; l'armée roumaine, refaite, a sauvé le front. »

— A sauvé le front! A sauvé le front! sursautaient encore les petits anges.

— Le Maréchal Pershing, en commandant des troupes américaines sur le front français, lance avec enthousiasme : « J'admire le splendide héroïsme de l'armée roumaine qui défend la terre de sa patrie. Ne craignez pas. Les Roumains verront le rêve d'unification accompli. »

— Le rêve! Le rêve!…

Ce qui produit aussi de l'agitation dans le village fut la dépêche que cent vingt mille Roumains transylvaniens avaient fait la prestation de serment à l'armée roumaine de Iassy. (Enrôlés de force par les Austro-Hongrois, ces soldats s'étaient livrés aux Russes qui, sur le seuil de leur Grande révolution, firent le considérable geste de les libérer. Touchés par cette rare générosité et tous patriotes, voilà donc ces Roumains carpatins main dans la main avec leur frères pour sauver la Transylvanie du joug ennemi. Car au-delà des Carpates, ceux qui tentèrent de rejoindre les rangs roumains furent mis à mort par pendaison. Ainsi, de grandes étendues boisées s'appelèrent « les forêts des pendus ».)

En ce temps, chez-nous, après le sinistre fatras de cruautés faites par les hordes, survenait sans sourire l'exaction des produits agricoles perpétrée par les représentants de l'occupation.

Ma récolte de chanvre s'en alla, de même que la plupart des coquelets que j'avais réussi à élever avec deux mères poules d'emprunt. Notre part de maïs travaillée par Beau-père était consignée par anticipation.

Du plus récent salaire de Mathieu je retins, avant d'acquitter les traites, ce qui convenait à l'achat des légumes et des bottines pour Nic et Marie-Olympia, ma nouvelle écolière.

Mais il y eut ces jours-là une collecte clandestine–l'aide secrète à notre armée en lutte.

Honteuse de n'avoir plus rien à sacrifier, j'entendis Nic :

— Maman, donnez à nos soldats l'argent pour mes bottes. Je porterai les chaussons crochetés par Olympia.

— Mais le chanvre s'imbibe de boue.

— Ça ne fait rien! Je suis Roumain! s'exclama Nic. Papa en sera fier...

— Moi aussi je renonce aux bottes! m'assura Marie-Olympia toute joyeuse.

— Moi aussi! Moi aussi! firent d'une même voix Sylvie-Anne et Pétronel qui d'ailleurs n'étaient pas prévus dans mes dépenses.

Émue, je me rappelai alors la magnifique bague de fiançailles cachée en haut de la garde-robe. Et dans les bruyantes voltiges de mes passereaux, je l'offris au collecteur.

 *
*   *

Maintenant, j'entamais l'époque d'une très longue nuit à peine interrompue par des journées de plus en plus courtes : les intervalles de lumière que je m'évertuais à remplir avec des travaux manuels jusqu'aux vêpres. Que je faisais durer jusqu'à minuit. Parfois jusqu'à l'aube.

Notre foyer me donnait l'impression d'une coquille de barque errante prête à se briser parmi les écueils, parmi les récifs.

Avant les grandes pluies, comme tout un chacun, il fallait que je m'approvisionne de légumes au bord de la rivière, d'où les vieux cultivateurs n'arpentaient plus les environs pour en vendre.

Il faisait beau et j'emmenais ma petite Julie, que la femme de l'ingénieur trouvait trop indocile pour garder.

Julie babillait, gambillait, palpitait comme une flamme sur mon cœur et me couvait des yeux, ses yeux bleus, logés par la divinité. La pétulance d'un jeu de cercles blonds vivait dans ses bouclettes. Sa bouche, minuscule fleur chauffée par le soleil, touchait–bisou après bisou–mon visage.

Les scènes poignantes : le sacrifice roumain dans les Carpates, Mathieu anéanti en prison, Jeanne égarée avec la famille royale en Moldavie, les Demoiselles en danger, furent des canifs d'enfer suspendus parmi les infinies tendresses de Julie.

Comme si j'avais des ailes, j'arrivai à Moulin-aux-Violettes en même temps que ma pensée d'y être!

Notre maison d'autrefois ranima au fond de mon coeur un tacite gémissement. Sans voir personne, j'ouvris en sous-main la chambre de Mère (partie sans doute vers l'une des femmes souffrantes) pour y coucher l'espiègle finalement fatiguée. Puis je pris soin de refermer et de cacher la clé dans son lieu sûr, car j'avais connu la « piètrerie » de Line.

Un périple empressé chez les riverains de l'eau, l'instant de répit au village voisin pour partager de mes nippes à la veuve de Thomas et aux trois petits affligés. Puis vite, le retour aux jardiniers pour l'acompte habituel des pommes de terre, tomates, choux blancs et légumes de saumure qu'ils s'engageaient à me livrer.

En crise de temps, je ne pus voir ni ma grand-mère, ni mes tantes.

En accourant avec un panier de verdure, de loin j'entendis le mince appel de Julie du côté de chez Line.

Sur le sol malpropre de sa chambre, au milieu de quelques petits morveux qui la tiraillaient de toute part, Julie s'essoufflait.

Comme de juste, j'imputai à Line :

— Pourquoi l'avez-vous réveillée? Pourquoi l'avoir prise de la chambre de ma mère?

— Et quoi encore! On a voulu s'amuser! rembarra-t-elle avec cynisme.

Au même moment, Julie se mit à vomir.

Un subit regain d'angoisse me prit :

— Qu'avez-vous fait boire à mon enfant?

— Rien du tout. Je lui ai mis à la bouche du sucre dans un mouchoir... sale, ajouta Line en jacassant.

Je débarbouillais la petite et me disais : ni le mal provoqué ni la vengeance d'un méchant ne peuvent lui combler les manques.

Je retrouvais Line aussi famélique et démunie qu'auparavant, et au lieu de lui promettre mon propre paletot comme j'en avais eu l'intention, je me rendais compte que même la présence de ses innocents rejetons n'atténuait pas sa perversité. En plus, quelle différence entre son intérieur et les maisons de ce village, toutes propres et soignées!

Line avait-elle une physionomie parallèle qui put retenir Constantin?...

Quand je tentai d'allumer le feu à la cuisine improvisée par Line dans l'entrée, je ne trouvai pas de bois, ni d'eau fraîche, ni de tisane, et point d'allumettes.

Je pris en diligence mon enfant pour partir. J'allais en flèche, et la terre courait en arrière sous mes pas.

Aux ponts, mon cœur fut transpercé par le souvenir de Jeanne.

Seigneur, pourquoi me rappeler son malheur?

À ce moment, Julie se pencha mollement sur mon bras pour encore vomir.

La gorge serrée, je fuis la rivière par-dessus la grande prairie.

Dans la forêt, les feuilles pendaient luisantes comme les vêtements de fée mis en pièces par une mauvaise griffe. L'ombre fumait des vieux troncs. Les arbres battaient leurs paupières. Et Julie vomissait.

Un vertige de folioles déchiquetées surgit devant moi. Les hauts diadèmes d'arbres devinrent vultueux. S'éventèrent. La Marâtre-de-la-forêt soufflait froid.

Et Julie vomissait.

Je pris de nouveau la fuite. La Marâtre secoua les branches, me coinça de ramures, me frappa le visage. Plusieurs tiges volubiles de houblon accrochèrent la robe de l'enfant et annelèrent ses chevilles. Je l'arrachai à leurs vrilles en hurlant.

Et Julie vomissait.

La deuxième prairie, le ponceau, le chemin tortueux du village glissèrent seuls en arrière.

Devant quelques maisons, je m'arrêtai inutilement pour chercher de l'aide. Une carriole pour l'hôpital? Cela tenait de la légende! Que j'aille à pieds? Les sections des troupes ennemies campaient sur toute la voie du chef-lieu.

Les gens me parlèrent aussi de quelques restaillons de hordes. Et d'autres ne doutaient pas que le docteur soit parti pour le front.

Pourtant, je continuai ma démarche de porte à porte. Un seul garçon, apparenté à Mathieu, me promit de faire douze kilomètres aller-retour en courant.

Mes deux écoliers rentrèrent quand je franchis le seuil. Marie-Olympia jeta son cartable sur le lit pour plus vite allumer le feu à la cuisine.

Je devais sauver mon brin de perce-neige! Mathieu m'avait fait lire les premiers soins pour les bébés. Je tenais de ma mère la connaissance des plantes émondées en compresses, en tisanes. Mes essais s'avéraient inefficaces. Je craignais les dépuratifs drastiques. L'idée d'un lavement stomacal m'effleura, mais oser la mettre en pratique?...

L'ultime espoir, l'envoyé à l'hôpital, revint sans docteur.

Julie ne rendait plus. Ses paupières accroupies comme deux pétales échaudés, son gémissement discontinu, m'affolaient.

Mes quatre grands ne tentèrent pas de jouer avant de s'endormir.

Très tard, dans la chambre cuisine, je berçais Julie, la promenais contre ma poitrine.

Parfois, l'enfant meurtrie se remettait à humer l'air, comme si elle s'agrippait à la vie. Son regard bleu profond, effrayé, rompu, rompait mon cœur.

— Seigneur! j'appelais Dieu, ce Dieu qu'on voudrait voir, adjurer, persuader...

Seigneur, entends-moi!

Chaque point de mon corps devenait une pointe, un aiguillon interne, un exaspéré cri de transfusion, l'arrachement de ma vie pour faire vivre l'enfant.

Soudain, Julie s'arcbouta sur mon cœur. Se tendit. Se retendit dans une secousse. Et dans le sombre ciel de ses yeux ouverts, je vis son âme se volatiliser.

Debout, pétrifiée, avec l'ange enclenché par mes bras, j'eus la subite vision de fols éclats de mon passé, de tout le grand passé.

Mais pourquoi cette systématique destruction?

Je ne pouvais y jeter des pierres, ni demander compte, ni redemander la vie de mon enfant.

J'étais seule. Seule avec la mort invisible. Impassible.

Adieu rêves?

Dans un funeste besoin de hurler, j'appuyai mes lèvres contre le mur pour davantage assourdir l'implosion de mon désespoir.

Ce fut à ce moment que de l'autre côté, au grand salon, la femme de l'ingénieur dut s'en apercevoir et contourna la maison par la terrasse pour ouvrir la porte arrière.

À sa vue, je fondis enfin en pleurs étouffés.

En proie à une forte angoisse, la femme ne put que me conseiller, puérile:

— Ne pleurez plus, car toute âme s'attarde un temps dehors au-dessus du linteau et pleure elle aussi de votre douleur.

Sidérée par ses dires, avec l'ange mort sur une épaule, j'avançai d'un pas incertain dehors par la porte entrouverte. Et ma droite se hissa vers le haut du linteau extérieur, dans le chaos nocturne, pour saisir l'âme de Julie, pour la ramener à la vie.

Mais sur le creux de ma main se glissa seulement une froide mèche d'ombre...

Dès lors, les grands battements de flots, les torrents de la rivière me recouvraient, jusqu'à l'asphyxie.

C'était au fond de mon être qu'un vouloir plus responsable me permit de ne jamais tomber malade ou de m'évanouir.

Le souci obsédant pour les quatre autres enfants me fit les reprendre à même dans les bras. Et au plumard, avec des contes de fées. À part Nic, le maître provisoire du canapé de son père, les plus petits me crucifiaient tous les soirs sur l'immense lit.

— La main gauche est à moi! trompetait Pétronel qui avait trois ans.

— La mienne est plus belle, contredisait Sylvie-Anne.

Pendant qu'à mes pieds, Marie-Olympia m'enserrait les plantes et comptait mes orteils.

L'attache de ma mère à l'enfant prenait pour moi la tournure d'une élévation hors du commun. Mon affection pour ces lumignons blottis en mouvance de corps célestes alentour me guidait vers le zénith.

Le zénith de mon père fut de rendre l'Homme divin.

Le mien, sauver mes enfants et les accomplir les rêves…

Et si c'était encore possible… encore possible… soutenir Mathieu dans le rêve artistique.

J'entendais l'incitation de Père : relève-toi! Tu es ointe!

Aussi, l'ordre de Mathieu : debout!

Alors, quand le sommeil des petits semblait profond, je me glissais hors du lit.

Mes pensées pèlerines s'émiettaient entre Mathieu souffrant et le front de souffrance. Mon cœur brisé, entre Mathieu, sacrifié par le sort et le sort des soldats sacrifiés : notre sort, à tous.

Dans la nuit du commencement du monde, ou de la fin du monde, je m'adonnais au rapiéçage, au filage, au tissage. À la couture et à la broderie : point par point, fil par fil. Au fil des heures. Les saisons en file!

…Mes années d'affilée…

TROISIÈME PARTIE

*

*   *

S ONS ENROUILLÉS. Sonorizar des sombres cloches. Résonances brisées, rompues, à rompre le cœur. Le douloureux glas, pour un million de soldats roumains tombés dans la Grande Guerre. La guerre de réunification. Si des centaines de milliers de Roumains restaient hors de nos frontières, comme en Hongrie, en Yougoslavie, en Bulgarie, pour notre nouvelle Roumanie le soleil se levait des quatre coins du monde.

Toutefois, ni les glorieuses trompettes, ni les fanfares, ni les hourras! de la Transylvanie déclarée d'elle-même rattachée à la mère-patrie, n'étouffaient les pleurs d'une population décimée, dont la justice et le sacrifice humain se verraient un jour honteusement contestés par les malveillants!

Jour et nuit les requiem se succédèrent à la petite église, comme sous toutes les coupoles du pays, car presque chaque maison avait son deuil.

Pendant que des invalides, rescapés de la mort, défilaient en chantant de leurs voix graves sur la grande route, parmi les essaims d'enfants et de veuves qui les interrompaient pour s'enquérir:

— Mon papa va venir, n'est pas?

— Mon fils, l'avez-vous connu?

— ...Et mon Roumain à moi...?

Puis les voix graves reprenaient :

«C'est la magnifique lignée

À deux grands cœurs et hautes pensées», l'hymne aux héros qui me donnait des frissons.

Le tableau poignant d'une fin de guerre viscérale et sacrificatoire (aussi glorieuse qu'elle fut) me reliait, m'incluait à cet endroit, malgré ses contradictions.

Je découvrais les jeunes filles, les épouses et les mères voilées par la discrétion et la douleur. Même les pitoyables commères dont l'audace avait tourné à l'abus étaient cruellement frappées.

À la Prairie, la vive offrande pour la patrie avait fait saigner surtout la souche du Conteur, Quinze-fois-Georges.

À Moulin-aux-Violettes, celle de ma grand-mère qui perdait un fils, un gendre, cinq petits-fils et autant de neveux.

La veille d'un Noël secoué par les sanglots, j'attendais toujours Mathieu.

Quand je le vis par la fenêtre s'avancer sur sa cane parmi les sapins enneigés, mon émotion fut si forte que je dus m'arracher de mon soudain immobilisme.

Un furtif regard dans le miroir me remplit de frayeur.

Où donc s'était envolée ma fulgurance de jeunesse qui faisait s'amuïr les gens à mon passage, ou bien s'écrier sur les coteaux :

Elle paraît une rose! Une reine! Une fée!

Par-dessus mon exaspérant corps-à-corps, j'avais tenu secret (comme toutes les femmes) le sublime souvenir de moi-même. Il n'en restait que la graphie d'un rêve crucifié sur le brouillard de la glace.

Les enfants me devancèrent par la porte ouverte en grand.

— Papa! Papa! Papa... Papa...!

Les yeux de Mathieu frétillèrent comme deux pauvres passereaux dans leur piaule. Quant à ses joues si « encreusées » qu'on aurait pu les prendre pour deux nids abandonnés, elles se détendirent un peu. Reluirent.

Me rappeler alors les outrances?

Mathieu avait besoin de mansuétude. Et de mes soins.

Son vrai réconfort fut de retrouver les enfants grandis. La plus vive peine, la perte de Julie qu'il n'avait même pas connue.

D'autres rudes épreuves l'accablèrent : son frère cadet, Nicolas, tombé dans les luttes sur le Danube. Les maris de ses deux sœurs aînées, moissonnés au cœur de la Transylvanie. Le cadet de ses oncles et six cousins, à la grande offensive des Carpates Orientales.

Adieu rêves?

Et toute une jeunesse aimée, ses anciens élèves, dont le sang parsemé partout avait crié : justice!...

Avoir acquitté la dette à la banque, ou bien être munie de quelques aliments contre mon travail lui semblèrent des performances qui ne méritaient que des sourires attendris.

Néanmoins, le soir, la vieille femme d'un oncle de Mathieu, connue pour être près de ses sous, quérit son tailleur violet que je venais d'achever. L'oncle avait tué le cochon et la belle-tante m'apportait en échange un peu de viande sur une assiette.

Mathieu examina les fioritures savamment stylisées dans une broderie au lisérage, sur les revers, les poches et les manchettes, et s'emporta:

— Comment? Pour ce travail d'art, c'est tout ce que vous lui offrez? En plein malheur, c'est ainsi que vous avez pris soin de ma femme et de mes enfants que je pensais protégés ici?

Reprenez votre misérable paye! Je ne suis pas mort!

...Et la cupide ensacha la viande avec plus d'attention que son tailleur et s'en alla.

Je n'en croyais pas mes yeux! Mathieu avait la force de renaître.

Maintenant, je savais qu'il ferait aussi obstacle aux inévitables accusations du paternel.

Mais la préoccupation de Mathieu fut de relever le moral de son père terrassé par tant de chers disparus. Ensuite, le dédommager pour l'attelage perdu.

Le soir, enfin, il me mit en garde:

— Les Demoiselles vivent toujours dans l'incertitude avec ce garçon-là. On doit les voir ensemble. Avec ta finesse d'esprit...

Une fois de plus, je comprenais que tout propos sur son... lapsus... porterait un coup à sa confiance en moi. Rebondirent donc la candeur des enfants, leur bon sens, la témérité de Nic. Bref, la préférence des péripéties aux abjections.

À ma stupeur, la conclusion de Mathieu me fut défavorable :

— Est-ce possible? Tu as perdu l'usage de la grammaire! Avec la lecture nous étions plongés dans la philosophie jusqu'au premier essor dialectique et voilà, tu t'exprimes comme une a-b-c! Tu commets des fautes d'accord!

...Comment le convaincre que j'étais incapable de faire la lettrée, quand chaque jour les femmes simples m'imprégnaient de leurs : ils est, ils a...

— Qu'en dis-tu, Marie-Élise, fit Mathieu avec un sourire, en changeant de ton : Eût-on le temps pour son Socrate, entre les loups et... les pirates?

Et pour mieux réparer les dégâts :

— C'est l'influence de ton langage relâché sur les enfants qui m'alarme!

Ce qui me parut comme une gifle! Cette remarque me perça de part en part. Mon esprit aurait-il fondu dans les adorables cœurs des enfants? Plutôt l'endurance et l'ignare pratique dans lesquelles je m'étais débattue pour un précaire sauvetage causèrent mes lacunes, aussi démonstratives que mes ongles épointés, mes doigts rêches, mes plantes aux gerçures inguérissables.

Mathieu voulait qu'on retrouve nos échanges de vues pour qu'il constate à nouveau notre profonde entente.

Mais après Noël, quand il partit rejoindre son poste, une avilissante pénurie s'instaura chez-nous. (Sans doute Mathieu devait-il payer aussi les études aux deux autres garçons...)

Avec un rêve en pièces, je rapiéçais les fonds de pantalons courts, les tabliers. De mes anciennes jupes, je coupais des petites robes.

Le violon de Mathieu, son alter ego qui ne l'avait plus accompagné à sa venue, me parut un monde ésotérique où je n'avais plus d'accès avec mon ignorance.

Alors, après le coucher du soleil, libérée de toutes mes corvées, l'enlèvement de la neige inclus, quand la toilette du soir était finie pour chacun, je me lavais à mon tour et peignais soigneusement mes longs cheveux, pour enfin prendre la grammaire de Nic et lire à la dérobée.

Adieu rêves?

À Pâques, j'avais donné une telle fraîcheur à la maison que chaque recoin refléta la luminosité triomphale des cieux.

Dans un élan de symétrie, les arbustes restés indemnes des horreurs tendirent des graciles branches excessivement fleuries. Les ramilles des autres, timides mais avec fierté, déployaient des bourgeons leurs minuscules drapeaux. Le quart survivant de nos sapins renaquirent avec dignité leurs seigneuriales « torsures » de vert susurrement. J'inscrivais le plus émouvant accord dans l'optimiste cohésion d'un village mis à neuf.

Mathieu rentra comme la sobre épigraphe de son ancien bloc-notes : le concours d'accès en capitale, une école primaire à la Prairie, les Demoiselles et le violon. Pour ajouter cette fois-ci la santé de son père qu'il devait conduire à Bucarest pour une consultation médicale.

— Mes Demoiselles, me raconta Mathieu, n'ont point d'argent, ni de bijoux, des objets précieux non plus. C'est ce Niky, l'indigne filleul, qu'elles soupçonnent de douteuses transactions à leur détriment! Maintenant qu'il a été disqualifié à l'entrée des études commerciales, imagine-toi que ce garçon se paie des répétitions avec des professeurs qui lui promettent la réussite...

Cependant, mon souci venait de l'école au village. Comme tous les enfants, les nôtres avaient affronté le froid et le danger, pour qu'à la distance de trois kilomètres. ils soient traités avec méchanceté par le parrain.

— L'automne prochain Sylvie-Anne aura sept ans, ensuite Pétronel fera ses premiers pas...

— Je le sais. Mais pour combattre l'arrogance du parrain, je dois avoir au moins le renfort de mon entrée à Bucarest. Quant à l'aide des concitoyens... ils se lèvent seulement contre les invasions ennemies, contre la servitude... Autrement ils se taisent.

(En effet, le dimanche près de la danse, les paysans se retrouvaient en cercle à part, au conseil du silence, assemblés dans le même regard éternel...)

— Et le violon? je murmurai à peine.

— À cause de cet intervalle menotté, ce sera long à m'y remettre, objecta-t-il.

Toutefois, l'expression de Mathieu n'attendait que le coup de gong pour son rejaillissement.

— Que Celui-que-vous-êtes recommence par ce qu'il a joué depuis son enfance : la musique populaire roumaine!

Un subit étonnement ralluma sa bonne humeur, sa raillerie :

— Le philosophe a eu raison en disant qu'un enfant de sage-femme peut accoucher des idées.

Je commis l'erreur de lui demander :

— Qui?

— Socrate, qui d'autre! Mais tu t'es ensauvagée! As-tu fait tabula rasa de toutes tes connaissances?...

Je dois choisir et mettre en pile pour toi, comme pour nos enfants, les livres à revoir jusqu'aux grandes vacances.

ÉTIENNE, (Étienne le Grand, l'avait proclamé Mathieu), régna sur son couffin un peu plus de temps que la lueur d'étoile sur la plus tendre fleur.

— Les yeux et les enfants! m'avait recommandé Mathieu en repartant pour Bucarest (où enfin il enseignait). La Victoire, cette fée affranchie par le grand sacrifice roumain, porte la lumière sur le front et les épidémies à la traîne! Avant de pénétrer dans la maison, nos écoliers devront se déchausser, se laver les mains, se gargariser. Tu as ta mère et toutes les provisions. Aucune autre sortie, aucune visite avant la vaccination du bébé!

Alors même Jeanne, à son énigmatique évolution de beauté lunaire, ne s'attarda sur notre seuil que pour faire un sourire à notre mère. Puis sa vue éplorée plana sur les blanches dentelles du petit avant qu'elle ne se retire. Mais après son départ, je la vis dans ma mémoire, une fillette encore, s'enfouir dans la tempête hivernale comme un soupçon de passereau meurtri... Pourquoi me la rappeler aussi dans sa robe de neige au bord de la rivière? Pourquoi toujours Jeanne parmi les blocs de glace, hurlant, les mains tendues, vers l'inexorable charriage?

Comme une réponse à mes craintes prémonitoires, la vieille tante de Mathieu brusqua la porte pour foncer avec sa sinistre expression vers la douce enluminure du berceau. Indifférente à mes protestations, elle découvrit un bol de riz au lait et se pencha pour en donner à l'enfançon.

J'étais une étrangère, une intruse, mais je perdis patience :

— Non, vous ne pouvez pas en faire goûter au petit! Vous ne devez pas, vous n'avez pas le droit!

— Moi?! J'ai pas le droit! fit-elle toute infatuée, en fichant un cuilleron dans la menue bouche. Mon petit-fils a eu la picote et je dois faire manger les restes de son dernier repas au plus proche...

De quel trou de temps tenait-elle ce monstrueux maléfice?

— Que dites-vous? je fis en sursautant, il est mort de variole?

En une fraction de seconde, je lui arrachai ses satanés ustensiles pour les jeter dehors.

Trop tard!

...Notre docteur dispensa Étienne de toute intervention. Et mon angoisse et le paroxysme de mon affliction ne furent que l'écho d'un effrayant cri d'ange qui brûlait vif!

J'avais isolé Mère et les quatre grands dans la chambre-cuisine, dont on pouvait sortir directement. Noircie de douleur, après la désinfection de la maison, la baignade et toute ma friperie brûlée au fourneau, je franchis enfin le pas de la porte à côté où, pleine d'amertume, ma mère sermonnait nos petits :

— Soyez sages! Votre maman a tant de peine que si vous la fâchez davantage, elle mourra.

Des regards complices passèrent de l'aîné jusqu'à Pétronel (qui venait d'avoir cinq ans) comme pour couvrir un secret. Tous entourèrent la table, silencieux, enserrés l'un contre l'autre. Leurs prunelles fixées sur moi trémulaient comme les « allumes » des cierges au vent.

— Qu'y a-t-il, mes chéris?

Mère les dévisageait aussi pour en comprendre.

Ils se turent, les yeux penchés.

— Les petits à maman, dites-le...

Nic fondit en sanglots :

— Ne mourez pas, maman...

— Maman, ne mourez pas! m'imploraient-ils tous en chœur.

— Mais que se passe-t-il?

Nic se leva, pâle, avec le bras gauche inerte, ensanglanté :

— À l'école...

Vite! Une sollicitation dans le coin pour un rapide harnachement. Une folle course à l'hôpital. Des veilles jusqu'à la guérison de Nic.

Vite! Les soins pour les cadets qui s'agglutinaient à ma jupe, sourires, contes et... gâteaux de premières griottes.

...Et pendant ce temps-là, je me représentais mon petit Étienne. Ses minuscules doigts tâtonnaient en l'air le clavier d'une musique à vivre! Les cils feuilletaient le livre de l'avenir.

Mon cœur frustré se déchirait dans des muets, extrêmes appels au ciel.

La brève présence de Mathieu ne fut qu'un face-à-face de regards brisés.

Ensuite, les nuits de mes tourments s'allongèrent. La filiation de ma grand-mère était encore frappée. À Bucarest, la jeune cousine Vénus, au visage de déesse et les yeux humectés de mystère, avait bu le filtre empoisonné d'un extravagant amoureux.

La frayeur secoua toute une lignée de sagesse et de beauté.

...Pourquoi les sommets attirent-ils les foudres?

...Comment échapper aux calamités provoquées par les autres? ...Peut-on éduquer l'Homme pour qu'il agisse mieux envers ses semblables?...

Un an plus tard, quand au nouveau couffin habillé de mousseline, les rayons du soleil frisèrent, annelèrent, encapuchonnèrent le visage d'un frêle muguet, je réfléchis :

— D'où percevrai-je la force d'en mettre encore au monde? Combien d'existences vivent dans ma vie?

Ce fut de la filiation de Pierre qu'au tintement d'or me surgit le prénom de l'empereur Ionitsa, voué au même saint que tous les Bel-Ion et Ion-Assan, dont l'histoire susurrait toujours dans mes veines.

Mon père en avait aussi fait date pour nommer Jeanne! Je pensai encore au fils aîné de Mathieu qui s'appelait Ion, comme sa sœur Ioâna...

Le rêve se mirait de nouveau dans nos yeux.

Toutefois, l'été suivant, au moment où Jeanne, venue me voir, inclina sur le berceau la fluette élégance d'un costume blanc, ses prunelles, comme deux mystérieux puits d'ombre, se noyèrent en larmes.

Les affreux glaçonnards de la rivière s'entrechoquent dans ma mémoire pour engloutir un menu bout de vie. De même, je revois Jeanne immatriculer ses empreintes ensanglantées sur la neige de la rive.

Je sursaute. À l'improviste, Jeanne se sauve en pleurs.

Mais pourquoi Mère commence à faire des génuflexions devant l'icône, comme pour chasser un blasphème? Pourquoi reste-t-elle prosternée à la manière de ses funestes acceptations du destin, et s'en va de suite?

Le danger doit s'approcher de quelque part sans que je puisse le dépister, malgré mon perpétuel affût!...

Adieu rêves?

Dans la tiédeur d'un prélude automnal, pendant que les fenêtres ouvertes buvaient les arômes de fruits mûrs et des roses qui s'effeuillaient, mes quatre écoliers se groupèrent sur la terrasse d'en face autour de Ionitsel. C'était au coucher du soleil. De la cuisine de verdure située en arrière, je décelais le filigrane musical du bébé aux menues syllabes, entrecoupé par les gentillesses de ses aînés, par leurs drolatiques interpellations. Je faisais confiance à mes grands, surtout que Nic avait réussi à l'examen d'entrée au meilleur collège de Bucarest.

Mes doigts exécutaient les pirouettes finales pour cuirasser les bocaux de légumes préparés pour l'hiver. Un ombrageux nuage qui se dressait abrupt au nord-ouest me dépêcha au rangement des conserves.

C'est au fond du cellier qu'une déflagration me fit bondir dehors.

Que ce soit le tonnerre? je me demande. Pourtant la plus grande partie du ciel est serein, sans le moindre frisson de vent.

Soudain, des lamentations parviennent du vis-à-vis éloigné des champs.

Ensuite, j'entends un hourvari de clameurs sur la route. Je sens aussi la lente exhalation d'un lourd miasme, de plus en plus asphyxiant.

Je me lance vers la maison pour fermer les fenêtres et faire entrer les enfants que je crois sur la terrasse. Du portail d'en face où ils se trouvent, curieux de l'événement, tous rentrent (avec Ionitsel) pris d'une toux inhabituelle. Leurs yeux larmoient. Le bébé perd son souffle.

(J'apprends par les bribes de mots et d'ahan que la chute d'un bœuf dans une fosse a provoqué l'explosion des engins de gaz, égarés sans doute depuis la guerre).

Comme dans la maison aussi l'air devient irrespirable, j'humidifie en vitesse plusieurs serviettes propres à l'eau pure pour chacun. Les yeux me brûlent, mais comme l'éclair, j'enveloppe le bébé d'un drap pour détaler par la transparente avalanche de poison vers la forêt du nord, à l'antipode des champs. Mes quatre écoliers me suivent en courant et continuent à se racler la gorge, à toussoter, toujours avec les serviettes au nez.

Durant cette fuite, j'appelle au village, car les ruelles s'éveillent aussi dans le cauchemar empuanti qui nous pourchasse. D'autres femmes avec des nourrissons et tout un essaim d'enfants se rallient à cette échappée, nous talonnent. Et on court, et on court, et on court. Il n'y a point de causerie, ni de questions, même pas de suppliques verbales au bon Dieu. Nos halètements mêlés à la toux et aux gémissements des bébés vont de concert avec le sourd bruit de la terre trépignée. Sur la pente solitaire on hésite, mais j'avance vers la forêt, par-dessus la passerelle qui tremble sous la cavalcade.

La forêt accourt à notre aide, chargée de nuages. Une fraîche émanation essaie de nous secourir dans un invisible affrontement de l'air malodorant.

Mais pour plusieurs de nos anges, c'est tard. Souvent le mal est si tardivement vaincu!

Flétri, mon bébé suffoque!

Sur l'herbe de l'orée je tente en vain de lui faire expulser le gaz toxique par des pressions successives sur sa petite poitrine. En même temps, j'enlève le drap et les vêtements extérieurs des autres qui sentent mauvais.

Toutes les mères imitent mes gestes.

La nuit nous inonde noire et gluante. La ribambelle qui nous entoure se met à geindre : contes et croyances ramènent dans l'imaginaire, surtout la présence de ces mauvaises filles qu'on dénome Elles et qui défigurent les gens sous bois, comme dans les champs.

Les nuages s'écroulent enfin. L'averse nous cingle pour nous délaver de l'assassine crasse.

...Alors que pour la plupart des nourrissons, c'est le dernier bain. L'un après l'autre, et plusieurs à la fois, rendent leur infime soupir.

Je tombe à genoux et m'entends hululer de malheur :

Ionitsel, ma petite larme d'amour, s'assèche sur mon cœur!

Adieu rêves?

Une sourdine de plaintes, une criaillerie, l'ample récrimination se lèvent autour de moi et en moi, se mêlent au clapotage de la pluie, dans la grogne des foudres.

...C'est la durée d'amer. Le long arrachement des certitudes. L'âme broyée.

Toujours sous le déluge, notre funèbre cortège d'une trentaine de femmes et davantage de mioches rentre terrassé. Avec les précieux fardeaux de menus corps, en guise d'ultime immolation de la Grande Guerre...

Au cours des trois jours qui se déroulent, parsemés de sommaires processions, le ciel est le seul qui sanglote. La détresse fait taire même les pleureuses du lieu. C'est le mutisme!

De nouveau, les douleurs du village m'accablent. S'encreusent dans ma douleur. Ses tacites hurlements sont les miens!

Afin que je reprenne mon souffle, je devrai m'enfuir avec le vol à voile des passereaux. Avec le temps. Loin. Loin. Que le vent tarisse mes larmes. Que la pluie lessive la blessure de mon cœur. Loin...

...Tandis que tous les accès aux clémentes souvenances et aux rêves sont clos.

Seuls mes écoliers sont là, fragiles et démunis.

Sans que je m'y oppose, quand j'accompagne le minuscule cercueil, tous les quatre s'enfilent un par un à ma suite.

Puis... au cimetière, les herbes chuintent sur mes chevilles. Les épines me griffent. Les crinières d'arbres, vertes et fauves, s'éventent, se retranchent vers les sommets. Laissent tomber sur moi la voûte nuageuse, la fumante voûte avec sa force intraitable.

Tout-à-coup les ombres et les clartés décrivent de grandes courbes et tournoient et virevoltent. Les plus proches croix, toutes les croix, fraîches ou noircies par les saisons, se mettent à remuer, à se balancer, à se choquer l'une contre l'autre. Il y a des empoignades, un tohu-bohu battant. Une sardonique sarabande à la cadence des mottes de terre, au lugubre dong-dong des cloches.

Mes bras se lèvent. Mes ongles s'enfoncent dans les nuages, les transpercent pour en retirer de l'au-delà.

Seigneur!...

Je crie sans ouvrir la bouche, le regard perdu dans les brumes d'au-dessus :

Seigneur!

Nos petits séraphins seraient-ils dans ce ciel? Et mon père? Les jumeaux, Catherine, la mère de Mathieu, Vénus et Thomas? L'infinité de nos héros morts dans la Grande Guerre, dans tous les justes combats?

Seigneur!

Voici notre dernier sacrifice!

...Durant que mes quatre grands, les pieds enchevêtrés par les ronces, tendent les mains, m'implorent, m'appellent à l'aide. Pensent-ils aussi m'aider!...

Je m'ébroue de mon désespoir et me penche pour les enlacer, les recouvrir de douceur. Et ramenés à la maison, je leur exalte l'espoir par des fictions optimistes.

...Aux prises avec la nuit qui tasse le village et pressure la maison et l'enserre de vapeurs noires. Liquéfiées. Visqueuses. Endurcies. Coriaces.

Quand Mathieu peut venir et se réfugie dans son isolement musical, je suppose qu'il me rejette à ma souffrance. Et pour la première fois, le chant de Mathieu n'est plus le mien. Il m'apparaît comme une provocation. Quelque chose d'étrange se retourne en moi, et je me retrouve au milieu d'une foule de femmes foudroyées, aux bébés anéantis sur leurs poitrines.

Cependant, avec chaque enfant j'ai marqué l'existence d'une touche de lumière!

Comment?! Comment cinq se sont-ils rompus de mon cœur et perdus, de sorte que je les revois seulement dans mes songes!

Adieu rêves?

Mon effort pour les sauver n'a-t-il été qu'une craintive agitation? N'ai-je pas donné dans la fatalité?... Dieu n'est pas immuable. Il est absolu!...

...Alors pour défendre la vie de nos bébés on doit sentir l'impératif que ces êtres vivent! Et Dieu, qui vit dans nos cœurs, va nous armer l'esprit pour les faire vivre!

*
*　*

— CE N'EST PAS TA FAUTE! Le docteur vient de nous le confirmer :

Pour la plupart, la mort est provoquée par les autres.

Il y a aussi le manque de résistance physique des bébés. L'angoisse, la contrainte spirituelle durant les moments hostiles, puis ta dénutrition, tout s'est soldé d'une façon si douloureuse. Compte en plus guerre, blessures, tortures, froid et faim que j'ai subis...

...Ne pense plus. Tu dois te remettre. On va se relever comme tout notre pays. La médecine aussi va faire des progrès, l'espoir de la recherche scientifique augmente...

Sur le grand boulevard en descente, à proximité de nos Demoiselles, Mathieu était franc, protecteur et confiant.

Par gratitude pour m'avoir tirée de mon tourment, j'entrecroisais mes rêves avec les siens. Je passais lumineuse dans son cœur.

— Après la guerre et la prison, ajouta-t-il, surtout dernièrement, j'ai recommencé mon entraînement au violon jusqu'à la béatitude. En dehors des classes, je me suis tenu debout devant le pupitre aux partitions. Maintenant je suis à nouveau prêt à concourir. À concerter! Car à part quelques récitals aux réunions didactiques et dans certaines soirées musicales, je n'ai pas tenté ma chance.

— Et... les petits?... ai-je à peine murmuré.

— Ne t'inquiète pas. Si Nic, étouffé dans l'école du parrain a pu en automne obtenir la bourse pour le meilleur collège, les trois autres, mieux surveillés par moi, vont le suivre!

Demoiselle Marie, mince et droite, mais toute blanchie, nous attendait vibrant d'émotion. L'élocution de Mathieu, désinvolte et passionnée, témoignait toujours de l'éducation ici reçue, mieux encore, d'une recherche intérieure aussi créatrice que sélective.

Demoiselle Marie fit grief à Mathieu d'avoir éconduit son installation chez elles. (En réalité, Mathieu refusait l'inhérent conflit avec le jeune filleul Niky).

Entre-temps, Demoiselle Anne, d'habitude plus mesurée, surgit allègre par la porte et nous indiqua le restaurant où le soir nous devions rencontrer le grand George Enesco.

— La princesse Cantacusino te rappelle ta participation à la soirée de dimanche.

...C'est la quatrième fois, Mathieu, que tu joues avec George Enesco!...

Pour la sonate aux deux violons de Vivaldi, comme vous avez convenu, tu seras le second violon. Au concerto pour violon et piano, cela va de soi, tu en seras l'unique violon.

J'avais fait des grands yeux.

— N'en savez-vous rien! conclut demoiselle Anne. Tu es discret, Mathieu...

...Il n'est jamais trop tard pour la révélation d'un génie! George Enesco a commencé par prendre intérêt au talent de Mathieu, pour ensuite l'admirer jusqu'à concerter ensemble!

— Qu'elle y aille aussi dimanche, suggéra demoiselle Marie. Madame Cantacusino veut depuis longtemps voir notre Cendrillon de princesse...

...Combien j'aurais aimé cette séance artistique, ce vrai récital de Mathieu avec l'idole musicale du pays.

Mais je secouai la tête en refus :

— À la campagne, ma mère est seule avec nos bambins... Même pour ce soir je ne suis pas rassurée.

J'obliquais la nuit douce et veloutante, constellée de réverbères, pour seconder Mathieu à la magnifique hostellerie.

Mathieu m'avait à l'avance acheté cette–unique–toilette aux nuances de vieil argent : une robe de soie trois-quarts et des souliers vernis.

Du haut de ma coiffure lisse en chignon, mon ancien fichu de Valenciennes noir tombait comme une mantelle par-dessus mes épaules et s'allongeait sur le dos vers les talons.

La table nous était réservée non loin du piano-forte devant lequel prit place l'illustre compositeur.

— C'est l'Aurore qu'il va commencer, me chuchota Mathieu. À part le succinct motif de nos danses populaires, cette sonate a pour thème un chant de Noël roumain!

Et peu après, toujours à Mathieu d'ajouter à peine audible :

— Écoute l'angélique interprétation... On dirait un pieux remerciement à Beethoven pour cet écho tout à fait divin de notre folklore...

Dans le regard de Mathieu s'embrasa son propre rêve, son feu sacré de musicien.

Enesco se leva dans un tumulte d'ovations avec sa noble prestance. En contraste avec la marmoréenne blancheur du visage, ses yeux illuminaient humainement de son point zénithal.

Malgré que son piano ait été encerclé par tout un monde, il vint au-devant de Mathieu pour un bref mais chaleureux entretien, et garda pour une minute ma main entre les siennes. Me considérait-il comme une égérie de mon époux? Sinon, son frein?

La journée suivante fut bien remplie pour Mathieu avec ses classes de matin et les heures de violon qu'il suppléait en fin d'après-midi au Conservatoire.

Une fois parti pour sa trépidante activité, je mis de l'ordre dans sa garçonnière, avec beaucoup de souci pour une vraisemblance de cuisine et la mesquine salle de bain.

Pendant une courte pause, je pus embrasser Nic, notre premier collégien à St-Sava.

Maintenant c'était Jeanne que je pensais voir.

Adieu rêves?

À l'autobus pour la Prairie, Jeanne m'accueillit avec une grâce aérienne, à la mouvance des ailes fuyantes.

Son délicat ovale, ses yeux pleureurs émanèrent une éthérique lueur. Elle m'enlaça le cou, me couvrit de ses bises enfantines et m'indiqua celui qui l'accompagnait:

— Alexandre, mon mari.

L'homme avait l'air jeune. Un peu pâlot. Sobre et distingué. Son expression devint transie de bonheur au moment où il m'avoua :

— J'aime votre sœur plus que tout au monde...

Alexandre se rembrunit pour dire :

— Cependant nous avons des connaissances qui nous déconseillent le mariage religieux. En dépit de ce manque de consécration... notre mariage subsiste en conte de fée...

Sitôt dit, l'homme se tourna, prit avec délicatesse les mains de Jeanne et face à face, un flux atteignit, raccorda leurs prunelles.

Comme si j'étais ailleurs, comme s'ils ignoraient le monde entier, les deux se contemplaient, fusionnaient dans une telle entente, un tel amour, que la virtuelle bénédiction de Dieu dut être là.

*

*   *

UN SOUFFLE BALSAMIQUE encensait mon cœur.

Aussi, l'Idéal de Mathieu n'était pas loin de s'accomplir. D'un instant à l'autre, la vie se métamorphosait. Les jours s'amenaient vers moi dans une joyeuse fugue de jeunesse dansante. Alors que les nuits, durant leurs « glissures » en arrière, allumaient des étoiles.

Quelquefois les cruels souvenirs fouettaient mon cœur.

Mais quand les pensées clignèrent des yeux dans l'herbe en prompt réflexe à l'appel de la vie, mes quatre grands poussèrent cris après cris de surprise.

Nos épicéas aux « torsures » biaisées s'accoutrèrent de leurs emblèmes printaniers. Aussi, de frêles frissons d'un vert tendre jaillirent sur les branches des arbustes à fruits, comme un filtre d'espoir envoyé de la terre vers tout là-haut.

En réponse à mon attente portée à l'optimisme, la veille de Pâques Mathieu descendit d'une voiture devant la porte, s'avança d'une ferme démarche par l'allée des sapins et m'avertit:

— Je conduis George Enesco tout près du chef-lieu, à Dridu et Maïa, ces ancestrales communes, pour lui faire connaître quelque chose d'inouï du folklore roumain, dans l'interprétation de nos derniers ménétriers.

…Pourras-tu mettre encore la blouse nationale d'antan? Demain on va venir déjeuner.

Il n'y avait guère lieu d'ajouter quoi que ce soit. Mathieu le savait.

Adieu rêves?

Si depuis longtemps notre habituelle nourriture était attiédie en modération, à chaque jour férié marqué par sa présence, je combinais un régal.

À plus forte raison pour son exceptionnel hôte.

Mieux encore, c'était Pâques! À la fête religieuse, rien ne vaut la tradition. Le très pur credo superposé aux mythes ethniques se traduit par une euphonie de saveurs exquises, que les familles dégustent avec piété.

Alors mille fées aux agiles doigts consentirent à se dépasser dans mon savoir-faire.

Et lendemain, sous l'incandescence du midi, j'ouvris les portillons de la terrasse ombrée où j'avais dressé la table.

Presque solennel, Enesco m'embrassa la main. Puis, comme je maîtrisais non sans mal ma secrète exultation, il y eut la rapidité des hirondelles qui accomplirent mes allers-retours de la cuisine...

Ma place au repas ne fut que symbolique. (D'ailleurs j'avais, selon l'usage, porté aux voisins quelques assiettes de bonne chair. De même, j'avais participé à la petite agape des enfants qui, tous endimanchés, s'éparpillèrent chacun avec un livre à lire).

Après avoir choqué les œufs folkloriques, Enesco et Mathieu apprécièrent, exclamatifs, les piquantes exhalations des plats coutumiers : le fameux « drobe » national, tout fumant et dorée, gâteaux de viande, aux tripes d'agneau de lait, à l'aneth, oignon fraîche et l'ail vert, le tout cuit dans une crépine au four; le borche de tête d'agneau qui s'allie si bien avec l'ancestral jus aigre de levain de son et l'arôme de léhustéan (l'herbe-amère); l'étouffade aux aulx nouveaux en rondelles tressées, les côtelettes à la purée d'oseille sauvage et la même salade aux feuilles crues; le fromage de brebis en croûte de sapin. Puis la brioche populaire farcie de raisins secs et noix au miel.

Quant au muscat centenaire, Mathieu l'avait acheté par avance de l'abbaye lointaine.

Pendant ce temps-là, il y avait un murmure, une jubilation dans les arbustes aux neiges de senteurs. Une ivresse.

...Et par-dessus les branches de rameaux en fête, l'air aussi levait ses minces cristaux remplis de lumière et trinquait au nom de l'éternelle justice!

Tout-à-coup, de la terrasse retentirent les rémiges d'oiseaux : l'inespéré accord des violons!

Ensuite, l'atmosphère fut percée par un appel de passereaux. Le dialogue des alouettes le suivit. La veille des rossignols...

Ravie d'entendre moi aussi Mathieu jouer avec le célèbre Enesco, je m'approchai en catimini.

Debout, presque face à face et sans partitions, les visages transfigurés, les deux s'emportaient dans une haute émulation, parfois œuvrée en joute mélodieuse.

Je mis en jeu toute mon acuité pour en identifier la moindre facette connue des compositeurs. Au cours d'une torrentielle magie de consonances, je ne déchiffrai que çà et là des incursions dans le folklore roumain qui s'harmonisaient en sublime duo.

Était-ce une improvisation aux éblouissantes voltiges, aux extatiques élancements?

L'éclosion passionnée de Mathieu (après une interminable gestation musicale) s'entremêlait avec l'excellence couronnée d'Enesco.

Ce concerto insolite évoquait le jeu d'arcs-en-ciel par-dessus les abîmes de sang et de sanglots: la bouleversante histoire de notre peuple, de notre âme.

Plusieurs passants s'arrêtèrent à l'écoute. Les jeunes gens qui allaient à la danse. Leurs mères. Peu à peu le village entier se massa devant la clôture et resta interdit.

Les deux violonistes s'étaient évadés dans un espace intemporel.

Et là, il y avait une suprême alliance, une ardente soif de perfection. La divinité même...

Des jours et des nuits, ce festival polyphonique retentit dans mes oreilles. De longs jours et de longues nuits. Notre jardin verdoie et chuchote. Sous les fenêtres de la grande chambre, les rosiers attisent des boutons. De l'autre part de l'escalier, l'ample vigne déployée d'une seule bouture en hautin sur une treille, touche les auvents qui recouvrent la terrasse à l'endroit du salon.

Les arbrisseaux d'autrefois entrelacent leurs bras feuillus, pareillement aux jeunes gens qui tournent la ronde!

Puisqu'à la cadence chantonnée par la sève, la végétation pousse. Croissent les arbres et les enfants grandissent. D'un bout de doigt. D'un pouce. D'une coudée!

Hop! l'aîné arrive à mon épaule.

Avant, les petits se sont dodelinés sur les basses branches. Maintenant, tous regardent les étoiles.

Sans doute cherchent-ils une plus haute balançoire.

*

*   *

Mathieu revint à la pleine lune de la déesse Maïa pour la reconduction de Nic à son collège.

Dès le matin, debout devant la fenêtre ouverte, il alluma pendant des heures ses sonores bluettes. Fila de tournures diamantines. Tirées d'éclairs. Toute son attente explosait de nouveau en démesure musicale.

Mais c'était aussi le plan de l'école au village qui l'amenait.

Lui, le conquérant des marques d'honneur professionnelles en capitale, s'avéra être le seul à imposer l'institution d'un établissement scolaire contre le parrain qui gardait la haute main sur la contrée.

Cependant, toute visée de Mathieu était plurielle. On devait prévoir en plus la préparation de nos deux filles pour leurs concours aux collèges. (Car chacun avait piétiné à l'école du parrain-ennemi).

Presqu'anxieuse je me demandais :

Mathieu, pourra-t-il recouvrir autant d'obligations que de luttes?

...Et le grand Enesco va-t-il l'attendre?...

— J'ai conquis l'enthousiasme de George Enesco, me confia Mathieu. Ma façon d'interpréter le folklore roumain l'émerveille, tout simplement. Il a la conviction d'en avoir fait une découverte...

Les enfants l'entourèrent avec joie.

Mathieu les rendait plus perspicaces en les piquant de ses questions moitié vérificatrices de connaissances, moitié initiatiques.

Son rire en gaies cascades et la chaleureuse atmosphère scellait de nouveau notre harmonie.

Mon espoir l'emportait sur tant de souffrances!

Adieu rêves?

Le miracle était tout près. Il se trouvait là! Le rêve inné de perfection... L'Idéal! Au moment où Mathieu s'apprêtait à partir à la rencontre des autochtones, une voiture décapotable stationnait en face. De loin.je vis ma sœur Jeanne sourdre vers moi, tout ailée de grâce, de parfum et de soie chatoyante.

Avec une profonde inclination à mon endroit, son mari Alexandre, retenu sous le portail par Mathieu, la suivait du regard, l'enveloppait d'une aura de tendresse. Une rapide entente entre eux suffit pour qu'Alexandre et nos fils accompagnent Mathieu.

Vibrant d'exubérance et en même temps délicate comme un menuet, Jeanne me donna plusieurs accolades. Ses yeux irradiaient de rêve. Ses mouvements déliés, l'ovale très pur, le gracile cou avaient l'élégance et le maintien princier. Dans un élan d'allégresse, elle esquissa la danse aux pas de zéphire, aux pointes enjouées (qui me suggérèrent quelque classe chorégraphique à la Cour). Après de luisantes lancées au rythme d'un soyeux frou-frou, Jeanne se dirigea vers notre coin d'eau pour enlever la robe et faire sa toilette.

Les yeux humides je lui demandai:

— Sœurette chérie, ma Jeannine, es-tu réellement heureuse?

La jouvencelle sourit d'un air gamin, écarta les bras et fit ondoyer sa frange frontale et ses longues boucles, comme si elle avait dit :

Regarde-moi, je suis si belle! N'ai-je pas le droit au bonheur?

Une combinaison de satin rose moulait sa sveltesse aux souples rondeurs.

Sans que j'en doute, j'insistai afin qu'elle me le confirme, ou bien qu'elle me le confesse :

— Mais il t'aime, vraiment?

Avec un éclat de rire qui mettait en évidence le brillant d'une merveille de denture, elle fuit encore la réponse escomptée.

Cependant par la splendeur de son expression et par tous ses pores, Jeanne criait au grand univers :

Il m'aime! Il m'aime! Il m'aime!

Ainsi la vérité de Jeanne demeurait toujours peu ou prou sous-jacente au cœur même de l'euphorie.

Pourquoi ne me parlait-elle ni dans le malheur, ni dans l'enchantement?

Sylvie-Anne et Marie-Olympia se clarifièrent dans le cadre de la porte. Et moi, depuis tant de temps plongée dans les peines et l'indispensable de l'existence, je découvrais leur pleine joliesse par la vive impression que ma sœur en éprouvait.

Les fillettes étaient parées de magnifiques robes (issues–pour Pâques–du sacrifice de mes atours de mariée.)

Aussi les longues nattes châtain-clair scintillaient sur les petites poitrines comme une enseigne de soin et de distinction.

Les deux saluèrent en se tenant par la main de la même façon qu'au départ du grand violoniste.

— Oh! fit Jeanne. On dirait la rose et le lys!

Et sa verve, et leurs embrassades, et toutes sortes de promesses réciproques n'eurent de cesse jusqu'au retour des hommes.

Plus tard, après la magie d'un air musical jailli du violon, quand la décapotable reprit le départ et que le sommeil câlinait les paupières des enfants, Mathieu me parla d'Alexandre :

— C'est un garçon épatant, cultivé, sérieux... Spontanément nous sommes devenus amis!

...Sais-tu que Jeanne, remarquée au palais pour sa finesse a fini par se faire importuner? C'est Alexandre qui a pu l'arracher d'une vraie diablerie.

Pourquoi n'en a-t-elle pas soufflé mot?

Mais quant à ma Jeanne chérie, dans la transparence nocturne je ne voyais que des étincelles saillir d'un aperçu de beauté...

*

*　　*

CE MOIS DE MAI PRODIGUE TOUJOURS, lorsqu'à la fin d'un long intervalle d'accalmie conceptive, je me retrouve enceinte.

Après le supplice de pertes en chaîne, serai-je à nouveau investie d'engendrer l'esprit humain?

Je me souviens de ma mère qui m'a toujours conseillé la prière :

Que les anges qui habitent chaque point lumineux du ciel intercèdent pour toi.

Donc, soustraite aux tâches que le réveil m'incombe, je vois l'aurore comme une ouverture de la voûte, cascader vers moi la grâce.

La durée du jour (avec tant d'exigences) est perturbée par une bourrasque. Mais la pluie foisonne les rires et les larmes de joie qui descendent et remontent en vrai courant du ciel et vers le ciel.

Aussi, dès qu'un tulle « sommeilleur » ploie sur mes blondins, c'est la nuit de toutes les constellations qui attire ma vue. La nuit, la fée devenue amie (ceinte avec recherche d'une écharpe lactée) danse avec mollesse par-devant nos fenêtres.

La liesse et à la fois le doute m'assaillent, la croyance et la crainte.

Sans tarder devrai-je prévenir Mathieu!

À ma mère m'en remettre?...

...Depuis 1916, au départ de Mathieu pour la guerre, tout au long des horrifiantes nuits j'ai eu Mère auprès de moi. Par-delà le temps froid, elle est retournée à Moulin-aux-Violettes pour redevenir la vénérable de bon augure à tout enfantement de son village et aux baptêmes. La déléguée de Dieu. La cosignataire...

Néanmoins, à chaque mise au monde elle m'a rassurée par sa présence.

À la suite des trois derniers malheurs, elle me paraît indispensable.

Mais en septembre, Mathieu devra se détacher à la Prairie pour mettre enfin la base d'une école.

Face à mon annonce comble de volubilité, il devient grave.

A-t-il nourri l'idée de ranger tous nos écoliers dans des pensionnats pour pouvoir suivre George Enesco? L'arrivée d'un poupon l'inquiète! Alors que c'est lui qui autrefois m'a répété :

Le premier des arts est la naissance de l'intelligence et son attentive éducation.

En automne, Mathieu s'engagea dans son zigzag d'éclair entre l'école primaire, les conférences aux paysans, des comptes-rendus didactiques au chef-lieu, les visites chez son père, le violon, les Demoiselles et ses rencontres musicales avec George Enesco dans les salons de Madame Cantacusino.

L'école fut improvisée dans un simple mas, tout en se battant pour un édifice adéquat. Le service religieux fini, les villageois traversaient les ruelles et suivaient leur premier instituteur avec espoir et la fierté qu'un fils du pays suspendait pour un an sa carrière en capitale et se penchait sur une si impérieuse nécessité.

Et Mathieu ne donnait l'impression ni d'accomplir ces tâches contre son gré, ni de s'abaisser en les accomplissant.

C'était par conviction qu'il fondait l'école.

— Je devrais, me confia-t-il, continuer la lutte pour la bâtir, puisque l'État roumain vide chaque année ses caisses pour d'imposantes constructions dans les provinces rapatriées, surtout pour les quelques centaines de milliers d'étrangers qui ont choisi de rester sur le sol roumain. On doit leur prouver notre esprit fraternel.

— Aux Turcs?

— Bien sûr. Ils sont honnêtes, on peut compter sur leur parole.

— Aux Hongrois aussi, j'imagine.

— Surtout! Car beaucoup de Transylvaniens se sont magyarisés pour survivre! Et puis les Hongrois sont énergiques, entreprenants.

Ils ont aussi beaucoup appris des Autrichiens! Sans parler de l'Église. En conclusion, le budget pour nous autres est réduit.

On nous demande de longs efforts, de la patience, la résignation...

Mais les Demoiselles se mirent en peine pour une si longue séparation de Mathieu. Ensuite, Enesco se programma seul dans ses futurs concerts à l'étranger.

Aussi mon beau-père, devenu taciturne, prenait du recul dans un préliminaire de surdité.

L'unique refuge de Mathieu restait le violon. Il n'y avait de place pour personne d'autre dans sa vue rétrécie vers la cité céleste, où son âme se confondait avec la musique.

S'évadait-il ailleurs pour atteindre la perfection? Ou bien, enfoui en lui-même il brûlait dans la flamme de son rêve à la gloire damnée!

Maintes fois, je ressentis son tourment; il refusait de nous trahir, même pour l'absolu de son Idéal!

Tout d'abord, il surveillait mon alimentation, car en soignant les autres j'avais tendance à omettre de me bien nourrir. Ensuite, Mathieu conduisait l'étude soutenue des enfants.

Si le matin nos grandelets le précédaient en classe, l'après-midi les trois s'appliquaient à la maison aux exercices scolaires, pendant que leur papa repartait vers sa relégation volontaire avec les benjamins du bourg.

Pétronel, rieur mais intrépide et très fort en arithmétique, était pourtant devancé par Sylvie-Anne dont la passion pour la lecture et la brillante perspicacité ne put qu'enthousiasmer Mathieu.

À l'opposé, Marie-Olympia l'agaçait par les activités pratiques dont elle restait captive. Soustraite aux thèmes, ce visage rose de rose mirait trop souvent sa joliesse dans la vaisselle qu'elle faisait reluire. Marie-Olympia trouvait tous les prétextes pour troquer le livre contre un coup de main à la cuisine.

L'eau-de-vie au miel qu'une certaine aubergiste avait eu la cruauté de lui administrer au fragile âge de treize-quatorze mois était pour quelque chose à son manque de concentration dans l'étude.

Toutefois, pendant la guerre et mon obsession de survie, comment aurais-je pu m'en sortir si je ne l'avais pas entraînée aux aiguilles, à s'occuper de nos futiles plats? Aurait-elle apprêté ses leçons?

D'autres soucis m'accablaient!

Aujourd'hui, je m'en sentais coupable.

— Elle ne prend jamais le temps pour la lecture. Ces livres complémentaires enrichissent les connaissances, ouvrent l'horizon, et surtout édifient son orthographe. Et c'est toi qu'elle veut aider! conclut Mathieu. Je reconnais que cette petite a beaucoup de cœur, mais on doit lui donner une formation professionnelle.

Alors, une fois les préparatifs d'automne finis, quand le nouveau docteur de la contrée (devenu son ami) me trouva fort fatiguée, Mathieu suggéra pour moi une pause alitée à l'hôpital.

Avec Mère Sanda j'avais mis en ordre la maison pour que tout se déroule sans heurt ou privation.

Et voilà que Marie-Olympia, troublée par mon hospitalisation, accourait chaque jour pour me voir. Vite glissée sur la pente qui endossait trois villages, elle fendait l'air à travers les ronces bordant les lacs d'en bas de la descente.

Pensait-elle avoir trouvé un raccourci par-derrière les habitations? Plutôt elle cachait ses fugaces visites à ceux qui auraient pu les rapporter à Mathieu!

Essoufflée, toute égratignée, les vêtements et les bas recouverts de chardons, Marie-Olympia s'approchait de mon lit et me regardait comme une simplette adoratrice.

Après quelques halètements de détente, la crainte que Mathieu découvre son évasion la faisait reprendre la folle course à l'envers.

En dépit de mes conseils, lendemain ce petit être en émoi s'empressait de nouveau vers l'hôpital. Ce qui me détermina de retourner chez-nous, dans la ruchée du zèle.

*

*　　*

EN CE TEMPS-LÀ, j'œuvrais dans la maison comme dans un temple du bonheur avec un étrange enchantement. La bienveillance me reliait à tous les parents de Mathieu, à ce village, au monde entier!

Les premières feuilles du calendrier froid, avec les senteurs et les échos mélancoliques, s'envolèrent sans angoisse.

Ensuite les fumantes nébulosités, autrefois exécrées, me parurent des brumes sacrées, jaillies de l'encensoir.

Les neiges me remplirent d'une enfantine gaieté. Les soirs où je ramassais le linge étendu dehors, nos branches aux grêlasses avaient le joyeux ting-ting des clochettes.

...Mais quelle douce merveille m'habitait–car j'étais sûre d'une fille–pour que j'exulte?

À l'arrivée de Nic aux vacances de Noël mon illusoire, inexplicable joie fut enfin bien réelle.

— Papa, George Enesco a répondu à ceux qui le proclamaient le génie de l'interprétation :

« Je serais génie si j'exécutais la musique populaire roumaine comme Mathieu ».

C'est notre directeur qui me l'a dit en classe, devant tous les élèves.

...Aurais-je pu entendre mieux pour être comblée? Je ressentis l'émotion jusqu'à l'intime lieu de mon étoile naissante. Elle nous portait chance!

Le ciel aussi parut décider cette venue au monde au jour de la Chandeleur!

Mathieu avait prévu d'aller pendant mon accouchement à l'église rencontrer les paysans et les accompagner ensuite à l'école pour leur donner une conférence.

La veille, un accroc fit rentrer Mathieu de Moulin-aux-Violettes fort embarrassé :

— Ta mère ne t'assistera pas demain. Elle invoque une difficile... parturition pour sa voisine qu'elle ne peut abandonner.

La panique me saisit!

Pourquoi Mère me laissait-elle seule dans la plus sainte, mais si délicate circonstance de la vie?

Mère craignait-elle que, depuis la précoce infortune de Jeanne, qui se trouvait sous mes ailes, je sois maudite à perdre les bébés?

Mais aujourd'hui Jeanne vivait le bonheur avec un homme merveilleux. Je venais de recevoir encore une carte de leur lointain voyage!

— N'aie pas peur, essaya de me conforter Mathieu. L'ancienne de ce village a autant d'expérience que d'aménité. Je la connais. Son mari, l'ami de mon père, est tombé pendant la guerre d'Indépendance. À son tour, l'unique fille a perdu son mari dans la Grande Guerre.

Les petits-enfants sont mes écoliers...

...De toute façon, j'amènerai le docteur!

— Un homme? O non! je fis, pudiquement désappointée.

Pour mes couches donc, j'anticipai le nécessaire.

Jusqu'à minuit, je préparai l'essentiel des repas que Mère aurait pris en charge. Lendemain, dès l'aube, furent prêts le rôti, la salade, la soupe aux légumes pour que Marie-Olympia l'assaisonne de notre jus de son fermenté.

Avant son départ avec Sylvie-Anne et Pétronel pour l'église, Mathieu reçut la modeste vieille-sage du coin, qui parvint à se laver les mains pour pénétrer chez moi dans la grande chambre.

À la vue de cette inhabituelle inconnue, je compris qu'à son estimation le destin de l'humanité n'était pas gai.

— Pauvre homme! s'exclama-t-elle avec indulgence. Pour ensuite se taire et s'accroupir timide sur un bas tabouret. Seul son regard bleu vif suivait, en attente, mes promenades en long et en large. (Le parfait alignement des affaires imposé par la présence de Mathieu ne me laissait plus la possibilité de ranger quoi que ce soit).

— Pauvre homme! j'entendis encore en sourdine.

Compatissante pour mon épreuve, il apparaissait que la vieille-sage souffrît aussi pour la condamnation du nouvel être à la souffrance. Pendant que Mère, au contraire, en trouvait l'humble, mais sacramentelle part à la création. Mère exultait pour le miracle humain, destiné à vivre.

Néanmoins, je me demandais si ces sage-femmes étaient choisies comme prêtresses de la gésine... à cause de leurs traits innés? Ou bien, tout en approchant la fragilité de l'Homme à sa genèse, elles se seraient assagies?

Le temps s'écoulait lentement.

Par les fenêtres aux ailes écartées, l'irisation du grand jour inondait en amples vagues. Debout, je regardais la neige et j'écoutais son soyeux susurre.

Mais cette enfant qui tardait à arriver fuyait-elle une mauvaise étoile, ou bien espérait-elle la plus bénéfique?

D'après mon expérience, j'aurais dû être prête à la mettre au monde. Et voilà que les douloureuses contractions me surprenaient pour vite s'éloigner. Les contractions revenaient encore et me quittaient sans aucun empressement.

Du salon, les graves sons de pendule marquaient mon exceptionnelle attente.

De temps en temps j'entendais Marie-Olympia faire patienter ses cadets (revenus de l'église). Puis tous commencèrent un jeu grammatical de mots bruyants.

Dehors, l'abondance de grands flocons affluait de toutes parts.

C'était une blanche invasion qui se heurtait aux vitres, les traversait, se précipitait sur mon visage, aux narines et aux yeux. S'enfouissait dans mes cheveux. Me chuchotait les mots du commencement...

...Ou, c'étaient les invisibles écrits du ciel en frondaison givrée?

...Plutôt des feuilles à écrire?

L'immaculée des livres!

Le chaste cœur de papier à se faire incruster par les ancestraux sigles et symboles de l'Homme...

Transfigurée de cette fantasque révélation, je me tournai vers l'intérieur.

La vieille-sage se leva craintive, apitoyée, les mains tendues, la voix tremblante :

— Belle-dame chérie... la petite à maman... ne meurs pas!

Consternée, je me sentis pâlir.

Elle me fit asseoir avec précaution au bord du lit, me frictionna les doigts, les orteils, tout en évitant de toucher mon ventre.

Les larmes trempaient les fronces de ses joues.

— Petite chérie à maman, ne meurs pas!...

En plein désarroi, je lui murmurai :

— Reconnaissez-vous sur mon visage quelque chose qui vous laisse croire que je mourrai?

— Oh non! Non ma petite-à-maman... Non! C'est que... ce retard n'est pas de coutume...

Mais la disparité de ses dires confirmait la menace.

Je ne me dépêtrais plus de ce revers, quand brusquement la chambre s'éclaircit.

Comme s'il avait banni par de luisantes volées toute vague plumeuse, le soleil ressurgit au large post-zénithal où il ramait.

Les sapins d'en face chatoyèrent. Les fenêtres parurent habitées par la lumière.

Aussitôt, le portail claqua et le vigoureux crissement de l'allée m'annonça les pas de Mathieu.

Pour lui éviter l'agacement, je m'allongeai au lit, couverte d'un drap.

Mathieu contourna la maison à la surprise de Marie-Olympia qui aurait dû parachever les plats pour ce tardif déjeuner. Ensuite, sans autre précaution que d'hygiène, il franchit le seuil.

— Le poupon vient pas... Elle ne peut le faire... se plaignit la vieille-sage.

— Quoi! me dit Mathieu avec témérité. Au dixième, tu t'effarouches? Où est ton courage?...

Mais allez donc! Reprends-toi pour l'enfanter! explosa-t-il avant qu'il ne se retire.

Et par miracle, la petite éternité de mon sein obéit à son ordre et fit irruption dans la vie.

Brunâtre aux cheveux noirs, elle ressemblait à Jeanne à sa naissance...

— Ah oui! cette mignonne va vivre! je soupirai en exaltation.

La vieille-sage s'empressa d'apporter le vase d'eau bouillante qu'elle devait à peine attiédir dans l'alvéole neuve de bois pour plonger l'ange dans son premier bain.

Sitôt fait, un terrible cri nous perça les oreilles.

Marie-Olympia bondit par la porte :

— Mon pot de borche cru que j'ai réchauffé pour l'assaisonner aux légumes! On baigne le bébé dans l'aigre!

— Pauvre homme! conclut avec dépit la vieille sage...

...Quand l'acide affront de l'existence fut enfin rincé à l'eau pure et la petite langée frémit sur ma poitrine, Mathieu rentra exubérant.

— Qu'elle s'appelle Marie, je l'ai supplié.

— Mais elle est née à la Chandeleur! À l'Accueil de Dominus–le nom qu'on donne aussi aux grands princes!

Elle sera donc Domnita, la Princesse des contes...

Et par ce prénom, cette concession allusive à ma souche paternelle apaisa les frissons de notre nouveau chérubin...

...Cependant, pour marraine, le père de nos enfants choisit l'une de plus dignes paysannes de cet endroit.

*

* *

À LA SORTIE DE L'ÉGLISE où j'avais présenté Princesse-Marie, le village me combla de ses vœux de bonheur avant qu'il ne suive Mathieu pour l'habituelle conférence. (À part le souci d'un édifice approprié à l'enseignement, nos paysans étaient toujours assoiffés de paroles instructives. Et surtout de profondes paroles).

Avec l'enfant toute en dentelles et rubans sur mes bras, Sylvie-Anne et Pétronel, endimanchés, de part et d'autre et la vive lumière de mars dans les yeux, j'accompagnai ce rassemblement.

Car le Dimanche de l'Annonciation tout le monde sorti du service religieux, devait faire comme chaque année le bref détour en marge du village, face à la forêt. D'ici, de la haute pente, les gens regardèrent un instant par-dessus le ruisseau qui ondoyait blond en bas, par-dessus la petite prairie. Dans un muet consensus, les mains se levèrent pour saluer devant nous, sous le tumulte arbré, les vestiges lacustres et les tourelles de l'ermitage.

Soudain l'envolée enfantine se débrida du groupe, descendit sur la passerelle et s'éparpilla sur le pré, jusqu'à l'orée du bois. Leurs parents remuèrent en demi-tour et s'arrêtèrent à l'école primaire avec Mathieu.

Je biaisais les ruelles vers la maison dans une aura de fragrance et de rêve, comme si le bébé de mes bras était une étoile vive.

L'ancienne marraine tant de temps oubliée, me coupa le chemin, pétrie de rancœur :

— Pensez-vous nous avoir vaincus avec votre... boîte communale? Sachez qu'il n'y a pas de sale affaire qu'on ne puisse inventer pour détruire Mathieu!

Adieu rêves?

Brusquée par cet abordage hostile, je rétorquai prestement :

— Vous ne pouvez rien reprocher au père de mes enfants! Ses mains sont propres.

— Si! Puisqu'il est charmeur. Faut le voir après un verre entre amis, quand il devient osé, souvent égrillard. Alors on lui sent le diable au corps, et tout ce qu'on a mis et tout ce qu'on mettra sur son compte fera peur à son entourage, à vous-même! Il y en a prêt à me payer pour en dire plus!

— Mais Mathieu ne touche ni à la décence, ni à la pudeur.

— Ha! C'est sûr et certain... pérora-t-elle... à cause de votre ré-serve... réserve hautaine! Mais quand il s'échappe au billot?

Sa grimace dégénéra vite en rire forcé. Rire tapageux qui réveilla les aboiements des chiens, toute une clabauderie, comme une véhé-mente protestation.

De nouveau en route, sans observer les convenances, j'entendis en arrière le ha! ha! de la marraine finir en ahan. Et je me dis : de nos jours Judas ne se pend plus. Il vit pour dépenser agréablement ses trente deniers.

En même temps, dans ma mémoire me revint le moment de jadis où Mathieu s'était hasardé aux propos grivois.

— Si jamais vous faites nos enfants témoins de cette sorte de dires, je vous quitterai pour de bon! je l'avais menacé. Et depuis Mathieu ne m'avait même pas embrassée en présence de nos anges! Quant à son aventure extra-conjugale, cet épisode se murait loin derrière nous.

Heureusement, les petits firent irruption avec les violettes et les perce-neige cueillis à l'orée de la forêt.

Mathieu se montra rassurant :

— N'aie pas peur! George Enesco ne prête pas d'oreille aux fausses notes. Mes Demoiselles m'aiment plus que jamais. En ce qui concerne l'enseignement scolaire, ou bien le Conservatoire, ce sont les résultats de mes concours et de mes élèves qui parlent!

...Cependant, mon intuition demeurait vacillante :

On n'impose pas sa réputation par des querelles; on la gagne dans la grande bataille contre soi-même, pour devenir plus parfait.

...Mais les mains de Mathieu, bien alourdies par tant de luttes et de tâches, pourront-elles porter son propre chant à l'apogée?

Avec son esprit d'à propos, Mathieu vint ajouter :

— Contre le mal il n'y a qu'une arme : le bien.

— Ou plutôt l'espoir en bien, je commentai pleine d'amertume.

— L'être supérieur est humain avec ses ennemis, continua-t-il.

— ...Pendant que l'être bas hait même ses amis, je complétai pessimiste.

Et je me demandais tacitement :

De quel profond marasme, la haine tient-elle sa force destructrice, pour piéger, pour envahir, pour annuler tout rêve?

En me voyant silencieuse, Mathieu sourit :

— Ton père t'a exacerbé l'intransigeance native de la droiture...

Je m'empressai de répondre :

— Il y a le harcèlement ouvert, le coup brutal, toujours avec la chance d'une défense, mais il y a la mystification, la manœuvre sournoise, le perfide assassinat dont on parle peu, qui échappe à la riposte, à la punition, et même au jugement du monde!

Mathieu qui m'écoutait avec attention eut son grand éclat de rire :

— Tiens, tiens, tiens! Tu en as bien récupéré, tu sais!

Très fier il se frappa la poitrine :

— Voici l'Homme!

Ensuite il me pointa de son index :

— ... et voilà l'œuvre!

La semaine d'après, les paysans agitaient en l'air les rameaux de fête, en rentrant. Parmi eux, Nic, venu en vacances de Pâques.

Les Demoiselles arrivèrent à l'improviste, juste avant que Mathieu ne prenne l'autobus pour aller les voir.

C'était leur unique visite chez-nous, et mon étonnement n'eut d'égal que l'exaltation de leur écolier d'autrefois.

— Un vrai nid de beauté! s'exprima Demoiselle Anne en fouillant de son regard coin par coin de la maison et du jardin.

— Trop exigu, déclara sa cadette.

— Vous voulez dire que l'ensemble n'a pas l'ampleur assortie à leur esprit, précisa l'aînée. C'est la faute à Mathieu qui ne nous a demandé le moindre soutien matériel... Mais vous serez gâtés, mes chéris, nous promit-elle.

— En attendant, c'est le vaurien qui se paie de notre avoir le luxe ultramoderne et sa place aux études commerciales, pour mieux apprendre à nous escroquer, rétorqua sa sœur.

Demoiselle Anne, qui en avait sans doute quelque remords, tira dignement son épingle du jeu:

— Par contre, j'ai gagné le pari d'instruire un... morveux.

— Instruire n'est pas synonyme d'ennoblir, contredit l'autre.

Imposantes et distinguées, mais arrivées au grand âge, les deux sœurs me parurent vulnérables avec ce continuel dédain pour leur filleul.

Mathieu, redevenu le plus enfantin de nos enfants, prit le violon et les ravit par ses subtils jeux d'irréelle harmonie.

Le temps bien compté, Mathieu avec Nic et Pétronel, conduisirent Demoiselle Anne chez le beau-père, puis lui firent voir l'école improvisée, le terrain pour la future construction d'envergure, les habitations lacustres, l'ancien ermitage.

Demoiselle Marie tint à rester auprès de moi. Elle m'offrit leur cadeau pour compléter la nourriture de notre bébé : toute une provision de Nestlé, farine lactée.

— Ma très chère sœur, me confia-t-elle, s'est apitoyée sur cet abandonné à notre porte au moment où, malgré nous, Mathieu a fait son premier mariage... Plus tard, je ne sais par quel moyen, le petit vaurien a pris contact avec d'autres.

Surtout pendant la Grande Guerre, il a montré son vrai visage!

En simulant un grand bruit sous les fenêtres, il nous a enfermées dans la cave et nous a fait croire que l'ennemi a tout dévasté. En réalité, c'est lui qui a pillé la maison de nos œuvres d'art et de l'or hérité des parents! Je l'ai vu par un coin du soupirail, avec ses complices.

Ensuite nous n'avons plus été capables de nous en débarrasser. Le comble est que l'imposteur joue le sauveur. Il a précompté ses avantages, car il connaît nos secrets bancaires et a tout inventorié!

Ma sœur pense qu'il vaut mieux l'avoir à l'intérieur de la maison que dehors.

Demoiselle Marie se promenait en long et en large et me parlait fébrile:

— Mathieu, avec son respect envers nous et sa fierté, nous a involontairement livrées au machiavélisme de cet escroc. Que Mathieu se préoccupe davantage de notre fortune qui doit lui revenir!... Oh! il est resté l'enfant pur, courageux, brillant, prodige. Parfois irritable, incisif, peut-être même violent! Mais jamais haineux, jamais rancunier!

C'est surtout son génie musical qui le rend si détaché de tout intérêt matériel.

...Mais votre mère, comment va-t-elle? Et votre sœurette? C'est elle qui vous envoie ces cartes postales? Il y a presque toute l'Europe dans cet album...

Au moment où les promeneurs signalèrent leur retour, nos fillettes, isolées avec des problèmes de géométrie à résoudre, sortirent du salon. (La rigidité du programme leur avait même interdit de tourner la tête quand les Demoiselles avaient passé en revue notre maison!)

— Enfin! dirent d'une même voix les dames bien-aimées qui s'étaient abstenues de toute allusion.

— Vos écolières sont deux petites splendeurs! décréta Demoiselle Marie, pour vite ajouter :

— Mathieu doit les inscrire à l'école centrale, notre meilleur collège de filles, qui rassemble–par concours–toute l'élite du pays. De là, plus tard, il pourra les envoyer à Normale-Lettres, de Paris.

— C'est seulement Sylvie-Anne qui va y concourir, précisa Mathieu. Marie-Olympia passera l'examen d'entrée à la normale-primaire de Bucarest.

— Quel dommage! s'exclama Demoiselle Marie, dommage! Une beauté si déconcertante épouserait un prince!

Mais comme toujours, Mathieu se basait sur nos propres moyens...

APRÈS L'ADMISSION DES FILLETTES comme boursières aux écoles prévues, Mathieu reprit son poste en capitale et put s'employer à la protection de nos Demoiselles.

Dès le début, il retrouva l'aînée souffrante. Les médecins consultés conclurent à une intoxication, sinon une tentative d'empoisonnement.

Il s'en fallut de peu que Mathieu n'en vienne à l'altercation avec le vil filleul soupçonné. Toutefois, contre le raisonnement des docteurs, les Demoiselles continuèrent à le garder.

— Si nous habitions Bucarest, on pourrait les amener chez-nous et les sauver, me dit Mathieu à l'occasion d'un saut à la Prairie.

Mais son revenu global couvrait difficilement nos propres dépenses, avec trois collégiens internes!

Et de plus, pour veiller sur la santé de ses dames chéries, Mathieu dut différer son temps complet au Conservatoire.

Par chance, Alexandre et Jeanne de retour de leur long voyage, sortaient le dimanche tantôt Nic, tantôt les fillettes pour une belle promenade...

À Noël, Mathieu ne se permit que trois jours de vacances avec nous.

Comme toujours, il alla prendre des nouvelles de son père isolé en lui-même.

Pendant les préparatifs des dîners, tous nos petits arrivaient de la neige ou bien de leur lecture, et m'entouraient dans la chambre cuisine d'hiver.

Le jeune âge augmentait alors la clarté des luminaires. Les reflets des lampes sur les murs devenaient complices de gaieté.

Quelle éclosion d'humour en chaque facétieux récit d'école!

Pétronel au moins, propulsé au milieu, imitait certains compères comme un mime averti, nous transportant tous dans une tendre hilarité. Au cours de ces instants propices, la petite Princesse-Marie allumait aussi des étincelles.

Affriolé par ce juvénile entrain, Mathieu quittait ses livres et passait le seuil vers nous pour s'immiscer dans le moindre indice d'éducation mise en danger! Ou tout simplement pour ponctuer de ses somptueux rires les historiettes. Car il concentrait une vie entière dans un éclat de rire.

— Attention! conclut-il une fois, la bonté auréole l'intelligence, la méchanceté l'assombrit.

Par la suite, Marie-Olympia, la soucieuse tâcheron, dressait en vitesse la table avec d'habiles tours d'escamoteuse.

Avec les chants de Noël en émouvant chœur, le repas devenait solennel comme un acte de piété.

S'y ajoutaient les traditionnels effluves des plats et des boissons accordés en offrande chrétienne.

La soirée se passait de la même façon et chaque fois renouvelée.

Après avoir provoqué l'émulation des enfants par les subtiles questions de son savoir, Mathieu prenait le violon.

À la différence de ses heures de travail, debout, Mathieu se remettait à sa place – d'honneur – pour interpréter les plus sereines ou enjouées allures, la bonne musique berceuse de rêve, de joie et d'espérance.

Toutefois, même en ces moments, Mathieu semblait se détacher de l'ambiance familiale, de notre religieuse écoute.

Était-il plus près de Dieu?

Pensait-il à ses concerts, à George Enesco peut-être? À sa mère? Aux Demoiselles?... C'était l'espoir, ou bien le doute qui le séparait de tous? Ou seulement la béatitude musicale?

Mathieu ne s'expliquait point. Mais avant de repartir pour Bucarest, il me chuchota:

— J'ai montré à George Enesco quelques-unes de mes compositions. Nous avons projeté un concert à son retour de l'étranger.

Quand j'annonçai à Mathieu que j'attendais encore un enfant, il demeura pensif.

Pétronel préparait l'admission au collège (parallèlement à son école élémentaire). La petite Princesse thésaurisait les reflets de nos paroles, de nos regards...

— J'avais envisagé notre installation en capitale, mais avec deux enfants en bas âge, tu dois rester à la campagne, décida Mathieu.

Maintenant, à part ta mère, que personne au monde ne vous approche! Tu n'as besoin d'aucun achat! Tu n'iras pas en visite! Même pas à l'église! Avec cette végétation drue tout autour, la maison sera ta forteresse!

Je savais que tous les maux m'étaient arrivés d'ailleurs. Malgré ma méfiance, comment m'opposer à cette forte, vieille souche d'hommes, pour laquelle j'avais été l'herbe étrangère!

Mais Mathieu ne céda point.

— De mon côté, me dit-il, je suis responsable de tous mes écoliers. Comme nos propres petits, chacun doit devenir un Homme!

...As-tu vu l'un d'eux échapper à ma vigilance?

À ces mots, ma pensée glissa vers les Demoiselles dont la vie s'estompait dans l'ombre de leur vil filleul. Malgré ses visites régulières et ses égards, Mathieu n'avait ni la possibilité ni l'autorité de veiller sur elles.

Après les grandes vacances, quand Mathieu vint pour ramener Pétronel admis à l'examen de St-Sava et pour conduire les trois grands collégiens aux pensionnats, il était tout enjoué de surprise.

Adieu rêves?

— Imagine-toi qu'aux portes de St. Sava j'ai rencontré un cousin, son grand-père paternel étant le frère du mien, le Conteur . Il a son fils en terminale... Si tu avais vu sa voiture–le grand luxe–avec chauffeur! Les terres que Grand-père avait abandonnées en faveur de son cadet cachaient du pétrole. Qu'en dis-tu?... Les Demoiselles, un peu confondues, prendront les mesures nécessaires pour nous assurer l'héritage, et nous mettre à l'abri de toute ingérence malhonnête. Les deux m'ont demandé d'aller ensemble chez elles... Bien sûr, après ton accouchement.

Je me donnais du mal à confectionner le trousseau de Pétronel pour l'internat du collège d'où j'avais reçu, comme pour les autres, le prospectus de lingerie et vêtements à fournir.

Mon terme approchait quand Mathieu tomba du ciel, affligé, secoué.

— Je suis venu pour t'emmener avec moi. Demoiselle Anne est morte!

— Oh mon Dieu!... J'éclatai en sanglots. Puis j'ajoutai :

— ...Mais ma mère ne sera là que demain... Qui va s'occuper des enfants?

— Tant pis! Princesse dans les bras, Pétronel par la main, on s'en va tout de suite, au retour du même autobus.

Nos autres grands seront aussi présents.

N'oublie pas ton long châle de dentelle noire. Je ne peux t'acheter une autre tenue...

Ce qui s'en suivit me bouleversa tant que je craignis pour mon futur bébé.

— Vite, Mathieu, reconduis ta femme et reviens pour t'installer dans la chambre d'Anne! avait, à la fin, supplié Demoiselle Marie.

— Vite, Mathieu, insista-t-elle, ne me laisse pas seule avec cet infâme! C'est lui qui l'a tuée! C'est lui qui a dérobé son testament, car il écoute aux portes, il nous espionne depuis longtemps!

Mathieu avait fouillé ses poches pour payer un taxi, me raccompagner en vitesse chez nous avec Princesse et Pétronel, retourner sur-le-champ à Bucarest, soucieux pour la vie de sa bien-aimée Demoiselle.

Maintenant, je complétais les effets de Pétronel, je les rangeais pour son départ. (Sa classe commençait un peu plus tard).

Par-devant mes yeux, s'entremêlait l'image pétrifiée d'une grande dame partie avec le secret de sa mort. Les vagues de fleurs et l'affluence de chapeaux noirs qui l'entouraient. Demoiselle Marie, en voile sombre, serrée contre Mathieu, mais avec l'autre bras retenu par son vil filleul. Et derrière eux, moi-même avec les enfants, tous en larmes.

Ce fut Mère qui reprit alors sa veille de déité mythique. Avec ses soins, ses discrets sourires, ses mots judicieux, ses regards sereins, tentait-elle de dissiper les tristesses!

Parfois Mère me passait la main sur les cheveux et soufflait sur mon front comme si physiquement elle aurait éloigné des nuages!

En ce matin d'octobre, une lumineuse douceur d'ange irrompit dans la vie. Pour mieux dire, un vrai petit soleil à la recherche de son lieu d'éclat dans la constellation humaine.

Durant son premier bain, je vis Mère tenir avec délicatesse la tête du bébé entre ses paumes pour légèrement la façonner tant soit peu, d'après le modèle de cette communauté.

Mère, ancestral sculpteur du destin, ou bien de l'entendement humain établi sur ce terroir par le bon Dieu!

Puis, posé sur ma poitrine, je compris que ce nouveau minois se découpait de l'aube. Que les étoiles, fuyant le ciel, roulèrent ses boucles. Les petites mains peignaient, faisaient vibrer de fines, d'invisibles cordes.

Surtout dans ses yeux, vivait le vert transcendant des ondes éternelles...

Un petit prince aux cheveux blonds reprenait vie. La sainte auréole d'une divine graine ressuscitait!

Adieu rêves?

Cet exaltant espoir me faisait revêtir le minuscule être de toutes les magnificences de mon père, de toute une grande sagesse perdue.

Le nouveau-né paraissait faire surgir un autre rêve par ses yeux verts aux frissons démiurges, une autre loi d'existence humaine.

L'éclosion de force existentielle!

En regardant mon visage transi devant le bébé, ma mère me ramena dans le réel:

— Ce que... cette charmante frimousse... a presqu'achevé la déchirure de ton périnée!

Ensuite, à l'appel de Mère, Pétronel qui attendait sur la terrasse l'arrivée de l'autobus matinal pour Bucarest, explosa de joie :

— Qu'il est mignon! Quand je serai quelqu'un, je prendrai soin de lui!

La semaine suivante, après avoir établi les quatre grands dans leurs collèges, payé les manuels et les taxes de scolarité, acquitté l'internat de chacun, Mathieu franchit le seuil pour fêter la nouvelle naissance.

Habitait-il chez Demoiselle?

— Demoiselle Marie, lança Mathieu, va mieux faire :

Avec six enfants, m'a-t-elle dit, vous avez besoin d'une très grande maison, ici à Bucarest. Et tout de suite, d'un compte bancaire substantiel. Je vendrai de nos terrains de construction pour vous en offrir.

...Elle est vraiment merveilleuse. Elle l'a toujours été... Ça va de soi que Demoiselle Marie vienne habiter chez-nous. Le filleul, à son aise dans les affaires, s'est mis à sa disposition...

Je sentis mon cœur serré:

— Parce qu'il était là?

— Il ne la quitte plus.

— Il ne la quitte plus? Dans ce cas, de quelle façon–dans un temps record–ce filleul a persuadé notre Demoiselle de modifier sa décision quant à l'installation de Celui-que-vous-êtes chez elle?

Mathieu changea de sujet :

— Quel prénom donner à ce sublime ange?

— Michaël, je répondis, en pensant encore à la lignée de mon père, notamment au fils de Ioan Assan, en deuxième noce avec la fille de Théodore I Lascaris.

— Parfait, m'accorda Mathieu. L'enfant aura pour modèle de réalisation Michaël Eminesco, Michel le Brave, car on va stimuler nos enfants pour leurs bonds en avant et de plus en plus haut!

...Doit-on revoir nos parrains... Leur plus jeune fils, étudiant, s'appelle Michel. Faisons la paix avant qu'on déménage à Bucarest. Je n'aime pas que la haine soit sur nos traces.

Ma réponse ne fut qu'un grand soupir.

Comme tant de fois, je me tourmentais :

Ces dix-huit mois écoulés depuis sa menace, la marraine laissée pour compte aurait-elle lâché sa meute de médisances contre Mathieu? La détraction court droit au but, tout en augmentant son venin. Elle s'insinue. Elle se diversifie. Frappe et tue! Pendant que les mots d'estime se taisent ou piétinent. S'altèrent parfois. Le plus souvent ils s'effacent.

Pourvu que Niky, le filleul de Demoiselle, ne se mette aussi à miner Mathieu.

Étant donné que le père de nos enfants multipliait le nombre de ses rivaux, je craignis que la diffamation ne soit un obstacle à ses projets.

Avec la puissance de son talent, de son esprit, de son caractère, triomphera-t-il sur ses ennemis?

Pour l'instant, Mathieu allait son droit chemin!

*

*   *

Les cris du vent fouettaient notre maison, ou bien le chuchotement des neiges lui brodait les vitres. Mais à l'intérieur, je me sentais sourdre lumineuse comme au début de l'éternité, autour de moi le céleste jeu de babil et d'interrogation enfantine.

Comme tous les hivers froids que j'affrontais sans Mathieu, Mère tâchait de trouver moyen d'alléger mes obligations campagnardes. Elle m'aidait à l'apport du bois et de l'eau, à la pétrie du pain, à son enfournement et défournement.

Surtout quand elle montait sur sa petite fourche aux ciselures la quenouille pour filer le long brin de laine si finement tordu par le fuseau, Mère me laissait à l'écoute de mes bébés.

Mathieu, présent uniquement à la cadence de ses fins de mois, me demandait de lui transcrire le drolatique dialogue des tous petits... Au moins, ce qui prenait pour nous les dimensions de traits de génie!

Aussi, pendant la douce et monotone musique du fuseau, les enfants prêtaient l'oreille aux contes moralisateurs inventés par Mère. Et si la fin de la parabole devenait violente, je m'immisçais comme auparavant :

— Alors le papa des enfants est venu pour chasser les méchants...

En plus, les lettres de nos quatre grands jetaient des allumettes au fond de mon cœur. Aussi les cartes postales envoyées par Jeanne, chaque fois qu'elle accompagnait Alexandre à l'étranger.

Pendant les vacances, Marie-Olympia, devenue maintenant tout court Olympia (à cause d'une troisième Marie dans la famille) survenait comme une rose rose, aussi superbement fleurie que les rosiers sous nos fenêtres. Soumise, elle passait à la cuisine pour m'aider.

Sylvie-Anne, dont la très pure blancheur augmentait la distinction, s'isolait comme d'habitude pour lire. (Mathieu qui lui avait acheté la littérature pour les dix-treize ans, lui fournit vite la collection des grands classiques, toujours en français).

Quand Mathieu était là, sa musique évoluait des nuances fluides à la savante maille de passions, de révoltes et d'émancipation.

Juchés dans les arbres avec leurs livres, sur la terrasse, au salon, les quatre grands levaient les yeux. Muet accompagnement d'un chant de violon interdit de toucher!...

Cependant, l'or vif d'un fastueux soleil se tamisait parmi les branches feuillues. Car si je talonnais Mathieu comme si mon rythme était réglé sur son allure, les silences, aussi bien que le rire aux éclats, marquèrent tant de fois nos bonheurs millésimés.

Mais il y eut quelque chose de secret qui agaça Mathieu. Sans un réel motif, sa mauvaise humeur empirait en furie. Contrariés, apeurés, les enfants s'attardaient dans les recoins jusqu'à ce que leur père s'endorme enfin. Puis, au réveil, qui aurait encore évoqué le passage de la dernière tempête?

Heureux de le revoir briller de milles feux, tous nos enfants s'en donnaient à cœur joie dans le manège aux questions scientifiques, littéraires, historiques... Surtout là où l'aîné de nos grands se singularisait par l'inédit de ses idées, par son originale percée dans le commencement des langues et des écritures.

À l'occasion d'une nouvelle arrivée parmi nous, je surpris Mathieu en irritation, prêt à donner libre cours à la rage. Revenu dans de meilleures dispositions par mon regard interrogatif, il m'avoua :

— Les beaux jardins de Cotroceni sont partis en fumée. Plus question de dépôt bancaire escompté. Le vilain filleul qui a eu la procuration en bonne forme de Demoiselle Marie se serait fait escroquer... semble-t-il.

Alors Demoiselle s'est hâtée de faire le testament en ma faveur pour le confier au notaire. J'espère qu'elle vive encore longtemps, donc attention à nos dépenses!

Adieu rêves?

...Et ce n'est pas tout. George Enesco m'avait invité à Sinaïa, où il achevait la sonate pour violon et piano d'après le folklore de Dridu et Maïa. Je lui avais donné aussi mes propres notes en style populaire... Je dois être fier de son amitié, de son continuel enthousiasme pour moi...

Sans qu'il puisse poursuivre, je devinai que notre grand musicien s'était programmé sans Mathieu.

...Les intrigues de notre marraine auraient abouti à ses oreilles? Le commérage sur la fortune perdue? Les mesquins intérêts de qui?... De plus, Mathieu prenait de l'âge. Comme dans d'autres circonstances, l'entourage d'Enesco en avait trouvé un argument de plus pour l'en dissuader quant à ce tardif lancement de talent. Je me disais :

C'est effrayant le nombre de ceux qui détruisent par tous les moyens! Chaque vie doit quelque chose aux autres, mais tant de vies sont ruinées par leurs semblables!

C'est toujours la haine qui s'acharne contre l'Homme de valeur, contre les valeurs de l'humanité. Pourquoi?

Séance tenante, je me rendis compte que pour Mathieu le choc et le fait de me le révéler devint insupportable. Lui, l'esprit acéré, se levant au milieu de l'orage pour trancher d'un éclair les abîmes!... Je le sentis prêt à hurler!

Mais il ne fit que prendre le violon!

Je l'observais sans rien dire. J'aurais eu besoin d'une force titanesque pour le transposer dans une salle de concert comble, toute illuminée. J'aurais voulu que sa main à l'archet en vertige donne des vertiges aux regards; et que sa gauche palpite comme une flamme par-dessus les cordes. Alors que le cœur du violon exulte la musicale extatique de son grand talent.

Ce fut... la torture de l'injustice dont il frappa son instrument.

Il faisait pleurer le violon.

Il le faisait souffrir!...

Les retombées de ce trouble ne tardèrent pas à se faire ressentir. L'extrême prévoyance me poussait à la privation. Je n'avais de cesse de raccommoder, de rapiécer, car les enfants grandissaient. Pour faire face au dénuement, j'élevais un minimum de canards, oies, dindes, pintades et poules, bien sûr pour les vacances.

Comme à tous les printemps, la sériciculture était entrée dans mes habitudes. Avec le fil fourni par les vers à soie, celui obtenu de la chènevière et un peu de coton acheté par Mathieu, je tissais tout l'hiver. Ensuite je m'attelais à la machine à coudre.

À la modeste normale-primaire, notre carence passa inaperçue. Mais pour la hauteur de l'école centrale, ce fut pis que je ne le pensais. La précarité devint une offense. Par conséquent, Sylvie-Anne arrivait avec les yeux rouges et pleurait tant qu'elle finit par ne plus pouvoir lire. Ses mauvaises notes énervèrent Mathieu jusqu'au scandale et aux gifles. Suite à sa totale démoralisation, Sylvie-Anne perdit sa fameuse bourse.

En l'apprenant, Demoiselle Marie ne fit que demander à Mathieu l'effort de maintenir Sylvie-Anne à l'école centrale. Et Mathieu fut obligé de vendre les terres de Tatomir, de son héritage maternel, pour payer les taxes intégrales.

De surcroît, Nic, privé de notre surplus alimentaire à l'austère pensionnat St-Sava, s'anémia. Pétronel de même.

Au moment de cet interminable dépit, la veuve de mon frère Thomas vint avec son benjamin Théodore, brillamment noté à son certificat d'étude.

Sans qu'elle connaisse notre situation, la pauvre femme comptait obtenir une baguette magique pour les grandes écoles.

Mathieu, dont le mal taillait vif dans tout envol, passa la main sur le front du petit Théodore avec une infinie tristesse:

— Je crains que dans l'immédiat il me soit impossible de vous soutenir. Mais je m'en remets au grand propriétaire de votre village. Il recense les capacités de votre coin que je sache! Son aide sera sûrement efficace.

...Dur coup pour le tout jeune fils de Thomas. Et grande peine pour nous, pour moi, face à l'unique appel du garçon dont l'intensité de feu me rappelait mon père, me représentait nos propres enfants dépourvus.

Je plaignais le petit sans que je puisse l'aider. Et l'humiliation d'être si impuissante m'ulcérait.

CŒUR MEURTRI. Cœur lésé.

Mon cœur sorti des braves paternels, de toutes les fées maternelles!

De cette énergie que l'Homme dépense pour endurer, pourra jaillir la plus prodigieuse ardeur d'accomplir le bien, de créer!

La force d'élévation réside en soi-même. Elle demeurera toujours l'expression, mais jamais le don de l'environnement. Cependant, tout talent que la nature et la société tracassent et rejettent sera une perte pour le monde entier!

Mais voilà qu'en plein tourbillon de vagues adverses, les lointains bleus s'écoulèrent dans mon âme, par-dessous l'arc-en-ciel.

Une fragile grâce aux frisons blonds venait de naître. À son premier cri, toutes les volées d'oiseaux de bon augure qui amenaient le printemps flottèrent gaiement des ailes. Comme tant de fois, par les fenêtres ouvertes en grand, ma mère m'indiqua l'azur.

Pendant que sur mon cœur palpitait vive la minuscule étoile du bonheur!...

Mathieu n'eut pas le loisir de se déplacer à la campagne pour voir la nouvelle venue.

Je savais qu'il aurait sa place d'honneur aux réceptions de George Enesco (comme à chacune de ses escales en Roumanie).

L'accompagnait-il aussi aux récitals programmés dans nos régions? Mathieu gardait secrètes la plupart de ces joies, tout en subodorant le virtuel triomphe.

Adieu rêves?

Maintenant, j'aurais tant voulu que cette goutte de lumière naissante s'appelle Hélène. Ce fut la récente belle-fille de la marraine qui lui donna le prénom : Nathalie. Quelqu'un du voisinage dut faire la déclaration d'état civil.

Puis à Pâques, dans un entendement collectif, notre vivace miniature put enfin dorer les visages de sourires.

— Elle a des cheveux platinées, s'avisa Olympia.

— La diaphane argenture d'une étoile... murmura Sylvie-Anne.

— Une étincelle qui saura s'y prendre, espéra Pétronel.

— La ravissante allure de nos aïeules, compléta Nic.

Dans ce bref espace de détente, il y eut de surcroît l'incroyable hasard à l'occasion d'une promenade à l'abbaye; en retournant vers la maison, Mathieu et nos quatre grands prirent le chemin raccourci (de sept kilomètres) qui fendait la partie monumentale de la forêt. Certes, le chœur des rossignols fut la cause de leur retard dans le site aux traces préhistoriques, envahi par les brigands et les loups!

Bien loin d'arriver à l'ermitage (vers notre village), ils virent dans l'ombre nocturne une capricieuse flamme jouer sur le sol–ce signal des trésors cachés!

Comme la sécheresse de l'actuel printemps avait durement sévi, la canne-épée de Mathieu et les bâtons improvisés des enfants raclèrent avec verdeur la terre endurcie, pour ne toucher que le couvercle d'un gros cuivre enfoui en profondeur. Une fortune millénaire? Des temps reculés?

C'était à la crête noire du minuit. Afin d'éviter tout risque, ils marquèrent l'endroit et rentrèrent avec la décision d'y revenir mieux munis.

Quelle chance pour nos aspirations! Quel fantastique fortune! Un trésor pélage! Inouï! Nous vécûmes les heures de toutes les rêveries, la revanche sur nos misères! Néanmoins, c'était une liesse freinée par notre propre consternation. On tournait en rond pleins d'espoir et de doute. Seul Pétronel faisait des bonds exaltés.

Et de but en blanc, des luisantes flèches éclairèrent nos vitres, les forts bruits de tempête nous firent sauter debout. Et le vacarme fracassa l'atmosphère.

Quel cataclysme survenait? Une invasion ennemie peut-être? Et si c'était l'inondation?...

L'ample orage fulmina et gronda toute la nuit dans un tohu-bohu d'arbres déchiquetés, de grincements et craquements. En même temps, je percevais des lointains cris d'oiseaux. Chocs. Abois. Du clapotage aussi?

Malgré ces craintes, à l'aube, sous la violence du déluge, les enfants se dépêchèrent avec Mathieu vers leur trésor.

Ils tombèrent des nues en marge du village, face-à-face avec l'immense noyade!

(À trois kilomètres, la rivière, sortie de son lit, s'était encore versée sur la grande prairie. Ensuite, elle avait traversé la forêt pour couvrir d'eau notre petite prairie, jusqu'à s'unir avec le ruisseau d'en bas de la pente).

La tentation de franchir l'inondation s'était depuis toujours avérée vaine. Et après l'assèchement, qui aurait pu reconnaître l'endroit de la richesse, dans le ravage d'une arborescence de tous les temps?

...Une fois de plus, le mirage de la fortune tombait à l'eau! Et nos rêves? Nos rêves?...

Mathieu bascula dans le contre-courant antérieur. D'une façon certaine, le parcours de George Enesco à l'étranger lui tenait à cœur. La santé de sa Demoiselle, autant.

Ce qui obsédait visiblement le papa des enfants était pourtant la situation de Sylvie-Anne qui ne récupérait pas sa bourse. Pourquoi ne se remettait-elle point? Dans ce cas, l'année suivante, comment payer l'intégralité de ses taxes? Vendre ce qui restait des terres? Le champ de chanvre? La maison aussi?

Durant deux longues saisons, le pays parla d'un petit prodige d'Amérique, l'élève de notre grand musicien (son propre fils, d'après les commérages diffusés par la marraine).

Dès le printemps suivant, Mathieu attendait avec impatience le retour de George Enesco. Pensait-il encore l'éblouir par des interprétations originales, par quelques compositions?

Le coup de grâce fut d'apprendre que pour l'automne prochain l'idole du pays recevrait seulement le petit à Sinaïa, sa résidence de montagne.

Les intrigues auraient-elles sans doute lourdement pesé dans son option exclusive.

Isolée dans un univers végétal, c'était à la divine candeur des enfants et de la nature que je me ressourçais pour surmonter les obstacles.

Ce jour-là, le temps d'une passagère seconde, en descendant vers la cuisine d'été, je me laissai fasciner par l'aspect de l'horizon.

Le soleil couchant incendiait ses sibyllines tenures d'un éclat. Les abords du ciel habillèrent les nuances de toutes les couleurs de fleurs. Mais l'indigo fumant les noya.

Nathalie, la cadette, dormait, les deux autres jouaient près de la cuisine de verdure. Mère venait de repartir chez elle, car ma sœur, l'égérie de son mari globe-trotter, avait annoncé son retour de l'Extrême-Orient.

Quand l'autobus s'arrêta et que Mathieu fit son apparition en coup de tonnerre, un frémissement me parcourut la colonne vertébrale. Je m'empressai de le recevoir.

— C'est la faute à Jeanne! vociférait-il. C'est à cause d'elle que je dus vendre l'ancestral champ. Sache que ta sœur chérie ne s'est pas contentée d'instiguer nos filles à l'illusion princière. Elle s'est permis de l'affirmer à l'école centrale!

Tu comprends? Là où, malgré notre pénurie, Sylvie-Anne brillait au milieu des élèves provenant des noms historiques et du pouvoir en place! Là où elle était l'orgueil des professeurs! Il a suffi qu'une seule jalouse donne le ton du persiflage pour la briser!

Les appels des tout-petits m'aidèrent à échapper à ce réquisitoire.

Quelques instants plus tard, j'entendis les vrombissements d'une voiture stopper devant la clôture extérieure et les virulents pas de Mathieu progresser dans la direction du portail.

En courant par la terrasse, en face, je vis ma sœur toute souriante ailée de rêve et de lilas, arriver par l'allée des sapins comme une danse de brise parmi les délicates fleurs.

On aurait dit qu'elle était tendue vers de subtils parfums. Ou bien absorbait-elle de l'avenir un bonheur menacé de disparaître?

Mathieu l'accueillit en fusant des sauvages flammes :

— Dorénavant, je t'interdis de te mêler de l'éducation de mes filles!

— Pourquoi? demanda Jeanne avec innocence.

— Parce qu'il s'agit de mes enfants, non pas des tiens! hurla-t-il. Tu n'en as pas pour te rendre compte ce qu'est la responsabilité, l'obligation d'y subvenir et de les guider!

Jeanne pâlit.

Mathieu s'emballa dans un crescendo furibond :

— Qu'est-ce que cette fatuité? Pour qui te prends-tu? Pour une fille de roi peut-être?

À ces mots d'ostentatoire mépris, Jeanne leva le front dans un tressaut de fierté:

— Mais je suis une princesse! allégua-t-elle en rehaussant le verbe.

La foudre résonna sur le fin visage de Jeanne. Durant ma jetée en avant par-dessus les marches pour m'y interposer, de la voiture accourait Alexandre :

— Jenny! Que se passe-t-il?

Et alors qu'en vertu d'une inertie battante Mathieu martelait mes joues de ses deux mains, Jeanne, en sanglots, se retrouvait dans les bras de son mari qui démarra de suite.

Rageur, Mathieu se perdit dans la végétation hirsute qui nous entourait, en l'arpentant à l'excès.

Plus tard quand, très abattue, j'allumais les lampes, il rentra dans la grande chambre et prit le violon. Son refuge.

Continuait-il à décharger sa fureur? La honte? Ou plutôt l'amertume!

Seul Michaël, avec le vert frisson aux yeux, s'approcha de lui, temporisa, l'écouta immobile et rêveur.

— On devra retirer Sylvie-Anne de son lycée, marmonna Mathieu d'une voix étranglée. D'ailleurs Demoiselle Marie, fraudée par son filleul, m'a supplié de faire au plus vite étudier les sciences économiques à l'un de nos enfants...

C'est que... le lycée commercial n'a pas de pensionnat. Où va-t-on caser Sylvie-Anne?

Mais à la suite de telles aménités, aurais-je pu faire conseil avec cet homme?

À son tour, sans qu'il ajoute rien sur la perspective de sa musique, Mathieu s'enferma dans l'obstination de se taire.

Nous étions sur le point de devenir deux solitudes, enchaînées par le doute.

*

*   *

LES PÂLES MISSIVES de l'automne flottaient en l'air.
Mes nuits blanches de préparatifs et les folles dépenses que
Mathieu en fit aboutirent à la rentrée des classes. Nic réussi par
concours à la faculté de droit, accédait ainsi au plus sélect foyer
d'étudiants.

Le départ de nos quatre grands, comme celui des passereaux, me
laissait un vague à l'âme, vite remplacé par d'autres soucis : d'abord
l'anniversaire de Michaël. En effet, pour ses trois ans je me devais
l'apprêt d'une traditionnelle fête où la marraine couperait symboli-
quement une mèche de cheveux du garçonet pour qu'il se démarque
de petites filles.

Mathieu fût bien-entendu d'accord. Suite à ses âpres combats, la
grande construction de l'école était prête et comme toujours Mathieu
se révélait amical avec les anciens ennemis.

Un matin, très tôt, Jeanne reluit parmi les oscillations d'épicéas,
suivie par Émilie, sa relation de voisinage et de confidence. La voiture
les aurait déposées devant la porte.

— Et son mari?...

— Son mari tient possible un tel départ, m'expliqua Émilie, que
Jenny a voulu vous voir avant qu'elle aille chez sa mère.

Un murmure m'échappa :

— Me cachez-vous quelque chose?

Jeanne demeura silencieuse.

...Peut-être dans le temps, malgré ma profonde affection pour ma
sœurette bien-aimée n'ais-je pas su trouver les mots propices qui re-
lient les êtres et les rassurent! Mais peut-on modifier le schéma d'une

vie comme celle de la gracile Jeanne, qui dérobe constamment ses énigmes?... Ou bien, toujours m'en a-t-elle épargnée!

Au moment présent les deux amies se tenaient debout encadrées par l'automne dans toute la splendeur de leur beauté, maintien et toilettes aux grands chapeaux...

Quand même Jeanne donnait l'impression d'être lancinée par une sourde souffrance : à part moi, elle était impassible à tout mon entourage : village, maison, enfants, Mathieu inclus.

Ma tentative d'adoucir un certain malaise resta infructueuse :

— Tu vois, ma chérie, Marie-Princesse? Elle a passé les quatre ans et demi. Fine aux yeux bruns, c'est toi dans ton enfance. Elle imagine toute sorte de jeux.

Michaël est le portrait vivant de notre père quand il a été le petit aux boucles d'or. D'avant ses deux ans, il impose une logique sans faille au jeu.

Durant quelques instants, Jeanne contempla les bambins d'en haut, sans se pencher pour la moindre caresse. J'ajoutai :

— Nathalie qui dort, est blonde, gracieuse et charmante. Elle tient le sourire et les sages prunelles de Mère. Mais le temps que je vous prépare une croustille, la petite va se réveiller.

Le ferme refus d'Émilie m'arrêta sur place :

— On doit reprendre la route, Jenny se sent fatiguée.

— Justement, restez déjeuner, dormir. Sinon quelqu'un va vite atteler ses chevaux pour vous conduire à Moulin-aux-Violettes.

— Surtout pas, Jenny s'est faite opérer de l'appendicite. Une lente promenade lui fera du bien.

Sans qu'elle le confirme, Jeanne esquissait un imprécis mouvement de la main vers sa taille fluette. Ensuite, ma sœur plongea dans mes yeux l'ardent feu qui la consumait et qui remontait en elle depuis quand? d'un millénaire pour être si dévorant!

Poussée par un subit élan, ma sœur chérie m'enlaça le cou et me pressa si fort contre sa poitrine, que la crispation de son étreinte empoigna mon cœur.

Jeanne se reprit avec sa grâce habituelle. Aérienne et secrète, elle évolua vers la porte, comme une lueur de lune parmi les berceuses branches, et s'en alla…

Pourquoi aurais-je alors anticipé dans l'imaginaire l'arrivée de Jeanne à Moulin-aux-Violettes? J'apercevais au loin son auguste front de douairière mise à l'écart, dépiautée de ses rêves, de sa superbe. J'entrevoyais sa tête penchée sous le bas linteau, entre les mêmes cloisons que je vis enfermer l'Idéal de Père.

Je pressentais que Jeanne aie besoin de moi.

Les occupations habituelles et souvent imprévues n'empêchaient pas que je roule dans ma tête autant de soupçons que de craintes. Il y en avait à éclaircir au retour de ma petite sœur vers Bucarest, je l'attendais! L'effrayant temps de cette attente!…

Néanmoins, je patientai jusqu'au soir, jusqu'au lendemain… Au surlendemain!

Comment Jeanne pouvait s'attarder là où notre mère n'était plus vraiment chez elle que dans une chambre confinée par le misérable fief de Line?

Sur des charbons ardents d'apprendre quelque chose, je guettai un partant pour Moulin-aux-Violettes et faire dire mon inquiétude. J'envoyai des petits mots.

Deux jours plus tard, la poste locale, de règle si sûre me fit en douter :

Mes dépêches, parviennent-elles à destination? Les signes de ma mère s'acheminent-ils vers moi?

Je composai enfin (avec vigilance pour l'orthographe) une lettre au mari de Jeanne. Mais saisie par un trouble prémonitoire je m'apprêtai à faire un saut à Moulin aux Violettes.

Mère Sanda va garder mes chérubins. Et moi, trotte et bondis pour sortir!

À la seconde, Alexandre (le mari de Jeanne) fit irruption dans la cour habillé en désordre, les cheveux dressés sur la tête, l'air hagard.

Je ne pouvais croire mes yeux, tout en l'invitant de prendre un café.

Adieu rêves?

L'homme coupa court à mes politesses par une véhémence pathétique :

— C'est ma faute! C'est ma faute que je ne l'ai pas conduite moi-même au control médical… Après l'affront de Mathieu, quand Jenny s'est décidée à me donner un enfant, elle a été accompagnée chez un faux docteur et le pire est arrivé! Jenny, la délicatesse, la compréhension, l'être sans égal, mon bonheur et ma fierté, se meurt…

— Que dites-vous?

— En apprenant qu'un impitoyable mal s'est emparé d'elle, Jenny a refusé les derniers soins, pour mourir entre les mains de sa mère…

— Seigneur Dieu!!!

Devant mon âpre confusion, l'homme leva les bras et partit brusquement secoué par de sombres sanglots.

Le lourd ciel se bouscula au-dessus de la chaise où je m'étais effondrée.

L'image de Jeanne, étrange beauté à la douleur sous-jacente, qui vivotait en moi, à mon insu, voilée par le mirage d'un rêve, émergea soudain.

Jeanne, l'inconnue, qui me comprenait même quand je pensais la tenir sous mes ailes, Jeanne l'incomprise, qui se taisait sur ses afflictions…

Mes petits s'approchèrent, les prunelles ombrageuses et suppliantes, leurs paumes caressant mes mains, mes genoux.

…Comment Dieu peut-il en même temps écouter les terrifiantes exhortations et les angéliques voix qui le glorifient?

*

*   *

JE FENDS L'AIR comme une vive torche projetée dans la clémence de l'automne. Les mas du village détournent leur face, penchent les paupières.

D'un saut, je franchis la passerelle, d'un autre le pâturage. Sur l'étroit chemin de la forêt, je m'élance follement, heurtée aux troncs, molestée, flagellée par les branches.

Un bruissement, une piaillerie, d'atroces hurlements me blessent l'ouïe, mais je me hâte et m'envole parmi les flamboyantes feuilles qui s'éteignent.

Jeanne s'est éteinte.

Jeanne est morte!!!

La merveilleuse, la malheureuse! La légataire des rêves…

Ni l'affection, ni le devoir ne m'aient pas aidée à mieux défendre ma sœur.

Comment devons-nous faire pour améliorer à temps notre comportement? Prendre les anses du ciel et les secouer de révolte, à tort ou à raison? Ou quémander l'indulgence et plaindre : Seigneur! Seigneur! Seigneur!

Le contrôle intérieur sur nos agissements définit l'homme capable d'être plus parfait. Qui nous aide à nous interroger sur nous-même? On rencontre trop tard son propre jugement. Le scrupule et le remords sont les deux pôles de la Conscience.

Toutes les fois que cette semaine je m'essoufflais pour voir encore et encore Jeanne, ses yeux bruns d'une infinie tristesse me fixaient longuement. Son mystérieux regard qui semblait tantôt récriminateur tantôt de compassion, de tendresse ou de supplication faisait saigner mon cœur.

Je m'en doutais que son mari aurait transféré là l'exquise harmonie de leur intérieur de Bucarest – meubles sculptés, tapis, tableaux, miroirs et objets rares, tout ce que les deux amoureux d'art avaient collectionné durant leurs prospères voyages se trouvait entassé dans les rustiques chambrettes, éparpillé sur la terrasse peinte à la glaise! Ruineuse et vaine offrande, comme aux déités païennes pour qu'elles atténuent les tortures arrivées au paroxysme. Aussi pensa-t-il faire vivre autour de sa femme adorée la mémoire de leur bonheur?

Cruellement rongée dans ses entrailles, Jeanne s'allongeait tantôt sur un canapé, tantôt sur un siège, aidée par Mère et les trois filles de Line, toutes pliées à ses faibles aspirations. Jeanne subissait l'atroce mal sous la tacite apparence d'un sublime martyre.

Le dernier jour elle avait désiré que son grand lit de milieu soit mis dehors parmi les arbres.

Pendant l'instant où nous restâmes seules, Jeanne sortit du sein pour me le remettre, l'unique vestige de notre histoire paternelle, une minuscule fibule d'or oubliée sur ma collerette blanche, au grenier depuis mes douze ans et demi.

— Je te l'ai gardée… murmura-t-elle. Prends en soin…

Et de sa couche parfumée sa vue se concentra, s'exalta vers tout la haut pour y ancrer ses rêves et son amour…

Maintenant mon être n'est qu'une reprise de funestes à-coups et contrecoups. Les palpitations de ma course effrénée ont de lugubres résonances. À la rivière, je me déchausse pour plus vite m'y rendre par l'ancien gué.

La voûte bleue se réfléchit dans le courant. Retroussée jusqu'aux genoux, mes pieds brusquent l'eau et le miroir de l'azur se casse.

Je traverse le ciel renversé. Le ciel à l'envers. Par-dessus le trésor, le sacrifice d'un manuscrit, l'arrachement d'un bout de vie. Soudain le soleil brille dans tous ces copeaux de miroir. Dans toutes ces miettes d'espoir, de douleur et désespoir…

Le ciel foulé aux pieds.
La vie piétinée.
Le rêve...

Habillée de la plus somptueuse robe de noce, Jeanne tergiverse le passage à l'église et les yeux pénitents elle semble attendre le marié. Dans son cadre luisant aux dorures, toutes les neiges pétillent, chatoient et papillotent, câlin hommage à sa beauté.

Tout près d'elle, Mère est devenue l'arbuste rabougri sur lequel se « désenvolent » grouillant les corbeaux du deuil.

Ensuite la multitude me pousse au milieu d'un cortège aux immenses couronnes de fleurs. C'est un vrai cérémonial de déification qui flotte en l'air ses longs rubans et fils d'argent au rythme d'une grave musique.

Parmi les croix, le chêne d'antan planté par mère paraît de sang et de sueur, comme une essence humaine qui veille la tombe sacrée, comme une divinité qui pleure.

La fumée de l'encens involutée autour de moi m'isole au dos de la foule qui reconduit ma mère à la maison pour le festin funèbre.

Quand je me retrouve seule devant la tombe solitaire, je reconnais Alexandre qui a prodigué cette pompe ostentatoire avec l'inutile vœu d'apaisement, car c'est sur ma main tendue qu'il penche le front et ses sanglots ressemblent aux frappes des cloches.

Comme il y a treize ans, Constantin me ramène. Par un excessif bond en moi-même, j'amarre dans l'univers de tous les jours.

Avec difficulté je m'échappe au pépiement et aux cajoleries de mes anges pour empiler au salon les collections de fameuses enseignes abandonnées par Jeanne et son mari.

— Il m'est impossible de les emporter, j'avais fait savoir à ma mère.

— C'est vrai çà, nasilla Line, les choses doivent revenir seulement à mes filles, Jenny a précisé : rien pour Mathieu!...

— Rien à voir avec Marie-Élise, avait dignement rétorqué Mère.

Pour qu'elle complète en aparté :

Adieu rêves?

— Laisseras-tu que ces joliesses aimées par ta jeune sœur soient troquées contre la porcherie que Line veut installer dans ta clairière? Dès maintenant Line s'est débarrassée de trois magnifiques tableaux.

Ainsi j'enferme sous clé des souvenirs qui me brûlent les doigts. Les délicats raffinements choisis de partout : des Valenciennes et des broderies de Venise. Petites figurines ciselées en béril et rubis. Les verres d'argent gravés, dorés à l'intérieur. Les fins cristaux de France, la vaisselle de Meissen, le service à thé chinois, les vases japonais, un trésor d'exquise beauté.

…Et ces coquillages de nacre irisés, d'une singulière grâce, chacun sans pareil, sculptés par les anges au commencement du monde!

J'avais l'impression que le rêve souriant de Jeanne et l'amoureux, le soucieux regard d'Alexandre les habitent pour toujours.

De quels pleurs pourrais-je pleurer? D'où mes larmes seront encore extorquées?

Mais au tardif crépuscule, quand les souffles de feuilles fanées mettent en pagaille l'atmosphère, Jeanne m'apparaît dans une irréelle ondulation de voile à faille, de dentelle.

Seule derrière la maison, soudain, je sens toutes les souffrances tant de fois maîtrisées me saisir le cœur. Mes soupirs s'intensifient dans un fort halètement. Mes larmes qui n'ont pas coulées se mettent à jaillir des yeux, à sauter, à cingler mes joues, mes bras croisés.

— Que cherches-tu dans ce brouillard, ma sœur chérie, petite infortunée!

Ton jeune âge t'a été hostile. Cette terre marâtre. Et le seul grand bonheur s'est avéré néfaste. Que cherches-tu? La pureté de tes rêves inaccomplis? La durée de ton sort inachevé? La tristesse de ton beau visage me déchire la poitrine. Tes yeux bruns en larmes, ton mystérieux silence lourd de reproches au monde entier, ou peut-être plein d'amour pour le monde entier…

Jeanine…

Elle ne répond pas. Elle ne m'a jamais répondu.

Mais chaque soir, avant que je rentre et que j'allume, son visage éthéré se contoure et se détache du brouillard.

De temps en temps, les retardataires sursauts du soleil jettent une lueur de pourpre vers ses pieds. Alors sa guipure blanche paraît tâchée de sang.

Sitôt Jeanne périt.

Pendant une semaine Jeanne se dévoile et se voile de brume.

Pendant toute ma vie.

L A FÊTE POUR LES TROIS ANS de Michaël n'eut pas lieu. Juste à la veille, par une inspiration étrange, Marie-Princesse constamment inventive de jeux, coupa la boucle frontale destinée aux ciseaux de la marraine.

En vain, Mathieu arriva pour combler l'opulente matrone par des largesses ôtées à nos anémiques ressources (assujetties à cet impôt) : elle lui fit grief et resta remplie de rancune à l'égard de notre petite espiègle.

Mais Mathieu avait d'autres tourments portés avec un apparent stoïcisme. Sans qu'il commente la mort de Jeanne, dont le mari lui était devenu ami, sans qu'il s'attarde non plus sur l'école du village (l'aboutissement de ses rudes efforts), Mathieu laissait pleuviner la cendre sur sa fièvre latente. Alors qu'au violon apporté pour la fête, la mélodie entamée fut le déchirement du cœur à peine amenuisé en joliesse!

Nous étions deux souffrances dépourvues d'un partage avoué.

Après son départ, l'obscurité m'entoura pareille aux sombres torrents de la rivière. Madame Minuit s'arrachait les cheveux – ses longs poils de fer liquide pour m'attacher à mon chagrin. Mes cils s'empattaient dans l'ombre. Je sentais sur mon visage une foison tombante aux ronces noires et mûres d'eau.

Le jour, l'animation fermière des paysans d'avant le recul d'hiver m'entraînait dans la basse-cour puis au métier de bois – mis de côté le soin des enfants.

Mais la nuit… L'automne se mit à balancer avec lenteur ses afflictions feutrées. Parfois, je distinguais dans la pluie les moissons des foins. Parfois le monotone reflet de tous les soupirs du monde. Ceux de ma mère, claustrée à Moulin-aux-Violettes…

Quant à Mathieu, comment se soustraire à ses difficultés pour se déplacer à la campagne? Je n'osais pas l'attendre.

Au moment où je découvris que j'étais à nouveau enceinte, je devins anxieuse. Pour la première fois.

Qu'en sera-t-il de l'enfant issu d'un désespoir et d'une détresse?…

Rebondir vers Dieu pour lui supplier la bénédiction de l'innocent conçu dans les larmes!..

Autour de moi, les petits récitaient, l'un après l'autre, la première prière que ma mère leur avait apprise : Angelot mon angelot que Dieu m'a fait cadeau…

Cependant, Noël fut une explosion de rêve et d'espérance : le nouvel essor de nos quatre grands devenus des jeunes-gens!

Dans l'abondance des neiges, notre maison brillait de toutes ses lumières.

Des amis, pour la plupart étudiants, arrivaient de partout : de Bouillonants, le chef lieu, de la colline, de Moulin-aux-Violettes, de notre village, bien entendu.

On devinait leur franchise, leur optimisme et force vitale d'après les conversations et les éclats de rire qui résonnaient du salon où ils étaient reçus par Pétronel et Nic.

Sylvie-Anne et Olympia servaient à chaque visite les gâteaux de la maison, d'après les usages de l'hospitalité roumaine.

Surtout les trois fils du docteur venus du chef-lieu, ne manquèrent pas un jour pour obtenir de Mathieu la permission que les nôtres participent au grand bal… Sur-le-champ, ils décidèrent d'une Association culturelle et désignèrent Nic pour président, projetèrent une petite fête avant le bal, choisirent le programme, distribuèrent les rôles.

Pétronel devait diriger le chœur. Sylvie-Anne récitait un poème dramatique, Olympia, modeste et timide refusa de monter sur la scène pour chanter, mais se mit à confectionner la robe de sa première sortie.

La seule connaissance de Nic du foyer d'étudiants qui fréquentait les cours d'histoire (mais avait suppléé à l'école primaire de la colline) se leva et se tut brusquement à l'entrée d'Olympia au salon.

J'étais derrière elle pour l'aider, car Sylvie-Anne déclamait en se promenant dans la cuisine et je vis ce fier garçon retenir son souffle.

À son tour, notre fille aînée ouvrit grandes ses chastes prunelles humectées de lumière. Et le ciel étoilé descendit là, les cerna pur et solitaire comme au début de l'éternité… De minces ponts d'or s'arquèrent d'étoile en étoile et d'un regard à l'autre. On sentait dans l'air une « ailée » de rêve, une ondulation de rémiges avant l'envol.

Incrédule témoin de cette nouvelle création du monde, je refluai mon zèle pour mieux m'émerveiller : notre jolie Cendrillon, avec son teint de splendide rose rose, de noirs cils et sourcils finement dessinés et les amples nattes resserrées avec modestie à la nuque, venait d'être choisie par le prince charmant.

Depuis, soir après soir, l'écho de leur duo musical m'envoûtait. Lui, à la voix lyrique d'amoureux, lançais des airs passionnés auxquels notre ingénue répondait par des touchants trilles, plutôt issus du cœur que de son apprentissage musical.

— On va les programmer à la fête! jubilait Pétronel. On affichera trois duettos. Quatre.

…Aurais-je eu le droit de m'émouvoir pour leur bonheur, quand je portais sous mes paupières la douloureuse image de Jeanne?…

Assez surpris par l'événement, Mathieu me confia :

— Cet automne le professeur Iorga a compté ce jeune homme parmi ses collaborateurs et l'a nommé son assistant à la chaire d'histoire. Avec son séduisant avenir… Pourvu que demoiselle Marie puise tenir sa promesse de doter notre fille d'une maison…

Ensuite ressaisi par l'inquiétude qui voila mon expression, Mathieu ajouta :

— N'ai pas peur, la chance nous sourit. Te rappelle-tu la nuit d'en
fin d'été où j'ai reçu secrètement Magéru échiné par les paysans durant la campagne électorale du parti... paysan? Il a gagné la bataille
des élections!...

...À l'école, toujours, j'étais le premier, lui le deuxième, mais ce
brave camarade de classe au lieu de m'envier, m'admirait. Le voilà
mon ministre décidé à m'assurer enfin mes récitals!

Et Mathieu se mit à faire de nombreuses allées et venues en long
et en large... Son profil de courageuse tension paraissait prêt à tout
affronter, conquérir, accomplir!

...L'unique arroi dans sa besace, le talent, le rêve et la fragilité de
nos enfants.

Cependant, quand il prit le violon, sa mélodie vibrante surgit
comme un divin rayon jusqu'au celeste ouï d'en haut.

                    *

              *   *

L E FUTUR S'ANNONÇAIT FAVORABLE. Fougueux, téméraire, Mathieu
montait en trottant d'une marche sur l'autre. On lui programma
des conférences. On lui assura des solos dans les séances du corps
enseignant, le premier violon en plusieurs manifestations musicales.
(Encore un prélude à l'étape rêvée de grands concerts…)

Pour nos jeunes gens, c'était l'émulation. Nic, inscrit également
à deux autres facultés de Bucarest, anticipait sous sa baguette la justice du pays, la culture! Sans pour autant qu'il abandonne sa passion
d'histoire de l'histoire, de la langue et de l'écriture.

Dans ce coin campagnard, il y avait aussi notre maison-aux-sapins couverts de neige. Après Noël, stimulées par l'effervescence de la
jeunesse intellectuelle, et bien sûr par la construction de l'école primaire, les villageoises défiaient le froid et venaient me voir. Souvent,
à la recherche d'un conseil. Parfois, pour me demander un modèle de
couture, de broderie. Quand elles m'apportaient l'écho des afflictions
sans issue, mon soupir de compassion devenait un appel aux cieux :

— Seigneur, prends pitié de tout le monde! Pitié aussi de mes
enfants…

Néanmoins le temps des épidémies tragiques était révolu. Des
équipes sanitaires parcouraient l'endroit. Munie du premier secours
médical, pour bien répondre aux besoins de chacun, je recevais
même les petites-filles de Mère Stana chez-nous. Quant à leur grand-
mère, puits d'érudition occulte et d'exorcisme confusément mêlés
à la foi chrétienne, elle traversait à maintes reprises la route pour
délivrer nos anges d'une éventuelle « jettatura ».

Comment ne pas recommencer alors à faire de temps à autre un présent à mon beau-père, avec lequel Mathieu, fort outragé, ne parlait plus?

Comment ne pas m'accorder à l'imaginatif partage aux fêtes religieuses, par exemple le Jour des Ancêtres, quand, à la décoration artistique des assiettes, cuillères en bois et cruches de vin, s'ajoutaient de minuscules bouquets champêtres?

Par le grand vent d'hiver, il y avait en plus l'aumône de céréales aux nomades inaptes aux durs efforts des autochtones. Et puis, mon discret secours à quelques femmes dans leur peine de se tirer honnêtement du mauvais pas! Bien ancrée dans ce collectif rural, à Pâques-fleuries, j'emmenai mes chérubins à la communion des enfants, fière de les voir briller parmi tous les charmants blondins.

…Encore que, restée pensive à considérer la vie, mes chérubins m'auraient entourée en silence, à leur façon interrogative, afin de me ramener à leur présent.

La nouvelle fusion avec le village allait définitivement inclure l'étrangère, l'intruse que j'avais été, dans la famille de Prairiens, dans la grande éternité humaine…

Pendant cette durée, mon ouïe très secrète perçut la supplique de l'ange à venir :

— Moi aussi je suis là, maman, et je t'aime…

Depuis ce jour, les pluies dansèrent gaiement. Les sapins jouèrent des lumières sur les branches. Un tourbillon de pétales parfumés para les fruitiers l'un après l'autre. Et bientôt le récital de chaque rose embaumait comme un hymne à la naissance et renaissance de l'Homme.

Venue m'accoucher, donc replacée en posture de divine prêtresse, Mère eut son sursaut d'indulgence. N'était-ce que son devoir inné de saluer la vie?

Quant à moi, toute attendrie devant le miracle au candide visage de poupon, je murmurai :

Adieu rêves?

— D'où viens-tu, brin de rêve, pour franchir ta mystérieuse pré-existence vers le réel et te blottir sur mon sein avec tant de confiance?

Le bon augure aux yeux, mais soucieuse pour ma santé, Mère me fit culbuter de mon euphorie :

— Ton périnée, ma chérie, s'est entièrement déchiré.

Un matin d'août, les nuages aplatissaient le soleil à le faire souffrir. Cependant son vif noyau se défendait, rejetait leur charge et gagnait l'azur dans une apothéose. Ou bien était-ce mon espoir toujours en éveil? Ou Mathieu me transmettait-il son espoir?

Quelques heures plus tard, l'autobus arrêtait devant la maison et Mathieu rayonna au cadre du portail :

— J'ai la direction d'une grande école de Bucarest qui va prochainement englober le collège du quartier. Magéru m'assure d'une chaire de professeur au Conservatoire. Il envisage même de créer un poste universitaire pour mes «Entretiens sur la sagesse»! À la normale j'étais surnommé « Sait-tout ». Lui, « Le Mage ». Et voilà qu'il l'est.

...Enfin, pour le moment, on va réunir la famille. L'appartement attribué au directeur a cinq chambres. On pourra l'agrandir avec une sixième où Demoiselle Marie tient à s'installer.

En plus, Élise-Marie, mon premier grand concert est fixé pour Noël au magnifique Athénée roumain! Au deuxième, prévu cinq mois plus tard, en mai, George Enesco sera là!...

Comme jamais auparavant Mathieu m'embrassa fort, en présence des tout-petits qui se mirent à gambader dans l'herbe, à soulever de vertes neiges.

Mathieu prit son instrument sacré. Le violon cascadait une mélodie enchanteresse, toujours une autre. Le visage du violoniste ruisselait de lumière. Et les mioches appâtés, assagis, se rangèrent sur les marches de l'escalier comme pour s'y ressourcer et moduler en eux leur instinctive soif de perfection.

Le jardin s'emplit d'allégresse au retour des quatre grands. Chaque jour ils étaient entraînés dans une excursion par le jeune Popesco-Ialomita, de plus en plus épris d'Olympia.

Pour la joie de tous, ils rentraient de leur promenade avec un vieux boxer au regard humain, recueilli tout au fond de l'ancienne forêt. Et pour la première fois depuis la disparition de notre chien de montagne, Mathieu consentit à ce qu'on en reçoive un autre : l'innocent perdu par des touristes, ou laissé en proie aux bêtes sauvages!

Lorsque Mathieu déballa ses énormes paquets au nécessaire scolaire à coudre, la gaieté toucha à son comble. À part l'habituelle bonne qualité, tout achat excellait dans le choix du beau.

Face à l'unanime effusion, des étincelles saillirent de mon élan jusqu'au firmament qui réverbéra cette fulguration sur notre maison comme un tamisage.

Toutefois, quand j'avertis Mathieu que le jeune amoureux lui demanderait sa fille en mariage, il devint réservé et tint à s'entretenir seul à seul avec Olympia.

— On vous a informées à la normale du krach financier qui nous menace. D'abord finis ta dernière année, aie ton diplôme d'institutrice et nous en reparlerons. Voici quatre robes à façonner pour tes sorties en ville…

Et Mathieu reprit son violon. Plusieurs jours, du matin au soir, il le reprit. L'archet avait des ailes. Sa main gauche aux vives palpitations allumait des étoiles sur ses cordes. Et dans nos âmes.

En longeant la clôture, même les cultivateurs hâtifs tournaient la tête et s'arrêtaient. Car la nouvelle explosion musicale de Mathieu s'échappait comme le suprême souffle d'un reclus vers le ciel.

*

*   *

AVEC CETTE MAGIE MUSICALE commença la vie dans la suite qu'on occupait à Bucarest. La magie, le sublime à tire-d'aile pour paradis.

Solitaire, imposante et dominant le paysage, l'école qui comprenait à l'étage notre chez-nous se levait à l'angle d'une bifurcation, inscrit dans un demi-cercle d'arbres. Comme on était bien en retrait face à la bruyante artère de la cité, le violon de Mathieu résonnait de son bureau-bibliothéque tout au long de l'appartement. Par intervalles. Car le programme d'un directeur est strict et serré. Le matin il parcourait la salle à manger en utilisant l'escalier intérieur vers sa classe. Durant la grande récréation de dix heures, Mathieu s'entretenait avec les professeurs, les instituteurs, le docteur, les parents, les domestiques. Après le déjeuner – préparé d'une manière absolue par moi – et le temps de musique, de lecture et de sieste, il partait au Conservatoire. Le soir, c'étaient les auditions publiques ou privées, les invitations dans l'entourage d'Enesco et de la princesse Cantacusino, chaque semaine son Club dont je n'en aurais jamais su davantage, et sans faute la Demoiselle. Mathieu ne rentrait avant minuit que pour se consacrer au violon.

Nos tête-à-tête, de plus en plus rares, se faisaient en première ligne pour les difficiles problèmes à résoudre. En tout état de cause, il ne manquait pas de passer en revue la maison avec la vigilance d'un chef de tribu conscient de son rôle paternel... Et quand il sortait du comité d'enseignants, ou qu'il soit descendu de sa lecture, de la rencontre avec les grands esprits, je me précipitais vers la salle de bain pour enlever mon odorant voile de cuisine. Tandis que Mathieu possédait le naturel pour glisser par-dessus ces contrastes sans aucun à-coup. Il se concentrait sur la présentation d'un saladier, ou bien d'un plateau garni, pareil au critique d'art devant le chef-d'œuvre! Avec des exclamations admiratives, il s'adressait en riant aux enfants pour conclure :

— Voyons quel régal maman nous a préparé de sa baguette de fée!

Excepté Olympia, dont l'internat d'école normale était obligatoire, nos sept autres enfants m'entouraient, vifs et pleins d'affection. J'aimais le lumineux dynamisme de Pétronel, autant que la prestance de Nic.

L'aîné était de haute taille, très mince, à l'allure distinguée. Ses éloquents entretiens avec Sylvie-Anne captivaient même les petits.

Pétronel, dans son élément au lycée commercial (où il avait été transféré sous la pression de Demoiselle Marie), dans son temps libre secondait Mathieu qui manquait de secrétaire et de comptable. Sut-il aussi prendre en charge les répétitions – parfois rémunérées – des élèves moins forts en thèmes. De plus, il organisa à ses quinze ans un chœur de lycéens avec des vieilles chansons folkloriques, surtout de Noël, à deux–trois voix.

Sylvie-Anne enjolivait la maison par son superbe teint de lys qui s'ouvre. Ses cartes géographiques peintes en aquarelle étaient de l'art fini. Les cahiers, de véritables exemples d'esthétique et de rigueur.

Elève à son ancien lycée (à l'époque appelé l'école centrale), Sylvie-Anne avait initié nos bambins au français. En outre, leur unique livre d'images colorées fut le Petit Larousse de leur sœur. À présent pour eux, mais surtout pour bien s'imprégner de deux autres langues étrangères du programme, Sylvie-Anne en lisait à haute voix et son public d'anges n'en décollait pas. Moi non plus. La subtile musicalité de la poétique française me fascinait. Certes je contemplais l'harmonieux écoulement des voyelles anglaises. Quant aux poèmes de Goethe ou Schiller, aux sonorités tantôt claires, tantôt graves et rauques, ces « rythmures » me rappelaient la jeunesse de Mathieu. Le temps de mon père.

Adieu rêves?

Sylvie-Anne avait aussi l'allure d'une grâce aux ailes d'archange qui s'éloignait sous la pluie pour donner sa marque de noblesse au lycée commercial que dorénavant elle était contrainte de fréquenter.

Ce morose jour, je revis Jeanne dans les brumes (à travers la fenêtre) et mes regards tombèrent sur la grande malle aux raretés que je n'osais pas ouvrir.

— Prends les merveilles de Jeanne et de son mari, m'avait conseillé Mère.

Fais vivre tes poussins dans la beauté et pour la beauté, comme notre souche a tenté de le faire d'âge en âge.

Le moindre bon sens m'empêchait de causer du dépit à ma mère, après son année de claustration! Après son sacrifice de quarantaine à l'hôpital pendant la récente scarlatine de Marie-Princesse – impitoyablement contaminée par les bons offices de Mère Stana! Surtout dans la perspective de trois saisons où ma mère devrait garder notre maison avec le chien et quelques poules pondeuses.

— Prends ces souvenirs, avait terminé Mère, sur le point de mon départ pour Bucarest (qui suivait celui des meubles et de la plupart des volailles).

Mais ce rarissime unisson de bon goût et d'amour, même emporté, demeurait clos. Par une coïncidence tout à fait déconcertante, le soir Nic rentra bouleversé :

— Maman, oncle Alexandre est passé me voir à la faculté de droit. Il part pour Jérusalem.

…Si vous aviez vu cet homme de remarquable dignité que la douleur anéantit!

— Rien ne me retient plus sur ces lieux, m'a-t-il confié. …Ma décision est irrémédiable. Sans le faux docteur, Jenny serait là… et notre ravissant héritier aussi!… Oh!… Jenny…

…Croyez-moi, maman, j'ai cherché des mots pour l'apaiser.

— Par Jenny, a-t-il dit encore, j'ai connu la vérité de l'âme roumaine, je me suis abreuvé à sa profonde humanité…

— Mais vos racines sont aussi chez nous, mon oncle, je découvre que les Hébreux proviennent des Gètes, du sein de notre peuple, il y a sept, huit milles ans! j'ai ajouté.

— Je n'en doute pas, pourtant mon arbre généalogique remonte seulement les presque trois millenaires à Jérusalem…

— Restez avec nous, mon oncle!

— Gardez l'image de notre bonheur… a-t-il conclu, inconsolable.

Voyez-vous maman, ce n'est guère papa que notre oncle accuse.

N'est-ce pas une impiété que de soustraire à la vue le beau filtré par leur choix?

L'ample étagère eut sa place dans la large entrée, pour nos grands l'unique salon de circonstance, desservi d'un balcon à l'escalier extérieur.

Toute la soirée, les fantaisies de Nic et de Sylvie-Anne concourirent pour transformer ce vieux meuble en éloge au rêve.

Les émouvants objets d'art luirent en jeu d'arcures, en harmonies stellaires. La fragile richesse concordait avec la séduction du délicat.

Avant de se coucher, nos anges les saluèrent de leur instant ébloui.

Quand l'œuvre fut achevée, Nic posa sur moi son regard ému. Les câlins de Sylvie-Anne me touchèrent jusqu'au fond du cœur. À sa venue, Pétronel, joyeusement axé sur le calcul des valeurs pratiques, eut cette fois-ci les yeux humides.

Seul Mathieu, qui avait tout ignoré, ne rentra qu'après minuit par l'escalier intérieur, sans qu'il parcoure l'appartement jusqu'à l'entrée de l'autre bout.

Je me trouvais dans la chambre d'enfants ouverte vers celle de Sylvie-Anne. Était-ce le souffle « sommeilleur » de toute la famille que je veillais? La lointaine abnégation de Mère? Ou l'âme de ma sœurette ramenée parmi nous!

Adieu rêves?

Mais que se passe-t-il? J'entends des soupirs. J'entends pleurer. C'est Jeanne! Maintenant elle n'est qu'un diaphane aperçu qui se tait. Elle n'est que le souvenir de l'enfant qui couche son front sur mes genoux. Qui se blottit comme un bébé contre ma poitrine. Sa respiration se mêle à la mienne. Sa tristesse m'oppresse. Presqu'amortie, je n'ose même pas une prière. La nuit s'attarde devant les fenêtres, lacérées par les rayons d'un réverbère. Plusieurs sons disparates, un sifflement froissent le calme. L'obscurité s'amincit. C'est l'aube! Jeanne recommence les soupirs et périt.

Quelque chose d'inquiétant me saisit alors. D'étrange.

Soudain un fort séisme ébranle la maison. D'un plein saut je suis debout prête à ramasser tous les bambins à la fois, pour les sauver. Au moment même, avec un lourd grondement, un meuble s'effondre tout près, au grand fracas de cassures. Dans le vacarme confus du dehors, mes grands me devancent.

À l'entrée, l'étagère des merveilles gît, renversée sur un amas d'éclats. Le petit dernier se met à vagir au berceau, candide protestation contre l'injustice des calamités. Les autres anges accourent. Interdits, tous promènent les yeux sur le rêve brisé.

…Pourtant, les rangements de la cuisine se maintiennent intacts!

…Cet incompréhensible hasard cache-t-il un mystère? Mathieu n'a jamais connu l'éphémère trésor. Et pour moi, c'est Mathieu que Jeanne a désigné coupable de l'avoir mise au défi. Mais nul ne lui en fera d'à propos.

Sans qu'il en ait le moindre soupçon, et sûr que ce soit notre vaisselle dans ce bruyant tapage, Mathieu est descendu par l'intérieur à l'école, vérifie son état, puis la cave, le kiosque et à distance, les cheminées.

Je l'observe du balcon.

La clameur de la ville a cessé. On remarque au loin plusieurs maisons affaissées. Dans le voisinage, la tour écimée d'une fabrique. Des gens, sur les trottoirs, craignant une nouvelle secousse.

Pour tout le monde, l'appui du pied devient douteux. La vie précaire.

Dans un sursaut de révolte, l'accueillante, la prodigieuse terre fait trembler les hommes, ces étrangers, pour leur insolente ingérence dans sa vie!...*

Plus tard, tandis que Nic s'achemine vers l'université, on s'époumone, haletant dans la rue :

— Édition spéciale! Édition spéciale!...

---

* La théorie soutenue par le Docteur Michaël Georgesco-Moldoveanu que les prémisses de l'homme sont venues d'ailleurs, sur la terre.

Sous la coupole de l'Athénée roumain, où l'euphonie des ciselures d'or et touches de couleurs subliment l'art musical pour l'exhorter au plus haut, c'est le feu verbal de Mathieu qui fait vibrer l'assistance.

Corps enseignant, étudiants, dirigeants, tous l'écoutent en profond silence.

Il y a là le messager de leur préoccupation élective : remuant, doublé d'une claire analyse des réalités, d'une chaleureuse largeur de vues.

L'envol généreux qui ne craint pas l'intraitable, cette mauvaise force opposée à l'Idéal de perfection.

— Comprenez-vous, mes amis? je l'entends. Toutes les familles s'en remettent à nous. Ceux qui nous ont responsabilisés comptent sur nous. Le pays entier nous regarde. Parce que nous œuvrons pour l'avenir.

L'ovation part en salves. Dans les premières loges à l'élégance veloutée, je remarque Magéru levé pour applaudir.

Mathieu reprend :

— Pourquoi de nos jours les enfants nous échappent-ils, gagnés par toute malsaine pression?

Alentours, on retient son souffle.

— « L'éducation commence dès la naissance ; avant la naissance! » poursuit Mathieu. « Chaque parent, chaque honnête éducateur offre

à l'enfant et au jeune âge le potentiel de santé et de noblesse adéquat. Les règles saines d'âme et de corps, les pilons de la vie. »*

…Dans la salle comble, où le souci de bien instruire coudoie l'élite
intellectuelle en tourment, ma compétence ne dépasse pas de beaucoup le simple bon sens. Néanmoins, je confie au ciel Mathieu qui
met toute la force du vrai au service du siècle.

Les sagesses de son élocution surgissent l'une après l'autre dans
une telle fuite qu'elles fondent sur la main tendue de mon cœur avant
que je puisse les scruter.

À l'instant, l'orateur clame et la multitude ébrouée me fait
tressaillir.

— C'est le temps d'endormir, d'assommer la Conscience! Qui tente
encore de nous la réveiller? Qui nous en parle, au moins?…

La Conscience? je me répète. Mon père a identifié la Conscience
à la vérité de l'Homme. J'évoque aussi mes examens de justice intérieure. Et voilà Mathieu se levant au-dessus de ses propres faiblesses
pour atteindre la hauteur du plus noble souci : le demain de tous les
enfants du monde :

— Sous le prétexte, aujourd'hui à la mode, d'une autre ère, le mes-
quin intérêt entraîne à la conquête de l'enfer! Au nom de la liberté
on retrouve la diabolique intention de tout pervertir. De tordre le
jeune âge dans la malfaisance organisée. De plonger l'être dans la
confusion et la contrainte du mal. Car est mal tout ce qui tente à la
vie, à la santé, à la grande veille de l'intelligence.

D'un trait la voix de Mathieu change en frappe de poing qui fait
voler en éclats toute hypocrite révérence et sordide léthargie :

— Ou peut-être que les chimères des monstres soient celles qui
agissent. Les corrupteurs laissent leur propre vice déborder. Ils
crachent, ils vomissent leur misère sur nos enfants dans le but de les
détériorer. Que ferons-nous donc? Permettrons-nous que la création
absolue de la vie, filtrée par le divin esprit des générations, soit piétinée, que la fragile enfance et la jeunesse en viennent à être la proie
du sadisme?

---

* Cité du Docteur Michaël Georgesco-Moldoveanu.

Adieu rêves?

Et Mathieu fouille les faits qu'il critique. Il accuse. Il incite à la réaction. Il s'emporte comme un appel à l'aide :

— L'Homme! L'Homme! L'Homme! Admirable essor miné par le mal!

…Notre pays s'affaiblit. Notre pays souffre. Notre pays crie au secours!

Humanité, debout!…

Magnétisé, l'auditoire acclame. Au parterre, étudiants, assistants, jeunes pédagogues se lèvent en sursaut. Ils souscrivent et mettent en valeur les thèses avancées par le conférencier. Dans leur quête ardue de solutions, à tour de rôle ils interrogent et attendent les directives d'un bon combat, du combat obligatoire qu'ils devront mener.

Alors Mathieu, du suprême de l'aisance, convertit l'exposé de ses opinions essentielles en colloque. Son plaidoyer, en réponses.

De cette façon il riposte, entre autres, à la question des chances égales pour tous les élèves :

— On n'abaisse jamais les proéminences de la pensée humaine au niveau de la déficience, mais on sollicite les victimes des circonstances défavorables à l'élévation. Le mépris envers les derniers se manifeste par notre totale assistance, en les considérant incapables de tout devoir, de tout effort pour s'en sortir.

Le débat continue en effervescence. Mathieu souligne :

— Même le pire porte cachée la goutte de pureté initiale. À partir de ce lumignon on peut en développer le meilleur. Dès son éclosion, l'état normal de l'être humain est l'ascendance!

Ou bien :

— C'est par malheur que la plupart des gens vivent leur côté misérable.

En chacun demeurent les défauts et les qualités de tous, mais on devient ce qu'on a choisi d'être!

Et en réplique au problème religieux :

— La première parole reçue de Dieu n'est que la Conscience, la marque morale dont la nature de l'Homme est scellée, pour qu'elle soit le récepteur, le transmetteur et l'émetteur même de la divinité…

…Ainsi, l'éthique est absolue, elle n'est soumise au temps, ni au lieu…

Après ce signal de réveil donné par Mathieu, l'imposant Athénée devient le sommet de la Conscience collective, en extrême voltage de résolutions pour le futur.

Durant l'exaltée preuve de consensus qui suit, Magéru se fraye un chemin vers la tribune.

Conduite à travers la foule par un dévoué collègue de Mathieu, je perçois les félicitations du ministre et ses engagements :

— Tu auras la chaire de morale, appropriée à tes conceptions que tu illustre par ce discours. Quant au premier du mois, la nomination au Conservatoire d'État est sûre, Mathieu!

Mais aussitôt, son secrétaire ministériel surgit, inquiet :

— On se verra au grand concert de Noël, ajoute Magéru et s'éloigne avec le fonctionnaire. Mais après quelques pas il tourne un blême visage et de sa main évasive en l'air décline toute promesse faite…

On refuse de craindre, d'autant moins de s'en alarmer. Mathieu se trouve à l'apogée de son optimisme!

Dehors, dégagés de l'enthousiasme public, on prend le chemin vers la rue St-Constantin.

La capitale trempe son front de reine au clair-lilas du crépuscule. Sa beauté citadine à l'air monumental n'est affichée que ça et là par l'artistique empreinte autochtone des anciennes églises, de la faculté d'architecture, du musée Minovici, des villas particulières.

Dès le début, Demoiselle Marie se laisse emmailloter par les rayons de son soleil Mathieu. (Pour une petite toux, s'est-elle interdit d'importuner un discours tant attendu!) À mon insistance, Mathieu doit tout lui raconter, comme un enfant fondu dans l'affection maternelle, comme un écolier comblé de félicitations. Ils sont deux flammes parentes, surgies du même désir de réaliser, plus que de se réaliser.

À notre départ, elle remarque mon manteau sobre, au double col de zibeline :

— Mathieu a toujours possédé le goût de la distinction... surtout pour vous choisir...

Ensuite elle ajoute à mi-voix :

— Bientôt, mes enfants, nous devrons régler ma succession et j'habiterai avec vous...

Et Demoiselle Marie s'attarde au cadre de la porte. Son attendrissante image s'enfume. Pendant que derrière elle augumente la menaçante ombre dont on a toujours ignoré la force.

Dans la nuit de dehors on passe par-dessous le ciel pétillant. On passe par-dessous les tilleuls qui s'effeuillent. Mathieu me prend par la main comme du temps de notre jeunesse, quand on allait vers de grands rêves.

Au milieu du jardin Cismigiu qu'on traverse, nous nous arrêtons face à face, les yeux dans les yeux. Mille millions d'étincelles se précipitent alentour. Les étoiles d'en haut tombent sur la lueur du lac pour une folle danse. Ensuite elles s'éteignent.

Un inexplicable doute remonte en moi. Qu'est-ce que cet énigmatique avertissement?...

À la sortie vers le boulevard Élisabeth, nous sommes pris d'assaut par les cris des vendeurs de journaux :

— Le gouvernement se remanie!... La chute du professeur Magéru!...

— ...La chute du professeur Magéru!...

Mathieu s'assombrit. Connaît-il bien les revirements! Pourtant il continue sa courageuse marche.

Mon espoir l'emporte :

— Après le triomphe de ce soir, haut le cœur!

Mais le cœur n'y est plus.

LES ÉVÉNEMENTS SE PRÉCIPITÈRENT.
La banqueroute mondiale, évitée pour un temps à Bucarest, irrompit par la faillite frauduleuse d'un important financier qui s'enfuit avec l'or. Devant la fermeture définitive de sa banque, un grand nombre de clients ruinés ne trouva d'issue que dans le suicide.

L'âpre vent d'hiver attaqua de front la capitale depuis peu marquée par le tremblement de terre. Le choc boursier s'altérait en pires secousses. Les prix de la criée finale noircirent les visages, avant que l'indigence ne rie jaune. Les gens de la rue jetaient des coups d'œil furtifs, comme s'ils portaient sous manteau d'effrayants secrets.

Dans un paysage tronçonné en pierre, le concert de Mathieu fut supprimé.

Seules les grandes promesses de Demoiselle Marie lui rendirent l'espoir : le concert serait reporté à plus tard – pourquoi pas au mois de mai, bien entendu avec son soutien engagé.

…Et Mathieu redoubla d'ardeur au violon. D'assiduité en classe et au Conservatoire. Dans d'autres domaines, tout autant.

Il se préoccupa également d'offrir un Noël chaud à ses élèves. Un jour lui suffit pour obtenir du ministère les fonds nécessaires au bois de chauffage qu'il répartit directement aux familles des enfants pauvres. Au moyen de listes de souscription, il procura les bottes et les habits destinés aux plus démunis. La veille des vacances je faisais moi-même, aidée par nos grands et petits, les paquets-folichons du Père Noël remplis de chocolats et de fruits exotiques pour chaque écolier.

Adieu rêves?

Prompt en logique, devant la perspective du dénuement, Mathieu payait – enfin pour nos propres fêtes – la livraison d'un gros pourceau de la Prairie, base alimentaire de tout paysan jusqu'en été.

Et voilà que la variante gouvernementale entraîna celle des municipalités.

Toutes sortes de chicanes s'amorcèrent. Mathieu fut obligé de réduire le budget des excursions documentaires, les étrennes et deux sur trois emplois de domestiques. La femme qui restait en place, à mi-temps au service privé du directeur, devait se faire loger et nourrir. Les subventions nécessaires à l'école furent supprimées.

La dernière friction parmi tous ces ennuis fut le reproche de cumul. Mis au pied du mur, Mathieu renonça au Conservatoire de musique.

Puis les nominations administratives se précisèrent. Le nouveau maire avait des candidats au poste de directeur. Et coup sur coup, Mathieu fut frappé par la proposition semi-officielle d'un employé de la mairie d'en offrir comme gracieux…tribut…notre pourceau!

— Jamais je n'accepterai cette avanie! Jamais! s'écria Mathieu.

De commune entente j'envisageai mon retour à la campagne avec les petits anges. Quant à nos jeunes gens… Tout se passait si vite! L'horizon des contrariétés m'étourdit.

C'est alors qu'à la dérobée Pétronel prit le gouvernail du sauvetage. Il était au courant de toutes les requêtes de Mathieu : agrandir le primaire avec son complément collégial, créer une cantine scolaire gratuite et de bonne qualité, aménager l'école maternelle du quartier laissé pour compte, faire nommer le docteur de chaque semaine pour sa visite journalière à l'école et faire construire la sixième chambre à l'étage.

Pétronel considérait-il que ce directeur, presqu'oublieux de lui-même dans l'intérêt public, exigerait la protection? Car, à l'insu de son intransigeant papa, le jeune garçon réagit. Il engagea (et de son argent!) le maître-traiteur des grandes Halles, dont le savoir-faire transforma le sacrifice de notre provision vitale en élégante offrande au nouveau maire.

— Je le tue!! Je le tue!!!... tempêtait Mathieu dans sa plus noire colère contre Pétronel, en arpentant sa chambre-bureau, puis tout l'appartement d'un bout à l'autre.

...Cependant, sur l'heure, Mathieu reçut l'accord pour l'installation de la cantine scolaire, un beau sapin tout décoré, réservé à la maternelle, et la nomination d'un médecin permanent, sûr garant de la santé des élèves. Au surplus, le maire en personne convoquait d'urgence Mathieu en vue d'une concertation didactique...

Sans qu'il eût le pardon pour son intolérable solution et qu'il en fût d'autant moins gratifié, Pétronel acquit, toujours de ses économies, les oies qu'il trouva au marché (quasiment désert) pour suppléer les traditionnels mets de porc. Venue en vacances, Olympia gavait avec soin oiselle par oiselle au demisol du kiosque, pendant que Pétronel intensifiait les répétitions de la chorale aux chants religieux et populaires.

Deux nuits plus tard, hop! quelques chapardeurs par leur malheureuse routine, enlevèrent toute la volée d'oiseaux, et ce malgré nos oreilles musicales... Une voisine aux aguets à sa fenêtre fut l'inutile témoin.

Loin de se résigner de l'impasse franchie à contre-cœur, mais touché par les efforts de Pétronel, Mathieu remarqua plaisamment :

— ...Et dire que les oies ont sauvé le Capitole!...

Ensuite il nous fit livrer, en même temps qu'à Demoiselle, tous les délices de son magasin préféré (ce miroir de la saveur et du bon goût roumain...*

...Pourquoi m'inquiéter de cette largesse de Mathieu?

...Pourquoi ce serrement de cœur devant la dépense de nos modestes épargnes?

------

* Il s'agit du commerçant S.P.

Adieu rêves?

À la veille de Noël, tout était prêt.

Notre foyer rallumait l'intime, la sereine joie de la fête.

Ce soir, la voix chantante à rendre heureux tout un chacun attaché aux coutumes retentissait partout sous le ciel roumain.

Pétronel descendit rejoindre son ensemble choral. Avant leur tour chez les professeurs, parmi lesquels Magéru, et à plus d'une idole intellectuelle, tous furent entraînés par Nic et Mathieu sous les fenêtres de Demoiselle Marie. Olympia, solidement soutenue par la femme de ménage, portait nos délicieuses brioches bien odorantes, farcies de noix au miel et de raisins secs, vers la boulangerie du coin pour les faire cuire.

Seule au milieu des tout petits, j'ouvris la portelette du poêle en céramique. Les éclats du charbon de bois, les auréoles des luminaires, les éthérées lampes à l'huile nous entouraient en irréelle constellation.

J'entamai l'ancien cantique, toujours nouveau, du divin enfant né dans l'étable, couché dans une crèche…

Du ciel je mis alors dans les candides regards. Du rêve pieux. Même Sylvie-Anne quitta sa lecture et vint fredonner un délicat chant de Noël.

…Et les flocons de neige commencèrent à effleurer les vitres avec un chuchotement blanc à peine audible, illusoire orchestre d'accompagnement.

Nos anges, ravis, continuaient le mélodieux murmure de Sylvie-Anne. Le petit dernier clignait des yeux souvent et lançait son babil.

Aussitôt la jeune aide-ménagère et Olympia furent de retour avec la première platée de pâtisseries aux effluves d'un défournement chaud encore.

Un peu plus tard, quand les ronrons paisibles des choristes (arrivés par l'escalier interne) se firent entendre à la salle à manger, nous étions tous debout, le tout-petit sur mes bras.

Le miracle paradisiaque, délié en joliesse de chansons, nous remplis d'une extatique félicité. On retrouva le feu spirituel de notre peuple filtré en musique.

...Ce symbole d'espoir vital devant un sibyllin avenir.

*

*   *

LES RAFALES DE VENT donnaient à la neige l'ampleur de géantes vagues déferlant sur les vitres.

Au moment où j'entendis des pas montants se débarrasser de poudreuse au balcon, l'émotion m'envahit.

Je devais recevoir Yonel, fils aîné de Mathieu, que nos grands, tout joyeux, m'avaient fait la surprise d'inviter en l'absence de Mathieu.

Depuis combien de temps le connaissaient-ils pour tellement l'aimer? Mathieu en était sans doute au courant, peut-être même complice!

Mais d'une curieuse manière, la panique d'autrefois se transmuait en joie, comme si je découvrais en vie l'un de mes très chers perdus… Brusquement un vigoureux éclat de rire fut projeté (par la violence du vent) à l'intérieur. C'était lui, robuste, impétueux, force de complexité paternelle, avec la mignonne Georgette, emmitouflée, sur l'épaule. Et sa belle Mathilde.

Une table dressée dans la vaste chambre d'enfants nous facilitait leur surveillance. Car sur le grand lit, l'exubérance encerclait Georgette qui venait de passer quinze mois. Même notre petit dernier, qui se tenait bien assis, balbutiait pour lui dire mille choses. Et quand Yonel y parsema des friandises chocolatées, ce lieu d'anges fit sauter des étincelles.

Enfin, une acclamation salua le retardataire, ce jeune historien dont le regard d'amoureux métamorphosait l'aînée de nos filles, en parfum de rose.

Puis autour de la table tous parurent à l'aise. Le raffinement des hors-d'œuvre achetés par Mathieu fut suivi par nos plats traditionnels dont l'exquise préparation tenait plutôt du talent d'Olympia que de mes secrets (de rendre savoureuse la plus modeste nourriture...)

Une amitié s'esquissa ce soir entre les convives. Un admirable entendement.

Les cliquetis, les rires et les vœux s'achevèrent dans un mélodieux hymne à la fête.

J'avais le bonheur de constater que pour le partage de leur ascendance paternelle, nos jeunes gens n'étaient pas malheureux, tant s'en fallait!

Pendant ce temps-là, bercés par la musique, nos bambins s'endormirent l'un contre l'autre, dans un instantané chœur de souffles. Je les soulevai pour les coucher – chacun à sa place – mon ouïe aux aguets vers les bribes de conversation qui continuaient.

Surtout Nic* énonçait avec une généreuse exaltation ses idées sur l'aube de l'humanité. Je l'entendais de temps à autre. Il expliquait dans des termes nets la naissance de la langue et de l'écriture alphabétique dans les Carpates :

— Les branches du parler roumain – disait-il – descendent de la préhistoire et continuent par les langues des Hétites, Gèto-Daces, Traces, Illires, Pélages, Frigiens, Étrusques, Scito-Gètes et Latins archaïques.

Sous les grandes intempéries, sous les chocs reçus par la terre, ce gigantesque peuple s'est ramifié vers tous les points cardinaux, allant jusqu'en Sumer. Les Hébreux aussi sont sortis de nos ancêtres.*) Plus tard il y a les autres ramicelles européennes, en commençant par les Celtes, les Gaules, les Welschs. En quel moment se sont déplacés les uns des Transocéaniques?

---

* Il s'agit du savant I. Moldoveanu, père de la Daco-Tracologie.

Adieu rêves?

Et Nic citait les noms des historiens, en commençant par Hérodote et Thucydide. Il exemplifiait par les langues, le folklore, la toponymie. Par les anciennes épopées.

Ensuite il osa :

— On doit connaître la vérité de l'histoire sans tirer des conclusions faciles. D'abord, comme je l'ai affirmé, ce noyau de verdeur spirituelle a été favorisé par les conditions climatiques et géographiques. Mais il a dû se diviser et s'éparpiller sous l'influence des phénomènes sidéraux inexpliqués, traduits sur la terre par des manifestations géologiques (entraînant des changements de climat). Les branches du parler roumain répandues ont pu dominer les autres, ou s'y soumettre, mais presque toujours s'entremêler.

Le regard méditatif de Sylvie-Anne fit Nic se précipiter :

— J'attire l'attention sur le risque de croire à la supériorité d'un peuple ou d'une langue sur les autres, par leur affirmation primordiale, car toujours les anciens auront à apprendre aux plus jeunes, et la jeunesse offrira toujours un bras fort aux vieux. L'Homme intègre comme entité peut s'autodépasser, comme il peut régresser. L'autoflaterie, l'imposture et la destruction ne lèveront personne à la valeur absolue.

Je tressaillis. Mon père m'apprenait dans ce sens :

Vouloir dépasser les autres entraîne l'orgueil, le vouloir d'éclipser, de battre, d'anéantir tout concurrent. Pendant que se surpasser signifie l'extrême tension de toutes les forces de son être pour la plus haute réalisation spirituelle.

Au comble de l'enthousiasme, Yonel suggéra :

— Aidez-vous réciproquement, soutenez-vous. Sinon, cette exceptionnelle nouveauté de Nic sera contredite ou, plus grave encore, elle risque de se faire imiter, même approprier par les imposteurs!

Le jeune amoureux fut prompt :

— Certaines de ses originales thèses qu'il m'a fait connaître depuis notre séjour au foyer d'étudiants seront déconcertantes pour les spécialistes au rigide savoir. Nic aura besoin d'un groupe de chercheurs, donc de possibilités financières.

— Quant aux moyens, répondit Yonel avec un sourire, Demoiselle Marie tient à pousser Nic vers la réussite! Je l'ai entendue faire des projets pour chacun! Au mariage d'Olympia, elle voudrait lui offrir le plus beau de ses jardins, sauvegardé à Cotrocéni. L'une de ses maisons aussi.

Le jeune amoureux rougit avant de s'exprimer et contempla son élue d'un ardent regard.

— Ce que j'aimerais pour elle n'est que le nid de beauté voilé de neige où je l'ai connue l'année passée.

Un étrange creux s'affouilla dans mon cœur. Une crainte. Un cri :

Que ferons-nous de tous les miroitements, s'il ne nous reste que notre unique maison enneigée? Ce nid d'espoir, de larmes et d'infinis rêves?...

*
*   *

QUELQUES JOURS PLUS TARD, le mal défié, combattu, repoussé, même battu rebondit de son sournois avancement pour exploser, vainqueur : Mathieu reparti pour encaisser les salaires des enseignants rentra les mains vides. La collectivité professorale, qui depuis deux heures l'attendait dans son bureau, pâlit. Le ministère demandait la compréhension, la patience, l'abnégation!

Quand je tentai de servir encore un peu de café, tous regardaient dans le vide.

…Comment imposer ce sacrifice aux enseignants, depuis toujours payés goutte à goutte! Aucun d'eux ne possédait son propre logis. Et si leur directeur avait été surnommé Seigneur Mathieu dans les habituelles réunions à cause de ses judicieux verdicts et de sa téméraire défense du vrai, notre Maison-aux-sapins n'en serait pas passée pour rien! Mais la tragédie salariale avait son aspect comique : dans le temps, le grand professeur Iorga, ministre actuel de l'éducation, avait soutenu ces éclaireurs du pays…

Que faire pour eux? Nous nous trouvions à peu près dans le même bain. La part qui nous revenait de nos terres (restées) dépassait de justesse l'obole. Quant aux volailles laissées à ma mère, toutes étaient subtilisées comme nos oies.

Par-dessus la privation, Marie-Princesse, la seule conduite à l'arbre de Noêl de la maternell par la femme de ménage, fut hospitalisée pour une angine diphtérique.

De concert avec le nouveau docteur (devenu son ami d'après la règle) Mathieu renforça la prévention médicale à l'école : à leur arrivée, les élèves devaient se gargariser et tremper les mains dans une lotion dézinfectante.

À la guérison de la petite, Mathieu consulta Demoiselle Marie sur une tournée musicale bénévole pour les enseignants de quelques petites villes.

— Notre bonne intention ne sera-t-elle pas une gifle au moment où le doute financier se transforme en question de vie? Rappelez-vous qu'au début du siècle, après une longue durée de famine, un jeune instituteur de campagne s'est pendu pour avoir été réduit à voler le goûter d'un élève!

— Au contraire, lui répondit avec élan Demoiselle, ton chant en sera le baume. Tu vas souder à temps l'unité de ces apôtres voués au sacrifice!

…Et à ton retour, le jour même, nous irons ensemble au tribunal pour enfin te léguer l'héritage de toute ma fortune. Reviens le plus vite possible!… J'aimerais t'accompagner…

Aussitôt, la bien-aimée Demoiselle, toute pâle, jeta un coup d'œil vers les portes où elle soupçonnait l'oreille tendue que manifestement elle craignait.

— Lundi je serai présent pour la réouverture de l'école, assura Mathieu. Demain et après-demain nos grands viendront vous voir.

Mais lendemain, Sylvie-Anne et Olympia, munies d'un gâteau improvisé, virent la maison de la rue St-Constantin plongée dans un étrange silence. Le jour suivant, dimanche, après l'église, elles allèrent porter comme tant de fois la communion à Demoiselle Marie, mais tout était clos et muet.

Alertés, Nic et Pétronel sonnèrent, frappèrent, firent cliqueter les vitres, lancèrent quelques éclats de pierres, puis donnèrent de la voix.

Ce fut à cet instant-là que Demoiselle Marie fit son apparition à la fenêtre d'en haut, le visage couvert de sang, les mains (aux bracelets d'écorchures) tendues comme un appel à l'aide.

Brusquement elle disparut, tirée de force en arrière. Et nos jeunes gens se précipitèrent en vain sur les massives portes et les murs conçus pour l'éternité par leur constructeur historique (le père de nos Demoiselles).

Comme tous les après-midi de fête les commissariats de police étaient fermés. Tard le soir, Nic réussit à pénétrer dans la préfecture, d'ailleurs presque voisine, mais il lui fut conseillé de revenir lundi.

Cette nuit-là, je ne fermai pas l'œil La confiance, ou plutôt notre manque de prévision a laissé le mal l'emporter. Peut-être nous a-t-il plongés dans une fatale torpeur!

Maintenant, le mal claque des dents. Il les aiguise! J'entends ses atroces mâchoires grincer pour mordre!

Avant l'aube, quand Mathieu arrive et va dans la rue St-Constantin accompagné de Pétronel et d'un policier, ils ne trouvent qu'un cercueil scellé, gardé par le filleul avec sa grimace pleurante. Promptement, des portes latérales, surgissent plusieurs compagnons du filleul. Mathieu doit revenir avec l'ordre du procureur pour déclouer la luxueuse bière…

À l'ouverture, Pétronel pousse un hurlement. La noble Demoiselle a dû être mise au cercueil vivante! Le ravage de l'intérieur où elle s'est débattue le prouve!

— Assassinée!? s'écrie Mathieu, et d'un geste fait partir Pétronel au lycée.

Le vil filleul ricane :

— Qu'as-tu cru? Que je subirais toutes les humiliations pour rien?

Indigné, Mathieu s'avance d'un pas. La bande morne se rapproche.

Le policier sort son pistolet. La bande entière lève des massues.

Mathieu serre alors les poings, se jette en avant, frappe dans le tas, et son mouvement rotateur est si vif qu'il paraît la forte voilure d'un moulin à vent aux palettes en fureur.

Devant l'amas de lâches tombés sous les coups d'un homme en révolte, le policier se retire, ébahi.

— Gardez la Demoiselle et tenez ces misérables à l'œil, lui recommande Mathieu, avant qu'il repasse par le grand tribunal (assez proche) pour ensuite retourner à son école où Nic l'a remplacé pour les deux premières heures.

Aujourd'hui, au milieu de notre spacieuse mais modeste chambre d'enfants, des illustres têtes se sont réunies en cercle, debout! Car au nom de la justice, à la mémoire de notre Demoiselle, aussi pour le chagrin de Mathieu, nos grands fils, en bonne intelligence avec le docteur de l'école, ont su convoquer les plus brillants professeurs de droit et de savants médecins pour dénoncer un perfide entortillement.

Leur conclusion est nette : au temps de la Grande Guerre, avec tout l'or qu'il leur a dérobé, le filleul s'est fait adopter par les Demoiselles à leur insu, ce qu'attestent les fausses signatures. Après la mort de l'aînée a-t-il pu vendre tout l'avoir de cette dernière! Néanmoins il y aura encore des recherches et des expertises à faire avant le procès…

Procès? L'apprêt démonstratif (confondant pour le filleul) qui s'achève un mois plus tard nous retrouve totalement dépourvus d'argent. Mathieu n'a toujours pas encaissé les salaires. Il a même fait apporter de la Prairie nos dernières maigres provisions de farine, de maïs et de légumes secs pour les partager à ses collègues.

Durant le tapage, Marie-Princesse, vive et curieuse de voir et savoir, attrape la rougeole. Une contamination sûre de ses cadets résoudra le docteur à les isoler ensemble à la maison, avec la stricte hygiène de ma part, afin d'éviter une contamination au niveau scolaire.

Et comment payer la nourriture diététique imposée? Les taxes de nos grands enfants? Nic doit renoncer à l'une de ses facultés. Pourtant, Pétronel a vidé sa précieuse tirelire!

Quant à l'avocat, au moment où on le met au courant de notre situation financière, il décline toute responsabilité.

Adieu rêves?

Le deuxième avocat engagé tente une issue à l'amiable. Mais dès son premier contact avec l'accusé, notre ignoble défenseur est corrompu, passe avec armes et bagages à l'adversaire, tire profit de notre édifice de justes preuves et va les contrecarrer en faveur du criminel.

Quand on cherche la justice, on se retrouve seuls et on constate qu'il est plus facile de se heurter aux ennemis que d'atteindre les amis. Mais avons-nous des amis? On n'a pas le temps d'approcher les meilleurs, ni même parfois de les connaître, parce que sans cesse on affronte et on subit les pires.

Est-il possible que les plus simples existences de la nature soient organisées pour se soutenir en cas de péril pendant que les gens ne cessent de se saper les uns les autres?

Mathieu s'est décidé d'aller seul devant les juges. Nic l'empêche. Il a consulté l'un des plus illustres hommes de loi de sa faculté au courant du monstrueux échafaudage de la partie adverse; in extremis, pour étouffer ses crimes, l'abject filleul jettera l'opprobre sur les Demoiselles.

— Oh non! s'exclame Mathieu. Laisser salir la pureté et l'âme généreuse de mes bien-aimées Demoiselles qui depuis mon enfance ont voulu faire de moi leur fils auréolé?

Pour éviter la profanation, Mathieu ne peut qu'arrêter la poursuite judiciaire du coupable. Net! Et pour toujours…

Je lui sens la fièvre intérieure, le rebel esprit qui le ronge tacitement.

Son récital envisagé par Demoiselle en mai n'aura plus lieu! Rien que pour nous faire survivre, obtiendra-t-il un maigre emprunt réservé aux familles nombreuses par le Crédit des enseignants.

…Quelle tempête se débat dans le stoïcisme apparent de cet homme? Frappé dans l'envol de son talent comme dans sa fierté patriotique, le dernier coup porte sur l'avoir. Pareil au rêve de mon père parti vers le zénith, autant celui de Mathieu est dérobé avant de s'accomplir.

Pourtant, comme le commandant d'un navire échoué, le petit-fils de Tudora trouve la force d'embarquer notre famille sur un modeste radeau pour le conduire au rivage. Uniquement le son du violon est un sanglot englouti par le jamais plus. Le génie musical saigne sur les cordes…

À notre étage, nous sommes suspendus entre ciel et terre, au milieu du néant, au cœur de l'angoisse.

Une pluie dense envahit l'espace d'en haut, d'en face, de partout. L'averse augmente, se prend aux fenêtres. L'agression liquide, impitoyable, traverse les vitres, m'arrose, m'inonde, me noie!

Les torrents…

Comment rendre des ailes à Mathieu? D'où lui offrir protection et fortune? Je ne possède qu'une affection démesurée, désespérée, pour lui comme pour nos enfants.

Et quand il me découvre seule et abattue et se met en colère, c'est par pitié que je pleure en voyant les prodigieuses mains de musicien me gifler d'impuissance.

*

* *

Dans cet engrenage d'adversité, la première victime fut Olympia.

— Sylvie-Anne, je vous l'aurais accordée pour son rayonnant esprit, fut la réponse de Mathieu, quand le jeune historien vint faire la demande en mariage. Mais Olympia, sans fortune, souffrira dans son modeste (bien que fondamental) cercle de préoccupations : mari, ménage, enfants, broderie. Ne sera-t-elle même délaissée pour une autre?…

Et à travers les pleurs d'Olympia, dont l'amour était condamné à vie, je perçus plus tard encore la voix de Mathieu :

— Retourne à l'école pour avoir au moins ton diplôme. Regarde à ta maman, à son front. Avec une indépendance assurée, cette reine de l'intelligence, m'aurait-elle supporté?… Parfois, je m'interroge…

…Après cela, et pour plusieurs semaines, cloîtrée dans le chagrin et l'étude, l'aînée ne sortit plus du pensionnat. Seulement le dimanche, Yonel, Mathilde et Nic allèrent la voir pour lui rendre un tant soit peu l'espoir.

À la maison, et en l'absence de Mathieu, Pétronel essaya d'effacer l'affliction. Il se mit à chanter l'amusant couplet à la mode : Maman chérie, c'est merveilleux, c'est inouï, demain je me marie! (Comme leitmotive après des chants hongrois, bulgares, turcs et surtout de grande steppe comme Pétruscka, dont il raffolait.)

Sans qu'il s'empare des inviolables partitions, il osa toucher au violon tabou. (Et plus d'une fois, tard le soir, j'entendais l'impatiente frappe du diapason dont Mathieu raccordait son instrument).

Sylvie-Anne fredonnait des chansons françaises, une habitude depuis l'école centrale, et d'autres apprises en anglais, allemand, et plus récemment en italien. Marie-Princesse les apprenait au vol. Notre petit dernier tentait l'écho. Nathalie en rythmait de gracieuses pirouettes, évoluant dans leur grande chambre comme une minuscule étoile sur une ellipse dorée. Seul Michaël, avec ses yeux verts d'une surnaturelle sagesse, réservait sa soif de musique au sublime que Mathieu filtrait par sa damnation intime. (Pendant que la rougeole descendait d'un petit à l'autre.)

De l'emprunt obtenu, Mathieu partagea aux grands tout juste l'argent obligatoire au transport mensuel par le tramway. Sylvie-Anne qui avait besoin d'un dictionnaire italien nécessaire à la nouvelle langue entamée, n'osa souffler mot.

En réalité Mathieu, l'Homme de grand Idéal, ne s'acharnait jamais au souci matériel. Son ancêtre, n'avait-il pas abandonné ses montagnes lors de la peste? Son grand-père le Conteur, conscient de son esprit, ne renonça-t-il non plus au droit de premier-né en faveur de son timide cadet, pour entreprendre l'approche de la capitale? Et son père, vivant à la sueur de son front, quelle fierté de repousser l'adoption de Mathieu! Mais lui-même rejeta la fortune quand il cessa les poursuites judiciaires contre le vil filleul et sauvegarda l'immaculé nom des Demoiselles.

Son irritation provenait du scandale des traitements impayés. Les modestes professeurs de collèges, instituteurs, éducateurs, tous et de plusieurs écoles de Bucarest le harcelaient. Avoir comme lui sa « gentilhommière », en plus de quantités et quantités d'avantages dont, à l'époque, un directeur d'école put jouir, imposait qu'il organise une manifestation de protestation. Et Mathieu s'opposait au désordre dans le nébuleux paysage d'une patrie en danger. Aussi considérait-il que d'autres moyens que la pression de la rue seraient plus légitimes pour sortir de l'impasse.

Adieu rêves?

Alors Mathieu prit le risque de lâcher (pour le besoin des autres) les semences prévues en rayures de maïs, haricots et tournesol, essentiels à notre nourriture.

Malgré tout, le rappel du jeune instituteur qui s'était pendu lors d'une autre crise financière d'état revenait sur toutes les lèvres, comme un reproche.

Or Mathieu culmina en offrant de ses propres vêtements, notre linge et nos couvertures aux collègues en détresse.

Car si la bassesse peut accéder tout au plus à la morbide satisfaction, le vrai bonheur ne comble que la noblesse du cœur.

…Et si on est doué, on doit donner toujours plus, toujours mieux, jusqu'à l'épuisement, jusqu'à l'anéantissement. On s'en fait pour ceux qui reçoivent parce qu'ils n'ont rien, sans aucune sollicitude, ni le moindre intérêt porté au donateur, à son sacrifice d'or, de sang et d'âme!

On prête attention au talent seulement pour lui en arracher, ou bien dans une circonstance bénie, pour en tirer profit.

La plupart des grandes capacités, seraient-elles maudites, que les gens les ignorent, les envient, les freinent, les dévalisent, les détruisent?!

L'épreuve de mécontentement fut tranchée par d'autres.

Pourtant Mathieu devait y mettre le prix : faire venir de la Prairie la plus misérable carriole chargée de femmes et de bébés, symbole des enseignants non rétribués de la campagne roumaine de cette époque.

À la veille du rassemblement (et par les soins de Pétronel) cette carriole détela vide à l'arrière du kiosque.

— Je suis tout à fait d'accord avec nos Prairiennes qui refusent une telle promenade par-devant le palais royal, m'annonça Mathieu dans la salle à manger. Pétronel, toujours, a été forcé d'engager de malheureuses ouvrières qui venaient d'être congédiées. Quant aux enfants pour compléter le tableau… on ose me suggérer…

Mathieu s'arrêta court.

Je sursautai d'indignation.

— Jamais! Jamais nos poussins ne sortiront dans la rue! Non, mais c'est de l'abus! L'injure! Ils vont trop loin!

Ma révolte ouverte (si rare) attisa la sienne, en attente. Je sentis Mathieu fulminer.

À cet instant Sylvie-Anne, de retour du lycée, rentra sur la pointe des pieds.

Ce fut la détonation!

— Quoi! C'est maintenant que tu arrives?? hurla Mathieu. Regarde la pendule : il est six heures! À cinq tu aurais dû être là!… Et pourquoi venir à pied?… Quel dictionnaire? Tu ne m'en as pas parlé et je t'ai donné l'argent pour la carte d'abonnement. Dis que tu aimes flâner. J'ai bien remarqué le beau Roméo qui chaque jour longe notre clôture avec ses grands yeux rivés sur ton balcon!

Et d'un seul geste il arracha la mince tige du brise-bise de la porte et se mit à frapper Sylvie-Anne.

En vain je criai, me récriai, en vain j'essayai de lui retenir les bras, de m'interposer pour qu'il détourne sa colère sur moi et cesse l'horreur de ce châtiment. En proie à l'agitation, Mathieu flagellait sa fille bien-aimée, la condamnait à tort tout en croyant la corriger, lui-même accablé par son propre malaise.

Quand il jeta la tige et sortit orageux, Sylvie-Anne tomba sur mes bras pareil au lys rompu, brisée par l'offense plus que par la rudesse des coups. Moi même bléssée jusqu'au fond du cœur, je sentis que tous mes affectueux soins ne pourraient effacer la rude atteinte à sa dignité!

D'une blancheur presque bleuâtre et les yeux mi-clos, la brillante jeune fille demeurait immobile sur son lit de souffrance. Et dans un silence frissonné par les soupirs des tout-petits, dès ce soir Sylvie-Anne échafauda la décision de fuir la maison, sachant bien qu'elle ne s'y échapperait pas avant la majorité.

…Peut-être Mathieu, qui avait touché quelque hauteur avec une libre allure, supportait-il mal toutes ses descentes prématurées. Mais c'est sûr que souvent les agissements des autres parviennent à commotionner le discernement de l'Homme.

Néanmoins je tenais à lui dire :

— L'injustice qu'on a subie ne doit pas nous rendre injustes.

Et de même :

— On doit monter les yeux baissés et descendre la tête haute!

Lendemain matin, le corps enseignant prêt à partir pour le défilé de protestation était massé à notre endroit, face à la grande artère.

Le ciel rocailleux paraissait prêt à s'écrouler. Le vent soufflait froid.

Nic devait assurer les heures de classe, car Mathieu refusa de prendre son temps de contestation sur l'étude scolaire.

J'avais bien vêtu nos enfants, sauvés de la rougeole, afin qu'ils ne s'enrhument à leur sortie aux balcons.

Soudain, la panique!

— Où est Marie-Princesse, l'indisciplinée? Si communicative, si confiante!…

La cour était déserte. Mais, au loin, devant la foule, sur le pinacle de la carriole entassée, Marie-Princesse pétillait pareil à la lueur et faisait flotter en l'air un tricolore. Pour moi, la capitale devenait cruelle! Quand et comment avait-on emporté mon enfant? Je tentai de me frayer un chemin pour l'atteindre en poussant les gens, en essayant de me glisser par les côtés.

Mais entre Marie-Princesse et moi se dressait le conglomérat manifestant qui, mis en marche, fit résonner l'impétueux hymne :

« Des torches ardentes aux mains et des flambeaux, venez, vous tous les enseignants héros, venez dans le tourment de notre ère, lumière, qu'on donne au monde entier lumière… »*

Peu après je traversais le jardin parmi les ramilles nues, perlées de bourgeons. Pour le temps de Pâques, je m'hospitalisai avec le tout-pe-

---

* D'après l'hymne aux enseignants de prêtre Vladesco.

tit dont le visage s'emperlait de feu : varicelle apportée au passage, comme dernier coup.

À notre retour, je trouvai la maison dans un état pitoyable. Marie-Princesse toussait si fort que le docteur ordonna son départ immédiat à la campagne.

Pour tempérer mon angoisse, Pétronel, qui continuait à donner des répétitions, m'offrit le fruit de ses efforts : un trois-quart à la mode au printanier motif suédois, et d'élégantes chaussures en peau de reptile, au sac assorti.

Quant à Sylvie-Anne, elle me mit sous les yeux son premier poème publié : « Maman »…*

---

* Poème de Sylvia Georgesco-L., transcrit en musique par A. Opran.

LES ENSEIGNANTS récupérèrent les salaires impayés.

Quand pour la deuxième fois j'entendis Mathieu rentrer bruyamment, presque ivre, je l'accueillis dans la salle à manger d'un douloureux regard. Il me lança, euphorique :

— Je suis reçu par les dames de souche régnante… pas comme toi, la fille d'un proscrit. Ha! Ha! Ha!

— Que j'aie de la patience et je lui pardonne l'affront! Que je l'aide! m'exhortait un songe, pour la possibilité de renouer avec Enesco, dans ce nouvel entourage.

Mais le jour suivant, loin de m'en donner des précisions et d'autant moins de s'excuser, il accrocha un tableau didactique avec l'invasion de Huns au-dessus de son canapé.

C'était le laps de temps où Marie-Princesse (juste avant son départ) et Michaël se disputaient avec tapage le Larousse illustré. Leur papa ne fit qu'indiquer du bout des doigts la scène d'horreur. Et la tendre enfance, précocement avertie, baissa la tête sous l'outrage de la comparaison et cessa la zizanie.

Le hasard hostile fit que Mathieu s'échappe au moins à d'autres dérives : dès ce printemps, un intrus géant qui postulait pour l'école de Mathieu commença à fouiner dans les privilèges du directeur… Car le méchant te hait si tu le dépasses, ou si tu lui résistes, ou si tu n'entre pas dans son calcul, ou tout simplement parce que tu existes.

— Le Brontosaur! s'exclama Mathieu qui le vit venir et sut en intuire d'innombrables traverses.

(Une fois de plus je me rendais compte que rarement l'Homme est capable de se réjouir de la joie d'autrui. Devant une réalisation ou une chance étrangère, son premier sentiment est l'envie! Pourtant, dans les campagnes les paysans partageaient encore chaque bonheur avec le village entier!)

Avec une amère expression, Mathieu ne fit que reprendre son instrument sacré.

Je me souvenais des jours où son chant s'exaltait vers la certitude. Maintenant, le supplice et la tumultueuse révolte sortaient de son violon comme d'une poitrine humaine.

Ensuite je perçus son murmure par-dessus mon épaule :

— Si ma situation devient périlleuse, avec cette force préhistorique, je n'ai plus à qui m'adresser pour me défendre. Les sages sont devenus tout simplement prudents. Et quand le prudent ne s'oppose pas au mal, il choisit d'être son complice…

…Nous voilà seuls. Qu'avons-nous accompli de nos rêves? Qu'avons-nous fait de nos valeurs? De nos mérites?

Ma voix s'estompa davantage pour lui chuchoter :

— Nous avons les enfants merveilleusement doués. Qu'on veille sur les rêves de nos enfants…

À ces mots il se redressa et me consulta sur le trousseau vestimentaire de l'aînée prête à prendre son envol. Au moment où je le mis au courant de la traditionnelle dot de linges, nappes, couvertures et tapis toute prête pour elle à la campagne, Mathieu m'exposa ses projets pratiques, entre autres le dépôt d'argent à la Caisse du corps enseignant puis, pour l'été, l'inscription de Sylvie-Anne dans une colonie de vacances à la mer avec Marie-Princesse.

En attendant, j'étais obligée de partir avec les petits pour la Prairie, où j'étais attendue surtout par la basse-cour vide et nos dernières terres à travailler.

Après le tour de notre situation, Mathieu réfléchit :

— On doit donner beaucoup plus de conseils avisés aux enfants. Par exemple :

Adieu rêves?

Être seulement honnête est trop peu. Être intelligent et talentueux n'est pas assez. Nous avons besoin d'assembler ces qualités et d'en impliquer l'intransigeance face au mal.

Ainsi nos enfants seront-ils mieux capables que nous de percer le mur de l'animosité!

Autrement… les valeurs qui s'échappent aux fossoyeurs sont celles soutenues par la Conscience des puissants, ou bien… ou bien, sauvegardées par le bon Dieu!…

Suite à sept mois de séjour à Bucarest avec une violente mais inutile tension pour préserver l'envergure du départ, je sombrais dans le désarroi. Notre foyer à nouveau désuni n'était compensé par aucun bénéfice. Et puis, les arguments de Mathieu ne cachaient-ils pas son désir de m'éloigner? Sans que je feuillette l'illusoire livre de ce temps, le retour à la campagne avec les petits sur mes bras avait l'air d'une capitulation.

Le poussiéreux chemin se déroulait d'en face et venait vertigineux, fondait suicidaire sous le museau de la voiture qui nous conduisait. Dorénavant… Y aurait-il un dorénavant?

Ce jour de fête, les résonances musicales des villages traversés tournaient – pour moi – aux chants de pleureuses.

Mais, à l'instant mon regard affolé fut séduit par les yeux de mes anges, tout grand ouverts, prêts à recevoir de moi leur becquée spirituelle. Et je rebondis vers les cieux de mon âme pour m'y ressourcer et leur donner, miette par miette, l'espoir que sans cesse je me devais à mes poussins.

Heureusement notre lieu de beauté s'ouvrit comme un sanctuaire de paisible douceur. L'haleine des épicéa et toutes les fraîches senteurs nous inondèrent. Les fenêtres reluirent au-dessus du bouscueil de rosiers relevant ses fleurs à notre vue. Le vieux chien donna le joyeux signal de notre arrivée.

Avant même que ma mère ne surgisse de la basse-cour avec son indéfini sourire, j'entendis Marie-Princesse au sommet d'un gigantesque noyer :

— Alouette, gentille alouette… Alouette…

Seigneur Dieu, toi qui ennoblis l'existence de l'Homme par la Conscience, le génie, la pureté des cœurs et des roses… prends soin de tout le monde et aussi des nôtres.

Lendemain à l'aube, je fus réveillée par un frêle cui-cui, piaulement de passereaux nouveau-nés, le plus timide rappel à l'innocence première. De quelque part, ensuite de tout près, plusieurs petits oiseaux se précipitèrent avec leurs – chuuut! chut! maternels, à peine audibles. Et au moment où je me glissai dehors, le réveil de notre minuscule forêt me prit d'assaut. Le bruissement, le ramage et l'envol des ailes en tourbillons me donnaient de nouveau l'élan de m'y accorder, de les surpasser.

Perce les mesures à ta noble échelle, s'allumait en moi l'exhortation de mon père. Et l'incandescence de l'aurore éclata parmi les branches et par-dessus les cimes d'arbres. Le village fut debout.

Alors vite! Un frugal déjeuner. La pétrie du pain. L'achat de dindes et de mères poules pour les faire couver.

Au salon rendu vide furent superposées les claies d'osier nacre nécessaires à l'élevage de vers à soie.

Avant que j'aille dévider le fil des cocons, je dus me mettre au grand nettoyage de la maison, car la parfaite propreté, l'exigence de tous les villages, était surtout la nôtre.

Et pendant ce temps-là, pour les laboureurs engagés a notre culture de maïs hâtif, aux rayons légumineux, je portais dans les champs les habituels déjeuners paysans à dix heures et à quatorze heures. En route, je rencontrais autant de femmes que de jeunes filles. Le panier rempli sur la tête et le broc ou la jarre à la main. Parfois, au cours de ces torrides demi-journées, les carrioles qui s'aventuraient vers les terres lointaines s'arrêtaient pour me faire y monter.

J'aimais, j'aimais les villageois, ces inconnus négligés, ces inépuisables fontaines de vérité qui ont gardé leurs primordiales vertus.

Chaque soir, les cars et carrioles rentraient au pas régulier des bœufs. Tous les hommes épuisés par la canicule paraissaient soucieux mais patients. Comme si l'épreuve d'une sécheresse demandait autant de sagesse.

Au crépuscule, quand tous dînaient dehors, si je passais pour l'achat du lait en saluant d'un : bon appétit! on me répondait : venez dîner ! On me faisait même de la place autour de leur basse table … où, d'ailleurs, je n'avais pas le temps de m'assoir.

D'autant plus à la veille des grandes vacances, quand Mère repartit chez-elle, tant d'obligations m'accablèrent!

Un jour, je cherchai sous les combles de la maison une vieille jarre de terre cuite plus apte à garder la fraîcheur de l'eau.

— Attention à cette anse tubulaire prévue d'orifice qui sert à boire! je me dis en l'entourant de mon bras gauche. Et pressée de descendre par la bouche du grenier, je mis le pied dans le vide. Ce moment d'inattention me fit choir en brusque et rude glissade sur les barreaux de l'échelle, puis tomber à la renverse au sol, avec ma gauche convulsée sur le vase.

— Maman!… j'entendis de loin Marie-Princesse.

— Petite larme de mes yeux, je murmurai, ce n'est rien. Va te coucher pour la sieste auprès des autres.

Et par un suprême effort, je pus me ramasser pour partir. Puis vite! Malgré les douleurs atroces ressenties dans chaque parcelle de mon corps, je pris le panier aux plats cuisinés sur la tête (isolée par un coussin) et la jarre à la main.

J'avais du mal à me dépêcher vers le chemin vicinal. À chaque mouvement, je ressentais l'ancre de la torture fichée dans mon cœur.

Mais la plaine s'ouvrit devant mes yeux, riante sous le soleil. Vive et enivrante.

La phosphorescence du blé mûr liséré de fleurs, et le sobre vêtement du maïs ondulèrent avec un paisible susurrement. Comme si dans la glèbe, les aïeux (tombés partout en lutte de défense) respiraient toujours. Et devant leur impérissable atout, mes pauvres courbatures s'apaisèrent.

À mon arrivée avec le repas, les lances vertes se baignaient dans la chaleur, tout en la chipotant. Et croquaient en douce de la lumière dans une joyeuse frairie avec les paysans qui s'assirent autour de ma belle nappe, à l'ombre d'un arbre solitaire (parfois d'un bœuf!)

J'étais confondue à l'humain souffle de cette nature. Oui, j'aimais ma glèbe et ces dévoués de la terre, leur sainte humanité. Et me sentais sublimée depuis le ras du sol jusqu'au plus haut point divin, pour mieux me faire écouter avec eux tous, pour mieux me faire exaucer!

*

*   *

Aux grandes vacances, la présence d'Olympia poétisait davantage l'enchantement de notre maison. Elle ondoyait parmi les fleurs comme un rêve des roses, fin contour de beauté au torse délicat et des ailes volantées de voile.

Quand l'amoureux interdit osait sa présence, leur entrevue dans le jardin évoluait, musical, en déchirant duo.

En vain, Mathieu avait comblé la jolie fille de cadeaux vestimentaires, outrepassant toute mesure économique. En vain l'avait-il conduite à la montagne pour lui faire connaître sa marraine. À part moi et son fiancé déchu, nul ne devinait le supplice caché par ses regards de faon soumis, par le chaste visage de rose à l'heure suprêmement fleurie.

Resté en capitale, Nic n'avait de cesse de consulter le savoir de l'époque aux sources documentaires et de tout confronter à l'histoire, à la linguistique, à notre littérature populaire. Pétronel aidait son papa, non seulement au recensement des élèves, mais comme tout au début, à la nouvelle présentation de l'école. Cet édifice même avait besoin d'être restauré et modernisé! Charmeur et allant dans tous les domaines, ce qui lui donnait une parfaite élégance, le dimanche Pétronel s'amusait quand même avec les copains et... les admiratrices.

Mais Mathieu ne s'accordait non plus de répit!... Le Brontosaur l'avait averti de le renverser dès que l'opposition l'emporte. Durant mes occupations, je méditais :

C'est immense le nombre de ceux qui détruisent l'Homme par tous les moyens! La réalisation doit quelque chose à l'appui des autres; mais la destruction est causée aussi par les semblables. Tendre de sauvages pièges au prochain c'est s'annuler soi-même comme être humain.

Si on se souvient qu'une louve a nourri des bébés, comme tant d'autres fauves, l'entière humanité n'a qu'à se voiler le visage quant à la réciprocité de ses individus.

…Certes, la Conscience et l'intelligence de l'Homme sont si inclusives, que le Créateur n'en a plus spécifié l'entraide!…

Pourtant, j'attendais Mathieu. Pendant des jours et des semaines je tressaillis, pleine d'espoir, à chaque arrêt d'autobus, à chaque passage de voiture. Et le travail ne manquait point. Quand, à l'improviste, les orages se mirent à éclater, il fallait qu'en moins d'une seconde je mette à l'abri les poussins avec leurs mères dindes et poules, que je ramasse le linge étendu sur la corde. Puis vite! les fenêtres ouvertes au grand air, vite un chaudron pour collecter l'eau de pluie. De plus, rassurer avec affection nos petits! Surtout le dernier avec lequel je devais continuer sur la terrasse les exercices de marche. Tiens! juste au moment où sa sœur me remplace, il lui lâche la main et va seul, les yeux brillants vers son étoile…

Après la tornade, j'avais l'impression que les nuages ne laissent pas le soleil plonger dans son ponant, qu'il le repousse vers l'azur, vers le lieu de lumineux faste. Ou bien c'était mon désir de renverser le temps et rendre au génie sa place méritée?…

Parmi les bagages rapportés de Bucarest, il y avait, en plus des manuels scolaires et des cours déjà utilisés réservés aux combles, les nombreux livres, surtout littéraires, pour étancher à tous leur besoin de culture et d'érudition. Je classai dans la bibliothèque les nouveautés roumaines et occidentales de l'époque. Et l'avalanche de classiques russes, la nouvelle passion de Pétronel, qui se réservait donc un peu de récréation autour de son anniversaire!

Adieu rêves?

Un modeste recueil de prose me tomba de la main, ouvert à une page mise en évidence par Mathieu : la vie, l'amour et la mort de Schopenhauer! Je ne dus pas beaucoup lire pour tirer ma conclusion : l'Homme a transformé le nom de femme en injure, c'est pour cela qu'elle se convertit en parjure!...

Mais le commentaire de Mathieu me laissa pantoise! Dans l'amer pessimisme de ce philosophe quant aux femmes, il avait puisé le cynisme et le sarcasme, souligné, savouré, applaudi par des annotations marginales.

Je ne le reconnaissais plus, dans ses observations car son côté moqueur s'était beaucoup tempéré. De plus, une étrange soif de vie l'habitait. Cette envie de se jeter à corps perdu, écœuré, dans l'excès.

...À quel moment se serait-il penché sur ce livre? Comment put-il arriver à de telles conclusions après ma discrète, tendre et longue endurance? Y est-il resté?

Je ne me tolérais pas des pleurs devant mon angélique entourage et la pieuse peine d'Olympia. Je les portais sous mes paupières et j'en souffrais davantage.

Les blessures invisibles! Les blessures inconnues!...

Dans cet état d'âme j'étais partie à Moulin-aux-Violettes pour faire dévider les cocons à soie. La brave jeune femme qui m'accompagnait pour le transport me racontait, me demandait l'avis.

Je n'eus le temps que de voir Mère et, en grande hâte, la femme de Thomas.

Au retour un retard imprévu nous fit raccourcir le chemin par le jardin de tante Irine.

Elle se trouvait devant sa porte pour partager aux passants le premier pain chaud sorti du fournil. Fragmenté, arrosé de vin.

Hospitalière, en vraie paysanne, elle nous retint au déjeuner après lequel, en buvant sa cruche d'eau fraîche, elle remercia Dieu pour lui avoir donné l'occasion de nourrir une étrangère.

Mais la jolie tante aurait-elle pu se contenter de si peu?

Oui, je lui répondis, à Bucarest la sage Violette, sa fille, m'a rendu visite aussi brièvement que la jeune cousine Lisica. Oui, le très cher Théodore, fils cadet de mon frère Thomas, est venu me voir, sans pour autant qu'il pardonne que lui n'ait pu accéder qu'aux Arts et Métiers, même si plus tard, il deviendra ministre ! …Aucun autre lien, vous dites? Si, la tante d'un grand chirurgien, Marius, une dame fortunée, a tenté l'adoption de Nathalie. Les riches cousins de Mathieu nous ont invités deux fois…

Tante Irine m'interrompit :

— Tant bien que mal, tu aurais pu rester tranquille chez-toi. J'ai entendu dire qu'au lieu de donner comme d'habitude vos terres aux partables, pour en avoir la moitié des récoltes sans fatigue, vous les faites travailler par les laboureurs et que tu leur portes les repas dans vos lointains champs! Êtes-vous donc si nécessiteux? Fais voir tes mains! Du jamais vu, ma belle! À quoi bon ton éducation princière, quand tu mènes une vie d'esclave!

— Je vous en prie, chère tante, arrêtez! Il y a peu de princes plus adorés que les miens. Car j'ai pu couver de la plus douce affection mes chérubins et leur indiquer le chemin de l'Idéal…

— C'est vrai, reprit l'infatigable tante, que depuis ton retour Mathieu n'a plus mis pied ici? Quitte à être méchante avec toi, je vais te dire une chose : il s'en est trouvé une autre! Et toi, tu t'en es trouvé un autre? Parce que la femme doit pâtir sans rechigner?

…Je fis courir la Prairienne derrière moi, dans mon empressement vers la rivière.

Et là, je vis tous les berceaux de rêves houssinés par les vagues en aval, au loin du plus lointain de ma vie, au loin de mon histoire, de toute l'histoire!

Moi-même je manquai de peu d'y être rejetée par le géant balai d'ombre, le balai du mal.

…Seigneur, toi qui vis dans le conscient appel de tous comme dans leur inconscient…

*

*   *

MATHIEU VIENDRA! Mathieu reviendra!

La clarté, le flux de rêve m'emplit.

Dès la rentrée, d'après les recommandations transmises, j'ai dû envoyer à Bucarest Michaël et Nathalie, de mes anges, pour ne garder que le petit dernier et la fragile Marie-Princesse. Pour toute la période froide elle devra suivre l'école du village, mieux abritée qu'au milieu des contagions de la capitale.

Olympia ne peut que suppléer les après-midi dans la vieille école du voisinage. À la Prairie, le deuxième poste est réservé à l'homme qui épousera l'institutrice en place (d'après le souci ministériel d'encourager les couples d'enseignants).

Donc vite, à nouveau, pour un ultime nettoyage avant la saison froide. Pour les préparatifs alimentaires d'hiver. Le chanvre coupé est plongé dans un endroit précis d'un lac bien isolé, permettant ainsi à l'écorce de fondre afin de pouvoir en dégager le fil. (Je vois d'avance les quenouilles à filer).

Du très haut d'arbres tombent les lentes neiges d'or, d'irréels saints feux. Mon âme dissipée en mille feux. Je cherche mon âme aux racines des arbres, mais je la découvre en moi. Car il y a un espoir tant que je crois, tant que j'aime, tant que j'attends. Et j'attends…

À l'improviste, les stridences du vent froid secouent l'orgue de la forêt et se jettent sur le village, aux prises avec nos branches. Le trot et le roulement successifs de carrioles et cars chargés de récoltes sur la route me font peur. À l'ouest, les nuages se dressent en murailles de cité derrière lequel un vaillant soleil perce encore de lumineuses fenêtres.

Et Mathieu arrive pour quelques heures. Avec le violon! Dans un fugace élan il m'embrasse les joues, me caresse les cheveux, me tapote le visage, me prend les mains, me regarde confiant, amoureux, au fond des yeux…

Néanmoins, son but est d'acquitter les travailleurs qui n'auront plus qu'à rentrer la cueillette.

Enfin, il observe avec joie le treillage au muscat tardif duquel pend la plénitude parfumée de ses grappes. Le plus fructueux de nos gigantesques noyers qui s'accoude sur la marge de la toiture a bien raffermi sa lourde richesse de noix. Aussi les hirondelles tournant en vives rosaces pour un précoce départ.

Avec un sourire, il sort le violon, hommage à notre nid de réconfort.

Au moment même, Olympia, prête à partir pour enseigner, passe pour s'incliner devant lui, les yeux embués de larmes comme un reproche et s'éloigne.

Pour Mathieu, c'est trop! Il pose avec soin l'instrument sacré et se dirige d'un pas ferme vers son père qu'il a dès le début salué en lui annonçant sa visite.

Inquiète, je trouve à faire sur le prolongement de la terrasse. Et je distingue la conversation qui a lieu, seulement quand la surdité du vieux père fait éclater la voix de Mathieu. Il lui impute la faute du refus d'adoption fait pendant son enfance aux Demoiselles.

— Dans le temps, s'écrie son père, on a donné notre sang, on ne l'a jamais vendu!

— Mais on a reçu des récompenses, réplique Mathieu. Parce que les grands mérites ont besoin de protection. Par-dessus tout, vous m'avez dépossédé lors du partage anticipé de vos terres personnelles et de tous les colliers d'or de nos ancêtres. Même celui, de très loin apparenté, a vendu aux huissiers sans scrupules nos fortunes historiques. Et mes enfants qui bouillonnent d'intelligence? Olympia, demandée en mariage par un futur professeur! Nic, surtout, qui trouvera parmi ces talents d'or, pour la plupart du cœur de la Transylvanie des Daces, les écritures (plus complètes) qu'il est en train de déchiffrer.

Je prétends à mes colliers! Je les veux!

— Va chercher les trésors de ta femme dans les gouffres sans fond de la rivière, lui jette au visage le vieux.

Et sur ces mots, père et fils se quittent à jamais.

Mathieu reprend son violon. Il boit le calice de l'amer définitif.

Patriote, musicien, héritier, tous y sont anéantis.

Seigneur...

Une fois de plus je me retrouve l'unique fidèle d'un autel anathémisé.

Le visage presqu'immobile, Mathieu perce des yeux tout au loin d'une mouvance abyssale, ce livre de lois célestes aux bénédictions, souvent aux damnations. Son archet et ses doigts frissonnent, se crispent et blessent les cordes qui gouttent les mélodieuses larmes de sang... Tout son être s'y brise. Le violon sanglote.

Soudain c'est le silence. Pense-t-il mélodiquement? Pas du tout. Il s'envenime. Il s'exacerbe sentencieux :

— C'est toi qui m'as fixé le tourillon – avec tes enfants – pour me faire pivoter alentour!...

...Oh non! Les enfants de nos rêves; de tous les divins rêves! Non, il ne l'a pas pensé! L'outrance l'a mis en colère! Cependant, il ne se rétracte point.

...Ai-je freiné l'élan de Mathieu vers son étoile pareil à ma mère qui n'a pas réussi à se mettre en profond accord avec les rêves de mon père? Peut-on faire autant de mal par l'amour que par la haine?

Sitôt, des innocents et des valeurs sans égal, tous mal aimés, tous injustement perdus, m'assomment.

Je m'attends à ce que Mathieu s'accroche aux anses du ciel, prêt à les ébranler et demander compte au bon Dieu!

Mais il joue du violon.

…Et pourquoi l'a-t-on brisé de toute part? George Enesco, avec lequel il a tant de fois concerté, lui a-t-il fait grief pour le poids de ses enfants?…

…J'ai suivi Mathieu pour traverser les lointains horizons et longer les vagues d'eau éventées. Le rêve et l'espoir m'ont gardé les veilles, l'acuité en éveil, les forces en sursaut vers le sacrifice.

Comment faire pour l'aider?

…Pourrai-je arracher le cœur même de ma poitrine, le lui offrir vif, tout cru, tout palpitant, et dire :

Prenez-le, peut-être mon cœur fera-t-il un miracle!?…

Mais le malheur coupe les courageux ponts de sauvetage, les liens d'entente et de sagesse.

Un klaxon avertit l'arrivée de l'autobus. Comme s'il me bannit de son existence, Mathieu range son violon et s'en va.

Le soleil, témoin d'un instant, tombe comme une ardente blessure sous l'horizon. Les nuages propulsent une âpre pluie, des jets aux griffes et crocs liquides à l'attaque du village.

Défais-toi ombre! Déchire-toi nuit!…

L'obscur des sombres saules se « déramure »! Qu'un sentier se creuse vers l'oubli. Larmier long à mon oblong sanglot.

Le minuit se noie tacite en soi.

Mais où est le sublime des étincelles? Où est le rêve très pur parti en flèche? Le fulgurant mirage de l'Idéal?

…Or… l'infini Dieu s'allume dans l'Homme et le bannit d'errer dans l'infini jusqu'à ce qu'il se reconfonde à Lui…

…Défais-toi ombre! Déchire-toi nuit…

Peu avant l'aube, je me détache de la fenêtre et m'éclipse, en laissant dormir Olympia qui va nourrir le petit et conduire Marie-Princesse à l'école. Son propre programme va se dérouler l'après-midi.

Dehors le jour se lève. Il gèle à pierre fendre. Le ciel se casse en plaques d'acier : lames, lattes et panneaux en chute verticale, oblique, renversée. Devant le portail, l'homme qui doit ôter nos bouquets de chanvre de l'eau m'oppose le fait que le lac est devenu de roc.

— Même si on ébrèche la face pour y plonger, me dit-il, on peut être coincé par une nouvelle gélification et bloqué à l'intérieur. On ne risquera pas sa vie pour si peu de chose. Tant pis pour les quenouilles du village si le fil pourrit comme l'écorce. On en a vu d'autres!

J'ai toujours su que le paysan a pu préserver sa santé et celle des animaux en s'accordant au rythme des saisons, l'œil ouvert aux caprices du climat. En dépit de cela, je ne puis me passer de ce fil indispensable au tissage. Donc vite! les outils pour me tirer, seule, d'affaire.

En face, du sommet de la colline, le chemin descend en courbe. En bas, dans une enfonçure de relief, depuis tous les temps dénommée la Vallée Ondri, c'est l'œil assoupi, cillé de roseaux, enfilé au collier des lacs.

J'y retrouve le signe du lieu précis de mon chanvre. Quelques durs coups de fer suffisent pour violenter la première couche de glace. La jupe soulevée, je retrousse mes deux jupons, pendant que l'eau se gélifie lentement de nouveau. Ma vue tombe alors sur l'immense assemblée de cigognes descendues de leur vol à la rencontre de la vague froide. Elles restent en attente, l'une contre l'autre, entre la jonchée et la forêt.

Le bon sens des oiseaux me ramène mon propre discernement.

— N'y entre pas frétille en l'air l'illusoire écho d'un conseil… Ensuite les paroles tombent au pli de la colline, pli replié, cascadé sur le ravin d'eau.

— Si! j'entrerai!

Tremblant à l'avance, je plonge au creux glacial jusqu'à mi-cuisses. Mes pieds nus se contractent, s'enraidissent, mon cœur se trémousse. Aussi, je vais rondement de mes deux mains pour enlever en vitesse les bouquets à l'écorce blanchie, fondue à point et les jeter en monceaux sur le bord. D'ici, l'homme engagé les transportera sans souci.

Mais en voulant sortir de l'eau, je glisse en arrière. La croûte marginale s'est durcie! Je me soutiens sur les coudes. La chaleur de mon corps penché amincit le pourtour, et dès que je m'y accroche, la glace crève et me fait y replonger. À la nouvelle tentative de remuer, je dérape dans le marécage d'un trou absorbant.

— Aaaah! Aaaah! Ah!… j'entends mon appel sans voix. Car à la première expiration d'air la mare peut m'engloutir.

Le gel me gagne. Mes muscles cèdent. L'énergie me quitte. La volonté.

Seigneur! Sainte justice! Le rêve ne doit pas s'engluer dans la fange!

…Quel apostat de poète a condamné ceux qui prient?…

La vie doit rejaillir de sa propre source de vie!

Seigneur Dieu, source de mon existence, écoute-moi, exauce-moi!!!… Pour nos enfants… …

Je m'encorde à l'espoir qui relie à la vie pour bondir haut, avec une prodigieuse, folle enjambée par-dessus l'écharpement, tout droit sur le talus!

…Mon Dieu…

…Mais durant cet inhabituel tour de force, le poignard du mal me perfore jusqu'au berceau de l'enfantement! (le céleste nid des rêves humains…)

Cette fois-ci, mon cri s'échappe en l'air, suivi d'un nuage de cris, d'une avalanche de nuages…

En vain. Personne ne m'entendra. Notre bourg est à cinq cents mètres.

Une chaude invasion de sang remonte et descend en moi. Pour freiner la pulsation hémorragique, je me contracte au maximum la chaire, le corps entier. Les outils laissés auprès de l'amas blanchâtre, j'entame le calvaire du retour.

Alors, le sang que j'implose prend d'assaut mon cœur, le secoue, l'ébranle, le heurte!

(…Les étoiles de mon invisible couronne s'égrainent. C'est l'auréole de ma soif d'être en tant que rêve, Conscience et réalisation qui s'épuise.)

Adieu rêves?

…Mon ombre se traîne à mes pieds. Je frissonne en régardant les pas feutrés de mon ombre qui chancelle. Encore un peu de marche, appuyée çà et là sur les poteaux. Sur les clôtures…

Puis, haut la tête! Les gens m'ont vue!

Embarrassés, tous sont dehors, le gilet ou bien le grand châle sur le dos. Ils me comprennent. (Tout le monde se comprend et personne ne fait rien de bon pour l'autre avant qu'il ne soit très tard. Trop tard.)

D'une cour à l'autre il y a une rumeur à peine entendue :

…On va vous transporter le chanvre… On va venir le teiller… Au filage… Au tissage…

Encore, encore un pas, fouettée de douleur en défilant devant ceux qui ont traversé les millénaires, devant les millénaires qui les ont traversés.

Je passe parmi eux comme un fier secret, comme une muette prière. Comme une plainte hurlante aux rives étrangères…

Je dois atteindre notre maison. La maison des neiges.

Les neiges noires se précipitent à flots. Obscurcissent la vue.

L'escalier… faut qu'il soit par-là… Pourvu que je ne tombe le visage sur les marches, et m'enlaidir!

Sur la terrasse, je ne vois pas de porte!

J'avance les mains pour tâtonner le nid des rêves. Je touche le néant…

*

*   *

LES TORRENTS ME RECOUVRENT. Des tourbillons me ressortent à la surface.

Marius, le professeur chirurgien, m'attrape les mains.

— La chambre de réanimation! Qu'elle soit prête! commande-t-il aux infirmières, tout en me gardant sous ses yeux.

— Votre opération a réussi, madame...

— Ah oui, c'est l'hôpital... je chuchote.

— Dites, chère madame... continue le docteur. Tant d'enfants... Combien?

— Huit.

Attendri, le docteur se penche vers moi :

— Huit enfants! Vous les élevez avec beaucoup de peine...

J'empoigne mon souffle pour pouvoir lui répliquer :

— Je les élève... avec... beaucoup d'amour...

Aussitôt mes forces m'abandonnent.

Le docteur lui-même me soulève sur ses bras et me transporte ailleurs.

De temps en temps il y a des chuchotis :

— Oxygène... Oxygène...

La rose et le lys, mes grandes filles, transparaissent et s'estompent.

— Appelez son mari, propose le docteur comme une démission.

...Le tumulte s'essouffle. Adieu rêve? L'air s'effeuille de ses bruits. Adieu rêve? Adieu rêve? Le silence absolu se pose en voile sommeilleur . « Dormilleur »...

Et loin, loin, s'irise la divine aurore.

Adieu rêves?

Vroum !!!... La fureur casse et fracasse!

J'entrouvre les paupières...

C'est la bruyante intrusion de Mathieu.

Plusieurs infirmières s'interposent pour freiner sa rage, le conjurent. Le menacent. Le harcèlent.

Mathieu se débat, s'en dégage vertement.

Son visage exprime le désespoir. L'affection aussi. Ses yeux s'humidifient.

Cependant il se remet de son émoi et m'ordonne avec énergie:

— Debout Marie-Élise!...

...Oublies-tu les rêves de nos enfants, ces grands rêves de l'humanité?...

Relève-toi!

Et voilà, dans un ample écho, l'histoire, l'humanité, les rêves de nos enfants, et Dieu lui-même m'incitent :

— Relève-toi!!!

— ...lève-toi!

— ...lève-toi!

— ...lève-toi!

...Et je me suis levée...

Post Scriptum

Informations, précisions, confirmations :

- La famille entière : Mère, Père, soeurs et frères.
- Précisions : Oncle Constantin, Tante Irine, Mère Sande, Mère Stana.
- Consultations : Les Historiens (livres, traités)
- Détails historiques : Prof. Iorga, Prof. Miron Const., Prof. Bodel
- Des importants détails sur la Grande Guerre et la Transylvanie : Prof. D. Almas
- Situation politique 1930 : Prof. Ducsoâra.
- Recherche personnelle au sud du Danube en 1967 (à l'occasion des anniversaires culturels).

- Consultations spéciales :
  Traités historiques à Sophia (Bulgarie) (par Prof. El. Folea)
  L'échange de lettres entre le nord et le sud du Danube des Archives nationales roumaines (par I. Moldoveanu, Père de la Daco-Tracologie)

- Consultations finales : M. le Rabin de Flandre
  M. Le Rabin d'Israel
  Monseigneur Duval
  Monseigneur Ardi

Le même auteur:

- **Le puits de Floriette**-prose, 77 pages
  Bucarest, 1955 (en roumain)

- **Le petit grillon**-conte en vers, 32 pages
  Bucarest, 1956, 1959, 1965, 1967, 1970, 1997, 2009 (en roumain)
  Canada, 2007 and 2018 (traduction en anglais)

- **Quatre enfants dans la grande forêt**-roman d'aventures,
  216 pages
  Bucarest, 1961 (en roumain)
  Sofia, 1964 (traduction en bulgare)
  Roumanie, 2014 (en roumain)

- **La lyre aux étoiles** (Chants des berceaux vides)-poèmes,
  125 pages
  Bucarest, 1973, 1997 (en roumain)

- **Cœur d'or**-roman, 275 pages
  Paris, 1987 (en français)

- **Il y aurait une fois**…(Les contes des étoiles)-contes, 274 pages
  Bucarest, 2001 (en roumain)
  Bucarest, 2009 (en roumain)

- **Quatorze nouvelles**-220 pages
  Canada, 2007 (en français)

- **Adieu rêves?** – roman, 413 pages
  Brasov, 2007 (en français)
  Canada, 2011 (en français)

- **Contes** – contes posthumes, 292 pages
  Canada, 2013 (en français)

- **Les adolescents** – roman, 264 pages
  Canada, 2015 (en français)

- **Voyage à Lille** – nouvelles posthumes, 67 pages
  Canada, 2018 (en français)